21세기 인문학의 새로운 도전, 치료를 논하다

KB192375

강원대학교 인문과학연구소

차 례
Contents

序 왜, 지금, 여기서 인문치료를 논하는가? ㅣ이대범 교수 5

1부 인문치료, 그 오래된 미래 ㅣ역사와 철학ㅣ

01 의(醫), 몸의 문제풀이 ㅣ강신익 교수 17
02 질병・건강・치유의 문화사 ㅣ강신익 교수 33

2부 인문치료, 인간을 말하다 ㅣ인문치료의 인간학ㅣ

01 인문치료를 생각한다 - 의료권력의 임계압력 하에서 - ㅣ이광래 교수 57
02 포스트휴먼 사회와 몸 그리고 치유윤리 ㅣ양해림 교수 97
03 생명에 관련된 몇 가지 문제들 ㅣ송상용 교수 121

3부 인문치료, 사회를 만나다 ㅣ인문치료의 사회학ㅣ

01 역사인식의 갈등과 인문학적 치유 ㅣ유재춘 교수 141
02 언어의 사용과 인문치료 ㅣ김경열 교수 171
03 인문학과 복지의 관계 맺기와 소통 ㅣ김호연 교수 185
04 인문학의 눈으로 본 생태학 ㅣ김기윤 교수 211

4부 인문치료, 경계를 가로지르다 ㅣ인문치료의 융복합적 가능성 또는 실천적 방식ㅣ

01 인문치료와 의학 ㅣ주진형 교수 231
02 21세기 인문학의 치료적 기능 ㅣ이대범 교수 245

結 인문치료, 행복한 인간 삶을 논하며 ㅣ이대범 교수 267

왜, 지금, 여기서 인문치료를 논하는가?

이 대 범

강원대학교 국어국문학과

인문학 위기 담론이 넘쳐나고 있다. 2006년 9월 15일 고려대학교 문과대학 교수들이 '인문학 선언문'을 통해 인문학 위기 담론의 불을 지핀 데 이어 전국 80여 개 인문대학 학장단이 '인문학 선언문'을, 그리고 국내 굴지의 출판사들이 중심이 된 대한출판문화협회 등이 뒤를 이어 인문학 위기 선언을 내놓았다. 같은 달 26 ~ 27일에는 한국학술진흥재단 주도로 '열림과 소통으로서의 인문학'을 주제로 첫 인문주간 행사가 열렸다.

사실 인문학 위기 담론의 확산은 2001년 5월 김대중 국민의 정부의 대학 구조개혁 정책을 비판하고 인문학의 위기 극복 및 발전 방안을 마련하기 위해서 전국 국·공립 인문대학장협의회의가 발표한 '인문학 위기 극복을 위한 인문인 선언'에서 비롯되었다.

이 선언을 통해 1천여 인문학 전공 교수들은 현재 진행되고 있는 교육 개혁의 문제점을 지적하고 인문학 교육 환경 개선을 위한 교육정책 당국과 대학당국의 발상 전환 및 획기적인 정책 수립을 촉구한 바 있다.

인문학자들은 이 선언에서 우리나라 교육 현실과의 적합성이 검증되지 않은 외국 이론과 사례를 현란한 수사로 포장하여 강요하고 있는 박래품적(舶來品的)인 개혁, 시장원리를 내세워 무한경쟁의 긴박성을 과장하고 생산성만을 강조하는 개혁, 수치의 공허한 나열만 있고 사람다움과 철학이 배제된 개혁, 대학 구성원 모두를 당근으로 유인하고 채찍을 휘둘러야만 성과를 쏟아내는 나태하고 안일한 집단으로 매도하는 타율적인 개혁을 우려하면서 교육당국이 인문학의 학문적 특성을 외면한 학과 · 학부 · 대학 통폐합을 강요해서는 안 될 것이라고 강조했다.

일천한 역사에도 불구하고 우리 인문학은 과거 야만의 시대에 이 나라의 올바른 방향성을 설정하기 위해 최선을 다해 왔다. 그리고 이 땅의 민주화를 위해서, 또 국민의 자유롭고 행복한 삶을 지켜내기 위해 학문적 노력을 기울여 왔다. 인문학의 이러한 역할과 성취는 온당하게 평가되어야 할 것이다.

인문학은 현실에 뿌리내리고 있지만 결코 현실에 안주하지 않으며 풍요로운 삶보다는 인간적인 삶, 편리한 삶보다는 가치있는 삶을 추구하는 학문이다. 인문학은 유리상자 속에 갇힌 박제화된 학문이 아니라 부단히 고식적 장막을 걷어치우면서 고양된 진리를 향해 나아가는 진행형의 학문이다. 인문학은 모든 학문의 올바른 방향을 가늠해주는 중추적인 학문으로서 그 독자성이 인정되어야 할 것이다.

우리 사회가 지속적인 발전을 구가하고, 보다 나은 사회로 성숙하기 위해서는 인문학적 지성과 비판적 사고를 지닌 인재를 양성하는 일이 선행되어야 할 것이다. 그러기 위해서는 인문학자들의 노력은 물론, 인문학의 학문적 특성이 반영된 인문 정책 수립이 뒷받침 되어야 할 것이다.

이런 점에서 전국 국·공립 인문대학장협의회의의 '인문학 위기 극복을 위한 인문인 선언'은 시의 적절했고, 그 내용 또한 타당했다. 그럼에도 불구하고 인문학 위기의 요인을 지나치게 외부의 현상에서 찾은 것은 아닌지, 스스로 학문의 주체라고 강조하면서 학문 환경의 변화에 따른 인문학의 새로운 지형도를 그려보는 일에 게으르지는 않았는가 하는 자기 성찰과 반성이 부족한 것은 아닌지 하는 자괴감을 지울 수 없다. 이런 사정은 최근의 인문학 위기 선언을 바라보는 시각에서도 마찬가지이다.

최근의 인문학 위기 선언에 대해 학계 안팎에서 제기되고 있는 진정성 논란도 이러한 사정과 무관하지 않다.

　인문학 선언에 대해 강한 비판적인 입장을 보인 이는 박정신 교수(숭실대)다. 그는 "인문학의 위기는 있을 수 없다", "인문학자들이 인문학 위기 담론을 운운하는 것 자체가 비인문학적인 행태다."라고 질타하면서 최근의 '인문학 선언' 발표는 "매너리즘에 빠진 교수들이 벌이는 일종의 '이벤트성 쇼'"라고 폄하했다. 박 교수는 인문학 위기 선언이 그동안 한국학술진흥재단(현 한국연구재단의 전신)의 연구 프로젝트를 수주했던 교수들이 연구비를 더 많이 받기 위해 주도한 것은 아닌지 하는 의구심을 숨기지 않으면서 최근의 인문학의 위기를 "돈을 좇는 인문학자들의 위기"라고 규정했다. 그러면서 박교수는 인문학을 "인간의 가치와 삶의 의미를 탐구하는 학문", "또 당장 눈앞의 성과는 내지 못하지만, 궁극적으로 모든 학문과 교육의 토대가 되는 학문"이라고 설명하면서 인문학자들의 자기 성찰을 촉구했다. 박 교수는 "권력이 주는 돈은 마약과 같은 것"이라면서 인문학자들이 정부기관에 연구비 지원을 촉구하고 의존하는 행위는 스스로 마약에 손대는 것과 같으며, 이것은 인문학의 독창성을 훼손하는 행위라고 비판했다. 박 교수는 인문학의 위기는 정부의 재정적 지원과 같은 정책적 배려보다는 인문학자들이 인문학의 학문적 성과를 사회로 환원하기 위한 노력, 즉 인문학의 대중화에 관심을 가질 때 극복할 수 있을 것이라고 전망했다.

　조중빈 교수(국민대) 역시 논조는 온건하지만 인문학 위기 선언에 대해 비판적인 입장을 취하고 있다. 조 교수는 선언을 주도한 교수들이 인문학 위기를 극복하기 위해 제시한 해결 방안을 '대증요법'에 지나지 않는다고 평가절하하면서 인문학 위기를 초래한 근본적인 요인에 주목할 것을 요구했다. 조 교수는 인문학 위기의 진짜 이유는 "인문학이 마땅히 던져야 할 질문을 망각한 데" 있다면서, 지금이라도 인문학자들이 인문학의 본질에 접근하기 위해서 "'사람이란 무엇인가'의 질문으로 돌아가 인간 존재의 깊이를 복원하고, 우리가 꾸는 꿈의 정체를 해석"하기 위해 노력할 것을 촉구하였다.

인문학계 밖에서 바라보는 인문학 위기에 대한 시각도 위의 두 견해와 크게 다르지 않은 것 같다. 공병호경영연구소의 공병호 소장은 인문학의 위기 상황에 대해서는 공감하면서도 극복 방안에 대해서는 위기 선언을 주도한 인문학자들과는 사뭇 다른 관점을 보여주고 있다. 공 소장은 "국내의 인문학 관련 분야에서 계신 분들이 대중들이 필요로 하는 인문학 지식을 제공하는 데 너무 소홀했던 점을 반성하고 대중과 소통하기 위해 노력할 것"을 강조했다. 공 소장은 현대사회의 성격을 스스로 자신의 가치 혹은 자기 분야의 가치를 입증해야 하는 시대라고 규정하면서 하버드대의 하워드 가드너(Howard Gardner) 교수와 전 시카고대학의 심리학과 교수인 미하이 칙센트미하이(Mihaly Csikszentmihalyi) 교수들처럼 우리나라 인문학자들이 자신의 전문 지식을 이용해서 사회에 가치를 제공하는 일에 나설 것을 요구했다.

최근 촉발된 인문학 위기 선언의 진정성에 대한 비판이 대다수의 인문학자들에게는 매우 불편하게 느껴질 것이 분명하다. 한편 억울한 심정을 감추기도 힘들 것이다.

우선 인문학자들의 인문학 위기 선언이 그간의 학문 풍토에 대한 성찰과 뼈아픈 자기반성에서 출발하고 있는 점이 간과되고 있기 때문이다. 대부분의 양식있는 인문학자들은 "인문학자들의 자기반성을 인문학의 자기혁신으로 끌어올려야 하고, 우리 사회의 인문학에 대한 수요와 인문적 실천에 대한 요구에 부응할 수 있도록 체질을 개선해야 하며, 인문학자들은 전공분야의 독자성과 자율성을 과도하게 강조한 나머지 분과학문 체계라는 우물 안에 갇혀 인간에 관한 근본적인 물음을 던지고 인간적 삶의 건강함과 균형감각을 끊임없이 복원시키는 일에 소홀하지 않았는지, 시대적 변화를 외면하고 오불관언하는 방관자적 자세를 견지하지나 않았는지, 학문적 보편주의라는 이름 아래 우리의 전통을 복원하여 과거를 현재화하는 데 게을렀던 것은 아닌지 깊이 되짚어봐야 한다."고 뼈아프게 반성하면서 인문학이 대외 의존성을 벗어나 자기혁신을 통해 체질을 개선해야 한다고 주장한 최갑수(서울대) 교수의 견해에 공감하고 있다.

다음은 정부 주도로 진행되고 있는 대학구조개혁의 문제점에 대한 이해가 부족한 가운데 비판이 이루어진 점 또한 인문학자들을 불편하게 한다. 최근 진행되고 있는 대학구조 조정을 바라보는 인문학자들의 심정은 착잡하기 이를 데 없다. 급변하는 사회 속에서 대학은 생존을 위해 스스로 개혁하지 않으면 안 될 것이다. 대부분의 대학 구성원들은 개혁은 이제 선택이 아니라 당위라는 사실을 잘 인식하고 있다. 그러나 개혁의 당위성이 모든 방법과 수단을 다 용납하는 것으로 확대 해석되어서는 곤란하다. 구성원 모두가 참여하는 개혁, 모든 정보가 공유되고 절차를 준수하는 개혁, 그리고 대학의 이념과 분야별 학문적 특성이 존중되는 개혁이 되어야 할 것이다. 대학 운영에 시장논리가 도입되면서 수 년 사이에 인문학의 꽃이라고 할 수 있는 철학과가 10여 개 이상 없어지거나 통폐합되는 현실은 인문학자의 학자적 양심과 학문적 근면성, 사회적 실천활동 등으로 극복되지 않는다. 최근의 인문학 위기 선언은 인문학을 포함하여 기초학문의 토대를 흔드는 대학구조개혁의 폭압에 대한 비명에 가까운 항변에 지나지 않는 것이다.

인문학 위기 선언에 담긴 진의가 은폐되고 오직 연구비의 증액을 포함한 예산지원의 확대가 선언의 핵심인 것처럼 전경화되는 점도 불편하다. 비록 정부의 지원이 소홀하다고 볼멘소리를 하지만, 그래도 충분한 재정적 지원이 이루어지면 인문학의 위기가 금세 해결될 것으로 기대할 만큼 순진한 인문학자는 없다. 인문학은 학자가 하는 것이지 돈이 하는 것이 아니라는 사실도, 과거 어느 한때도 현재보다 학문적 여건이 나았던 적이 없었던 점도 인문학자들은 알고 있다. 과거 같지는 않아도 아직은 '배부른 돼지보다는 배고픈 소크라테스의 맑은 눈을 지니겠다'는 신념을 붙들고 사는 인문학자도 적지 않다. 인문학자들이 우려하는 것은 학문의 불균형 발전과 학문간 불연속성이다. 선언이 담고 있는 예산 관련 내용의 수위는 연구와 교육, 그리고 사회적 실천 등을 통해 구성원 모두가 행복한 삶을 영위할 수 있는 사회를 만들기 위해서는 예산 지원을 포함한 정책적 배려가 필요하다는 점을 지적한 수준이다.

대부분의 인문학자들은 인문학이 본래 '인간다운 삶의 고양을 위한 총체성의 학문'이라는 사실을 잘 알고 있으며, 인문학의 위기가 이러한 인문학의 이념을 외면한데서 비롯된 것도 인식하고 있다. 인문학이 신자유주의를 추종하고 있는 대학 제도에 의해 분과학문의 한 분야로 전락하면서 통합학문으로서의 합당한 구실을 상실하였고, 본래 인간됨, 즉 가치 및 가치 있는 삶을 고민했던 인문학이 인간을 분석하는 도구로 전락하면서 인문학자의 밥벌이 수단쯤으로 치부되면서 길을 잃었으며, 사회와 소통을 거부하면서 자폐적인 학문이 되고 만 사실도 양식 있는 인문학자들은 각성하고 있다.

인문학 선언이 공감을 얻지 못하는 이유가 "선언이 일면적이며, 위기의 원인에 대한 성찰이 결여되어 있고, 극복 방안이 자기중심적이기 때문"이라고 한 신승환(가톨릭대) 교수의 고해와 같은 자기 성찰에 양식 있는 인문학자들은 대체로 공감한다.

인문학의 위기를 극복하기 위해서 인문학자 모두가 성찰과 소통과 실천을 통해서 인문학의 사회성을 회복하는 일에 나서야 하며, 그리하여 인문학은 사회의 요구에 귀를 기울이고 사회가 제기한 문제에 대한 답을 제시할 것을 촉구한 백영서(연세대), 최원식(인하대) 교수의 쓴소리도 인문학자들은 수긍하고 있다.

더 이상의 인문학위기의 진위에 대한 논란은 생산적이지도 못할 뿐만 아니라 바람직하지 않다. 문제를 바라보는 시각의 차이는 자연스러운 것이며, 자유로운 토론을 통해 접점을 찾고, 그 지점에서 해결책을 고민하는 것이 인문학자가 취할 태도일 것이다.

인문한국사업은 2006년부터 급속도로 확산되기 시작한 인문학 위기 담론에 대한 정부 차원의 공식적인 대응의 성격을 띠고 있다. 교육과학기술부(당시 교육인적자원부)는 2007년 5월 17일, 2007년부터 2016년까지 10년 동안 4천억여 원을 투자하는 '인문학진흥기본계획'을 발표한 바 있다. 사업비의 규모나 기간으로 볼 때, 인문학 분야에서는 전무후무한 인문학 진흥책이 닻을 올린 셈이다. 정부는 모처럼의 초대형 인문학 관련 사업을 성공적으로 수행하고, 또 성과를 담보해 내기 위해 폭넓은 의견 수렴을 토대로 세부 정책을 수립하였고, 그를 바탕으로 19개 사업단을 선정하여 현재 2단계 2차년도 사업을 진행 중에 있다.

인문한국사업은 과거 한국학술진흥재단이 사업비를 지원하고 사업 기간이 만료되면 보고서를 제출하고 종료되었던 프로젝트 성격의 사업과는 달리, 인문학 연구를 위한 토대 조성을 목적으로 하고 있는 점이 가장 큰 특징이다. 인문학의 새로운 지형도를 그리기 위한 의욕이 반영된 이번 사업은 연구자가 아니라 선정된 과제를 수행하는 거점연구소(단)를 지원하는 사업이다.

강원대학교의 인문치료사업단의 출범은 인문한국사업과 그 태동을 함께하고 있다. '인문치료(학)' 연구는 앞서 밝힌 것처럼 2007년 한국연구재단의 전신인 한국학술진흥재단의 '인문학진흥을 위한 인문한국사업'의 일환으로 시작된 연구 주제이다. 당시 선정된 과제명은 '인문학진흥을 위한 인문치료'이다. 현재 2단계 2년차 사업을 수행중인 강원대학교 인문치료사업단은 1단계 목표인 인문치료(학)의 학문적 정체성을 확립을 위한 연구를 마무리하고, 2단계 목표인 인문치료를 위한 이론 및 방법론 개발을 위해 노력을 기울이고 있다, 그동안 국내외 학술대회를 통해 사업단이 이룩한 연구성과를 발표하고 검증받는 과정을 거치면서 인문치료에 대한 연구가 성과를 거두기 위해서는 학제간 연구가 반드시 필요하다는 인식에 도달하게 되었으며, 금번『21세기 인문학의 새로운 도전, 치료를 논하다』기획은 학제간 융·복합 연구의 필요성을 해결하기 위한 시도의 일환이다.

학제간 연구의 필요성은 2009년 9월 18 ~ 19일 강원대학교 60주년 기념관에서 '현대사회에서의 인문학과 치료(Humanities and Therapies in Contemporary Society)' 라는 주제로 열린 국제학술대회(HT 2009, The 1st International Conference on Humanities Therapy)'에서도 입증되었다. HT 2009 국제학술대회는 우리나라는 물론 미국·프랑스·스위스·캐나다·벨기에·일본·중국 등 8개국 12명의 발표자를 포함, 총

28명의 세계적인 석학들이 참여하여 새로 태동하는 학문인 인문치료학이 국제적인 관심의 대상으로 부상되는 계기를 마련했다. '철학치료'의 창시자라고 할 수 있는 뉴욕시립대학교(The City College of New York)의 루 메리노프(Lou Marinoff) 교수를 비롯하여 프랑스 예술치료의 이론적 토대를 확립한 리샤르 포레스티에(Richard Forestier) 유럽산업대학(Université Européenne du travail) 교수, 인문학적 가치를 청소년 범죄의 이해와 대책 마련에 접목하여 주목을 받고 있는 프랑스어권 국제범죄학회 회장 겸 스위스 프리부르그대학(University of Fribourg) 법학부 교수인 니콜라스 켈로즈(Nicolas Queloz), 미국 내에서 문학의 치료적 활용을 주도하고 있는 미국시치료협회의 회장을 역임한 캐슬린 아담스(Kathleen Adams), 미국 오하이오대학교(Ohio University)의 언어청각학과 학과장 브루크 할로웰(Brooke Hallowell) 교수, 일본 릿코대학교(Rikkyo University) 이문화간 의사소통학부 교수 미도리 이지마(Midori Iijima) 등이 인문치료학의 중요성 및 학제간 융·복합연구의 필요성에 대한 논문을 발표했다.

2단계 2년차 사업을 수행중인 강원대학교 인문치료 사업단 연구진이 그동안의 연구 성과를 바탕으로 정의한 인문치료의 개념은 "육체적·정신적 질환으로 고통 받고 있거나, 혹은 그런 고통에 노출될 가능성이 있는 개인이나 집단에게 인문학적 방법을 활용하여 자아통찰과 인식론적 변화를 유도함으로써 정서적·정신적 건강을 확보하는 통합적 병인 극복 과정"이다.(강원대학교 인문과학연구소 간행 인문치료 학술총서 1권 『인문치료』)
그러나 이러한 정의는 아직 거칠기 짝이 없으며 유사한 대안치료와 변별력이 떨어지는 한계도 안고 있다. '인문학적 방법'에 대한 정확한 개념 및 범주화의 문제는 물론 이를 활용한 병인 극복과정의 과학적 기술 문제도 해결해야 할 당면한 과제이다. '통합적'의 함의도 불분명하다. 철학치료를 비롯한 여러 대안치료를 적당히 버무린 방법론상의 공화주의를 통합적이라고 할 수는 없다. 중심과 주변의 좌표가 정해지지 않으면 인문치료는 철학치료나 문학치료와 이음동의어가 되고 말 것이다.

도구의 차원에서 "인문치료를 위해 활용되는 인문학적 도구는 고통에 노출되어 있거나 노출될 가능성이 있는 개인과 집단으로 하여금 '생각하게 하고' 또 '그 생각을 표출하게 하며' 필요에 따라서는 '생각의 전환을 유도하기' 위해 동원될 수 있는 제반 기법의 총체로, 전통 인문학에서 활용해 온 읽기·쓰기·말하기와 음악·영화·연극·미술 등 표현 예술적 기법들을 유기적으로 결합시킨 통합적 커뮤니케이션 체계"라고 설명해도 미흡하기는 마찬가지다.

치료대상의 차원에서 "심리치료는 인간 심리의 이상상태를 치유하는 행위다. 심리치료의 기본적인 방법은 언어이며, 따라서 심리치료는 방법론적 측면에서 볼 때 말하기치료(talking cure)라고 할 수 있다. 인문치료는 그 대상이 심리치료보다 더 포괄적이다. 인문치료의 대상은 사람 그 자체이다. 심리는 사람이 지니고 있는 요소들 중 하나일 뿐이다. 철학적 사고, 역사적 인식, 문학적 상상력과 환유의 활용 등을 통한 인문치료는 심리뿐만이 아닌 사람을 그가 처한 환경과 더불어 총체적으로 이해하려는 노력이 바탕에 깔려있다."고 인문치료의 개념을 차별화해보지만 여전히 부족한 느낌을 지울 수 없다.

인문치료는 두 가지 측면을 내포하고 있다. 학문적 환경의 변화에 따른 인문학의 새로운 지형도를 그려보는 일이 하나요, 적든 많든 간에 그동안 이룩한 인문학의 학문적 성과를 사회로 환원하여 구성원이 가치있는 삶, 행복한 삶을 영위할 수 있도록 도와주는 일, 즉 인문학의 사회적 실천이 다른 하나이다. 이 둘은 일견 분리되어 있는 것처럼 보이나 치료적 차원에서 볼 때는 이론(방법론)과 적용으로 포괄될 수밖에 없다.

현재 인문학은 연구 주체와 대상이 분리되어 있는 경우가 많다. 주체와 대상이 분리된 학문은 생명력을 보장받을 수 없다. 인문학도 엄연히 사회현상의 변화에 따라 부침이 수반되는 수요와 공급의 산물이다. 물론 그 원칙을 평면적 시장 원리와 비교할 수는 없겠지만, 그렇다고 해도 인문학이 모든 현실과 상황으로부터 동떨어져 있을 수는 없다. 인문학은 사회가 필요로 하는 구체적인 요구들을 수용하고 충족시키기 위해 노력해야 한다.

인문치료연구는 이런 문제의식에 공감하는 인문학자들의 고단한, 그러나 마땅히 선택해야할 의미 있는 도전이다. 인문치료학의 학문적 정체성을 확립하는 일, 정신적·정서적 측면의 사회안전망을 구축하기 위해 제도를 개선하고 관련 인력을 양성하기 위한 교육 과정을 마련하는 일, 이를 토대로 연구 성과를 사회로 환원하는 일 모두 인문치료 분야가 감당해야할 과제들이다.

인문한국사업이 추진되기 직전 최재목(영남대) 교수는 사업에 임하는 인문학자들이 지녀야할 자세를 언급하면서 위당 선생의 제자인 민영규의 <예루살렘 입성기>의 일부를 인용한 바 있다. "북극을 가리키는 지남철은 무엇이 두려운지 항상 그 바늘 끝을 떨고 있다. 여윈 바늘 끝이 떨고 있는 한 그 지남철은 자기에게 지워진 사명을 완수하려는 의사를 잊지 않고 있음이 분명하며 바늘이 가리키는 방향을 믿어도 좋다. 만일 그 바늘 끝이 불안스러워 보이는 선율을 멈추고 어느 한쪽에 고정될 때 우리는 그것을 버려야 한다. 이미 지남철이 아니기 때문이다."가 그것이다.

참 울림이 큰 구절이다. 강원대학교 인문치료사업단 역시 바늘 끝을 떨고 있는 지남철(나침반)과 같은 역할을 떠맡길 감히 소망한다. 인문치료학 연구를 통해 변화된 세상이 요구하는 인문학의 새로운 지평을 열고, 인문학의 성과를 활용한 사회적 실천을 통해 인류의 행복한 삶에 이바지하고자 노력할 것이다.

인문치료학은 이제 겨우 천을 짜기 위해 벼리만 얽어 놓은 모습에 지나지 않는다. 씨줄 날줄의 부단한 교직을 통해 천을 짜듯이 인문학과 다른 학문간의 부단한 소통과 통섭 과정을 거쳐 인문치료학은 정치한 학문으로 자리잡을 것이다. 이번 기획도 이러한 작업의 일환이다.

문학, 언어학, 철학, 사학, 의학, 자연과학 등 전공 분야가 다른 학자들이 한 주제에 대해 글을 써서 책을 만드는 일은 분명 매우 고단하고 지난한 일이다. 의욕과 달리 목표를 이루기도 쉽지 않은 작업이다. 그럼에도 불구하고 인문치료학의 학문적 발전을 위해서 기꺼이 옥고를 주신 필자들께 감사드린다.

1부

인문치료, 그 오래된 미래 /
역사와 철학

의(醫), 몸의 문제풀이*

강 신 익

인제대학교 의과대학 / 인문의학연구소

■

■

■

1. 의학, 과학인가 철학인가?

흔히 의학은 불확실성의 학문이라고 한다. 통제된 조건에서 언제나
반복 가능하고 동일한 결과를 낳는 물리과학과는 달리, 사람의 몸을 다
루는 의학에서는 통제된 조건 자체가 거의 불가능할뿐더러 동일한 자극
을 주더라도 그 자극을 받아들이는 몸의 상태에 따라 결과는 크게 다를
수 있기 때문이다. 똑같은 폐렴을 앓고 있는 환자에게 똑같은 용량의 페
니실린을 주사했을 때에도 대개는 치유에 이르지만 때로는 오히려 내성
균을 키워 치료를 어렵게 하거나 환자를 쇼크에 빠뜨려 생명을 위협하
는 경우까지도 있을 수 있다.

* 본 연구는 2006년 인제대학교 학술연구조성비 지원과 학술진흥재단의 2007 인문한국지원
  사업 인문연구분야 유망연구소 지원사업(과제번호 A00001)의 지원에 의해 이루어졌음.

몸의 상태는 생물학적으로만 다양한 것이 아니다. 내가 처해있는 심리적·사회적·영적 상태에 따라서도 의학적 개입에 대한 반응은 크게 달라진다. 과학이 고도로 발달되어 인체의 모든 생물학적 조건을 통제하고 사람의 심리적·사회적·영적 상태를 모두 생물학적 조건으로 환원할 수 있게 될지도 모르지만, 적어도 우리가 살아있는 동안 그것이 실현될 것 같지는 않다.

따라서 의학을 과학의 한 분야라고 단정 짓는 것은 좀 지나친 비약이다. 현대의 의학이 주로 과학적 방법론에 의지하기는 하지만 궁극적으로 치유에 이르는 것은 생물학적 기계가 아닌 인간으로서의 환자이며 그 인간의 내면을 탐구하는 것은 예술과 인문학이다. 미국의 의철학자 펠레그리노의 말처럼, "의학은 가장 인간적인 과학이고 가장 경험적인 예술이며 가장 과학적인 인문학이다."[2]

그렇다면 의학은 철학일 수도 있다. 인간에 대한 탐구가 철학의 주요 사명 중 하나이기 때문이다. 철학은 인간에 대해 무엇을 어떻게 물을지 묻는다. 그리고 거기에 대한 특정한 답들을 내놓는다. 그 물음과 답의 방식에 따라 우리는 엄청나게 다른 세상을 경험할 수도 있다. 예컨대 인간이 '무엇'인가라는 물음에 대해서는 생각하는 갈대라거나 이성적 동물이라는 답이 나올 수 있지만, 하늘(天)과 땅(地)과 사람(人)이 하나라거나 먼지 속에도 만물이 들어있다고 생각하는 사람들에게 그런 질문은 아무런 의미도 없다. 이 때 인간에 대한 물음은 '무엇'이 아니라 '어떻게 존재하는가'이기 때문이다. 다른 세계관을 가진 사람들은 다른 세상을 경험한다. 편안함(건강)과 편치 않음(병)을 느끼는 조건과 현상도 같지는 않을 것이다.

지금 우리는 건강과 질병, 그리고 건강을 회복하는 과정인 치유를 신체의 부분에 일어난 변화로 설명하는데 익숙해져 있다. 하지만 이러한 설명방식은 '인간은 무엇인가'라는 물음에 기계적 신체와 그것의 주인인 이성 또는 영혼의 합체라고 답하는 사유구조의 소산이다. 동아시아

---

2 Pellegrino, E. D., *Humanism and the Physician*, University of Tennesse Press, 1979. 17쪽.

와 인도의 전통의학에서처럼 그러한 구분 자체가 무의미한 사유구조에서 건강-질병-치유는 전혀 다른 모습을 드러낸다.[3] 동아시아 전통에서 인체의 생리작용과 도덕적 행위는 모두 기(氣)의 모임과 흩어짐으로 설명되며, 인도의 전통의학인 아유르베다에서도 몸과 마음의 현상은 정신적 힘과 육체적 작용이 합쳐져 상호작용하는 차크라로 설명된다. 여기서 사람의 몸은 '무엇'으로 존재하는 것이 아니라 '어떻게'로 기능한다. 그런 몸을 설명하는 의학도 그 구도를 벗어나지 않는다.

따라서 의학이 '무엇'(과학 또는 철학)인지 묻는 것 자체가 수천 년 동안 우리의 삶을 이끌어온 의(醫)의 진정한 모습을 가리는 것일 수 있다. 그 물음은 100여 년 전에 이 땅에 들어온 서양 근대사상의 반영일 뿐이며 그 이전에는 과학이나 철학이란 말 자체가 존재하지도 않았으니 말이다. 우리가 건강-질병-치유를 설명하고 대처해 온 의(醫)의 모든 체계와 현상을 서양의 합리적이고 이성적인 시선으로 재단하고 분석해야만 한다고 주장하는 것은 베이컨이 말한 극장의 우상에 빠지는 것과 같다.

이 글에서는 의학이 무엇인지 묻는 대신 우리가 우리의 몸이 겪는 삶의 문제에 어떻게 대처해 왔고 그것을 어떻게 체계화해 왔는지 묻고자 한다. 건강-질병-치유라는 현상을 겪으면서 살아가는 '몸이라는 자연'의 역사를 추적하려는 것이다.

2. 醫의 뿌리와 줄기

어떤 개념이나 현상의 계보를 추적하기위해서는 그것을 지칭하는 말이 유래한 원천(어원)으로부터 출발하는 것이 좋다. 그리고 지금 우리가 그 말을 사용하는 의미나 맥락과 비교해 보면 그러한 개념의 문화적 변

---

3 강신익, 『몸의 역사, 몸의 문화』, 휴머니스트, 2007. 제4장., 김교빈 박석준 외, 『동양철학과 한의학』, 아카넷, 2003., 김희정, 「몸의 논리로 본 인간의 역사에 관한 시론 - 고대 중국의 형신론과 감응관에 근거하여」『의철학연구』 3호, 2007.

천과정을 어느 정도 이해할 수 있게 된다. 이러한 역사적·문화적 이해를 통해 우리는 합리적 이성이 아닌 우리의 경험에 근거한 우리의 물음을 물을 수 있게 될 것이다. 그런 다음 여기서 얻어진 답들을 우리가 살아온 삶의 맥락에 재배치한다면 몸과 의(醫)에 관한 새로운 철학을 창조할 수도 있게 될 것이다.

醫라는 한자어는 몸속에 박힌 화살(医)과 창(殳)에 찔린 상처 그리고 그 상처를 치료하는 약을 상징하는 독한 술(酉)의 세 가지 요소로 이루어져 있다. 그런데 이 세 번째 요소는 때때로 무(巫)로 대체되어 쓰이기도 한다. 그러니까 醫와 毉는 같은 글자인 것이다. 여기서 핵심은 화살에 맞고 창에 찔려 신음하는 인간의 고통(医殳)과 그 고통을 줄이기 위해 약(酉)을 쓰거나 초월적 존재를 끌어들여 도움을 청하는(巫) 행위이다. 치유의 행위에서 초월적 존재에 의지하는 정도가 줄어들면서 점차 毉가 醫로 대체되기는 했지만 치유가 인간의 힘만으로 완성되지 않는다는 사실은 지금도 누구나 인정한다. 인간의 고통을 덜어주는 醫의 뿌리는 하늘과 땅을 연결시키는 巫에 있었으며 점차 땅에서 나는 약의 비중을 늘여왔던 것이다.

유럽의 전통에서 질병과 치유의 개념은 주로 신화에 등장하는 다양한 신들을 통해 표현되는데 여기서는 건강-질병-치유와 관련된 개념이 하나의 범주로 정리되지 못한 채 여러 신들의 이야기 속에 흩어져있다. 이 이야기들 속에 등장하는 신들은 특정한 치유의 능력을 가진 것으로 묘사되지만 그것이 어떻게 가능했는지에 대한 언급은 별로 없다.

대지의 여신 아르테미스는 출산과 어린이의 발육을 수호하고, 마카온은 외과치료에 능했으며, 포달레이리오스는 내과와 정신과 치료를 잘했다고 한다. 의술과 관련된 신으로는 이밖에도 아르테미스의 쌍둥이 오빠인 아폴론, 아폴론의 아들이며 마카온과 포달레이리오스의 아버지인 아스클레피오스, 그리고 아스클레피오스의 딸들인 약의 여신 파나케이아, 섭생과 돌봄의 여신 히기에이아 등이 있다. 그리고 아스클레피오스에게 의술을 가르친 반인반마(半人半馬)의 형상을 한 케이론도 있다. 이

신들은 대개 초자연적인 능력으로 질병을 치유한다. 이 중에서도 가장 뛰어난 능력을 가진 신이 아스클레피오스로 오늘날까지도 의술의 신으로 받들어지는데, 죽어야 할 사람마저도 살려내는 그의 능력을 시샘한 제우스에 의해 죽임을 당해 별이 되었다고 한다.[4]

　동아시아에서 초자연적인 무(巫)가 중간단계인 의(毉)를 거쳐 병을 자연현상으로만 설명하는 의(醫)로 진화했듯이, 유럽의 의술도 세속화의 길을 걷게 되는데 그 첫 관문에 해당하는 것이 신이 아닌 인간 히포크라테스다. 그는 거의 모든 질병에서 신성(神性)을 걷어내고 순수한 자연현상으로 설명하여 진정한 의(醫)의 토대를 쌓았다. 동아시아에서 『황제내경』이라는 책이 출판되어 대략적인 의(醫)의 기초가 마련된 것과 비슷한 시기다.

　히포크라테스는 뛰어난 치유능력으로 인해 아스클레피오스의 후손으로까지 격상되지만 그가 사용한 방법은 적극적 개입보다는 자연의 운행에 따라 생활을 조절하는 섭생 위주였다. 즉 히기에이아의 방법을 따랐다. 이후 서구 유럽의 醫는 몸에 대한 직접적 개입을 위주로 하는 아스클레피오스의 전통과 환자와 환경에 대한 보살핌을 중시하는 히기에이아의 전통으로 양분된다.[5] 히포크라테스는 그 두 전통의 합일이며 이후 다양한 분화의 과정을 겪는다.

　그 첫 번째 분화가 내과와 외과의 분리이다. 신화에서는 포달레이리오스와 마카온이 역할분담을 하지만 인간의 현실세계에서는 자연에 대한 추상적 지식에 통달한 내과의와 손을 써서 사람의 몸을 직접 변경시키는 외과의로 분화된다. 내과의사라는 말(physician)은 '자연'을 뜻하는 말(physis)에서 유래하지만 외과의사(chirurgeon)라는 말은 '손'이라는 뜻의 말(chiro)에서 유래한 것이라는 사실이 흥미롭다. 히포크라테스는 전형적인 내과의사로 그의 유명한 선서의 원문을 보면 "나는 칼을 사용하

4 Roy Porter, *The Greatest Benefit to Mankind: A Medical History of Humanity*, W.W. Norton & Company, 1997. p.52
5 르네 듀보 지음/허정 옮김, 『건강유토피아』, 명경, 1994.

지 않을 것이며 심지어 결석 환자도 그 일에 종사하는 사람에게 맡기겠습니다."라는 구절이 있을 정도다.[6]

중세로 넘어오면서 내과와 외과의 구분은 단순한 분업을 넘어 신분의 차이로까지 이어진다. 대학에서 책을 통해 의학을 공부한 사람은 내과의사가 되어 왕족이나 귀족을 돌보았지만 농민들은 이발사 출신의 외과의가 어깨너머로 배운 기술로 치료했다. 이러한 구분을 가장 적나라하게 보여주는 것이 중세 대학의 해부학 실습인데, 원형의 실습실 상단에서는 내과의사인 교수가 고대 로마시대에 쓰인 교과서를 낭독하고 무대에서는 이발사가 직접 시체를 해부했으며 내과의사가 될 학생들은 관중석에서 이를 지켜보기만 했다고 한다. 이러한 내과와 외과의 차별적 구분은 소독과 마취가 발명되어 외과수술의 위험이 크게 줄어드는 19세기까지 지속되었다.

한편 동아시아 전통에서는 이런 구분이 잘 보이지 않는다. 보다 이론적인 『내경(內經)』과 좀 더 실천 지향적인 『상한(傷寒)』의 구분이 있지만 그 둘이 상호배타적이지는 않다. 주로 유학(儒學)을 공부하고 덤으로 의학을 배운 유의(儒醫)와 처방과 침술 등을 익혀 바로 임상에 뛰어든 용의(庸醫)의 구분이 그나마 내과와 외과의 구분과 비교될 수 있을 뿐이다. 이렇게 외과의 전통이 일천한 것은 대체로 천지의 운행에 순응하되 인위적 개입을 꺼리는 동아시아의학의 태도에 기인한 것이다.

내과와 외과의 구분은 상당부분 이론과 실천을 구분하는 구도와 중첩된다. 내과의는 몸의 상태를 이론적으로 설명하고 외과의는 그 몸을 직접 변경시킨다. 내과의는 주로 왕족이나 귀족에게 봉사했으므로 그들에게 고통을 주는 시술을 하기보다는 의학적 조언을 하고 때로는 논쟁을 벌였던 반면, 대중을 상대하는 외과의는 말보다는 뭔가 보여줘야만 했다. 19세기 이후 의학교육에서 두 전통이 통합되면서 이제는 그 구분이 거의 의미가 없어졌다. 이제는 외과에서도 엄밀한 이론이 필요하며 내과에서도 내시경과 혈관확장술 등 각종 침습적 시술이 행해진다. 하지만, 몸의

---

6 반덕진, 『히포크라테스 선서』, 사이언스북스, 2006.

구조와 기능을 이론적으로 탐구하는 기초의학과 그 지식을 이용해 직접 질병치료에 임하는 임상의학을 구분하는 태도 속에는 여전히 내과와 외과, 이론과 실천의 구분이라는 예전의 사고방식이 남아있다.

이론과 실천의 구분은 병(病; disease)과 환(患; illness)을 구분하는 태도에도 일정한 영향을 준다. 병은 실체적 존재이며 환은 그로인한 실존적 경험이다. 존재와 경험이 분리되는 것인데 존재는 몸에 속하고 경험은 마음의 소산이다. 또, 병은 몸에 속하고 환은 마음에 속한다. 병/환, 존재/경험, 몸/마음이며, 병=존재=몸/환=경험=마음의 구도다. 그러나 병과 환을 뜻하는 말의 유래를 보면 그 둘의 구분이 그다지 자연스럽지 못하다는 사실이 드러난다. 병을 뜻하는 말(disease)은 편치 않음(dis-ease)에서 왔고 환(ill-ness)이라는 말은 앓음, 사악함, 불길함 등의 뜻에서 전용된 것이다. '환'에는 '병'에는 없는 도덕적 뉘앙스가 들어 있다는 차이가 있지만 두 말이 존재와 경험을 구분하지는 않는다. 두 말 모두 몸 또는 마음의 상태 또는 경험을 뜻할 뿐 존재를 가리키지 않는다. 대부분의 유럽언어들에서도 두 개념이 분화되어 있지 않다. 병은 존재와 경험의 합일일 뿐이라는 오래된 인식이 언어에 그대로 남아있는 것이다. 그런데 영어에서는 비교적 최근에 의학이 발명한 존재와 경험의 분리를 위해 무리하게 그 둘을 구분하고 있는 것이다.

병과 관련된 대부분의 한자어들은 병이 들어 벽에 기댄 모양을 본뜬 녁(疒)을 가지고 있다. 그 속에 바를 정(正)이 들어 있으면(症) 병의 증세가 숨김없이 정확히 밖으로 드러나는 것을 뜻하고, 용(甬)이 들어 있으면(痛) 병이 밖으로 솟아올라 몹시 아픈 상태를 뜻한다. 또 가죽(皮)이 들어있으면 살가죽에 병색이 드러날 만큼 야위고 지친 상태(疲)를 나타내며 창(戈)이 들어 있으면 적이 창을 들고 침입하듯이 병이 몸에 들어오는 것을 나타낸다. 화살(矢)이 들어 있으면 병의 증세가 빨리 악화되는 것을 뜻했다. 이밖에도 오랫동안 잘 낫지 않는 병(疚)은 오랠 구(久)를, 열이 나는 병(痰)에는 불 화(火)를, 몸이 붓고 물이 차는 병(疢)에는

물 수(水)를 쓰는 식이다.[7]

이 모든 것이 병(病) 하나로 수렴되는데 여기서부터 흠, 하자, 근심, 좋지 않은 버릇, 괴로움, 피곤, 원망, 비방 등 다양한 의미의 스펙트럼이 펼쳐진다. 그 스펙트럼이 존재와 경험의 구분이 아닌 병과 관련된 모든 현상과 상태들의 표현임은 물론이다. 우리 조상들은 병을 명사가 아닌 동사로 사용하는 경우가 많았는데 (병ᄒ다) 이 또한 존재가 아닌 상태와 경험 또는 과정으로서의 병을 '앓았다'는 사실을 말해준다.

이처럼 병이라는 말 자체에 다양한 스펙트럼의 경험적 현상이 담겨져 있기 때문에 병을 환과 구분한다는 발상 자체가 부자연스런 것이다. 우리가 굳이 이 둘을 구분하는 것은 전적으로 서양식 사고방식에 우리의 경험을 꿰어 맞추려는 강박의 소산일 수 있다. 우리가 병과 환을 구분하면서 환(患)이라는 글자에 들어있는 마음(心)과 그것을 찌르고 있는 꼬챙이(串)에 주목하는 것도 사실은 몸과 마음을 존재와 현상으로 구분해서 파악하는 서구식 이원론의 소산일 수 있다. 동아시아 전통에서 마음(心)은 몸(身)의 한 부분이며 몸은 물질적 존재일 뿐 아니라 사회적·도덕적 관계의 구현체이기도 하다. 따라서 병을 앓는 주체는 언제 어디서나 존재와 현상의 종합인 몸이지 허령한 마음이 아니다.[8]

다음 절에서는 동서고금을 통해 몸에는 어떤 것들이 담겨져 있었으며 그것들은 어떤 분류체계에 따라 계열화되어 있었는지 알아본다.

---

7 김용걸,『字源 字解로 익히는 漢字』, 상지원, 1998.
8 몸과 마음의 관계에 관한 논의는 철학과 심리학의 오랜 과제이며 의학과 관련해서도 다양한 논의가 있어왔지만 여기서 다룰 수 있을 만큼 간단치 않아 생략한다. 다만, 주체와 객체를 뚜렷이 구분하는 전통을 지켜온 서양의 학문에서도 주객을 떠나 경험에 직접 호소하는 현상학 등의 실험이 있고, 최근에는 이를 신경과학 등 경험과학의 연구 성과와 연결시키는 인지적 패러다임(cognitive paradigm)이 대두되고 있는 등 변화의 조짐이 보이고 있다는 사실을 지적하는 데 그치고자 한다. (Jason Brownlee, "Cognition, Immunology, and the Cognitive Paradigm," *CIS Technical Report*, 070504A, 2007., Marc de Mey, *The Cognitive Paradigm*, The University of Chicago Press, 1992.) 의학과 관련해서는 신체의 생물학적 현상을 문화적 경험과 분리되지 않는 생물-문화적(bio-cultural) 현상으로 보는 의료인류학의 연구방법론이 인기를 끌고 있다. (Horacio Fabrega Jr., *Evolution of Sickness and Healing*, University of California Press, 1997.)

3. 몸의 서사와 기억

문명이 발생하여 우리의 삶이 일정한 형식을 갖추기 전에도 우리 조상들은 먹을 것을 찾아 헤매고 비바람을 피해 잠자리를 마련하였을 것이다. 당시에는 무(巫)나 의(醫)의 개념도, 아스클레피오스와 히기에이아와 같은 신(神)도 없이 오로지 몸이라는 자연이 시키는 대로 병이나 상처를 치유했을 것이다. 몸은 우리 조상들이 의(醫)를 발명하기 훨씬 전에 이미 본능적으로 의(醫)를 행하고 있었던 것이다. 몸은 의(醫)의 바탕이며 출발점이다.

그러다가 서구인들은 신(神)을 발견했고 동아시아인들은 자연의 이법(理法)을 찾았는데 그 이후로는 몸의 치유행위를 그 구도(신 또는 이법)에 맞춰 생각하기 시작했다. 본격적인 의(醫)가 탄생한 것인데, 이때 의(醫)란 몸에 대한 하나의 서사(敍事)가 된다. 이 서사에는 이야기의 뼈대가 되는 형이상학적 구조와, 그 이야기를 풀어나가기 위해 필요한 문화적으로 공유된 문법과, 이야기에 등장하는 실질적 주인공이 있어야 한다. 동아시아 의학에서 몸에 대한 서사의 형이상학적 구조는 이 세상이 하늘과 땅과 사람으로 되어있다는 삼재(三才)사상이며, 공유된 문화문법은 어둠(陰)과 밝음(陽)의 상보적 대칭관계로 세상을 보는 방식이며, 이야기에 등장하는 실질적 주인공은 자연계에 존재하는 나무, 불, 흙, 쇠, 물 (木火土金水; 五行)과 상응하는 간장, 심장, 지라, 허파, 콩팥(肝心脾肺腎; 五臟)이다.

삼재(三才)는 동아시아 우주론의 기본 뼈대로서 하늘은 자연과 도덕의 이법을 땅은 물질적 토대와 생명을 주며, 사람은 이를 실제로 운용하여 모두를 이롭게 하는 주체가 된다. 이런 구조는 몸을 정(精)과 기(氣)와 신(神)의 구성으로 보는 『동의보감(東醫寶鑑)』의 사유양식과도 일치한다.[9] 여기서 정은 생명을 주는 땅이고 신은 이법(理法)을 주는 하늘이며, 기는

---

9 신동원, 김남일, 여인석, 『한권으로 읽는 동의보감』 들녘, 1999.

하늘과 땅을 통해 생명을 실현하는 사람의 기능에 대응한다. 이런 우주론의 구조는 오랜 기간 사람이 중심인 유교의 영향을 받으면서 땅의 존재가 상대적으로 축소되어 천인상관(天人相關) 또는 천인합일(天人合一)의 구조로 변화하지만, 사람의 몸(人)이 존재하는 맥락의 기본 구조는 그대로 유지된다. 특히 의(醫)의 실천에서는 하늘의 원리를 따르는 것도 중요하지만 땅에서 나는 약초가 없어서는 안 될 기초 재료가 된다.

　동아시아 전통에서는 모든 것을 어둠과 밝음의 상보적이고 상호이행적인 관계로 파악하는 경향(陰陽論)이 있는데 몸의 서사인 의의 입장에서도 마찬가지다. 여기서는 몸의 모든 요소가 음과 양의 체계에 따라 분류된다. 오장(五臟)과 육부(六腑), 몸의 앞부분과 뒷부분과 같이 대대적(待對的) 관계를 갖는 부위는 모두 음과 양에 배당된다.

　음과 양은 때에 따라 더 세분되기도 하는데 음과 양이 각각 둘로 분화하면 사상(四象; 太陽, 太陰, 少陽, 少陰)이 되고 셋으로 분화하면 삼음삼양의 육경(六經; 태양, 소양, 태음, 소음, 양명, 궐음)이 된다. 사상은 체질의 분류에 육경은 병증의 분류에 사용되는 전혀 별개의 체계이지만 그 뿌리는 역시 대대적 문화문법인 음양의 논리구조다.[10] 이처럼 음양은 그 자체가 수직적으로 분화되기도 하지만, 겉과 속(表裏), 차가운 것과 뜨거운 것(寒熱), 빈 것과 찬 것(虛失)과 같은 병증(病症)의 상대적 성질을 설명하는 구도로 확대되기도 한다. 이것이 바로 팔강변증(八講辨證)인데 육경변증(六經辨證)과 함께 몸의 현상을 설명하는 중요한 논리 구조가 된다.

　이제 이러한 형이상학적 구조와 문화 문법을 토대로 이야기를 풀어나가야 하는데, 그 주인공이 바로 몸속의 다섯 가지 장기이다. 도교의 영향을 많이 받은 경우 이 장기들은 각기 살아있는 귀신의 모습을 하기도 하지만 대개는 상생(相生)과 상극(相剋)의 관계를 통해 몸의 운행을 이끈다. 이 관계는 오행(五行)에서 유추된 것인데 물을 주면 나무가 성

---

10 강신표, 「한국의 대대문화문법과 인학」『한국문화인류학』 31(2), 1998.

장하듯 물에 속하는 신장을 강화하면 나무에 속하는 간에 보탬이 된다든지, 물을 부으면 불이 꺼지듯이 물에 속하는 신장을 강화하면 불에 속하는 심장이 약해진다는 등의 관계들이 얽혀있다. 이렇게 해서 몸은 자연의 완벽한 구현체가 된다. 하지만 오행을 오장에 배속하는 것이 얼마나 타당한지에 대한 근거가 의심스럽다는 사실이 결정적 약점이다.

신과 인간이 공생하던 서양의 신화에서 몸은 비극적 운명의 상징인 경우가 많았다. 산 채로 독수리에게 간을 쪼아 먹히는 프로메테우스나 끊임없이 바위를 밀어 올려야 하는 시지포스의 몸이 받는 고통을 통해 인간은 비극적 정화(tragic catharsis)를 얻는데, 아마도 당시의 병 치료는 이와 같은 심리적 정화를 주요 수단으로 사용했을 것이다. 몸은 고통이 승화되는 공간이고 치유가 일어나는 장소였으며, 기독교에서는 부활의 공간이기도 했다. 한마디로 몸은 신성이 살아나는 공간이었다.

히포크라테스 이후 이러한 신성한 공간이 점차 세속화하기 시작한다. 몸은 신이 아닌 자연의 운행에 의존하며, 건강을 위해서는 신에게 빌 것이 아니라 자연의 법칙에 순응하는 삶을 살기만 하면 되었다. 비로소 몸이 하나의 자연이 된 것인데, 이로써 몸속의 자연과 몸 밖의 자연을 연결시킬 고리가 필요해졌다. 당시에는 이 세상의 근원이 무엇인지에 대한 자연철학적 논쟁이 유행이었는데 히포크라테스는 이 중에서 물, 불, 흙, 공기가 만물의 근원이라는 사원소설을 채택하고 이것을 우리의 몸을 구성한다고 믿어지는 점액, 혈액, 흑담즙, 황담즙이라는 네 가지 체액과 연결시켰다. 동아시아에서 오행과 오장을 연결시킨 논리와 거의 같다. 하지만 여기서는 상생과 상극 대신 그것들의 상대적 비율과 균형이 강조된다.

이제 몸은 질적으로 서로 다른 네 가지 액체를 담는 그릇이 되었다. 그러나 세월이 흐르면서 그 그릇은 그저 액체를 담고만 있는 것이 아니라 여기저기로 퍼 나르는 배관이 필요한 복잡한 그릇이 되었다. 건축물에 설치되었던 상하수도 시설이 몸의 모델이 되었다. 이제 몸은 자연이 아니라 집과 같은 인공물을 본뜬 존재가 되었다.

과학혁명이 일어나고 해부학이 발전하며 시계와 같은 보다 정밀한 기계가 발명되자 몸을 보는 시각도 달라졌다. 이제 몸은 더 이상 단순한 파이프들의 집합일 수 없었다. 몸은 보다 정밀한 부품들로 이루어진 시계에 비유되었고 의학의 임무는 그런 몸-기계의 설계도를 찾아내는 것이었다. 기계로서의 몸이라는 관념은 그 구성의 원리가 조직, 세포, 분자의 수준에서 규명되면서 점차 움직일 수 없는 진리로 받아들여졌다.

그리고 21세기가 시작되는 시점에 우리는 마침내 그 기계의 설계도를 손에 쥐게 되었다. 인간의 유전체 지도가 완성된 것이다. 이로써 우리의 몸은 완벽한 기계의 면모를 갖추게 되었고, 우리는 그 설계도를 손에 넣음으로써 우리의 몸을 의도적으로 변경할 수도 있게 되었다. 우리의 몸은 완벽한 기계이지만 그 몸의 주인인 우리는 그 기계를 통제하는 창조주의 역할마저 떠안게 된 것이다. 이제 우리의 몸은 기계인 동시에 신이다.

하지만 기계인 몸에 신이 살 수 있을까? 또는 신이 기계일 수 있을까? 몸의 설계도인 유전체 지도는 신의 창조물일까 아니면 그저 스스로 그러함(自然)일까? 지금은 신의 존재증명이라는 무망한 논의에 매달릴 때가 아니므로 일단 후자의 입장을 취하는 것이 합리적이다. 유전체는 신의 암호도 기계의 설계도도 아닌 그저 자연일 뿐이다. 유전체는 몸속 모든 세포의 핵 안에 들어있으므로 몸의 한 부분임에 틀림없지만 몸이 변화하는 원인이기도 하다. 이것은 몸의 변화를 초래하지만 또한 몸과 함께 변화한다. 유전체를 담고 있는 몸은 단순한 공간이 아니라 변화하는 공간이며 변화의 기억을 담는 공간이다.

기억에도 수백만 년에 이르는 생물 진화의 기억에서 이것을 다음 세대로 이어주는 유전의 기억, 그리고 한 사람이 살아가는 동안 환경과 접촉하면서 쌓아온 인지의 경험을 담는 면역과 신경계의 기억 등 무척이나 다양한 종류가 있다. 이것을 종족의 기억과 개별적 몸의 기억으로 나누어 살필 수 있다.

종족의 기억은 유전체에 담겨 있다. 유전체는 진화의 역사가 담긴 보물창고다. 여기에는 생존에 필요한 유전자 말고도 그 기능을 알 수 없는 온갖 다양한 기억과 정보들이 담겨져 있다. 이것들은 진화의 역사에서 한 때는 꼭 필요했지만 이제는 필요가 없어진, 그러나 특별한 상황에 닥치면 다시 필요하게 될지도 모를 정보일 가능성이 크다. 우리가 컴퓨터를 오래 쓰다보면 더 이상 사용하지 않는 프로그램을 위해 설치했던 레지스트리가 남아서 속도가 느려지는 경우가 있다. 이때 우리는 오래된 레지스트리를 제거해서 문제를 해결한다. 하지만 그 레지스트리를 공유하는 다른 프로그램이 설치되어 있다면 심각한 문제가 생기기도 한다. 그래서 우리의 몸은 한때 긴요했던 정보들을 제거하지 않고 창고에 보관함으로써 나중에 닥칠지도 모를 사태에 대비한다.

몸은 진화나 유전에서처럼 긴 기억을 담기도 하지만, 한 사람 한 사람이 일생동안 경험한 사건과 기억을 담기도 한다. 이 중 지각과 인식에 나타난 사건의 기억을 담는 것이 신경세포들의 네트워크이고 몸이 외부환경과 맺은 관계의 기억을 담는 것이 면역세포들이다. 이렇게 신경세포와 면역세포에 담긴 과거의 기억은 미래의 어떤 시점에 발생할 유사한 사건에 우리의 몸이 효과적으로 대처할 수 있게 한다. 그러나 면역세포와 신경세포에 담긴 개별적 몸의 기억은 후세에 전달되지는 않는다는 점에서 종족의 기억과 구분된다. 아무튼 이제 몸은 여러 차원의 시간을 담는 기억창고다.

4. 醫, 몸의 문제풀이

앞에서 의(醫)를 '몸의 서사'라고 했다. 동아시아 전통에서 몸의 서사는 천지인(天地人)의 형이상학적 구조와 음양(陰陽)의 문화문법을 토대로 몸이라는 무대에서 오장육부(五臟六腑)라는 주인공들이 펼치는 한편의 연극이다. 모든 연극에는 갈등이 증폭되는 클라이맥스가 있듯이 몸의 연극에서도 그런 상황이 발생하는데 그런 상태를 병(病)이라고 부른다. 의(醫)는 몸의 연극에 참여하여 그 몸이 병(病)을 이기고 이야기를 계속할 수 있도록 돕는다. 이것이 동아시아 의학이 일관되게 지켜온 전통이다.

유럽의 역사에서는 의(醫)와 관련된 일관된 흐름을 엮어내기가 쉽지 않다. 역사의 고비마다 그 흐름이 크게 바뀌었기 때문이다. 히포크라테스 이전의 신전의학, 히포크라테스 시대의 자연의학, 중세의 체액의학, 근대의 임상의학, 이후 실험실의학 등 시대별 특징을 집어낼 수도 있다. 시대에 따라 몸의 이야기를 이끄는 형이상학도 같지 않았다. 큰 흐름만 짚어보아도 고대의 신화적 세계관, 중세의 기독교적 세계관, 근대이후의 과학적 세계관으로의 변화가 있었다. 몸의 이야기에 등장하는 주인공들도 시대에 따라 크게 달랐다. 선사시대에는 다양한 신들이 주인공이었고 자연의학시대에는 네 가지 체액이 주인공이었으며 해부학이 발달한 뒤로는 기관, 조직, 세포, 그리고 이제는 유전자가 주인공인 시대가 되었다. 몸의 이야기를 구성하는 문화문법은 대체로 일관된 흐름을 보여 전 시대에 걸쳐 고대의 로고스 중심주의가 관철된다. 지금까지도 동서 의학이 화해하지 못하는 원인은 서로 다른 형이상학과 문화의 문법으로 상대방 주인공을 이해하려 했기 때문이다. 과학과 로고스의 시선으로 오장육부의 관계를 이해할 수 없고, 세포와 유전자의 기능을 이해하는데 하늘-사람-땅의 구조나 음양의 논리가 도움이 될 수가 없다.

	형이상학	문화 문법	주인공
동(東)	삼재(三才)	음양(陰陽)	오장육부(五臟六腑)
서(西)	신화 ↓ 기독교 ↓ 과학	로고스	신(神) 체액 기관→ 조직 → 세포 → 유전자 수직적 연결망 : 진화와 유전 수평적 연결망 : 면역세포와 신경세포

하지만 동아시아 사상의 가장 큰 약점이자 강점은 지나친 융통성과

폭넓은 적용방식이다. 따라서 삼재(三才)와 음양(陰陽)으로 현대과학이 발견한 몸의 현상을 설명하는 것도 불가능하지는 않다. 더군다나 현대의학이 발견한 많은 사실들은 존재보다는 관계에 주목하는 것이 많은데 이는 앎의 주체와 대상이 분리되는 로고스보다는 동아시아의 전통 사유방식과 친하다. 앞에서 종족의 기억이라 부른 유전과 진화는 우리의 조상들이 환경과 맺었던 관계의 기록이며 개별적 몸의 기억이라 부른 면역계와 신경계의 변화과정은 한 개인이 환경과 맺은 관계의 소산이다. 세대에 걸친 수직적 연결망과 몸과 환경의 수평적 연결망이 유기적으로 결합되어 있는 것이다.

수직에 해당하는 것은 하늘(유전과 진화의 이법)이요 수평에 해당하는 것은 땅(환경)이다. 그 사이에 사람(몸)이 있는데 몸은 하늘의 이치가 땅의 현실로부터 구현한 하나의 자연이다. 두 연결망은 유기적으로 결합되어있을 뿐 아니라 서로에게 의존적인데, 이것이 현대 유전학이 발견한 본성(Nature)과 양육(Nurture)의 상호보완적 관계다. 여기서 본성은 하늘이요 양육은 땅이다. 사람의 몸은 하늘의 뜻에 따라 땅의 재료로 만들어지지만, 하늘은 땅과 사람을 다스리기보다는 땅이나 사람과 함께 운행하는 공동주체일 뿐이다.

의(醫) 또한 몸에 관한 모든 지식을 캐내어 그것을 지배하는 담론이 아니라 몸의 삶에 참여하는 몸-살림의 활동이며 몸의 문제풀이다. 현대 서양의학은 눈부신 성과에도 불구하고 그 기계적 방법론으로 인해 이러한 본질적 성찰에 약하다. 이제 몸을 기계가 아니라 수백만 년의 시간이 담긴 인류의 기억창고라고 생각한다면 전통적 사유와 맞닿는 새로운 의(醫)의 패러다임이 창출될 수도 있을 것이다.

| 참고문헌 |

Brownlee, J., "Cognition, Immunology, and the Cognitive Paradigm," *CIS Technical Report*, 070504A, 2007.

de Mey, M., *The Cognitive Paradigm*, The University of Chicago Press, 1992.

Fabrega, H. Jr., *Evolution of Sickness and Healing*, University of California Press, 1997.

Pellegrino, E. D.(1979), *Humanism and the Physician*, University of Tennesse Press.

Porter, R., *The Greatest Benefit to Mankind: A Medical History of Humanity*, W.W. Norton & Company, 1997. p.52

강신익(2007), 『몸의 역사, 몸의 문화』, 휴머니스트.

강신표, 「한국의 대대문화문법과 인학」『한국문화인류학』 31(2), 1998.

김교빈 박석준 외, 『동양철학과 한의학』, 아카넷, 2003.,

김용걸, 『字源 字解로 익히는 漢字』, 상지원, 1998.

김희정, 「몸의 논리로 본 인간의 역사에 관한 시론 - 고대 중국의 형신론과 감응관에 근거하여」『의철학연구』 3호, 2007.

르네 듀보 지음/허정 옮김, 『건강유토피아』, 명경, 1994.

반덕진, 『히포크라테스 선서』, 사이언스북스, 2006.

신동원, 김남일, 여인석, 『한권으로 읽는 동의보감』 들녘, 1999.

요하임 바우어 지음/이승은 옮김, 『몸의 기억』, 이지북, 2006.

움베르토 마뚜라나, 프란시스코 바렐라 지음/최호영 옮김, 『앎의 나무』, 갈무리, 2007.

질병 · 건강 · 치유의 문화사

강 신 익

인제대학교 의과대학 / 인문의학연구소

이 세상에 변하지 않는 것은 아무것도 없다. 역사를 서술하는 방식 또한 시대적 요구와 세상을 바라보는 시선(세계관)에 따라 변천을 거듭해 왔다. 지금 한창 논란거리가 되고 있는 일본의 역사교과서와 중국의 동북공정[1]은 한국, 중국, 일본의 역사인식과 그 기록방식이 각국이 처한 상황과 이해관계에 따라 얼마나 다를 수 있는지를 보여주는 전형적 사례다.

인류의 건강과 질병, 질병 치유의 형식과 내용, 그리고 이를 기술하고 개념화하는 방식 역시 시대적 상황과 현실적 문제의식에 크게 의존한다. 질병과 건강, 치유 양식의 변화 과정을 연구하는 의사학(醫史學)의

---

* 이 글은 박영하 편(2006), 『의학개론』, 을지대학교 출판부 3~17쪽에 실렸으며, 『의철학연구』 1권 1호(2006) 17~39쪽에도 게재되었다.
[1] 중국 정부에 의해 추진되고 있는 동북아시아 역사의 재해석 작업으로서 고구려, 고조선, 발해 등 한국 고대사를 크게 왜곡시키고 있다. 중국은 고구려를 중국의 소수민족이 세운 지방정권으로 보아 고구려사를 중국사의 일부로 편입시키려고 한다.

방법과 시선도 시대적 상황, 그리고 연구자의 문제의식에 따라 크게 다를 수 있다. 이 글은 질병과 건강에 대한 개념의 변천을 다루는 개념사라기보다는 각 시대별로 달리 경험된 질병과 건강의 역사(경험사)에 대한 것이다.

후기산업사회를 살고 있는 우리가 이전 시대를 살고 간 조상들의 질병을 그대로 경험할 수는 없다. 하지만 그것들을 지금의 잣대로 평가하는 대신 당시의 상황과 함께 총체적으로 이해하려는 노력은, 지금 우리가 가진 질병과 건강에 대한 생각을 비판적으로 평가하고 이를 바탕으로 미래를 예측하고 개척하는 데 꼭 필요한 작업이다.

1. 건강에 대한 철학적 물음들

우리의 조상들이 경험하고 이해한 질병과 건강을 재구성하기 위해서는, 지금 여기의 우리들이 경험하고 이해하는 질병과 건강이 어떠한지를 먼저 살펴볼 필요가 있다. 이는 미지의 세계로의 탐험을 떠나기 전에 필요한 관측 장비들을 정비하는 것과 같다.

1) 건강

세계보건기구(WHO)의 정의에 따르면 건강은 '육체적-정신적-사회적 안녕상태'다. 최근에는 여기에 영적(靈的) 안녕을 추가하기도 한다. 그만큼 우리는 건강의 영역을 물질적 신체의 밖으로 확장해 가고 있다.

그러나 우리가 일상적으로 이해하는 건강은, 대체로 일정한 형태와 구조를 갖춘 몸이 그 구조에 합당한 생물학적 기능을 수행하는 상태라 할 수 있다. 이 견해에 따르면 건강은 자연에 의해 디자인된 본래적 구조와 생리현상이다. 우리의 몸에는 종 디자인(species design)이라고 불리는 어떤 이상적 상태가 있으며 그 이상적 상태가 바로 건강이다. 우리는 아직 그러한 이상적 상태를 완전히 파악하지는 못했지만 머지않아 완벽한 이해에 도달할 것이라 믿는다. 이는 의사들뿐 아니라 일반적인 대중이 상식적으로 가지고 있는 생각이며 현대의 생물의학(biomedicine)은 바로 이러한 생각을 기본 전제로 한 의학의 형식이다.

하지만 세계보건기구는 이렇게 생물학적 신체에 한정된 건강을 정신과 사회와 종교의 영역까지 확장해야만 한다고 주장한다. 이는 현실의 반영이기보다는 의학이 지향해야 할 목적과 의지를 표명한 것으로 보는 것이 옳다. 물질적 몸의 평균적 기능이라는 의미의 건강이 현실적이고 실증주의적인 개념이라면 세계보건기구의 건강은 생물학적 한계를 넘어 인간의 보편적 존재조건을 포괄하는 실존적 당위의 표현이다.

위의 두 견해는 각각 다른 철학적 체계에 근거를 두고 있다. 세계보건기구의 정의는 건강을 계층화된 다양한 시스템의 조직으로 보는 체계이론(systems theory)에 근거한 것이며, 건강을 신체 구조와 기능의 생물학적 완성으로 보는 견해는 인체의 생물학적 메커니즘을 기준으로 삼는 기계적이고 분석적인 철학에 토대를 두고 있다. 세계보건기구의 건강 개념을 우리는 생물-심리-사회 모델(bio-psycho-social model)이라고 하며, 생물학적 정상상태로 보는 견해를 생물의학적 모델(biomedical model)이라 한다. 전자는 다원적 '안녕(wellbeing)'의 상태를 강조하며 후자는 일원적 '정상(normality)'의 상태를 중시하지만 두 입장 모두 어떤 이상적이고 안정적인 상태를 상정한다는 점에서 공통점을 가진다.

건강에 대한 세 번째 견해는 이러한 이상적이고 안정적인 상태의 존재 자체를 부정한다. 이 견해에 따르면 건강은 고정된 이상적 '상태'가 아니라 역동적 변화의 '과정'이며 따라서 완벽한 건강이란 존재하지도 않는다. 건강과 질병은 이분법적으로 구분할 수 있는 실재가 아니며 명확하게 정의할 수 없는 어떤 움직임이다. 건강은 질병과의 싸움에 이겨서 쟁취할 수 있는 전리품이 아니라 질병을 포함한 삶에의 전반적 적응이다.

이 견해는 이스라엘의 사회학자 안토노브스키Antonovsky에 의해 건강생성 패러다임(salutogenic paradigm)이란 이름으로 제시되었다. 이 말은 건강(salute)은 존재하는 것이 아니라 생성(-genic)된다는 뜻을 품고 있다. 건강은 '있음'이 아니라 '되어감'이라는 말이다. 학계에서는 소수만이 관심을 가질 뿐이지만, 현대의학의 차가운 합리성에 실망한 대중에게는 무척 매력적인 설명법이다. 이 견해는 생물의학적 모델이나 생물-심리-사회 모델과는 전혀 다른 사유양식에 근거한다는 점에서 건강의 설명모델이기보다는 우리가 추구하고 조직해야 할 새로운 건강의 패러다임이다. 앞의 두 모델이 건강에 대해 설명적(descriptive)이라면 이 패러다임은 미래의 방향을 제시하는 규범적(prescriptive) 처방이라고 할 수 있다.

▪ 건강의 세 가지 모델

건강에 대한 견해	이론적 근거	조직 방식	구성 요소	설명 방식	건강이란?	질병	치유
생물의학 모델 (biomedical model)	기계론	기계적	일원적	기전 (mechanism)	정상적 상태 (종 디자인)	疾	다스림
생물-심리-사회 모델 (bio-psycho-social model)	시스템 이론	유기적	다원적	조직 (organism)	삶의 안녕 (현상)	患	보살핌
건강 생성 패러다임 (salutogenic paradigm)	과정 철학	초월적	생성적	창발 (emergent property)	삶의 질적 전환	病	앓음

요약하자면, 생물의학 모델은 인체의 생물학적 정상 상태를 건강으로 보고 생물-심리-사회 모델은 물질적 신체를 심리와 사회현상에 확장해 삶의 전반적 안녕 상태를 건강으로 보는 반면, 건강 생성 패러다임은 완전한 상태나 현상을 인정치 않고 삶의 질적 전환 과정을 건강으로 본다고 할 수 있다.

2) 질병

건강하지 못한 상태를 이르는 한자어에는 질(疾), 병(病), 환(患) 등이 있다. 이 중 질(疾)은 우리에게 침투하는 외래적 존재를 이르며, 환(患)은 그로 인해 괴로워하는 마음의 상태를 상징한다. 병(病)은 불건강의 상태를 경험하고 극복해 가는 우리 인간의 대응양식이다. 지금은 이 말들이 구별 없이 사용되어 병, 질병, 질환, 병환 등이 모두 같은 뜻으로 해석되고 있는데, 이는 지금의 건강이 주로 생물의학 모델에 따라 설명되기 때문이다. 우리는 흔히 병에 걸리거나 병이 들었다고 말하는데 이 또한 병이란 것이 인간이 거기에 걸려 넘어지는 어떤 장해이거나 밖에서 안으로 들어오는 '것'이라는 뜻을 함축한다.

하지만 옛 의서의 언해본에는 병을 동사로 쓸 때 예외 없이 '병ㅎ다'로 옮기고 있으며 20세기 초까지도 신문지상에 이 말이 보인다고 한다. 병에 걸리거나 병이 들었다는 것은 병이라는 실체가 몸 밖에 있음을 전제로 한 것이다. 반면에 '병ㅎ다'라는 말은 병이 이미 내 속에 있으며 내 몸과 분리되지 않음을 뜻한다. 병이 들었다는 말은 생물의학 모델과 친하며 '병ㅎ다'라는 말은 건강 생성 패러다임과 잘 어울린다.

이처럼 우리의 전통적 사유에서는 객관적 실체로서의 병과 주관적 경험으로서의 병을 구분하지 않는다. 이 둘을 구분하는 언어가 생각처럼 그리 많은 것도 아니다. 영어에서는 객관적 실체로서의 질병(disease)과 주관적 경험으로서의 병환(illness)을 뚜렷이 구분하지만 어원으로 따지면 둘 다 편치 않음의 뜻에서 유래한 것이며 그것을 실체(disease)와 현상(illness)으로 구분하게 된 것은 근대적 사유양식의 소산으로 보는 것이 옳다. 그 둘을 뚜렷이 구분되는 것으로 여기는 지금의 이해방식은 질병을 주로 외부적 요인에 의한 것으로 개념화하는 생물의학 모델의 영향이라 할 수 있다.

앞으로 우리가 개념화하고 경험하게 될 질병의 형식과 내용은 주로 의학의 발전 방향에 크게 의존하게 될 것이다. 하지만 우리가 세계를 바라보는 방식에 따라서도 그 흐름의 방향은 달라질 수 있다. 그와 같은 흐름을 파악하여 과거를 설명하고 미래를 예측하는 거시적 관점을 확보하는 것이 의사학(醫史學)과 의철학(醫哲學)의 임무이다.

3) 치유

치유(治癒)란 병을 '다스려 낫게 함'이다. 하지만 그 다스림의 대상과 방식은 건강과 질병을 어떻게 개념화하는지에 따라 달라진다. 생물의학 모델과 생물-심리-사회 모델에 따를 경우 병을 일으키는 요인들이 다스림의 대상이 된다. 그것은 세균, 바이러스, 발암물질, 음식과 같은 생물학적 존재일 수도 있으며 불안이나 빈곤과 같은 심리-사회적 요인일 수도 있다. 그 요인은 성격에 따라 실체와 현상으로 구분할 수 있다. 세균과 바이러스는 객관적으로 인식할 수 있는 생물학적 '실체'이지만 불안과 빈곤은 명확히 규정하기 어려운 심리-사회적 '현상'이다. 다스림의 방식 또한 대상의 성격에 따라 달라진다. 생물의학 모델에서처럼 그 대상이 명확한 경우에는 그것을 제거하는 것이 목표가 되지만 생물-심리-사회 모델에서처럼 명확히 규정되지 않는 현상일 경우에는 그 대상을 없애기보다는 그런 현상을 경험하는 환자를 보살펴 스스로 극복할 수 있도록 도와주는 것이 목표가 된다. 따라서 치유는 병을 물리치거나 다스리고(cure) 환자를 보살피는(care) 행위로 구성된다.

서양의 의학사는 이 두 가지 행위를 대표하는 신화적 전통에 뿌리를 두고 있다. 다스림을 상징하는 아스클레피오스(Asclepios)적 전통과 보살핌을 상징하는 히게이아(Hygeia)적 전통이 그것이다. 우리가 서양의학의 시조로 받드는 히포크라테스는 이 중 아스클레피오스의 후손이며 히게이아는 보건학, 위생학, 간호학과 같은 주변 학문의 시조로 받들어진다.

건강 생성 패러다임에 따를 경우에는 다스림의 대상이 특정되지 않는다. 병을 앓는 환자 자신이 다스림의 대상인 동시에 주체가 된다. 여기서는 환자가 일방적인 보살핌의 대상이 되지도 않는다. 병은 환자 스스로 극복해 나가야 할 본래적 존재조건이며 그 극복 과정에서 우리는 새로운 삶으로의 질적 전환을 경험한다. 이렇게 병을 극복하고 삶을 개척하는 과정이 바로 치유이며 그 속에서 우리는 내적 성장을 하게 된다.

정리하자면 치유는 생물의학 모델에서는 '다스림'이고 생물-심리-사회 모델에서는 '보살핌'이지만 건강 생성 패러다임에서는 병흐는 과정이며 '병 앓음'이다. 여기서 병흐고 앓는 것은 병을 주체적으로 극복하거나 적응함으로써 새로운 삶을 개척하는 것을 의미한다. 병을 '앓음'은 삶의 뜻을 '알아감'이다.

2. 질병 · 건강 · 치유의 역사

이처럼 건강에 대한 이해방식의 차이는 질병과 치유의 내용과 형식에도 큰 영향을 미친다. 따라서 건강, 질병, 치유의 개념사는 그 각각을 따로 살피기보다 질병 · 건강 · 치유의 역사를 한 덩어리로 파악하는 것이 더 적절하다. 질병 · 건강 · 치유에 관한 생각과 태도는 세계에 대한 생각과 태도의 구체적 형식이고 어떤 시기나 문화권의 주류의학 또한 이와 같은 세계관을 반영하는 것이기 때문이다.

그러나 질병이라는 자연 현상이 없었다면 건강이나 치유와 같은 추상적 개념이나 구체적 대응양식도 없었을 것이다. 따라서 자연적 현상으로서의 질병의 역사(질병의 자연사)를 먼저 살펴본 다음 질병 현상의 대칭인 건강의 개념이 어떻게 형성 · 변화되어 왔는지(건강의 문화사) 살펴보고 이어서 그 질병에 대한 대응양식인 치유의 역사(치유의 사회사)에 대해 알아보고자 한다.

1) 질병의 자연사

(1) 수렵 채취 사회

수렵과 채취를 주요 생계 수단으로 삼았던 시기에는 대개 소규모 인구집단을 단위로 이동하면서 음식을 구하고 자손을 번식했다. 풀과 나무의 열매나 들짐승 등 다양한 동식물을 영양원으로 삼았으므로 균형 잡힌 영양 상태를 유지할 수 있었고 자주 근거지를 옮겨 다녔으므로 배설물이나 오폐수에 의한 오염도 거의 없었을 것이다.

이 시기 건강에 대한 가장 큰 위협은 질병보다는 자연에 의한 재난이었을 것이다. 기후의 변화, 맹수의 습격, 잘못 먹은 독초, 이웃과의 싸움 등이 건강을 위협하는 주요 요인들이었을 것이다. 모든 인간이 혹독한 자연환경을 극복하며 살아야 했으므로, 집단의 이동이나 수렵활동에 방해가 되는 병들고 유약한 어린아이와 노인을 돌보기가 쉽지 않아 버려지거나 살해되는 경우도 무척 많았다.

(2) 농경사회

농사기술의 발견은 자연의 입장에서 보면 일종의 재난이었다. 수렵과 채취를 주로 하던 사람들은 어떤 장소에 머물다가도 곧 다른 장소로 이동했으므로 거주기간동안 잠시 훼손되었던 자연은 금방 원래의 상태를 회복할 수 있었다. 하지만 농사가 시작되고 사람들이 한 곳에 정착하게 됨에 따라 사정이 완전히 달라졌다. 여기저기 배설물이 방치되고 자연적으로 정화되기도 전에 더 많은 오물이 버려졌다. 각종 해충과 미생물이 번식할 수 있는 최적의 조건이 만들어졌고 주기적으로 각종 전염병이 유행했다. 야생동물을 길들여 사육하게 됨에 따라 동물에게서 전염되는 인수공통감염병도 적지 않았다.

다양한 종의 동식물이 서로 영향을 주고받으며 공존하던 초원은 이제 효율적 식량생산을 위한 단일작물의 재배지가 된다. 사람들은 쉽게 에너지원을 확보할 수 있게 되었지만 다양한 열매와 야생동물로부터 얻던 비타민과 단백질을 섭취할 수 없어 생기는 영양상태의 불균형이 심각한 문제로 대두되었다. 이 시기의 건강상태는 전반적으로 수렵 채취 사회보다 못했던 것으로 확인되고 있다. 체격도 왜소하고 평균수명도 수렵 채취인에 크게 못 미쳤다고 한다. 14세기에 유럽인의 1/3 가량을 몰살시킨 페스트의 대유행은 이 시기 질병의 대표적 사례다.

(3) 산업혁명기

18세기에 영국에서 시작된 산업혁명은 경제활동이 농업과 수공업 위주에서 공장과 기계를 사용하는 제조업 중심으로 개편되는 과정이었다. 이 과정에서 인구의 집중현상은 더욱 두드러지고 계층이 분화하여 노동자 계급이 급성장하였으며 생산단위가 가족에서 공장으로 이동되었다. 많은 노동자가 도시에 모여 살게 됨에 따라 주택, 위생, 영양의 상태가 더욱 악화되었고 가족 단위의 생산과 오락이 동시에 이루어지던 농촌의 생활방식이 붕괴되고 좁고 더러운 공장에서 장시간 노동에 시달리면서도 집에 가져갈 생활비는 늘 부족했고 가족 간의 유대도 훨씬 느슨해졌다. 도로와 하수구가 제대로 정비되지 않아 오물이 넘쳐흘렀고 증기기관을 돌리는데 사용된 석탄에서 나온 연기가 하늘을 뒤덮었다.

이 시기의 질병이 주로 환경, 영양, 위생, 직업과 관련되었을 것이라는 추론은 너무나 당연하다. 이 중에서도 결핵은 가장 흔한 죽음의 원인이었으며, 노동과정에서 접촉하는 다양한 화학물질들로 인한 직업병이 만연했다. 성냥공장 노동자, 구리제련공, 모자 제조공, 방직공 등에 흔한 턱뼈의 괴사, 음낭암, 수은중독, 폐질환 등이 잘 알려진 직업병이다.

(4) 제국주의 팽창기의 질병

유럽인들은 수렵과 채취에서 농경사회를 거쳐 산업혁명에 이르기까지 다양한 질병을 경험해 왔다. 생태적 관점에서 그것은 미생물과 인간이 벌이는 상호 경쟁과 적응의 무도회였다. 이 과정에서 많은 사람들이 죽어갔지만 살아남은 사람들은 치명적인 질병에 대한 면역을 얻게 되었다. 미생물의 입장에서도 치명적 독을 뿜어 모든 사람을 죽이는 것은 득이 되지 않았다. 모든 사람이 죽어버리면 자신이 생존할 공간 또한 없어지는 것이기 때문이다. 이렇게 해서 미생물은 사람에게 큰 해가 되지 않는 방향으로 진화하여 인간과 공존하는 전략을 구사하였고 유럽인들은 많은 전염병 균과 생태적 균형을 이루게 되었다.

그러나 오랫동안 고립된 상태에서 살아온 아메리카 대륙의 인디언이나 태평양의 작은 섬 지역 주민들은 그런 생태적 균형을 이룰 만한 경험이 없는 사람들이었다. 이들은 인구 밀집성 질병들로부터 유리된 채 살아왔기 때문이다. 따라서 무역, 선교, 침략 등의 이유로 들어온 유럽인들이 가져온 전염병은 그들이 가진 총칼보다도 위험한 존재였다. 가벼운 두창이나 홍역, 볼거리에 걸린 사람은 누구든지 도시 전체를 파괴할 수 있는 전염병의 매개체가 될 수 있었다. 이것은 여러 번 되풀이해 일어났던 사실이다.

(5) 만성병과 문화병의 시대

후기산업사회에 이르면 주거, 위생, 영양상태가 크게 개선되고 항생제와 소독제와 같은 의약의 발전으로 인해 많은 감염병을 예방 치료할 수 있게 됨에 따라 인간의 평균수명이 크게 늘어나게 되었다. 그러나 이렇게 늘어난 수명이 활기찬 젊음을 끝까지 유지할 수 있다는 뜻은 아니었다. 주로 중·장년기 이후에 발병하는 고혈압, 당뇨, 심장병, 암, 알츠하이머 병, 퇴행성 질환 등은 당장 생명을 위협하지는 않지만 삶의 질을 크게 떨어뜨렸다. 이처럼 치명적이지 않은 만성적 질병의 고통은 일찍이 인류가 경험해보지 못한 종류의 것이다.

새로운 질병이 만들어지기도 한다. 거식증 등의 식이장애와 비만 등은 대개 현대인에게만 나타나는 질병 유형으로 생물학적 진화와 문화적 진화의 부조화가 그 원인인 것으로 여겨진다. 수백만 년에 이르는 진화적 시간의 대부분은 식량이 부족한 자연적 상태를 유지했다. 따라서 우리의 생물학적 몸은 먹을 것이 있을 때 필요한 양보다 많이 먹어 두는 식성을 선택했다. 하지만 현대인의 생활양식은 그 음식을 모두 소화할 만큼의 육체적 노동의 기회를 앗아가 버렸다. 비만은 당연한 귀결이다. 생물학적 진화의 시간을 문화적 진화의 시간이 따르지 못한 결과이다.

이밖에도 만성피로증후군, 걸프증후군, 보상증후군 등 사회적 스트레스로 인한 질병들이 나타나고 있으며 항생제의 남용으로 인한 슈퍼박테리아의 출현과 이로 인한 난치성 감염, 전혀 새로운 유형의 질병 형태인 광우병, AIDS, SARS, 에볼라 바이러스 감염 등이 출현하고 있다.

2) 건강의 문화사

개념으로서의 건강은 질병에 대한 현실적 경험에서 유래한 것일 수밖에 없다. 따라서 어떤 시기의 주요 질병이 무엇이었고 그 질병의 경험을 조직하는 문화의 형태가 어떠하였는지에 따라 추상적 건강의 개념도 크게 달랐을 것이다.

(1) 혼령과의 화해(재난이 없는 상태)

수렵과 채취를 생계의 수단으로 삼던 우리 선조들에게 건강이란 단순히 생존에 유리한 강하고 튼튼한 신체, 그리고 자연적 재난이 없는 상태였을 것이다. 건강에 대한 주요 위협요인으로는 맹수, 독초와 독충, 지진, 해일, 홍수, 가뭄, 소행성이나 유성의 충돌 등이었을 것이다. 하지만 이러한 재난의 도래를 예측하지도 통제하지도 못했던 그들은 자연적 존재에 의지해 이런 재난을 예방 또는 극복하고자 하였다. 그들이 보기에 모든 자연물에는 혼령이 깃들어 있었고 그것이 재난의 원인이었다. 따라서 그들에게 재난(불건강 또는 질병)이란 그런 혼령들과의 불화로 인한 것이며 건강이란 각종 자연물에 깃든 혼령들과의 화해와 평화를 뜻했을 것이다.

(2) 포괄적 자연 경제(우주적 질서)

농경 사회에 접어들자 자연현상을 예측하는 일이 더욱 더 중요해졌다. 예측하지 못했던 가뭄이나 홍수로 인해 수확을 못하게 되면 대규모 기아사태가 유발될 것이었기 때문이다. 따라서 천문현상을 관측하고 해석하는 일이 무척 중요해졌고 그런 현상을 설명하기 위한 추상적 개념이 필요했다. 그들이 보기에 달이 차고 기울며 해가 짧아졌다 길어지고 기온이 오르락내리락하는 등의 천문현상은 어떤 우주적 질서로부터 오는 것이었고 그런 질서 속에 편입되어 그 운행에 동참하며 히포크라테스가 말한 포괄적 자연 경제(comprehensive economy of Nature)를 완성하는 것이 바로 건강이었다. 그가 처방하는 식이요법이나 운동요법 등은 모두 자연의 질서에 순응하기위한 것이었다.

(3) 확장된 추론(체액과 오행의 균형과 조화)

이와 같은 포괄적 자연 경제를 설명하기 위해서는 어떤 추상적 개념 체계가 필요했다. 이미 인류는 문자라는 표상체계를 발명했으며 이를 통해 관찰된 자연현상들을 기록하고 해석하며 미래를 예측할 수 있는 추론의 체계를 생각해 냈다. 문자의 발명은 역사의 시작이었으며 시간과 공간을 '지금 여기'의 한계로부터 해방시켜 과거와 미래 그리고 다른 장소로 확대했다. 자연의 질서와 건강을 설명하기 위한 자연철학이 발달되어 우주의 구성 원리를 말하기 시작했다.

고대 그리스에서는 우주가 물, 불, 흙, 공기의 네 가지 원소로 구성되었다는 사원소설을 인체에 확대 적용하여 우리의 몸은 네 원소에 대응하는 점액, 혈액, 흑담즙, 황담즙으로 구성되어 있다는 사체액설이 제시되었다. 중국에서는 우주가 나무(木), 불(火), 흙(土), 쇠(金), 물(水)의 오행(五行)으로 되어 있으며 이것들은 우리 몸의 간(肝), 심(心), 비(脾), 폐(肺), 신(腎)의 오장(五臟)과 대응한다는 오행설(五行說)이 제시되었다. 사체액설에서의 건강은 네 체액 사이의 균형이 유지되고 있는 상태이며 오행설에서의 건강은 다섯 가지 행(行)의 역동적 조화를 뜻했다.

(4) 성스러움과 전체성(기독교적 건강)

중세 유럽을 지배한 기독교적 세계관에서 건강은 원죄 이전의 성스러운 상태(holiness)이며 모든 부분적 요소가 빠짐없이 드러나며 지나침과 모자람이 없는 전체성(wholeness)이다. 치유를 뜻하는 영어 단어(heal)는 전체(whole)라는 말과 같은 어원을 가지며 이것은 또한 성스러운(holy)이라는 말과도 통한다. 질병은 신의 뜻에 거역한 죄의 결과이며 건강은 신의 명령에 복종한 대가로 주어지는 선물이다.

(5) 메커니즘과 생기론(生氣論)

그러나 16세기로부터 시작된 과학혁명을 통해 확인된 사실들은 기독교적 세계관과 어울리기 어려운 것이었다. 지구는 우주의 중심이 아니며 신의 섭리가 아닌 기계적이고 수학적인 원리에 따라 움직인다. 태양계의 운동 원리는 당시의 가장 복잡한 기계였던 시계의 작동원리와 비교되었고 그 운동의 법칙은 인체의 작동원리에 적용되었다. 사람의 몸도 기계적 원리로 설명될 수 있다는 생각이 싹트기 시작했다.

이는 당시의 지배적 세계관이던 기독교 사상과 심각한 마찰을 빚을 수밖에 없었고 교회는 이러한 과학적 사실의 유포를 금한다. 하지만 르네상스에서 시작된 합리적 인간이해의 흐름을 막을 수는 없었고 철학자 데카르트는 이러한 인간이해를 기계적 세계관으로 정식화한다. 이후 뉴턴은 세계의 작동원리를 수학적 원리로 설명하여 정합적이고 합리적인 세계이해의 길을 연다.

이와 함께 금지되었던 인체 해부가 행해져 인체에 대한 구조와 형태가 실체적으로 드러나고 혈액이 순환한다는 사실이 실험적으로 증명되자, 인체의 구조와 기능이 기계적으로 연관되어 있다는 추론에 이르게 된다. 이렇게 사람의 몸은 신에 의한 피조물에서 점차 기계로 환원되어 갔으며 건강은 고장 없이 정상적으로 작동하는 인체라는 기계의 상태로 정의된다.

하지만 그 기계를 움직이는 원인이 되는 존재는 여전히 미지의 상태로 남아있었다. 데카르트는 마음이라는 존재를 상정하고 그것이 뇌 속에 있는 송과선을 통해 몸과 연결된다고 했으며, 생기론(vitalism)을 주장하는 사람들은 비물질적 생명력이 인체를 지배한다고 주장했다. 결국 인간은 기계와 유령의 합체이며 건강은 인체라는 기계와 이를 조정하는 유령의 건전한 관계로 규정된다.

(6) 호메오스타시스(homeostasis): 내적 환경의 안정성

하지만 이러한 이론은 물질적 존재와 비물질적 존재를 전혀 다른 영역에 위치시키면서도 둘 사이의 연결을 주장하는 모순을 내포하고 있었다. 또한 사람의 몸은 이미 어떤 설계도에 따라 제작된 자동기계(automata)이며 물리학과 화학을 통해 그 비밀이 밝혀질 것이라는 결정론이고 유물론이며 환원론이었다.

이러한 이론은 생리학의 선구자인 끌로드 베르나르Claude Bernard에 의해 대폭 수정된다. 그에 의하면 인체는 기계적 원리에 따르기보다는 유기체 스스로 창조한 내적 환경(milieu intérieur)에 의해 조절된다. 인체는 살아있는 세포들의 사회이다. 그 세포들이, 지나치고 모자라는 내적 환경을 조절한다. 이 과정을 지배하는 메커니즘은 기계적 맞물림이 아닌 기능적 되먹임(feedback)이다. 예컨대 높은 기온에도 불구하고 우리의 체온이 일정하게 유지되는 것은 땀을 흘리는 등의 조절 메커니즘이 작동하기 때문이다. 따라서 우리의 몸은 수많은 스위치들로 되어 있어 이것들을 켜거나 끔으로써 일정한 내적 환경을 유지한다. 이와 같은 인체의 작동원리는 캐넌Canon에 의해 호메오스타시스로 명명되었다.

이러한 구도에서 건강은, 생명을 유지하는 정상적 기능이고 생리적 경제(physiological economy)이며 내적 환경의 안정성이다. 이때부터 물질적 구성요소의 기계적 작동원리보다 각 시스템의 상태를 나타내는 정보와 그 전달경로가 중요해지기 시작한다.

(7) 생태적 적응: 건강은 없다.

그러나 인간이란 존재가 내적 환경에만 좌우되는 것은 아니다. 우리는 이미 우리의 몸 안팎에 수많은 미생물이 함께하고 있다는 사실을 안다. 인간 아닌 다른 생명체가 없다면 단 한 순간도 살아있을 수 없다는 사실도 모두가 인정한다. 인간이란 존재는 장구한 세월동안 다른 생명체로부터 진화해 왔으며 앞으로도 그렇게 변화할 것이라는 사실도 쉽게 받아들인다. 이렇게 변화가 인간의 본질적 존재조건이라면 건강 또한 이러한 변화의 과정 속에서 파악되어야 한다. 따라서 건강은 그것이 메커니즘이든지 내적 안정성이든지 관계없이 몸과 마음의 작동원리에 일방적으로 의존하지 않는다. 그보다는 우리 몸의 내적 환경과 외부적 환경이 어떻게 상호작용하면서 서로에게 적응해 왔는지 그리고 앞으로는 어떻게 적응할 것인지가 중요하다.

이런 관점에 따르면 끊임없는 적응의 과정이 있을 뿐 고정된 상태의 건강은 없다.

3) 치유의 사회사

질병이 인간의 자연적 존재조건이며 건강이 그것에 대한 문화적 해석이라면 치유는 그 자연적 존재조건과 문화적 해석을 이용 또는 변형하여 총체적 인간존재의 개선을 도모하는 사회적 행위체계이다. 따라서 특정 시기와 장소의 자연적 · 문화적 조건인 질병과 건강의 해석에 크게 의존한다.

(1) 치유: 본능-경험-과학의 삼중주

야생상태의 초식동물들에 관한 연구에 의하면 특정한 상태에 있을 때(예컨대 어떤 기생충에 감염되어 있을 때) 주로 뜯는 특정한 풀이 있다고 한다. 그들은 본능적으로 그 풀의 약효를 알고 있다는 증거다. 물론 이러한 본능은 수많은 시행착오와 자연선택을 통한 진화의 끝에 얻어진 것이지만, 본능과 경험이 전혀 별개의 영역에 속한 것은 아니라는 점을 시사한다. 즉 본능은 축적된 경험이 진화의 과정을 통해 생명체에 내재화한 것이라 말할 수 있다.

하지만 야생상태를 벗어나 문명을 건설한 인간은 본능보다는 경험에 더 많이 의존하게 되었다. 문명의 변화 속도가 자연선택에 의한 본능의 진화속도를 크게 앞질렀기 때문이다. 중국 의학의 3대 시조 중 한 사람인 신농(神農)은 하루에 백여 가지의 약초를 맛보아 본초학의 체계를 세웠다고 한다. 야생 상태에서는 본능이 치유의 근거였지만 문명 이후로는 경험이 치유의 첫걸음이었던 것이다. 이러한 치유의 경험을 체계화한 것이 바로 과학이고 의학이다.

벌초를 하다가 땅벌에 쏘였을 때를 생각해 보자. 우리는 대개 본능적으로 상처 부위를 입으로 빨아낸다. 그 다음 된장을 바르고 나뭇잎으로 상처를 감싼 다음 일을 멈추고 집에서 쉬든지 병원으로 갈 것이다. 대개는 첫 번째와 두 번째 단계에서 문제가 해결되지만 드물게는 약을 바르고 해독제와 수액을 맞는 등 과학적 의학의 도움을 받는다. 이처럼 어떤 문제에 대한 치유는 본능-경험-과학의 단계를 거치는 것이 일반적이며 과학의 단계에서 치유가 이루어지는 경우는 생각보다 많지 않다.

그렇지만 경험과 과학을 그렇게 뚜렷이 구분할 수 있는 것은 아니다. 경험 중에도 초자연적 현상에 대한 경험과 자연현상에 대한 경험이 있을 수 있고, 과학도 경험적 요소가 많은 과학과 이론적 요소가 많은 과학으로 나누어볼 수 있다.

(2) 초자연적 경험에 의한 치유

선사시대에는 주로 초자연적 힘에 의지해 치유를 얻고자 하였다. 오늘날 남아있는 석기시대의 유골들 중에는 두개골에 구멍을 뚫은 것이 많이 발견되는데 이는 주로 악령을 몰아내기 위한 치유행위의 결과였을 것으로 추측된다. 하지만 그 치유행위의 결과는 악령이라는 초자연적 존재가 아닌 자연물 속에 남아있다. 우리가 확인할 수 있는 인체라는 자연(두개골)의 치유 경과는 대체로 양호했던 것으로 판단된다. 이는 수술을 한 뼈 주위가 매끈하게 재형성된 것으로 확인할 수 있다. 이는 수술 후 상당기간 생존했어야만 생길 수 있는 것이다. 현대인과는 달리 이들은 초자연적 경험과 자연적 경험을 훌륭히 조화시키고 있었다고 볼 수 있으며 상당한 수준의 수술 솜씨를 가졌을 것으로 여겨진다.

고대 그리스에서 병이 있는 사람들은 신을 경배하고 신탁을 받는 신전에 모여들었다. 거기서 목욕하고 운동하고 연극도 보면서 정보를 교환하기도 했으며 신전에 들어가 기도를 드리기도 했다. 역시 초자연적 힘(기도)과 자연적 현상(운동, 섭생, 카타르시스)이 잘 조화되고 있었음을 알 수 있다.

중세에 이르면 초자연적 힘에 의한 치유의 역할이 수도원에 맡겨지는데 그곳의 수도사들 역시 종교적 치유 외에 상당부분 사혈 등 자연적 방식에 의존하였다. 우리나라에서는 그 역할을 주로 무당이 감당하였다. 근대에 와서도 초자연적 힘에 의지하는 치유의 양식은 사라지지 않았다. 자연적 치료방식을 거부하는 기독교 과학(Christian Science), 심령치료 등이 여기에 속한다.

(3) 자연적 경험에 근거한 치유

고대 그리스에서는 주로 음식이나 의복, 운동 등 생활양식을 변화시키거나 지나치게 많은 것으로 진단된 체액을 배출해 내는 방식의 치유가 이루어졌다. 고대 중국에서는 쑥으로 뜸을 뜨거나 경험적으로 알려진 약초를 사용했다. 이러한 방식은 이미 확립된 이론적 근거를 가지는 것이기는 했지만 그런 이론을 섭렵하지 않아도 실천적으로 활용할 수 있었다는 점에서 경험적이었다. 과학적 지식을 가진 사람들은 이들의

이론적 무지를 조롱해 돌팔이라고 불렀는데 서양에서는 중세의 이발사
가 여기에 해당한다.

▌ 경험과 과학으로서의 의학

경험		과학	
초자연적 경험	자연적 경험	경험과학	이론과학
주술의학 신전의학	섭생, 사혈 쑥뜸, 약초	사체액설 침술(경락설)	사원소설 음양오행설
성직자 무당	이발사 돌팔이	외과의 庸醫	내과의 儒醫
기독교 과학 심령치료	대안의학	임상의학 사회의학	기초의학

(4) 과학적 치유

해부학과 생리학 등 과학적 의학이 성립되고 나서도 실제로 환자를
치유하는 방식은 이론적 추론보다는 주로 우연적 경험에 의존했다. 19
세기에는 세균학이 발달하여 많은 병원균이 발견되고 백신이 만들어졌
으며 수많은 부검이 행해져 질병과 사망의 실체적 원인이 밝혀졌지만
정작 그 병을 치료할 수 있는 표준화된 방법을 제시하기까지는 더 많은
세월이 필요했다. 이렇게 원인에 대한 지식은 급속히 팽창하면서도 치
료법을 모르는 과학 낙관주의와 치료 허무주의의 공존이 상당기간 지속
되었다.

뚜렷한 치료법이 없는 과학과 순수 경험의 어정쩡한 공존은 과학적
의학에 반기를 든 대안의학(alternative medicine)이 자라나기에 더없이
좋은 환경이었다. 유럽과 미국에서 지금까지도 상당한 영향력을 가지고
있는 동종요법(homeopathy), 정골요법(osteopathy), 추나요법(chiropractic)
등 대안의학은 이 시기에 그 세력을 크게 확장할 수 있었다. 이들은 과
학적 의학의 치료적 무능과 편안한 치유법을 선호하는 대중의 정서를
자양분으로 성장했다.

과학적 의학이 실질적인 치유효과를 증명해 보인 것은 대체로 소독술과 마취술이 발달해 외과수술의 영역이 확대되고 페니실린과 스트렙토마이신과 같은 항생제가 발명되어 감염병을 치료할 수 있게 된 20세기 중반 이후의 일이다. 물론 진찰 전 손을 씻는 등의 아주 간단한 주의를 통해 감염을 예방할 수 있다는 사실을 발견한 제멜바이스Semmelweis와 같은 선구자가 있기는 했지만, 그는 당시 의료계의 냉담한 반응에 좌절해야만 했고 그 간단한 기술이 일반화되기까지는 또 다시 수십 년을 기다려야 했다. 이처럼 19세기 중반 이후 20세기 전반까지는 대체로 과학과 실천적 경험이 일치하지 않는 혼란의 시절이었다.

그러나 20세기 중반 이후 과학적 의학은 화학과 자본의 융합으로 인한 신약의 폭발적 증가, CT, MRI, PET, 내시경과 같은 각종 첨단 진단장비를 발명한 기술의 진보, 그리고 인간유전체연구와 같은 생물학적 정보의 축적 등으로 인해 역사상 한 번도 경험해보지 못한 빅뱅을 경험하고 있으며 실질적 질병치료에 큰 성과를 내고 있다. 영양과 위생상태가 크게 개선되었고 인간의 평균수명이 엄청나게 늘어났다. 많은 사람들이 암을 포함한 모든 난치병을 정복할 날도 멀지 않았다는 장밋빛 전망을 내놓고 있다.

3. 건강의 미래: 건강한 사람들이 앓는 병

인류 건강의 미래가 마냥 장밋빛이지만은 않을 것 같다. 의학 칼럼니스트 르 파누Le Fanau는 현대의학에는 네 가지 역설이 있다고 한다. 이 중 두 가지만 말해보면, 현대의학의 혜택을 듬뿍 받은 현대인일수록 건강에 대해 더 큰 염려를 하고 있다는 것과, 과학적 의학이 발전할수록 오히려 비과학적 대안의학의 인기가 올라간다는 것이다.

첫 번째는 '건강한 사람들이 앓는 병'이라는 역설인데 그 병의 원인은 다름 아닌 과학적 현대의학 자신이다. 현대의학은 지속적으로 미시적 수준의 발견에 매달려 왔으며 이에 따라 건강에 대한 각종 위험 요인들을 계속 '발굴'해 냈다. 이러한 위험요인의 증가는 산업생산의 증가와 다양화에 따른 현상일 수도 있겠으나 그것들을 찾아내려는 의지와 실지로 그것을 찾아낼 수 있는 도구, 그리고 그것들과 건강과의 연관관계를 설명하는 의학적 연구에 의해 끝없이 증폭되기도 한다. 모르는 게 약일 수도 있는 사실들이 지나치게 과장되어 전파됨으로써 우리는 '건강이라는 병'을 앓게 되는 것이다.

이러한 결과는 과학적 의학이 지나친 낙관주의와 진보주의, 그리고 종합적 경험의 지혜를 무시한 미시적이고 단편적인 분석에만 매달려온 때문이다. 끝없는 연구와 발견의 끝에는 무병장수의 미래가 있다는 확인되지 않은 가설에 매달려 과거 수천 년의 귀중한 역사적 경험들을 돌아보지 않았기 때문이다. 대안의학에 대한 인기가 올라가는 것도 과학적 의학이 잃어버린 과거의 치유 전통을 그들이 보존하고 있다고 느끼기 때문이다.

그리하여 우리는 '건강한 사람이 앓는 병'을 치유해야 한다는 또 다른 역설적 과제를 떠안게 되었다. 하지만 치유를 담당해야 할 현대의학 자신이 병들어 있다면 문제는 더욱 복잡해진다. 르 파누는 현대의학에 대해 "과거의 무시와 미래에 대한 공상적인 낙관론 사이에서 의학은 현실감을 잃고 무엇을 해야 하는지 모르는 상태가 되었다."고 진단한다.

미래 인류의 건강은 의학의 건강에 크게 의존할 것이다. 의학이 규정하는 건강의 범위와 한계가 대중의 그것과 일치하거나 최소한 근접하지 않는다면 의학뿐 아니라 의학의 봉사 대상인 대중의 건강이 크게 위협받을 수 있다. 아직도 과학(의학)의 주요 임무가 무지몽매한 대중을 계몽하는 데 있다고 생각하는 건 착각이다. 현대인이 앓고 있는 건강에 대한 지나친 걱정이라는 병은 오히려 과도하고 부적절한 계몽에 의한 것이었기 때문이다.

인간의 건강은 자연현상으로서의 질병의 존재뿐 아니라 그 질병의 문화적 의미구조와 사회적 관계망에 따라 크게 달라진다. 질병-건강-치유의 관계와 의미구조는 역사적으로 다양하게 해석되어왔지만 지금처럼 생물학적 의미의 질병 자체에 큰 비중이 두어졌던 적은 없었다. 세계보건기구가 정한 건강의 정의처럼 육체적-심리적-사회적 안녕을 추구하거나 안토노프스키처럼 건강의 생성을 추구하지는 않더라도 적어도 환자가 원하는 것이 무엇인지를 정확히 이해하지 못한다면 질병을 제거할 수 있을지는 몰라도 환자를 치유하지는 못할 것이다. 하지만 현대의학은 이 점에 큰 관심을 두지 않았다. 이것이 바로 우리가 현대의학의 건강을 염려하는 이유다. 건강을 올바로 이해하는 것이 건강을 회복하는 최고의 처방이다. 조상들이 경험한 질병과 치유의 역사는 우리 의학이 건강을 회복하는 과정에서 무척 중요한 방향타가 될 것이다.

| 참고문헌 | .... |

르 파누 지음/조윤정 옮김, 『현대의학의 역사: 페니실린에서 비아그라까지』, 아침이슬, 2005.
린 페이어 지음/이미애 옮김, 『의학 과학인가 문화인가』, 몸과마음, 2004.
조르쥬 깡길렘 지음/여인석 옮김, 『정상적인 것과 병리적인 것』, 인간사랑, 1996.
에드워드 골럽 지음/예병일 외 옮김, 『의학의 과학적 한계』, 몸과마음, 2001.
자크 르 고프 · 장 샤를 수르니아 편/장석훈 옮김, 『고통받는 몸의 역사』, 지호, 2000.

2부

인문치료, 인간을 말하다 /
인문치료의 인간학

인문치료를 생각한다

- 의료권력의 임계압력 하에서 -

이 광 래

강원대학교 철학과

1. 모든 권력은 무너진다

1) 지배욕망이 문제다

권력은 어원상 '능력'과 동의어다. 좀 더 정확히 말하자면 권력의 의미는 능력에서 비롯되었고 실제로도 마찬가지다. 능력이 곧 권력인 셈이다. 영어에서 power, 즉 권력은 본래 '할 수 있다', '능력이 있다'를 뜻하는 라틴어 posse, 또는 potesse에서 유래한 단어이기 때문이다. 이때 전자(posse)의 명사인 possibilitas가 '가능성', '기회' 등 '능력'을 의미하는데 비해 후자(potesse)의 명사인 potestas는 '권력'을 뜻한다.

또한 고대 프랑스어 po(v)oir에서 유래한 현대프랑스어 pouvoir의 의미도 그와 다르지 않다. 사전에서 pouvoir의 뜻으로 '할 수 있다', '가능하다'라는 동사가 우선이고, 그것의 명사로서 능력, 재능, 기회라는 의미에 이어서 힘, 권력, 세력이라는 의미가 뒤따르기 때문이다. 이처럼 능력은 본래 잠재된 가능성이므로 오로지 인자형(genotype)인데 비해 권력은 그것이 나중에 상징적/구체적으로 실현된 현실성이므로 표현형(phenotype)임이 분명하다.

하지만 모든 능력이 권력이 되지는 않는다. 능력은 권력의 전제이고 가능성일 뿐이다. 그것은 권력의 충분조건인 것이다. 그러면 '할 수 있다'는 의미, 즉 누구나 가지고 있거나 가질 수 있는 '능력'이나 '기회'의 의미가 왜 소수자만의 능력을 상징하는 '권력'의 뜻으로 바뀐 것일까? 그것은 다름 아닌 소수자의 지배욕망이나 이기심이 다수자의 능력에 개입하는데서 생기는 결과이다. 다시 말해 다수자의 능력에 소수자(개인이나 집단)의 지배욕망이나 이기심이 제도, 무력, 금력, 등 어떤 방식으로든 개입하여 힘(필요조건)으로 작용함으로써, 그것도 단순한 작용이 아니라 성공적으로 지배함으로써 소수자의 능력이 곧 권력으로 둔갑한 것이다. 예컨대 유명한 야구선수가 체육인들과 수많은 팬들의 지지를 등에 업고 국회 진출에 성공하여 결국 대통령까지 되고자 한다면 운동선수로서 그의 능력이야말로 엄청난 권력의 단초였음에 틀림없다.

이렇듯 어떠한 권력도 애초부터 존재하지는 않는다. 권력은 어떤 경우에도 지배욕망이나 이기심의 산물이기 때문이다. 권력이 타자에 대하여 힘을 행사하지 않은 채 그대로 있으려 하지 않는 이유도 거기에 있다. 그 때문에 욕망의 유혹에 걸려들지 않은 능력, 지배를 욕망하지 않고 가만히 있는 권력, 즉 누구에게도 행사되지 않은 권력은 아직 권력(potestas)이 아니다. 그것은 어디까지나 잠재하고 있는 능력(possibilitas)일 뿐이다.

이에 반해 욕망의 표현형으로서 권력은 언제나 지배를 실현하려 한다. 뿐만 아니라 지배욕망이나 이기심은 지배권을 더욱더 강화하려 하는가 하면 그 대상범위를 넓히기 위해 영토를 끊임없이 확장하려고도 한다. 국가는 물론이고 각종 이익집단이나 제도, 법률이나 규약 등 이기심의 계약으로 탄생된 다양한 사회체(socius)의 권력행사가 그러하다.

거대조직의 권력(거대권력)일수록 더욱 그렇다. 그렇게 함으로써 권력은 능력을 안으로 실험하고 밖으로 과시하는 것이다.

그 때문에 가능성이자 기회를 의미하는 능력이 누구에게나 긍정적으로 여겨지는 데 반해 권력은 부정적으로 비춰지기 일쑤다. 역사는 늘 우리에게 다수자의 기회와 가능성을 배제하거나 박탈함으로써 그것을 배타적으로 독점하려는 권력의 덫과 그 가학성(sadism)을 증오하도록 가르쳐왔다. 동서고금을 막론하고 권력에 대한 경계심을 갖지 않는 이가 없는 이유도 그와 다르지 않다. 각종 역사에서 보듯이 소수자(권력)가 자신의 욕망을 정의롭게 실현하지 않을 때, 그로 인해 다수자(일반인)가 능력을 공정하게 행사할 수 없을 때 소수자의 권력에 대한 다수자의 생각은 더욱 부정적이다. 정의와 공정이 역사적으로 실패한 독점적 권력이나 패권적 제도, 또는 강자들의 관습을 예외 없이 힐난하고 있는 것이다.

예컨대 최악의 비인간적 신분제인 고대 그리스, 로마와 미국의 노예제도, 4등급의 차별적 신분제인 조선시대의 양반제도와 인도의 카스트제도, 남존여비의 상징인 고대일본의 방처혼(訪妻婚)제나 무슬림의 일부다처제(polygamy), 그리고 청나라에 이르기까지 중국 여인들의 비운을 상징해온 천년풍습의 전족(纏足)제 등과 같이 개인의 의지와는 무관하게 강자들의 힘과 제도에 의해 강제로 채워진 운명의 족쇄들이 그것이다.

또한 중세 이후 상당기간 동안 대다수의 평범한 서양인들로 하여금 권력 언저리로 진입하는 것을 가로막았던 소수의 라틴어 해독가능자의 특권적 횡포, 그리고 조선시대와 과거 일본사회에서 소수의 한문사용자만이 누릴 수 있었던 독점적 권리와 지위, 즉 라틴어와 한문의 문맹을 강요받은 다수자들에 대한 소수자의 지적 우월권—특혜로 주어진 라틴어와 한문의 해독능력이 권력독점과 세습의 장치이자 상징이었다—도 그와 다르지 않다. 그것은 욕망의 덫에 빠졌던 불공정한 능력이 권력으로 둔갑하여 역사에 남겨놓은 상흔(傷痕)이자 어두운 그늘이었다.

하지만 권력의 의미가 이토록 부정적인 것만은 아니다. 권력에서의 權은 본래 '저울추'를 의미한다. 그러므로 권력은 '저울질 하는', '무게를 다는', 나아가 '대소를 분별하는' 능력, 즉 사실이나 사건을 공정하게 가늠할 수 있는 사심(私心) 없는 판단능력을 뜻한다. 플라톤은 일찍이 이러한 능력을 지도자가 갖춰야 할 덕목으로 간주했는가 하면 유학에서 강조하는 성인(聖人) 군주의 덕목도 그와 다르지 않다. 입(口)으로 말하기보다 먼저 남의 말을 잘 들을 수 있는 귀(耳)의 중요성을 더욱 앞세우는 '聖'의 의미처럼 올바른 군주를 가리켜 밝은 귀와 맑은 눈을 가진 성인이라고 부르는 것도 자신보다 먼저 백성의 말을 듣고 마음을 헤아려 공정하게 판단하는 능력을 가진 자로 여기기 때문이다. 그런 자에게만 권력은 공정하고 정의로운 공공의 덕목이 되는 것이다.

　그러나 이것은 통치자에게만 요구되는 덕목이 아니다. 그것은 소수의 지도자는 물론이고 다수의 일반인도 갖추어야 할 삶의 필수적인 능력이고 지혜이다. 그러므로 개인의 인성이나 사회성에서의 이상 징후도 이러한 판단능력의 그릇됨에서 비롯된다. 더구나 지배욕망에 사로잡히고 배타적 이기심에 노예가 된 자의 능력을 권모술수라고 비난하는 까닭 또한 다르지 않다. 그것은 무엇보다도 욕망과 이기심으로 인해 공정해야 할 권도(權度; 저울과 자, 즉 사물이 의거하여 좇아야 할 규칙)가 이른바 세속적인 권도(權道; 수단이 상도를 벗어난 임기응변의 방편)로 둔갑한 탓이기 때문이다. 불교에서 대승에 들어가는 불도(佛道)로서 일승진실(一乘眞實)이 아닌 다른 권도로 설법하는 수단을 권교(權敎)라고 부르는 이유도 그와 마찬가지다.

　이처럼 일체의 병리적 권력은 욕망과 이기심으로 인해 상도(常道)를 벗어난 능력이 보여주는 볼썽사나운 모습이나 다름없다. 더구나 대개의 경우 이러한 병리현상은 무한질주를 멈추려 하지 않는다. 그래서 더욱 치명적이다. 눈멀고 귀먹은 권력일수록 욕망과 더욱더 야합하며 자제 능력을 잃은 채 가속하려 하기 때문이다. 결국 그렇게 해서 지금까지 수많은 절대권력의 허상들이 우리의 역사책 속으로 뛰어 들어온 것이다.

2) 권불십년(權不十年)이다.

동서를 막론하고 힘의 역사는 욕망의 고고학이 되고, 허상들의 계보학이 되었다. 그 욕망의 주름과 허상의 그림자가 '사건으로서의 역사'를 만들듯이 그것들에 대한 증언들이 욕망의 문서보관소(archives)가 되었기 때문이다. '기록으로서의 역사'가 우리에게 늘 반면교사일 수밖에 없는 까닭도 거기에 있다. 이처럼 역사는 지배욕망의 스케치북 같고 빗나간 권도의 재판정과도 같다.

그러면 수많은 허상들은 왜 역사를 그림자상자로 만드는 것일까? 그리고 역사에는 왜 그토록 많은 욕망의 주름들이 겹을 이루는 것일까? 무엇보다도 사심에 이끌려 제대로 분별할 수 없는 불공정한 권력들 때문이다. 그러나 주지하다시피 다수의 민심은 어떠한 권력도 장기지속을 허용하지 않는다. 소수자의 권력의지와는 달리 민심은 권불십년을 이미 역사로 배워왔다. 어떠한 권력도 본래 무상(無常)함을 비켜갈 수 없고 예외가 될 수 없는 것이다. 그 때문에 병든 욕망의 흔적들은 실제로 탐욕의 고고학을 남겼고 나쁜 권력의 역사도 그 계보학을 만들어왔다.

예컨대 진시황의 권불십년이 대표적이다. 그가 이룩한 천하통일의 권세가 10년을 넘기지 못했기 때문이다. 그는 기원전 230 ~ 221년에 걸쳐 한(韓)·위(魏)·초(楚)·연(燕)·조(趙)·제(齊) 나라를 차례로 멸망시킴으로써 중국 대륙을 통일하고 스스로 시황제가 되었지만 그 이후 강력한 중앙집권제와 가혹한 통일정책 등 반란을 염두에 둔 전횡으로 일관했다. 심지어 그는 사상의 단순화를 위해 분서갱유(焚書坑儒)를 단행할 정도였다. 그의 욕망은 만리장성을 축조하며 아방궁(阿房宮)을 짓더니 만년에는 불로장생의 선약(仙藥)을 구하는 어리석음까지도 내보였다. 그는 자신의 치적을 찬양하는 공덕비를 여러 곳에 세우게 하기 위해

5차례나 전국을 순행하다 결국 기원전 210년 도상횡사하고 말았다.

2천여 년이 지난 20세기에도 진시황의 권불십년에 못하지 않는 탐욕의 계보는 아돌프 히틀러에 의해 격세유전되었다고 말해도 과언이 아니다. 1935년 일당독재체제를 확립하고 국가원수이자 총통이 된 그는 제2차 세계대전을 일으키는가 하면 유대인 말살정책까지 강행했다. 그러나 그는 1945년 4월 29일 소련군에 포위된 베를린에서 에바 브라운과 결혼한 다음날 관저의 지하벙커에서 결국 시안화칼륨을 마시고 권총으로 자살함으로써 자신의 삶도 극적으로 마감했다.

10년을 넘기지 못한 채 20세기의 역사를 주름잡은 또 다른 독재권력은 1946년 국가사회주의를 표방하면서 아르헨티나의 대통령에 당선된 후안 페론의 권병(權柄, 남을 강제하여 굴복시키려는 권력)이었다. 그는 우선 언론자유를 탄압하고 외국자본의 배제와 산업의 국유화를 단행하며 무소불위의 독재정치를 시작했다. 그러나 역사는 그의 편이 아니었다. 1952년 부인 에바가 죽은 직후부터 무리하게 감행된 모든 개혁들이 파탄지경에 이르더니 1955년 교회탄압으로 인해 가톨릭계도 그에게 등을 돌렸다. 그의 욕망과는 달리 절대권력화에 실패한 것이다. 설상가상으로 그 해에 군부의 지지마저 잃게 되자 정세는 쿠데타로 이어졌고, 급기야 그 역시 국외로 추방되고 말았다.

이렇듯 불공정하고 정의롭지 못한 권력은 또 다른 권력에 의해 무너진다. 더구나 권력의 암종(癌腫)인 집중화와 독점화의 결말은 예외 없이 비극적일 수밖에 없다. 처참한 최후로써 역사에 투사된 박정희정권(1961년부터 1979년까지 18년간)의 끝 갈 데 모르던 욕망이 그러하다. 그러나 이보다 더 장기간 버텨온 거대권력에 맞서서 엔드게임(endgame)할 수 있는 마지막 세력은 오로지 민중뿐이다. 예컨대 12년간 누려온 이승만 정권(1948년 ~ 1960년)의 최후가 그러했고, 21년간 (1965년 ~ 1986년) 집권한 필리핀의 페르디난드 마르코스 독재정권의 결말도 마찬가지였다. 또한 끝날 줄 몰랐던 이집트 대통령 무바라크의 30년(1981년 ~ 2011년) 장기독재도 그렇게 해서 끝장났다. 예나 지금이나 다수의 민중은 불의한 권력이나 불공정한 제도에 대하여 부정과 저항을 인내할 뿐 결코 단념하지 않기 때문이다.

2. 의료권력이 무너지지 않는 이유

1) 권력의 두 종류

권력은 욕망과 부단히 내통한다. 그러면서도 권력은 욕망의 외부에 존재한다. 권력은 욕망이 속내를 드러낸 외피인가 하면 밖으로 나가려는 출구이기도 하다. 패션이 권력이고 권력이 패션인 이유도 그 때문이다. 패션과 마찬가지로 권력의 본성도 노출욕망과 과시욕구에 있다. 그래서 권력은 언제나 겉으로 드러내고 외부로 향하려고 집착한다. 이때 욕망의 강도만큼 집착의 정도도 심해진다. 욕망이 깊어질수록 집착도 강해지는 것이다. 권력이 병리적일 수밖에 없는 까닭도 거기에 있다. 건강한 권력, 그래서 더욱 아름다운 권력을 역사에서 만나기 어려운 이유 또한 마찬가지다.

이처럼 역사는 권력을 진단한다. 그리고 분류한다. 삼황오제부터 현재까지의 중국통사가 그런가 하면 단군신화에서 현 정권에 이르는 한국의 역사도 그와 다르지 않다. 그래서 역사는 권력의 분류표나 다름없다. 역사학이 질병분류학(nosology)처럼 일종의 권력분류학일 수 있는 까닭도 거기에 있다. 나름의 분류법(taxonomy)에 따라 역사가 권력을 배치하기 때문이다. 흥망성쇠해온 다양한 권력구성체들이 역사에서 상대적 권력과 절대적 권력으로 나뉘는가 하면 열린 권력과 닫힌 권력으로 차별화되기도 한다.

기본적으로 모든 권력은 상대적이다. 욕망의 주체가 다를 경우 권력도 그 동기와 대상을 달리하기 때문이다. 그 종류와 강도도 같을 수 없다. 욕망의 주체로서 권력에는 배설(노출과 과시)을 위한 대상으로서 외부가 있다. 권력은 외부를 의식하고 집착하며 외부와 상대하려 한다. 그러면서도 집착하는 권력의 세기와 크기는 저마다 다르다. 통치로서의 직접적인 권력뿐만 아니라 제도나 지식, 문화나 기술, 부나 권위 등과 같은 간접적인 권력도 마찬가지다. 그래서 권력은 상대적이다.

하지만 욕망의 주체와 대상 사이에서 오로지 지배와 종속의 관계로만 형성되는 권력은 그렇지 않다. 타자의 종속만을 원하는 지배는 권력의 외부를 의식하며 상대하기보다 그것을 무시하며 부정하려 한다. 그것의 속성이 배타적이고 유아독존적이기 때문이다. 그러므로 그러한 지상권(至上權)에 종속된 권력은 더 이상 권력이 아니다. 주종관계에서의 종속은 오직 복종만을 의미하는 것이다. 의사와 환자의 관계도 마찬가지다. 이미 배타적으로 권력화된 의학적 지식은 그것으로써 병기를 독점적으로 규정하고 생산하며 지금까지 환자에 대한 독존적 지상권을 성공적으로 강화해왔기 때문이다. 그것은 이른 바 '닫힌 권력'의 본보기나 다름 없다.

그러나 권력이든 제도든, 지식이든 문화든, 또는 기술이든 자본이든 독점적으로 영토를 지배하고 확장하려는 욕망은 집착을 넘어 이미 자가 중독되어 있다. 자기반성적 판단을 기대하기 힘든 절대권력들이 그러하다. 앞에서 열거한 권불십년의 주인공들이 꿈꾸던 권력이 바로 그것들이다. 독재적 통치권력뿐만 아니라 독점화된 제도나 지식, 즉 오늘날의 의료제도나 현대의학도 다를 바 없다. '전염병의 대유행에 힘입어' 정치화에 성공한 이래 지금까지 모든 분야의 치료권을 독점한 의료제도와 의학은 어떤 제국주의 권력보다도 더욱더 영토를 확장하며 여전히 절대권력의 패권화를 정당화해오고 있다.

2) 절대권력으로서 의료권

그러면 의학과 의료제도는 왜 절대권력이 됐을까? 종교와 마찬가지로 의료도 정치와 결탁하여 권력화하면 절대권력이 된다. 그것들은 무엇보다도 인간의 죽음과 맞닿아 있기 때문이다. 전자가 병든 영혼 위에 군림하는가 하면, 후자는 죽어가는 신체 속으로 권력을 행사한다. 영혼이든 육신이든 생명구제를 담보로 하는 권력들이 개인보다 집단에 의해 장기간 제도화될 경우 절대권력이 된다. 더구나 정치권력과 야합할 경우는 더욱 공고해진다. 19세기 이래 의학과 의료제도가 그렇다. 전염병의 대유행 시대가 지난 지 오랜 세월이 흘렀음에도 의료권력이 무너지지 않고 오히려 강화된 까닭이 바로 그것이다. 다시 말해 그것은,

① 신수권적(神授權的)이었기 때문이다.

절대권력의 꿈은 신수권이 되는 것이다. 그것은 불가침의 성역 안에 권력을 위치시킴으로써 신성시 여겨지길 바라는 절대욕망 때문이다. 서양의 중세처럼 기독교와 교황의 권위가 절대권력화할 때는 말할 것도 없지만 16 ~ 18세기 절대주의 시대의 군주들이 누렸던 권력도 그와 다르지 않았다. 예컨대 이미 교황의 신수권이 약화된 16세기 이래 영국의 제임스 1세는 왕위에 오르기도 전에 이미 「자유로운 군주국의 진정한 법」(1598)이라는 글에서 "왕은 지상에서 신의 대리자이므로 왕권에는 제한이 없다"고 천명한다. 즉위한 후(1609)에는 "왕이 신으로 불리는 것은 타당하다. 왜냐하면 왕이 지상에서 신의 권력과 같은 권력을 행사하기 때문이다. 왕은 신민을 심판한다"고까지 주장할 정도였다.

이러한 권력환상과 신권망상은 당시 프랑스의 절대군주에게도 마찬가지로 나타났던 심각한 정신병적 증후군이었다. "왕권은 신에 의해 수립된 것이므로 아무런 제한도 받지 않으며, 신의 대리로서 신에 대해서만 책임이 있다"고 주장한 16세기의 앙리 4세를 시작으로 그것은 태양왕 루이 14세(1643 ~ 1715년 재위)로 하여금 '짐이 곧 국가다'(L'État, c'est moi!)라는 정신병적 망상에 시달리게 했다. 72년간이나 그가 화려한 병동, 즉 베르사이유 궁전 속에서 광희(狂戲)에 탐닉할 수 있었던 것도 바로 그 때문이다.

그러나 이들의 신수권 망상은 중세 천 년간 절대권력을 누려온 교황들에게서 물려받은 치명적 암종(癌腫)이나 다름없다. 교황의 절대권력이 무너지자 군주들의 권력욕은 어느덧 신수권을 흉내내며 서서히 그 빈자리를 차지해버린 것이다. 하지만 절대주의 시대가 지나간 19세기 들어서도 그 치명적 병기는 소멸되지 않았다. 절대군주가 사라지자 그러한 권력망상은 개인에게서 집단이나 제도, 이념이나 사상에게로 옮겨간 것이다. 이데올로기의 쟁패가 시작되었는가 하면 정치와 경제, 그리고 사회의 체제변혁도 생겨났다. 학문과 문화의 체계도 외부환경의 변화에 따라 빠르게 재편되기 시작했다.

의학과 의료문화가 패권경쟁에 뛰어든 것도 바로 이때였다. 18세기말부터 19세기초까지 약 50년 사이에 의학과 의료권은 지상권을 확보할 수 있는 절호의 기회를 맞이하게 된 것이다. 무엇보다도 전염병의 유행으로 인해 의학과 정치가 결탁한 의료정치화, 나아가 의료절대주의의 길이 열렸기 때문이다. 절대주의 시대에 종교와 정치가 그랬듯이 지식과 권력이 야합하며 또 다른 형태의 절대권력을 잉태하기 시작한 것이다. 왕립의학협회나 왕립의학회들의 탄생에서도 보듯이 의학은 국가권력에 의해 특별한 지위를 누리게 되었고 법적 특혜도 받게 되었다. 이때부터 의학에 대한 '정치적 의식화'와 더불어 의료정책의 중앙집권화가 추진되었던 것이다.

하지만 그것만이 아니다. 의사면허제를 통해 국가관리의 대상이 된 의학과 의사도 정치와 거대권력에 눈뜨고 의식화하기는 마찬가지였다. 이러한 19세기 현상을 가리켜 푸코는 『사회를 보호해야 한다』에서 '권력에 의한 생명의 장악', 나아가 '인간의 장악'이라고 부른다. 또는 '생물학적인 것의 국가화'라고도 부른다. 사법권과 마찬가지로 의료권도 국가권력과 새로운 권력의 테크닉 속에서 상리공생의 묘수를 공유하게 된 것이다. 각종 사회개혁 정책에 실패한 유럽의 혁명정부들도 의료정책을 통해 이반된 민심을 그나마 되돌릴 수 있었고, 국가권력에 편승해 인간의 생명을 독점적으로 장악한 의학도 관찰대상들과의 경제적 거래를 정당화할 수 있게 되었다.

그러나 날이 갈수록 국가관리 하에 들어간 의학과 의사는 의료관리 권을 국가에 넘겨주는 대신 국가권력의 절대적 보호를 강화했을 뿐만 아니라 이를 명분삼아 의료권의 배타적 독점과 의사의 독선적 지위를 고수하기 위해 의료권의 신성화 작업마저도 주저하지 않는다. 다시 말해 의료권은 국가가 보호하는 특권이지만 그 이전에 신으로부터 부여받은 신수권이라는 것이다. 푸코도 『광기의 역사』에서 의료인들은 자신들의 전능에 신적 지위를 마련함으로써 기적실행자로서의 의료인상을 확대시켜왔다고 비난한다. 특히 이러한 절대적 지상권을 일반인들에게 세뇌시키고 각인시키기 위해 각국의 의료단체들은 예외 없이 의학의 신화적 배경을 시각적으로 기호화한다. 그들은 인간의 의식 속에 신수권이 시니피에로서 깊게 주름잡히도록 의료신들의 시니피앙 효과를 주도면밀하게 노리고 있는 것이다.

미국의사협회(American medical association)의 상징 대한의사협회의 상징 〈WHO 상징〉 〈군의관 상징〉

바로 그 선두에 나선 것이 UN의 지구적 의료파놉티콘(medical panopticon)인 세계보건 기구(WHO)다. 그 뿐만이 아니다. 미국을 비롯한 각국의 의사협회들이 WHO와 예외 없이 짝패가 되었다. 그들은 그리스 신화 가운데 의술의 신인 아스클레피우스와 허물을 벗으며 재생과 부활을 상징하는 뱀을 이용하여 심볼 마크를 만들었기 때문이다. 그림에서 보듯이 한 마리의 뱀이 지팡이로 변신한 아스클레피우스를 감고 있는 것이다. 이러한 의술의 신수권화(神授權化) 의도는 한국과 일본의 의사협회가 만든 로고에서도 마찬가지로 드러난다. 여기서는 또 다른 의료의 신인 헤르메스의 날개 달린 지팡이를 두 마리의 뱀이 감고 있는 모습만 다를 뿐 뱀들은 헤르메스 신마저도 '휘감고' 있다. 심지어 앰뷸런스나 군의관의 마크, 또는 각종 의료 엠블럼들에 이르기까지 오늘날 의학과 관련된 모든 의료단체들은 이와 같이 의료권의 신화적 기원을 더욱 의식적으로 강조하려 한다. 그것을 신성시하거나 신수권화함으로써 어떤 권력보다도 배타적이고 독점적으로 절대화하려는 속내를 결코 감추지 않으려 하는 것이다.

　② 물신주의적(物神主義的)이기 때문이다.

　날이 갈수록 의료권이 오히려 강화되는 이유는 그것이 자본주의의 권력구성체로서 정치의식화하고 자본주의화하기 때문이다. 다시 말해 정치에 의해 권력화된 의료권과 물신주의(fetishism)가 더욱 공고하게 결탁해온데 그 까닭이 있다. 푸코도 19세기에 이미 이뤄진 의학의 정치적 의식화 작업의 직접적 원인이 유행병의 만연에 있었다면 간접적 원인은 당시의 경제적 자유주의에서 비롯되었다고 주장한다. 산업화와 자본주의의 성장과 더불어 정신 대신 물질(화폐)의 신격화가 빠르게 진행되는 비인간적 병리현상이 팽배해지기 시작한 탓이다.

　무엇보다도 20세기에 들어 경제우선의 논리가 가치의 순위를 바꿔놓음으로써 수량화된 교환가치를 상징하는 물질, 즉 화폐가 사회적 욕구 충족의 수단으로 상징화되었다. 일찍이 마르크스가 자본주의의 초기 징후만으로도 욕망(화폐)의 물신성(物神性)을 경고하며 비판하고 나선 것도 그 때문이다. 그러나 욕망경제라는 자본주의의 시장경제논리 속에서는 아스클레피우스와 헤르메스에 의해 신성시되어온 의료신수권도 그러한 비현실적 이데올로기만으로는 만족할 수 없었다. 의학과 의술은 관념적인 신수권뿐만 아니라 욕망의 블랙홀인 금수권(金授權)도 확보함으로써 미증유의 절대권력을 탄생시키려는 유혹에 너무나 쉽게 빠져든 것이다. 스스로 부여한 초현실적 명목가치만으로는 물신으로서 금권이 지배하는 실질가치의 체계 속에서 욕망 실현을 제대로 할 수 없었기 때문이다.

이때부터 의술의 물신성은 인간을 대상화하며 치료대상인 병기의 물화(物化), 즉 가격화와 상품화를 서둘렀다. 자연사(自然死)마저도 의료의 관리 하에 놓이게 됨으로써 죽음도 의료상품화되기 시작한 것이다.[1] 오늘날 의료인들은 죽음의 사자로부터 영혼을 구원받을 수 있는 초능력자로서 신과 그 대리자에 대한 믿음의 대가보다 죽음의 사자로부터 육신을 구해낼 수 있는 신통한 능력자에 대한 믿음의 대가를 가격화하고 자본화하는 것이 훨씬 더 현실적이고 손쉬운 일이라는 사실을 깨닫게 되었다. 한마디로 말해 국가와 개인의 병기 사이에 있는 중간구조들에 의해 의료자본주의가 빠르게 형성되어 온 것이다.

그뿐만이 아니다. 이반 일리치는 조직화된 의료체계에서 의사는 이미 '봉건제의 영주'가 되었다고도 비판한다. 의료기사, 간호사, 심부름꾼, 문지기 등에 이르기까지 의료관련 전문가와 노동자들의 일도 그가 결정하기 때문이다. 나아가 일리치는 의료권의 산업화를 더 큰 병리적 사회 현상으로 지적한다. 1970년대 이래 의료산업의 규모가 군산(軍産) 복합 산업체에 이어 최대규모가 되었다는 것이다. 더구나 그는 그러한 현상으로 인해 현재까지 의료건강관리의 생산에 대하여 합리적인 통제를 가하고자 하는 어떠한 시도도 불가능하게 되었다고 한탄한다. 고도의 기술집약사회의 노동경제를 반영하는 기업체로서의 종합병원은 그 꼭대기에 전문가, 중간에 관료제, 밑바닥에 죽음에의 고객으로 구성된 새로운 종속 시스템이 만들어졌기 때문이다.[2]

---

1 이반 일리치도 "자연사의 역사는 죽음에 대한 투쟁이 의료화되는 역사다"라고 주장한다. Ivan Illich, *Limits to Medicine, Medical Nemesis: The Expropriation of Health*, Marion Boyars, 2002, p. 176
2 Ivan Illich, 앞의 책, pp. 247~248.

하지만 그것도 의료자본주의의 과도기적 과정에 지나지 않는다. 죽음을 담보로 한 질병의 상품화와 더불어 의료산업은 급기야 대기업의 먹이사슬구조 속에 편입되었는가 하면 그로 인해 거대한 의료기업집단들도 탄생시켰다. 심지어 죽음은 자본의 논리에 의해 생명공제사업의 수많은 복지상품을 지금도 탄생시키고 있다. 죽음이 금융자본주의의 일익을 담당하는 상황에 이른 것이다. 이 정도면 '의료권의 합리적 통제는 이미 끝났다'는 일리치의 주장이 옳을지도 모른다. 왜냐하면 오늘날 의료권은 정치의식화(정치신화)를 넘어 지구적 자본주의 구조에 깊숙이 편승하고 있기 때문이다. 즉 의료권은 자본주의 신화 속에 어느 때보다도 굳게 자리 잡고 있는 것이다.

③ 패권주의적이기 때문이다.

만일 신수권과 금수권이 결합한 채 정치권력의 비호까지 받으면 그 힘의 위력은 더없이 막강해진다. 패권적 절대권력들은 그렇게 해서 탄생하는 것이다. 오늘날 의료권력의 위력도 그와 크게 다를 바 없다. 모든 인간의 삶/죽음을 담보로 병기와 질병을 규정하며 그것의 치료권을 독점하고 있기 때문이다. 기독교의 패권주의자들이 '하나님의 뜻이 땅 끝까지 임하게 하소서'를 종교적 소원으로서 갈망한다면 의료사제들의 패권주의는 '오직 신의(神醫) 아스클레피우스의 신의(神意)만이 온누리에 미치게 하소서'와 같은 주문(呪文)을 법률로서 주문한다. 패권주의를 정당화하고 더욱 공고히 하기 위해서다. 그마저도 부족해하는 의료사제들은 그 주문이 초법적 율법이 되기를 바랄지도 모른다. 그들의 패권적 지배욕망은 동물의 왕국을 지배하고 고수하려는 맹수들의 본능적 영토욕망에 비할 바가 아니기 때문이다.

실제로 오늘날 의료패권주의에 적극적으로 반대하는 이들—비록 깨어있는 소수자들이긴 하지만—이 욕망의 산업화와 그것에 대응하는 의례적 반응의 기술화와 함께 확대되어온 의학과 의료권의 교만과 오만에 대하여 몹시 거부반응을 보이는 이유도 거기에 있다. 예컨대 프라이드 슨(Eliot Freidson)과 베커(H.S. Becker)는 의료권의 독점에 일반민중이 머리를 숙이는 한 병기와 병자를 증가시키는 폐쇄적 위계를 누구도 통제할 수 없다고 경고한다. 그러므로 이러한 통제불능에 대하여 무엇이 질병을 구성하는지, 누가 병에 걸려 있는지, 그리고 그를 위해 무엇이 행해져야 하는지를 결정하는 독점권을 제한하거나 폐기시키는 법이 마련될 때 비로소 의료성직(medical clergy)은 통제될 수 있다[3]는 적극적 대안이 제시되기도 한다.

3) 의료권력을 고발한다.

"의료의 개입이 최소한으로, 그리고 단지 우연적으로 행해질 때만이 세계의 건강은 드넓어지고 낙관적으로 된다.···(그와 반대로) 인간이 자신의 본질적인 것을 의사에 의해 관리되도록 강요받을 때 인간은 (건강에 대한) 자율성을 포기한다. 따라서 그의 건강도 쇠약해지지 않을 수 없다. 현대의학이 이룩한 기적이란 실제로 '악마적'(diabolical)인 것이다. 그것은 개인적 건강에 있어서 모든 사람을 비인간적인 저급한 수준에서 생존하도록 하기 때문이다."[4]

이렇듯 일리치는 오늘날의 의료권력을 악마적이라고 고발한다. 또한 그것을 '전문적인 마피아'(professional Mafia) 조직에 비유(p.244)하기도 한다. 그것이 공적으로 통제받아야 마땅함에도 불구하고 실제로 그렇지 못하기 때문이다. 하지만 주지하다시피 의료권이 신수권이 아니듯이 본래 병기에 대한 치료권도 의사들만의 치외법권이 아니었다. 전염병의 만연을 기회 삼아 정치의식화된 의료권은 정치권력의 비호 하에 유행병

---

3 Howard S. Becker, 'The Nature of Profession', in Henry Nelson (ed.) *Education for the Professions*, National Society for the Study Education, 1962, p. 27. Eliot Freidson, *Profession of Medicine: A Study of the Sociology of Applied Knowledge*, Dodd, Mead, 1971. 참조.

4 Ivan Illich, *Limits to Medicine, Medical Nemesis: The Expropriation of Health*, Marion Boyars, 2002, pp. 274~275.

의 치료를 넘어 모든 병기에 대한 무차별적 치료권의 획득을 정당화할 수 있는 절호의 기회를 만들었고 그것을 지금까지 고수해오고 있는 것이다. 더구나 의료권은 오늘날 자본주의의 개방성과 시장경제의 논리 속에서 의료상품화와 의료기업화에 성공한 뒤 금권까지 무장함으로써 누구도 의심하거나 넘볼 수 없는 신성불가침의 권위와 권력마저 주장할 수 있게 되었다.

그러나 이보다 더 심각한 문제는 병기의 치료와 의료의 권리에 대한 민중들의 무반성적 몽매주의(ignorantia)다. 다시 말해 소수자에 의한 치료 및 의료권의 독점과 패권주의의 장기지속으로 인해 다수자의 순치된 몽매함과 기정사실화된 선입견보다 더 심각한 문제는 없다. 의학과 의사가 신체와 정신의 병기에 대한 무차별적 영토화와 종속화를 지금까지 어떤 장해물도 없이 진행해온 가장 큰 원인도 거기에 있다.

절대권력에게는 몽매한 우민(愚民)보다 더 좋은 대상이 있을 수 없다. 잘 길들여져 있거나 잠들어 있는 영혼은 패권의 유지를 위해 더없이 좋은 절대권력의 구성요소이기 때문이다. 속령화에 성공한 패권주의가 언제나 몽매주의와 짝을 이루려 하는 것도 그 때문이다. 예컨대 1966년부터 10년간 계속된 20세기의 분서갱유인 중국의 문화혁명이 홍위병을 앞세워 지식인들을 하방(下放)운동에 강제로 참여시킨 까닭이나 1975년부터 5년간 지식인, 나아가 지식분자로 의심되는 '손이 하얀 사람들'을 색출하여 캄보디아 인구의 1/4에 해당하는 170만명을 학살한 극단적 마오주의자들, 즉 크메르루주 정권이 자행한 킬링필드의 동기도 그것이었다. 이처럼 정치적 패권주의가 감행한 요란한(noisy) 몽매주의는 그 피해가 즉각적이고 현시적이다. 그 결과 또한 극단적이고 처참하다.

하지만 의학적 패권주의가 강요해온 '조용한(silent) 몽매주의'는 그 폐해가 곧바로 드러나지 않는다. 따라서 손이 하얗거나 검거나, 거칠거나 곱거나 누구에게도 처참한 죽음의 현장을 목격하게 하지 않는다. 오히려 패권의 주체에 대한 인상도 생명/죽음의 선택지 가운데 전자로서 새겨진다. 그것은 동심에도 은덕을 베푸는 은인으로 각인되게 한다. 거리의 살인마로 비쳐진 홍의병이나 크메르루주와는 정반대로 육신을 구원하는 의료성직자로 여겨질 만큼 고차원적 상징화에 성공한 것이다. 역사에서 이보다 더 치밀하고 높은 수준의 전략을 구사해온 패권주의나 제국주의의 사례를 찾아보기 쉽지 않다. 지금으로서는 패권적 권력구성체로서 의료제국주의를 무너뜨릴 상대적 권력이 보이지 않는 까닭이 거기에 있다.

3. 계몽으로 붕괴되는 절대권력

어둠은 밝음의 이면일 뿐이다. 암흑도 빛의 부재에 지나지 않는다. 대개의 경우 그것들은 떨어져있다기보다 맞닿아 있다. 어둠과 암흑의 뒤에서는 밝음과 빛이 기다리고 있는 것이다. 그것은 존재론적으로 뿐만 아니라 인식론적으로도 그렇다. 사건으로서의 역사에서 그렇듯이 기록으로서의 역사에서도 마찬가지다. 어둠과 밝음 사이에는 오로지 숨죽이는 긴장감만이 흐를 뿐이다.

1) 계몽이 대안이다.

실 빛만으로도 어둠은 훨씬 엷어진다. 빛살이 더해지면 어둠은 끝내 사라져버린다. 더 이상 버티지 못해 힘을 잃고 마는 것이다. 빛들임(enlightenment), 즉 계몽의 힘이 바로 그런 것이다. 역사에서도 계몽은 늘 '암흑의 실효(失效)', 즉 어두운 권력의 실효를 전제해왔다. 다시 말해 계몽은 역사적으로 패권적 권력구성체의 토대를 붕괴시켜왔기 때문이다. 예컨대 루이 16세(1774 ~ 1793년 재위)의 절대권력에 의해 어떤 출구도 없이 캄캄해진 민중의 심상(心狀)에 목숨 걸고 빛을 들이댄 철학자들, 즉 백과전서파의 계몽운동이 그것이다.

일찍이 중세의 교황들에게 배운 신수권으로 르네상스 이후 수 백년 간 절대권력을 위장한 채 민중에게 강요해온 절대왕정들의 몽매주의도 18세기에 이르러 이른바 '상실의 역사'(lost history)인 '권력실효의 계보학' 속으로 사라질 수밖에 없었다. 그것은 무엇보다도 볼테르, 디드로, 달랑베르, 루소, 몽테스키외 등 백과전서파들이 민중에게 반세기 이상 계몽의 빛을 줄기차게 비춰온 결과였다. 결국 그것은 민중으로 하여금 기나긴 몽매의 잠에서 깨어나게 했는가 하면 잊어야 했던 자아의 회복과 더불어 상실이 강제되었던 주체의 복권도 가능하게 했다. 이때 어둠에서 빛으로의 작용인(作用因)이 계몽이었다면 그 형상인(形相因)은 다름 아닌 혁명이었던 것이다.

프랑스대혁명(1789년)은 앙리 4세부터 태양왕 루이 14세를 거쳐 루이 16세에 이르기까지 적어도 이백년 이상 신수권으로 민중을 기만하며 군림해온 절대권력의 안티테제였다. 한마디로 말해 그것은 계몽의 위력 앞에서 마침내 무너지고 마는 과대망상적 권력실효의 드라마 그 자체였다. 또한 그것은 어느 것보다도 어둠과 빛이 교체하는 극적 비장미(悲壯美)가 충만한 드라마였다고 해도 과언이 아니다. 실제로 대혁명의 클라이막스는 비극적 드라마 이상이었기 때문이다.

즉, 혁명 1주년 기념식에서 "프랑스의 국왕인 나는 헌법을 수호하며 그에 따라 위임된 권한을 성실히 행사할 것을 국민에게 맹세한다"고 선서한 루이 16세는 그 후 1년이 채 지나지 않은 1791년 6월 왕실 가족과 함께 비밀리에 국경을 넘어 탈출하려다가 발각되었다. 민중은 깜짝 놀랐고 분개했다. 병사들에게 잡혀 파리로 돌아오는 국왕의 마차에 사람들은 침을 뱉고 욕설도 퍼부었다. 마침내 탕플 탑에서의 옥살이 끝에 끌려나온 그는 민중을 향해 마지막 말을 남겼다. "나의 죄상을 조작한 사람들을 용서한다…. 이 땅에 두 번 다시 무고한 피가 뿌려지지 않도록, 신이여, 돌봐주소서"라고. 그리고 그는 단두대의 마지막 계단을 올라섰다. 몇 분 후 집행관이 그의 잘려진 목을 쳐들어 군중에게 내보였다. "만세!" 소리가 터져나왔다. 1793년 1월 21일, 오전 10시를 조금 넘긴 때였다.

계몽은 이처럼 신수권도 무너뜨렸고 태양왕도 쓰러뜨렸다. 그토록 굳건해 보이던 절대권력의 토대를 붕괴시킨 것이다. '어둠(몽매)에서 빛(각성)으로' 혁명적 변화의 작용인(causa efficiens)으로서 계몽보다 더 큰 힘이란 있을 수 없기 때문이다. 루이 16세가 감옥에서 볼테르와 루소의 저서를 읽어 본 후 "바로 이 두 사나이가 프랑스를 망쳐놓았다"고 탄식한 이유도 그것이었다. 훗날 나폴레옹이 "부르봉 왕가가 잉크와 종이를 똑똑히 감시하였던들 권력을 유지할 수 있었을 텐데~ "라고 후회한 까닭도 마찬가지다. 욕망의 독점과 쾌락의 탐닉을 장기지속하기 위해 어떠한 패권주의와 몽매주의도 불사하는 과대성 절대권력은 그 자체가 '도착'(倒錯)의 극단적 징후나 다름없기 때문이다.

2) 언어적 신비화

계몽은 어떤 절대권력보다도 위대하다. 계몽은 그만큼 위력적인 지상권(至上權)이기 때문이다. 그것이 신수권이나 금수권도 무너뜨릴 수 있는 까닭은 반독점적이고 반패권적이며 탈신비적이기 때문이다. 신비(神秘)는 말 그대로 불가사의한 독존적 신의 비의(秘義)일뿐 인간의 비의가 아니다. 오히려 프랑스대혁명이 낳은 <인간과 시민의 권리선언> 제1조에서 보듯이 '인간은 자유로운 존재로 태어나 천부의 권리를 계속 확보하며, 또한 이 권리에 있어서 평등하다.' 자유와 평등은 누구에게나 편재(遍在)된 천부적 권리라는 것이다.

이처럼 혁명은 민중에게 오랫동안 강요되고 억압되어온 인식의 혁신, 그리고 그로 인한 반성적 자아의 발견에 다름 아니다. 절대권력일수록 독점권의 해체와 패권의 실효는 결국 다수자의 자기파괴적 반성, 즉 인식의 변혁에 의해서만 가능하기 때문이다. 그것을 혁명이라고 부르는 이유도 다수자의 길들여진 사유의 과감한 내파(內破)와 획기적 전환에 있다. 혁명의 에너지원인 민중의 생각이 전적으로 바뀌는 것이다. 다시 말해 계몽이라는 다수자에 대한 파괴적, 비판적 사고치료가 절대권력의 임계압력 하에 시달려온 그들 모두에게 새로운 에너지를 만들어낼 수 있는 계기가 된 것이다.

그러면 무엇이 그들로 하여금 혁명의 유비쿼터스적 힘을 발동시키는 것일까? 그것은 무엇보다도 소통의 힘에 있다. 본래 계몽의 기본적인 전략은 하버마스의 신념과도 같은 의사소통의 합리성, 또는 합리적 의사소통과 다르지 않다. 백과전서파가 보여준 계몽의 전략이 국왕의 금서칙령에 의한 소통의 절대불가조치였음에도 그것을 무너뜨릴 수 있었던 것은 그들이 강조하는 이른바 합리적이고 자율적인 의사소통의 힘 때문이었다.

계몽은 어떠한 일방적 권력 행사도 없는, 즉 지배로부터 자유로운 상태에서의 의사교환이 가능할 뿐만 아니라 참여자들에게도 평등하고 자유로운 의사표시와 합리적이고 합목적적인 행위—상호주관적인 이해를 지향하는 의사소통 참여자들이 이해가능성, 진리성, 규범성, 진실성을 전제로 한 설득과 수락행위—의 참여가 보장된 의사소통의 실현을 궁극적 목적으로 한다. 왜냐하면 비합리적인 독선과 독점이 소통의 억압과 단절을 전제한다면 합리적인 개혁과 혁신은 소통의 자유와 개방에서 비롯되기 때문이다.

의사소통을 가로막는 언어의 독점은 권력독점의 중요한 계략(計略) 가운데 하나다. 프랑스대혁명 이전까지 중세의 카톨릭 사제들이나 근대의 권세가들이 권력을 독점하고 절대화하기 위해 다수의 민중이 배울 수 없는 라틴어의 사용만 고집한 경우가 그러하다. 그들은 특권에 대한 보호벽으로서 특정언어를 독점함으로써 애초부터 다수자의 의사불통을 중요한 전략으로 삼았기 때문이다. 한마디로 말해 그들에게 도구적 이성은 합리의 도구가 아닌 역리(逆理)의 수단이었고 비합리 그 자체였다. 라틴어는 소수자에 대한 신비감을 고취시키기 위해 마련한 소통의 바리

케이트였고 그들만의 은밀한 내통을 위한 비책(秘策)이었다. 그 때문에 프랑스대혁명은 의사소통의 혁명, 즉 다수자를 위한 언어혁명이라고 해도 과언이 아니다. 바스티유 감옥문이 열리면서 민중의 말문도 함께 열렸던 것이다.

하지만 권력구성체로서의 라틴어현상, 즉 프랑스대혁명 이전까지 권력독점의 상징이었던 '배타적 언어현상'은 오늘날도 여전하다. 예컨대 의료케뮤니케이션에서의 언어현상이 그것이다. 군대의 암호처럼 통용되는 의료언어란 환자에게는 볼 수도 없고 해독하기 힘든 난수표이지만 의료사제들에게는 더없이 좋은 보호벽이기 때문이다. 이처럼 20세기의 사제들은 배타적 언어를 통해 암묵적으로 의료신비화를 유지해오고 있다. 또한 그렇게 함으로써 그들은 선민의식을 더욱 고취시키려고도 한다. 다시 말해 그들은 전문화된 의료언어에 대하여 일상언어보다 더 신화적 신비감을 갖게 함으로써 자신들만의 언어를 사용하는 신국(神國)의 건설이나 아스클레피우스의 디아스포라 효과를 기대하고 있는 것이다.

하지만 평생동안 의료신국도 디아스포라도 아닌 의학과 의료제도에 의해 세워진 거대한 패놉티콘에서 자발적/강제적 삶을 살아야 하는 일반인들은 (백과전서파와 같은 계몽주의자들이 등장하지 않는 한) 자신들에 대한 감시어(監視語) 때문에 이중적 언어차단을 감내해야 한다. 그 대신 그들은 잠재의식 속으로 이미 삼투되어버린 신화적 권력에 대한 신앙과 신조(credo)로 의사불통을 달래고 있다. 계몽의 위력이 바스티유 감옥문을 열듯이 수많은 메디컬 파놉티콘(medical panopticon)의 문도 열리게 해야 하는 까닭이 거기에 있다.

만일 그렇게 하지 않는다면 우선 탈신화적 소통이 이루어 질 수 없다. 일리치도 의료의 일반화는 "신화의 가면을 벗기는 것을 뜻한다"[5]고

---

5 Ivan Illich, 앞의 책, p. 256.

주장한다. 그는 의료신화가 전문화의 증대와 비밀조작의 증대를 통하여 이익을 더욱 증대시킨다고 믿기 때문이다. 실제로 의료의 일반화가 이뤄져야만 민중이 의료를 무턱대고 신비화하는 과오를 막을 수 있다. 다음으로, 그렇게 하지 않는다면 독점적 거대권력은 미분화(微分化)되지 않는다. 주지하다시피 오늘날 권력집중을 위한 '마음(정신)의 공간화'마저 강화하고 있는 의료권력은 마음치료에서도 유,무형의 영토를 독점하고 있는 배타적 거대권력이다. 나아가 종교권력(카톨릭)과 야합한 나폴레옹의 절대권력보다 더 큰 권력인 현대의 의료권력은 공권력과 상생하며 법률적 정당화에 성공한 뒤 제약학과 제약회사, 그리고 생명공제사업 등과도 결속한 4중의(quadruple)의 초권력(ultra-power)을 과시하고 있다.

그러나 어떠한 비대증(hypertrophy)도 정상이 아니다. 의료권의 미분화와 치료권의 분산화가 절실한 이유가 바로 그것이다. 일리치가 전문화된 의료귀족과 정부대리인이 면허를 부여하는 권력을 강화하기보다 민중이 (세금에 의해) 치유자를 자유롭게 선출할 수 있도록 입법해야 한다고 주장하는 까닭도 마찬가지다. 적어도 마음치료에 있어서는 더욱 그렇다. 주권재의(主權在医)가 아닌 주권재민을 계몽해야만 환자는 마음치료의 의학적 불확실성과 한계로부터 벗어날 수 있다. 근본적으로 미분화, 미시화된 권력은 더 이상 권력도, 신화도 아니기 때문이다.

4. 병원병과 마음치료

"의료의 독점은 한 번도 점검되지 않고 확대되어 왔으며 우리들의 몸에 관한 자유를 침해해왔다. 사회는 무엇이 질병을 구성하고 있는지, 누가 환자이고 환자일 수 있는지, 환자에 대하여 무엇을 해야 하는지를 결정하는 배타적인 권리를 의사에게 양도하고 말았다.--이러한 경향을 인식하고 결국 역전시키지 않으면 안 된다.--현대의 의료가 민중의 건강에 가하는 위협은 교통량과 그 강도가 민중의 기동성에 가하는 위협, 교육과 미디어가 민중의 배움에 가하는 위협과 유사하다."[6]

이처럼 일리치는 오늘날의 의료독점을 교통, 교육, 미디어의 위협과 다를 바 없다고 한탄한다. 그것이 주는 강도에 있어서 그렇다는 것이다. 그 때문에 현대인은 정상과 병리가 무엇인지, 병기와 병원은 어떤 관계인지를 돌이켜 볼 겨를도 없이 의사와 의학, 그리고 의료제도가 깔아놓은 분류표 속에 서둘러 편입되길 바란다. 그것은 밤(Nux)의 아들 타나토스(Thanatos)와 치러야 할 엔드게임에 지레 겁먹은 리비도의 속성인가 하면 줄기차게 요구해온 의사들의 이기주의적 슬로건에 대한 신속한 백기투항이기도 하다. 그것은 타나토스/에로스의 야누스인 실존이 자신의 병기에 대해서만은 로고스보다 리비도에 이끌리기 때문이다. 이토록 지나간 한 세기동안 의사들에 의해 지나치게 순치된 리비도는 현대인을 자나 깨나 병원병(Iatrogenesis)에 겁먹은 군상(群像)으로 만들어온 것이다.

1) 병원이 병을 낳는다.

주지하다시피 병원병(病院病)은 오늘날 새로운 유행병의 대명사가 된 지 오래다. 특정한 전문가만이 의료를 통제함에 따른 파괴적 영향이 이미 유행병과 같이 되었기 때문이다. 현대인은 누구나 몸뿐만 아니라 마음(정신)마저도 잠재적 병원병 환자가 되어버린 것이다. 대다수의 건강한 사람도 심리적으로 병원병에 시달리지 않는 사람이 없을 정도다. "의료관료제가 건강관리를 치료의 계획과 기술의 한 형태로 취급하기 때문에 민중을 의료관료제에 더욱 의존하게 만들었다."[7] 그 때문에 오늘날 의료보험이나 건강보험이라는 공제(共濟)제도가 유혹하는 죽음—오늘

---

6 Ivan Illich, 앞의 책, pp. 6~8.
7 Thomas M. Dunaye, Health Planning: A Bibliography of Basic Readings, Ivan Illich, 앞의 책, p. 257.

날 의사와 병원에게 죽음은 침묵의 사업이고 주검은 말 못하는 고객이기 때문이다[8]—으로부터의 역설적 제안에 시달리지 않는 사람은 아무도 없다. 누구도 그 유혹에서 자유로울 수 없게 된 것이다.

그러나 따지고 보면 오늘날과 같은 질병구조의 변화는 의료전제주의가 전개해 온 패권주의적 속령화(屬領化) 전략에 의한 것은 아니다. 그것은 순치의 정당화나 지속적 강화를 위한 허위의식의 선전이거나 오도된 선입견의 주입과 다름없다. 질병의 역사나 의료사회사에서 보면 생활여건의 변화가 건강상태의 변화를 초래하여 질병의 구조를 긍정적으로 바꿔놓았다고 해도 과언이 아니다. 질병구조의 변화는 의학의 진보나 의학적 치료의 향상과는 직접적인 관계가 없기 때문이다. 예컨대 결핵은 제2차 세계대전이 가져다준 선물(?)인 페니실린 등 항생물질의 사용이 일반화되기보다 훨씬 이전인 1910년 최초로 요양소가 설치된 이래 이미 사망률이 1만 명당 48명—사망원인 11위—으로 떨어졌고, 콜레라, 이질, 장티프스 등의 발병률도 그 원인이 의학적으로 밝혀지고 치료법이 개발되기 이전에 이미 크게 감소되었다.

그것은 어느 나라를 막론하고 경제성장과 더불어 생활환경이 크게 개선되었기 때문이다. 무엇보다도 수인성 전염병이나 어린이에게 유행하기 쉬운 전염병이 감소하는 이유가 거기에 있다. 다시 말해 "설사를 수반하는 질환이 감소하는 것은 상수도의 보급과 위생시설의 개선에 의한 것이지 의사들의 치료적 개입에 의한 것이 결코 아니다."[9] 또한 항생물질이 보급되어 예방접종이 광범위하게 행해지기 이전인데도 15세 이하의 어린이에게 공기를 통해 전염되는 성홍열, 백일해, 홍역의 사망률이 1860년부터

---

8 우리나라 대부분의 병원에서는 죽음이 머지 않은 암환자에게도 30% 가까이 고가의 항암치료를 계속하는데 비해 미국의 병원들은 말기 암환자에게 연명치료를 거의 하지 않는다. 최근 법정 스님이 임종 직전 "강원도 오두막에 돌아가고 싶다"고 한 말은 되새겨 볼만 하다.

9 W. J. van Zijl, Studies on Diarrheal Disease in Seven Countries, *Bulletin of the World Health Organization* 35, 1966, p. 249.

1965년까지 거의 90% 정도 감소된 것도 마찬가지 이유이다.[10]

이른바 후진국형 질병의 감소나 쇠퇴와 평균수명의 연장은 의료 외적 요인들이 더욱 결정적이었다고 해도 과언이 아니다. 돌이켜 보면 질병의 역사나 의료사회사적으로도 20세기의 한국사회가 바로 그 모델 케이스다. 한국인들이 특히 1950년 한국동란 이후 폐허의 상태에서 오늘날에 이르기까지 경제적 기적을 이룩하는 과정에서 경험했듯이 전염성 질병의 감퇴와 고령화 사회로의 진입은 경제성장에 따른 물질적 풍요가 가져다 준 선물일뿐 아스클레피우스의 축복이 아니기 때문이다.

그것은 전적으로 의료적 수혜에, 즉 의학과 의료제도의 개선, 병원과 의사의 기여와 봉사에 원인이 있기보다 오히려 정치적, 경제적, 사회적 환경의 획기적인 발전에 더 큰 원인이 있다. 이렇게 보면 한국사회에서는 눈부신 경제발전으로 인해 의업과 의사만큼 오비이락(烏飛梨落) 효과나 편승효과를 보는 수혜자도 드물다. 이러한 질병감퇴의 원인으로서 주택의 개선과 미생물 유기체가 갖는 독성의 감퇴 등이 지적될 수 있다. 하지만 무엇보다 더 중요한 요인은 영양이 개선됨으로써 인간(숙주)의 저항력이 높아졌기 때문이다.

그럼에도 불구하고 대부분의 한국인들은 화려한 커튼 뒤의 진실을 눈치채지 못한다. 오늘날 질병이 감소하거나 쇠퇴하는 이유, 그리고 평균수명이 연장하고 있는 일차적 원인을 의학의 진보와 확대된 치료의 혜택에 돌리고 있다. 한국의 어느 도시에서나 쉽게 볼 수 있는 야훼와 아스클레피우스의 힘겨루기에 혼을 빼앗겼기 때문이다. 다시 말해 언제부터인가 한국인은 교회건물과 경쟁하고 있는 히포크라테스 후예들의 신전(神殿)게임, 즉 거창한 병원건물에 미혹되어버렸기 때문이다. 하지만 그 많은 신전들은 20세기 후반의 격변하는 사건들로 인해 피로골절 상태에 빠진 한국 사회의 상흔(傷痕)이나 다름없다. 이때부터 현대사의

---

10 R. R. Porter, *The Contribution of the Biological and Medical Sciences to Human welfare*, The British Association for the Advancement of Science, 1972, p. 95.

외상후 스트레스장애를 겪고 있는 다수의 한국인들은 오(誤)기억
(allomnesia)이나 위(僞)기억(pseudomnesia)같은 기억착오증(paramnesia)
에 걸린 듯하다. 수많은 한국인에게 잠재된 무심(巫心)이 신전에 대한
믿음을 경쟁하게 하는 것도 그 때문일 것이다.

그 때문에 오늘날 병원에서 양산되는 병원병을 저지하기 위해서는
의사가 아닌 일반인이 가능한 한 광범위한 시야와 유효한 힘을 지녀야
한다. 근대 이후 국가의 권력구성체로서 제도적 장치에 편입되어버린
법학과 의학이 감옥과 병원을 통해 저질러온 범죄와 질병의 양산을 고
발해야 한다. 일리치나 푸코가 일찍이 병원병과 의료권력을 감소시키기
위해서는 사회공학자와 경제학자들에 의해 현재 구체적으로 제기된 제
안인 의료적 통제와 의료의 비독점화를 더욱 강화해야 한다고 주장했던
이유가 거기에 있다. "그것은 기술적 언어의 추방을 의미하는 것도 아니
고 진실의 유능함을 배제하는 것도 아니다. …더구나 그것은 현대의학
을 없애고자 하는 것도 아니다. 그것은 특정 환자에 대해서 의료전문가
에게만 치료의 독점권을 부여해서는 안된다는 것을 뜻한다."[11]

이를 위해 일리치는 구체적인 입법화를 강조한다. 이미 여러 나라에
서는 건강관리 시스템을 고치기 위하여 전문가(소수자)의 독점제한을
입법화하는 중요한 목표를 두고 있다는 것이다. 다시 말해 그것은 의료
라는 예배의 사제와 그의 값비싼 마술장치에 의한 착취에 대항하여 국
가가 민중(다수자)을 보호해야 한다는 것이다. 왜냐하면 사회에 확산되
고 있는, 수많은 병원에서 양산되는 질병으로부터 사회를 회복시키는
것은 정치가의 임무이지 전문가의 임무가 아니기 때문이다. 그것은 근
본적으로 다수자가 갖는 치료의 자유와 건강관리에 대한 평등한 권리
사이에서 반드시 지켜져야 할 균형의 문제이기 때문이기도 하다. 무엇
보다도 마음치료에 관한 한 더욱 그렇다.

---

11 Ivan Illich, 앞의 책, p. 256.

2) 마음병도 병원병인가?

18세기 해부학의 등장은 의학적 시각욕망의 숙원이 마침내 이뤄졌음을 의미한다. 해부학은 시각, 촉각, 청각 등 이른바 삼각진료법의 완성이자 임상의학의 단초가 되었다고 해도 과언이 아니다. 또한 그로 인해 해부학은 '의학의 공간화 시대'를 드디어 개막하게 했다. 모르가니(A. Morgani)나 비샤(M. F. Bichat)같은 정복자들의 시각욕망이 사자(死者)의 내부환경으로 영토확장에 과감하게 나섰기 때문이다.

그러나 해부학의 사각지대는 정신, 또는 마음이다. 뇌신경과학자, 정신생물학자, 정신의학자, 신경세포학자 등이 채굴도구들을 이어받아 광맥의 미로를 찾아 헤메고 있지만 그 은밀한 국소들은 아직도 보이질 안는다. 이처럼 불가사의한 그 곳들이 이 모험심 많은 유물론자들을 끊임없이 자극하고 있다. 그들은 마지막 정복지인 정신이나 마음마저도 시각화, 공간화함으로써 시각의학의 영토확장을 정당화하려 하기 때문이다. 하지만 그들에게 뇌는 인간 신체의 블랙홀일지도 모른다. '뇌는 볼 수 있지만 정신이나 마음은 볼 수 없다'는 단순한 명제가 그들의 시각욕망을 영원히 유혹할 것이기 때문이다.

① 시각게임

신체는 볼 수 있는 것인 동시에 볼 수 없는 것이기도 하다. 그러나 인간의 모든 내부환경을 눈으로 직접 보고 싶어 하는 의사와 관찰의학의 시각욕망은 끝 갈 데를 모른다. 그들은 시각의 임계점 돌파를 위해 X선이나 자기장과 비전리 고주파의 동원까지도 마다하지 않는다. 예컨대 오늘날 임상의학에서 인간의 내부환경을 면밀히 관찰하기 위한 각종 내시경(videoscope, 또는 micro/zoom borescope)이나 X선 촬영은 기본이 된지 오래다. 나아가 의사들은 뇌에 대해서도 수소원자핵을 공명시킴으로써 뇌조직에서 나오는 신호의 차이를 측정하여 컴퓨터를 통해 재구성한 뒤 그것을 영상화하는 자기공명영상(magnetic resonance imaging, MRI)으로 확인하려 한다.

　그뿐만이 아니다. 그들은 뇌의 구조와 병변을 좀 더 명확하게 보기 위해 X선을 이용하여 뇌를 가로로 자른 횡단면을 삼차원의 컴퓨터로 단층촬영(computed tomography, CT)한 뒤 그것을 (MRI처럼) 다중영상으로 재구성하기도 한다. 또한 최근 언론은 한국의 여성과학자가 MRI와 전자현미경을 이용한 뇌신경 연결망의 지도화에 성공한 것을 높이 찬양한 바 있다. 그것은 1909년 브로드만(K. Brodmann)이 대뇌피질을 52부위로 분할한 뇌지도를 발표한 이래 뇌과학의 놀라운 가시적 성과 가운데 하나임에 틀림없다. 무엇보다도 뇌의 물질구조와 그 회로를 공간적으로 자세히 볼 수 있게 해주었기 때문이다.

　그래도 숨박꼭질은 여전하다. 뇌만 보일뿐 마음이나 정신은 보이지 않는다. 뇌가 보인다고 해서 마음이 보이는 것은 아니기 때문이다. 인간의 마음이나 정신에 관한 한 여기가 바로 관찰의학의 한계이고 종점(end)일 것이다. 정신을 공간화(가시화)하고 마음의 실체를 밝혀보려는 뇌과학이나 정신의학의 딜레마도 여기에 있다. 언젠가 그곳은 뇌과학자나 정신의학자들에게 신의 존재를 불가피하게 인정할 수밖에 없는 불명예의 전당이 될지도 모른다. 아마도 그곳이 바로 신이 인간에게 출입을 허락하지 않는 마지막 비밀의 문일지 모르기 때문이다.

　그럼에도 불구하고 의료신학과 의사들의 시각욕망은 이러한 임계상황에서도 게임을 멈추려 하지 않는다. 그들은 킹을 잡기 위한 엔드게임을 멈추지 않는다. 그들의 논리적 비약이 감행되는 이유, 그리고 그들이 근본적인 '원인오인의 오류(fallacy of the false cause)'나 '선결문제요구의 오류(fallacy of begging the questions)'를 인정하기보다 오히려 정당화하려는 까닭도 여기에 있다.

　그 때문에 그들의 시각게임은 끝나지 않는다. 그것은 애초부터 끝나지 않을 엔드게임(endless endgame)이었을지도 모른다. 단지 게임머들이 포기하기를 기다릴 뿐이지만 그들은 결코 그렇게 하지 않을 것이다. 그

럴 기미조차 보이질 않는다. 마음의 병기나 마음 아파하는 이들의 급증을 내심으로는 더욱 반가워 할뿐이다. 현대의 의료가 질병의 촉진제가 되듯이 그들도 마음의 고뇌와 정신적 고통을 괴로워하는 이들을 정신의학의 가시적 소비자로 삼아 병적 사회를 더욱 독점화하고 강화하려 할 것이다.

② 볼 수 있는 병과 볼 수 없는 병

볼 수 있는 신체와 볼 수 없는 신체에 따라 인간의 질병에도 '볼 수 있는 병'과 '볼 수 없는 병'이 있다. 전자가 신체의 병이라면 후자는 정신의 병이거나 마음의 병이다. 가시적 물체인 신체와 달리 정신이나 마음은 모습도 형태도 없는 비가시적인 것이다. 인간에게 있어서 정신이나 마음, 그리고 그것의 작용으로서 사유나 생각은 가시적으로는 존재하지 않는 실체이고 본성일 뿐이다. 그럼에도 불구하고 의사들의 시각욕망은 자의적인 의학적 층위(層位)바꾸기(décalage)를 마다하지 않는다. 그들은 볼 수 있는 신체와 질병에서 누린 치료의 특권과 권위를 일방적으로 인간의 정신이나 마음처럼 비가시적인 층위까지 연장한다. 그 병기마저도 그럴듯한 포장지들을 만들어 가시적 질병으로 포장하기 위해서다. 그들의 시각욕망이 발병의 현장에 관한 한 비가시적 층위란 있을 수 없다는 독단과 야합하며 독선과 짝짓기하는 것이다.[12]

그 때문에 정신의학자들마저도 비가시적 층위(마음)의 일탈이면 무엇이든 가시적인 층위로 당연히 편입시키려 한다. 그들은 집단의 이기적 표준과 일방적 준칙에 따라 마음에 관한 정상과 비정상의 경계를 구분하며 후자를 의학적 코드(영토)로 주저없이 편제시키려 한다. 그들에게는 코드화될 수 없는 마음이란 있을 수 없다는 신앙과 신조가 확고부동하기 때문이다. 그들의 경전이나 다름없는 마음의 시각적 회로, 그들에

---

12 이광래, 김선희, 이기원, 『마음, 철학으로 치료한다』, 지와 사랑, 2011, pp. 68~72.

게 지상명령과도 같은 DSM의 분류표, 그리고 제약회사와의 묵시적 합의문서인 레시피에 이르기까지 그들의 시각욕망은 비가시적 층위의 기호화에 대한 무용담을 신화화하고 있다.

그러나 '시각의 의학'이 벌이는 (몸에서 마음으로의) 영토확장의 경우에도 사고를 수반하지 않는 시각은 없다. 정신은 눈을 통해 외출하여 사물사이를 산보한다. 이렇듯 어떠한 시각도 단순한 감각일 수 없다. 그것은 정신의 시찰이고 마음의 향유이므로 반성된 시각이다. 시각이란 조건이 부여된 사고이기 때문이다. 그러므로 볼 수 없는 마음의 병이 볼 수 있는 신체의 병과 동일한 관찰의학의 잣대로 마름질 당할 수 없다. 마음의 병은 마음 안에 그 원인이 있기 때문이다. 가시적인 대뇌기능국재론의 독선에 빼앗겨버린 비가시적인 심인론(心因論)의 복권이 절실한 이유도 다른 데 있지 않다.

마음은 더 이상 고분자화학의 신화에 의해 일방적으로 설명되거나 치유되지 않아야 한다. 항우울제는 누구에게나 선약(仙藥)이 될 수 없기 때문이다. 그러므로 이제는 약병 속에 갇혀버린 영혼 때문에 더 우울하거나 우울증에 사로잡힌 정신의학 때문에 더 우울해하는 이들의 고뇌에 모두가 귀기울여야 한다. 뿐만 아니라 그들이 치유될 수 있는 적극적 대안에도 주목하게 해야 한다. 더구나 반세기 이상 지속되어온 우울증의 공장화와 산업화, 즉 그것의 대량생산과 대량유통이 더 이상 이 시대정신의 표현형(phenotype)이 되지 않게 해야 한다. 신학으로부터 존재의 원인에 대한 사유의 중단을 강요받아왔던 천년 이상의 암흑시대가 마음의 병기에 대한 치료권에서도 다시 반복되지 않아야 하기 때문이다.

5. 인문치료를 생각한다.

치료대상으로서 인간(homo patiens)은 본래적 환자(patient)다. 인간은 누구나 신체적 고통과 정신적 고뇌를 피할 수 없는 존재이기 때문이다.

따라서 신체적 고통에 대한 치료방법이 물리적, 화학적 수단에 의한 의학치료, 즉 cure라면 정신적 고뇌에 대한 치료방법은 정신에 의해 정신에 영향을 주는 마음치료, 즉 care다. 이렇듯 마음치료의 기본은 정신적 care에 있다. 예컨대 실패나 상실로 인한 우울함, 슬픔, 좌절감, 절망감으로부터 벗어나는 길은 스스로 마음챙김(mindfulness)할 수 있는 인격적이고 인간적인 치유, 즉 정신적 배려와 보살핌밖에 없다. 그 때문에 인간의 정신이나 마음의 병기에 대한 치료가 전인격적 인문정신이 배제된 화학약물적 방법(cure)에만 의존할 수 없는 것은 당연한 이치다.[13] 마음의 병기는 인격의 병기이고, 인성의 병기이며, 인생의 병기이면서도 인간일반의 병기가 아닌 주체적 자아의 병기, 즉 실존적 주체의 전인적 병기이기 때문에 더욱 그렇다.

1) 전인(全人)치료로서 인문치료

마음치료로서 인문치료는 '전인치료'(therapy for whole man)다. 야스퍼스는 전체란 대상이 아니라 이념이므로 전체적 의학 또한 존재하지 않는다고 주장한다.[14] 그것은 전인적 치료를 요구하는 마음치료가 의학적 치료만으로 부족한 까닭이 되기도 한다. "영혼을 위한 아스피린", "병 속에 담은 웰빙"이라는 구호로 푸로작이나 팍실이 미혹(迷惑)시킬지라도 인문정신, 특히 철학이 배제된 마법탄환(화학적 약물)만으로는 마음이나 영혼의 병기를 치료할 수 없다. 더구나 항울제의 약물중독이나 금단현상, 또는 부작용들을 양심고백하는 신경정신의학자나 제약회사를 찾아보기 힘든 현실에서는 더욱 그렇다.[15] '철학자가 되는 의사는

---

13 앞의 책, pp. 23~24.
14 카를 야스퍼스, 김정현 옮김, 『기술시대의 의사』, 책세상, 2011, p. 78.
15 *50 Signs of Mental Illness*(Yale Univ. Press, 2005)의 저자 James W. Hicks가 이 책의 서문에서 "과학자들은 뇌의 어떤 물리적 변화가 정신과적 증상을 초래하는지에 대해서 확실히 알지 못한다. 그들은 뇌의 용적, 호르몬 수치, 혈류, 그 밖의 다른 생이적 데이터들과 정신과적 증상과의 연관성에 대해 연구했지만 해답을 찾지 못했다.…우울증, 정신

신에 가깝다'는 히포크라테스의 말을 자신의 철학으로 받아들 때 비로소 진정한 의사가 된다는 야스퍼스의 충고가 더욱 값지게 들리는 이유도 거기에 있다. 우울한 마음의 병기에는 자연과학적 의학보다 철학을 비롯한 인간학적 플러그로 우울한 영혼에 접속하는 인문정신이야말로 더욱 근원적인 치료책이 될 수 있다.

① 인문정신이란?
인문정신은 곧 인간정신이다. 인문정신의 본질은 인간의 정신에 있다. 인문이란 인간에 다름 아니기 때문이다. 人文과 人間은 동전의 양면처럼 같은 의미의 다른 표현에 지나지 않는다. 人文에서 <文>이라는 글자는 본래 인간의 형상을 그리고 있기 때문이다. 그것은 의미상으로도 동어반복하고 있는 것이다. 그러므로 인문정신과 인간정신은 의미를 서로 달리 할 수 없다.

또한 인문정신은 인간의 특정한 정신이 아니라 전인정신을 지향한다. 인문(humanity), 인문학(humanities), 인문주의(humanism), 인문주의자(humanist) 등이 모두 '인간성', '교양 있음', '기품 있음'을 뜻하는 라틴어 humanitas에서 유래한 것이기 때문이다. 그것과 어원을 같이 하는 humanor가 '온전한 인간화'와 '全人化'의 의미로 이어지는 이유도 마찬가지다. 인문정신이 곧 '온전한 인간정신'을 뜻하는 까닭이 거기에 있다. 그것이 생물학적 의미의 인간, 人, 인류인 homo나 생물학적 상동성을 뜻하는 homology와 의미계열을 달리하는 것도 그 때문이다.

분열증, 그 밖의 중요 정신질환의 원인에 대한 결정적인 단서도 아직 밝혀지지 않고 있다. 정신질환을 치료하는 약물은 뇌의 특정한 분자, 그 중에서도 특히 뇌세포 사이의 정보전달과 관련된 분자들에 복잡한 영향을 미친다. 그들은 이런 분자들의 비정상적인 수준이 그런 병을 야기하지 않을지 단지 추정할 따름이다.…뇌는 대단히 복잡한 장기이며 과학자들이 이 목표에 이르기에는 갈 길이 아직 너무 멀다"고 고백하지만 이마저도 아주 흔치 않은 일이다.

② 인문치료(humanities therapy)란?

엄밀히 말해 마음치료에 있어서 인문치료는 '인문학적 치료요법'이다. '인문학에 의한 치료요법'으로서 인문치료는 인문학(humanities)과 치료요법(therapy)의 합성어이기 때문이다. 그러므로 그것은 '온전한 인간정신'을 지향하는 학문(인문학)에 의해 인간의 불온전한 마음이나 실조(失調)된 정신상태가 온전하고 조화롭게 되도록, 건실하게 마음챙김하도록 도와주는 인격적 돌봄이고 정신적 보살핌을 뜻한다.

그러면 '온전한'(whole) 인간정신과 건실한 마음챙김이란 무엇인가? 그것은 무엇보다도 시·공간적으로 균형잡힌 인생관과 세계관, 그리고 가치관을 소유하려는 마음자세이자 그것을 지향하려는 정신적 성향을 의미한다. 한마디로 말해 그것은 삶을 통시적/공시적 사고방식으로 살아가려는 마음가짐인 것이다. 그러므로 실패나 상실에서 비롯된 불안함, 우울함, 슬픔, 고독감, 좌절감, 절망감 등 실조된 마음의 병기에 대한 치료요법 또한 그와 다르지 않다. 마음의 병기에 대한 인문학적 치료의 방법과 목표를 다음의 두 갈래로 잡으려는 이유도 그 때문이다.

우선, 온전한 인간정신에 이르게 하기 위해서는 역사적 주체로서 개인적 삶의 가치와 의미에 대한 통시적(diachronic) 치료가 필요하다. 역사가 병리적 사건들의 기록이듯이 개인이 겪는 마음의 병기도 삶의 병리적 궤적을 반영하는 역사책이나 다름없기 때문이다. 그 속에는 마음의 실조를 유발한 인생의 병리적 사건들—지발적(遲發的)이건 돌발적(突發的)이건—이 투영되어 있다. 이처럼 마음의 병기는 삶의 역정(歷程)에서 나타나는 다양한 병리적 사건에 대한 정서적, 심정적 반영일 수 있다.

그러므로 문·사·철의 인문학 가운데서도 다양한 문학작품이나 교훈적인 동병상련의 역사를 통감(通感)하고 추험(追驗)하는 사이 어느새 마음의 병기나 상흔이 온전한 정신과 자리바꿈하게 되는 전인격적 인문치료요법이 효과적이다. 온전한 정신으로 거듭나기 위한 통시적

(通時的) 감성치료요법은 이것만이 아니다. 이른바 시간예술로서 율동예술(Art of Muse)인 시가, 음악, 무용 등도 상실감의 굴곡을 메울 수 있고 실패와 좌절의 심상(心傷)을 재생시킬 수 있는 유용한 방법이 될 수 있다.

다음으로, 온전한 정신에 이르기 위해서는 실존하는 현존재(Dasein)로서 삶의 가치와 의미에 대한 공시적(synchronic) 치료요법이 요구된다. 생활세계 속에서 필연적으로 기투적(企投的) 삶을 살아야 하는 주체적 자아가 겪는 마음의 병기는 삶의 병리적 징후를 드러내는 상호주관적 텍스트와 다를 바 없기 때문이다. 그 속에는 마음의 실조를 야기해온 인생의 병리적 기호들이 해독하기 쉽지 않은 암호들처럼 새겨져 있다.

그러므로 인문학 가운데서도 철학적 반성과 사색은 실조된 심상(心象)을 반추하며 새로운 삶의 가치와 더불어 실존적 자아를 재발견하는 치료요법으로서 가장 효과적이고 이상적이다. 왜냐하면 철학적 대화와 이성적 사유의 공유를 통해 가치관과 인생관에 있어서 실조와 결여를 치유하는 것보다 더 근본적이고 온전한 마음치료요법을 찾기란 쉽지 않기 때문이다. 주지하다시피 현존재(現存在)로서, 또는 세계-내-존재(In-der-Welt-Sein)로서의 인간존재는 본질적으로 공존재(Mitsein)로서 존재할 뿐 누구도 단독존재—그것은 공존재(共存在)의 결여적 양상에 불과하므로—일 수 없는 것이다.

또한 옥조여온 사유의 편집(偏執)과 질곡으로부터 온전한 정신을 성형하기 위한 공시적(共時的) 이성치료요법은 철학만이 아니라 공간예술에서도 찾을 수 있다. 공간예술은 병리적 인성이나 인격, 또는 사유방식에 대하여 치료적일 뿐만 아니라 성형적이기도 하기 때문이다. 공간예술은 무엇보다도 제3자적 감상보다 참여적 표현을 통해 이성과 감성의 통각적(統覺的) 자가치유를 가능하게 한다. 예컨대 조형예술로서 미술이나 공연예술로서 연극, 영화 등에서 기대할 수 있는 치료와 성형의 효과가 그것이다.

2) 통시적 치료로서 르네상스

재생이나 부활(renaissance)은 본질적으로 통시적이다. 다시 말해 '거듭남'이나 '다시 태어남'이란 삶의 재현(représentation)이고 생명의 재현전(représence)인 것이다. 하지만 그것은 단순한 간헐적 반복이나 격세유전이 아니다. 거기에는 적어도 개선과 진화가 전제되어 있기 때문이다. 다시 말해 재생은 이전보다 나은 변신의 과정을 거쳐 재현하고 다시 현전(現前)되는 것이다.

개선되지 않은 재생이나 재현은 거듭남도 아니고 부활일 수도 없다. 거시적이든 미시적이든 부활이 치료적이고 성형적인 까닭이 거기에 있다. 특히 레오나르도 다빈치나 미켈란젤로와 같은 르네상스 시대의 미술가들이 로마시대 이후 타락한 미술에 치료적 혁신을 일으킬 수 있었던 것도 르네상스 미술을 고대에 비해 인문정신의 한 형식으로 격상시키면서 새로운 수준의 재현미술로서 거듭나게 했기 때문이다.[16]

또한 르네상스 시대를 대표하는 철학자인 피코 델라 미란돌라(Pico della Mirandola, 1463 ~ 1496)의 경우도 마찬가지다. 그는 어떤 유대법률학자보다도 뛰어난 탈무드 지식과 철학을 모두 갖춘 인물이었다. 혹자는 그를 가리켜 "일찍이 상상할 수 있는 모든 영역의 고전—고대 그리스, 이슬람, 기독교전통, 심지어 유대교까지도—을 교육받았으며, 따라서 그의 철학 속에는 이들 요소들이 모두 결합되어 있다"[17]고 평할 정도였다. 그는 고대 그리스의 철학에서 중세의 종교사상을 두루 습합(치료하고 성형)하면서 누구보다도 그것들의 재현에 성공한 르네상스의 철학자이자 인문주의자였다.

또한 르네상스 문화연구의 대가인 부르크하르트(Jacob Burckhardt)도 "인류라는 개념은 이론상으로는 옛날부터 존재했지만 르네상스는 그

---

16 Udo Kultermann, *Geschichte der Kunstgeschichte*, Prestel, 1996, S. 20.
17 새무얼 스텀프, 제임스 피저, 이광래 옮김, 『소크라테스에서 포스트모더니즘까지』, 열린책들, 2003, p. 304.

실체를 이해한 시대였다"고 하여 인간의 본질을 가장 잘 이해한 당시 이탈리아인들을 최고의 지성으로 예찬하는가 하면 "피렌체의 플라톤 학술원이야말로 고대의 인문정신과 중세 기독교 정신의 접목을 공식목표로 설정함으로써 인문주의 안에서 샘솟는 귀중한 오아시스가 되었다"[18]도 극찬한 바 있다. 그는 정신사에서 르네상스가 보여준 통시적 치료효과를 누구보다 강조하려 했던 것이다.

이렇듯 부활은 (개인이나 집단을 가릴 것 없이) 치료와 성형이라는 개선이 내재된 거듭남이다. 온갖 욕망의 커튼에 가려진 본래적 자아와 마주하려는 견성(見性)의 고행치료를 거친 석가모니의 거듭남이나 리비도의 노예화된 부도덕과 방탕을 반성과 참회로써 고백치료한 아우구스티누스의 거듭남도 예외가 아니다. 이들은 모두 자아분열의 존재론적 고뇌, 즉 이중의 자아나 비본래적(타자적) 자아의 괴롭힘에서 비롯된 마음의 병기와 싸워 이긴 엔드게임의 진정한 승리자들이었다.

하지만 거꾸로 생각해 보면 어떠한 병기라도 치료의 목적은 건강하게 다시 태어나는 것, 다시 말해 재생이고 부활이다. 삶에 대한 깊은 회의나 절망감, 염세적 자포자기나 자살충동처럼 감내하기 힘든 마음의 병기일수록 더욱 그렇다. 석가모니나 아우구스티누스에서 보듯이 거듭남이란 그 자체가 '실조된 인생관이나 잘못된 가치관마저도 전도시킬 수 있는' 근원적인 치료과정이기 때문이다. 그것도 그 이전까지 지나온 인생역정의 부분적 수정이 아닌 전면적 괘도수정인 것이다. 통시적 치료로서 부활치료가 마음의 병기에 대하여 그만큼 가장 적극적이고 근원적인 치료요법인 이유도 그 때문이다.

한편 인문정신의 주입과 삼투작용은 개인의 일상에서 야기되는 절망적 상실감과 좌절감으로부터 거듭날 수 있는 통시적 치료의 계기가 되기도 하지만 새로운 철학으로 거듭나기를 갈구하는 이들에게는 더없이

---

18 야코프 부르크하르트, 이기숙 옮김, 『이탈리아 르네상스의 문화』, 한길사, 2003, p. 435,
   p. 591.

유용한 철학치료의 방법이 될 수도 있다. 자신의 인생관에 대한 철학적 빈곤이나 결핍, 즉 철학결핍증(PDD)이나 철학다공증(philoporosis)을 깨닫고 반성하는 것만큼 효과적인 정신치료의 계기와 방법도 없기 때문이다. 지나온 삶에 대한 철학적 반성과 자기통찰은 미래의 삶의 의미와 가치를 결정하는, 거듭남의 필요조건이다. 절망이 죽음의 동기이듯이 반성은 삶의 계기이기 때문이다.

또한 절망은 자신을 죽음의 문턱으로 유인하지만 철학적 반성은 자신의 인생행로 앞에 놓여 있는 반전의 거울과도 같은 것이다. 비유적 거대서사이긴 하지만 마치 제임스 힐튼이 당시의 서구를 『잃어버린 지평선』(Lost Horizon, 1933)으로 상징하듯 서구인들의 상실감과 절망감을 차라리 시간이 멈춘 곳, 샹그릴라(Shangri-La; 라마불교의 낙원)에서 찾으려 했던 까닭도 그와 다르지 않다.

3) 공시적 치료로서 마음성형

전혀 예기치 못했던 불의의 실패나 상실은 당사자에게 공존재로서 상호주관성의 망실(亡失)이라는 마음의 병기를 안겨주기 십상이다. 또한 수많은 사람들이 그로 인해 공존의 절망에도 이르게 된다. 나아가 그 절망감은 현존재의 공시성(共時性)마저 무화(無化)시키려 한다. 마침내 병든 영혼으로 하여금 죽음을 유혹하는 타나토스에게 입맞춤할 수밖에 없게 한다.

이처럼 우울함에서 자살충동에 이르는 마음의 병기는 무엇보다도 자신이 삶의 연관에서 맺어온 전방위적 유대를 지탱하기 힘들게 한다. 그것은 더불어 살아가는 세상에 대한 의미를 잃어버리게 되는, '삶에 대한 공시적 의미상실'마저 초래하고 만다. 미처 예상하지 못한 '인성과 인격의 지진현상'으로 혼란 속에도 빠져든다. 삶의 의미와 가치에 대한 편견과 편집 등 밀려오는 '부정적 사고의 츠나미'에서도 헤어나지 못하게 되는 것이다. 그러므로 이때 공존을 힘겨워 하거나 포기하려는 우울한 마음에 대하여 공시적 치료와 성형이 절실히 요구되는 것은 당연하다.

인성(human nature)은 대체로 무의식 중에 형성(形成)되지만 인격(personality)은 의도적인 노력으로 성형(成形)된다. 인성의 무의식적 형성이 통시적이라면 인격의 의식적 성형은 공시적이다. 그 공시적 성형은 주로 '여기에' '지금'(hic et nunc) 살고 있는 타자와의 공존관계 속에서 이루어지기 때문이다. 실패나 상실에서 오는 절망에 대한 마음앓이의 원인도 마찬가지다. 대개의 경우 그것은 실존적 관계감정(Beziehungsgefühl)이나 자존감의 훼손에서 비롯되기 쉽다. 그러므로 그것의 치유와 회복을 위해서는 공존재로서 주체의 품격을 정형화(整形化)하려는 당사자의 각오와 결심이 우선되어야 한다. 뿐만 아니라 인문정신과 인문치료의 도움과 역할이 일차적으로 요구되는 것도 이 경우에서다.

훼손된 인격의 정형화 다음으로 필요한 것은 전인적 마음성형이다. 절망하는 자일수록, 무의 유혹이나 무의 욕망에로 마음이 무너지려는 자일수록 현존재(Da+Sein)로서의 상호주관적 삶으로 돌아가기 위한 혁신을 결단해야 하는 것이다. 마음성형이란 다름 아닌 적극적인 자기파괴적 혁신이기 때문이다. 죽음에 이를 수 있는 절망감과 마주 설 때 더욱 그렇다. 그것이 곧 실존적 결단이어야 하는 까닭도 거기에 있다. 실존철학자 키에르케고르가 죽음으로 향하는 절망과 운명적으로 대결하려는 이유, 자기파괴적 결단을 감행하려 했던 까닭도 마찬가지다. 그는 대타자(大他者)와의 자기파괴적 관계형성을 통해 절망의 고통에 대한 마음치료와 마음성형을 동시에 결행했던 것이다.

키에르케고르는 부정적 감정의 아노미인 절망을 가리켜 '자기'에게 있어서 병이자 '관계'에 있어서 병이라고 규정한다. 이처럼 절망은 주체적 자아의 병기이면서도 공존재로서 실존의 병기이기도 하다. 다시 말해 전자의 절망감이 주로 통시적으로 형성되어온 개인적 인성과의 상호

관계에서 비롯된다면 후자의 그것은 자존감과 인격을 수반한 타자와의 이해관계에서 야기되기 때문이다. 그러므로 전자가 즉자적(an-sich) 관계의 병기인가 하면 후자는 대자적(für-sich) 관계의 병기인 것이다.

그러나 온전한 공시적 관계는 치료요법으로서의 철학적 반성과 내적 통찰을 통한 결단력 있는 내공(內攻)과 성형요법으로서의 인문학적 교양 및 예술적 감성의 체득을 통한 원만구족한 외공(外攻)을 겸비할 때 비로소 그 성립이 가능해진다. 일종의 변증법적 종합인 즉자대자적 (an-und-für-sich) 관계가 이루어짐으로써 이상적인 전인적 인격체가 형성될 수 있기 때문이다. 또한 그것이 곧 인문정신의 지향성인가 하면 인문학적 치료요법의 이상이기도 하다. 인문치료를 화학약물에 의존하는 현상적 대증(對症)치료가 아닌 온전한 humanitas에 의존하는 근원치료로서, 즉 전인치료요법으로 간주하려는 이유도 거기에 있다. humanitas의 실조나 병기에 대한 치료는 humanitas에 기대하는 것이 가장 효과적이고 이상적일 수 있기 때문이다.

포스트휴먼 사회와 몸 그리고 치유윤리*

양 해 림

충남대학교 철학과

1. 들어가는 말

최근 인문학과 한국예술의 인접장르 등이 공유해야 할 동시대적인 화두는 **디지털 미디어와 몸**이다. 예나 지금이나 인간의 몸이 중요한 이유는 모든 문명의 근원이기 때문이다. 모든 문화적·사회적 활동의 근원은 몸이며, 우리가 창조하는 모든 문화적 생산물과 문명전반에 투영되어 나타나 있다. 실존철학자이자 정신 병리학자였던 야스퍼스(K. Jaspers)는 『기술시대의 의사』[1]에서 철학이 위기에 처한 원인과 철학의 과제를 의사의 치료행위와 관련하여 설명하였다. 그는 철학이 의사의

* 이 글은 양해림, 「포스트휴먼사회란?」, 양해림 외 『사이버공간과 윤리』, 충남대학교 출판부, 2009, 16~39쪽: 양해림, 「니체의 몸 철학-오해된 몸의 복권」, 『니체연구』, 제8집, 한국니체학회, 2005, 175~200쪽: 양해림, 「과학기술과 새로운 공간의 창출: 일상적 도시공간에서 디지털미디어를 중심으로-」, 임경순 외, 『과학기술과 공간의 융합』, 한국학술정보, 2010, 105~127쪽의 내용들을 부분적으로 발췌 및 보완 그리고 새롭게 썼다.
[1] 카를 야스퍼스, 『기술시대의 의사』, 김정현 옮김, 책세상, 2010.

치료행위를 닮은 치유의 철학 내지 치유의 윤리, 구체성의 철학으로 탈바꿈해야 한다고 역설한다. 그에 의하면, 서구인들은 자아상실의 시대에 접어들었으며, 이제 인류는 역사의 마지막 단계를 살고 있다는 절망적 메시지를 보냈다. 또한 야스퍼스에 의하면, 니체(F. Nietzsche)의 초기 생명철학은 병의 의미에 대한 물음으로 가득 차 있을 뿐만 아니라 그의 철학의 사유전체가 건강을 추구하고 병을 극복하고자 하였다고 보았다. 즉, 니체는 철학을 병에 대한 치유술로서 "삶의 건강이론을 내세우며 인간 자신의 삶을 독해"[2]하는데서 출발하였다. 그는 진리보다는 건강, 생명 힘, 미래, 성장과 같은 문제에 더 몰두하였다. 니체에게서 철학은 부유함이나 힘을 대변하는 사치스러운 것이 아니라 아픈 자의 치료에 도움이 되어야 한다고 보았다. 따라서 니체는 사유의 초기부터 철학자를 문화의 질병으로 진단하고 치유하는 **문화의 의사**로서 간주하였다.

1989년을 기점으로 하여 사회주의 몰락이후 자본주의의 급속한 확산은 대부분의 사람들에게 이윤추구에 몰두하는데 급급하게 되었고, 인간의 가치를 사회적으로 건전하게 추구하고자 하는 노력도 점점 어렵게 되어가고 있다. 최신 테크놀로지의 발전으로 인해 테크노 기술문화가 사회전면에 등장함에 따라 이제까지 인간의 위상이 추락하고 있다는 느낌을 받을수록 우리들의 사회적 역할 및 사회적 책임은 더욱 필요하게 되었다. 특히 사이보그 및 인공지능의 출현으로 인해 인간은 드디어 **귀찮은 몸**을 벗어 던지고 순수사고의 존재로만 살 수 있게 되었다는 포스트휴먼의 시대가 급격히 부상하고 있다. 이는 전자 제어술, 생명공학, 극소전자기술, 가상현실기술(virtual reality), 하이퍼텍스트(hypertext), 멀티미디어, 영상・전자매체의 기술, 사이보그 등 과학기술의 급속한 발달로 등장한 새로운 기술과 매체들이 인간의 삶에 많은 영향을 미치게 되었다. 윌리엄 깁슨(W. Gibson)은 사이버스페이스(Cyberspace)라는 용

---

2 김정현, 『니체, 생명과 치유의 철학』, 책세상, 2006, 378쪽.

어를 처음으로 사용하면서 『뉴로맨서(Neurmancer)』라는 공상과학소설에서 인간과 컴퓨터의 인터페이스가 고도로 발달하는 식으로 **인간의 몸이 진화해서 만들어진 인간+기계의 새로운 집중**을 묘사한다. 인간은 개인에 따라 기술의 능력을 선택할 수도 있고 포기할 수도 있지만, 기술로부터의 탈출은 결코 우리가 선택할 수 있는 옵션이 아니다. 따라서 우리는 새로운 테크놀로지들을 원하지 않아도 받아들여야 하는 상황을 맞이하고 있다.

21세기 디지털 매체시대에서 인간에 대한 문제가 여전히 물음으로 남는다면, 데카르트의 정신과 물질의 분리에서 역설적으로 출발할 수 있다. 정신과 의식을 순수하게 고양시키는 것처럼 보이는 장소에서 오히려 **정신과 의식의 물질화**를 발견하는 것이 디지털미디어시대의 과제이다. 산업사회의 생산기술보다 정보기술이 사회를 구성하고, 정보가 구체적 물질로부터 분리하여 유통될 수 있고, 탈 물질화된 정보가 가상현실을 구성하는 디지털정보시대는 근본적으로 포스트휴먼시대이다. 인간의 본성이 더 이상 명료하지 않고 불투명해졌다는 측면에서도 그러하며, 인간이 더 이상 도구와 기술을 통제할 수 없다는 점에서도 더욱 그러하다.

현대의 포스트휴먼사회에서 초래하는 **몸의 소외화 현상**을 두 가지의 측면에서 접근을 필요로 한다. 첫째, 포스트휴먼 사회에 들어선 몸의 변형과 개조이며, 둘째, 몸과 두뇌의 디지털화이다. 전자는 몸의 기계화를 초래하며, 후자는 몸의 가상화를 불러온다. 따라서 21세기들어 급속한 포스트휴먼사회의 등장으로 인해 몸의 변형내지 조작은 인간을 기계적이고 기능적인 부품들로 해체시키고 있으며, 사이보그로써 재구성하고 있다. 또한 몸의 디지털화는 몸을 컴퓨터 속으로 가상화시켜 실제로 물리적인 몸을 무력한 폐기물로 바꾸어 놓고 있다. 따라서 필자는 21세기 포스트휴먼사회에서 인간의 몸이 과학기술의 기계화로 인해 몸의 소외화를 낳으면서 몸의 고유한 정체성이 흔들리고 있다는 인식하에 치유윤리를 통해 그 해결책을 찾고자 한다.

2. 포스트휴먼 사회의 등장

인간의 거주공간으로 개척되고 있는 사이버공간은 인간의 삶을 깊숙이 파고드는 동안에 인간친화적인 소통 문화공간으로 이미 침투한 지 오래다. 이렇듯 새로운 새 천년의 사이버공간은 인간+기계의 가능성의 확대를 통해 새로운 포스트휴먼(Posthuman)을 출현시켰다. 컴퓨터공학, 인지과학, 인공생명, 인공지능, 나노공학 등에 대한 결과물이 수렴될 때 포스트휴먼이 사이버공간에 더욱 새롭게 등장할 것이다.[3] 이러한 포스트휴먼은 인간보다 훨씬 업그레이드된 지적 능력을 자연인의 몸과는 다른 물리적 기반을 통해 실행하는 인공지능이다. 사이보그 및 인공지능의 출현으로 인간은 드디어 귀찮은 몸을 벗어던지고 순수사고의 존재로만 살 수 있게 되었다는 포스트휴먼시대가 개막되었음을 알리고 있다. 이는 전자 제어술, 생명공학, 극소전자기술, 나노기술, 가상현실기술(virtual reality), 하이퍼텍스트(hypertext), 멀티미디어, 영상·전자매체의 기술 등 과학기술의 급속한 발달로 등장한 새로운 기술과 매체들이 인간의 삶에 미치는 영향은 자본주의의 확산현상과 밀접한 관련이 있다.

"1993년에 열린 한 서구의 전시회는 현재의 예술을 포스트 휴먼이라고 지칭하고 있다. 그러나 오해는 금물이다. 포스트휴먼이라는 것은 결코 비인간적이라는 의미는 아니다. 오히려 정반대이다. 인간의 유적 본질은 그것의 휴머니즘적 인간사의 속박을 벗어던질 때, 비로소 자유롭고 개인적이며 보다 다채롭게 전개된다. 이러한 새로운 포스트휴먼적 실존의 콘텍스트를 형성하고 있는 것이 뉴미디어들이다. 이제 뉴미디어들은 현실이 우리에게 의미하고 있는 무엇인가를 규정하게 되었다."[4]

---

3 이종관, 「사이버스페이스와 포스트휴먼」, 한국현상학회, 『인간의 실존과 초월-종교현상학』, 철학과 현실사, 2001, 281쪽.
4 노베르트 볼츠, 윤종석 옮김, 『컨트롤된 카오스-휴머니즘에서 뉴미디어의 세계로』, 문예출판사, 2000, 24쪽.

여기서 현재의 뉴미디어는 포스트휴먼의 사회를 예고하고 있다. 이런 점에서 이제 인간은 좋건 싫건 인공적 생명, 지능적 기계와 더불어 살 수밖에 없다. 이는 사이버네틱스 · 인공생명 이론 · 정보이론이 축적되면서 가능해진 일이다. 현재의 디지털 미디어시대에 인간에 대한 문제가 여전히 물음으로 남는다면, 우리는 철학자 데카르트의 "나는 생각한다. 그러므로 존재한다."라는 정신과 물질의 분리에서 역설적으로 출발할 수 있다. 정신과 의식을 순수하게 고양시키는 것처럼 보이는 장소에서 오히려 정신과 의식의 물질화를 발견하는 것이 디지털미디어시대의 과제이다. 이런 점에서 철학자 데카르트 이후 서구의 전통적 인문주의에서 기정사실로 간주해 온 주체성 · 합리성 · 의식 등을 재검토할 것과 새로운 인간사에 대한 개념의 정립을 필요하게 되었다. 이런 인간사의 새로운 버전을 포스트휴먼이라 부른다. 인간은 개인에 따라 기술의 능력을 선택할 수도 있고 포기할 수도 있다. 그러나 기술로부터의 탈출은 결코 우리가 선택할 수 있는 옵션이 아니다. 따라서 우리는 새로운 테크놀로지들을 원하지 않아도 받아들여야 하는 상황을 맞이하고 있다.[5]

1997년에 만들어진 영화 '가타카'에서는 유전자 조작을 겪은 포스트휴먼 시대의 인간들이 피아노 연주회에 참석한다. 그런데 연주곡은 손가락을 여섯 개 가진 사람만이 연주할 수 있다. 이렇게 볼 때 연주가들의 신체는 그들이 태어나기도 전에 이미 유전자적으로 프로그래밍되어 그들에게 맡겨질 기능을 완벽하게 수행하도록 한다. 유전자 조작으로 태어난 사람들이 사회 상층부를 이루는 반면, 전통적인 부부관계로 태어난 사람들은 열등한 것으로 취급받아 사회 하층부로 밀려나는 디스토피아적인 미래를 배경으로 한다. 이제 인간은 자신이 사용하는 도구와 더 이상 반성할 수 없는 것처럼 보인다. 인간과 기계가 너무 유기적으로 결합되어 있어서 기계로부터 분리된 인간을 상상할 수가 없다면, 우리

---

5 노베르트 볼츠, 윤종석 옮김, 앞의 책, 31쪽.

는 이미 사이보그인 것이다.[6] 사이보그는 인간과 기계가 수렴된 새로운 잡종의 실체, 즉 사이버네틱 유기체를 지칭하지만, 현대의 정보 미디어 기술에 내재하고 있는 "육체의 인간에서 의식의 인간으로"의 경향을 사이보그라는 개념으로 바꾸어 표현할 수 있다.[7]

  사이버공간은 존재의 세계를 탈물질화시킬 뿐만 아니라 추상의 세계를 물질적으로 유사하게 구체화하기 때문에 철학적으로 많은 관심을 끌고 있다. 사이버공간에 의해 현실이 인조공간으로 대체된다거나 정신이 물질로 전화하는 역사의 단절 또는 비약의 사건이 발생하는 것은 아니다.[8] 비트로 이루어진 컴퓨터와 아톰으로 구성된 인간의 만남은 결코 조절과 비인간화로 얼룩진 비극의 서막이 아니다. 시간이 지날수록 비트의 세계는 사람들에게 쉽고 친숙하게 다가올 것이다. 마치 거의 모든 우리나라 사람들이 휴대전화를 자유자재로 사용하듯 말이다. 그런 의미에서 인간은 휴먼 비잉(human being)이 아니라 비잉 디지털(being digital)화 되어가고 있는 것이다.[9] 때때로 휴먼 비잉(human being)이 비잉 디지털 (being digital)화 되어가고 있기 때문에 우리 스스로가 '디지털 인간'이기를 주저하지 말자는 뜻으로 받아들이기도 했다. 그러나 디지털시대에 많은 사람들이 "디지털적(being digital)"으로 되는 것은 아니다. 다만 인간들이 "디지털 존재(digital being)"가 아니라는 것을 인식해야 할 것이다. 다시 말해서 디지털시대는 "인간의 디지털화가 아니라 디지털 세계화의 인간화"이다. 인간이 디지털적 존재, "디지털적 인간이 되기를 바라는 것이 아니라, 인간이 지속적으로 '인간 존재'이기 위해서 디지털의 세계가 인간 친화적이어야 한다"[10]는 메시지다.

---

6 이진우, 「사이보그도 소외를 느끼는가」, 『철학논총』, 새한철학회, 2000, 가을호, 30쪽.
7 이진우, 「디지털미디어 시대의 정신과 육체」, 『지상으로부터 내려온 철학』, 푸른숲 2000, 68쪽.
8 이봉재, 「컴퓨터, 사이버스페이스, 유아론」, 『매체의 철학』, 나남 출판, 1998. 201쪽.
9 정진홍, 『아톰@ 비트』, 푸른숲, 2000, 33쪽.
10 김용석, 「문화적인 것과 인간적인 것」, 푸른숲, 2000, 172쪽.

사이보그의 출현은 결코 단순하게 이해할 수 없는 가치임을 말해 주고 있다. 이러한 포스트휴먼 시대의 특징은 자유로운 이동 공간을 선호하는 이동화 시대의 예고다. 우리가 이제 공중전화보다 이동전화를 좋아하듯이, 정지하는 것보다 언제나 이동하고 싶어하고 그러한 추세에 따라 과학기술의 기계화도 빠르게 전개되고 있다. 어쩌면 우리는 어느덧 정주보다 유목에 길들어져 있는 것이다.

21세기 우리시대에 있어서 몸은 과거의 등한시 했던 위상을 회복하면서 그 어느 시기보다도 중요한 위치를 점하게 되었지만, 포스트휴먼 사회의 급속한 등장으로 오히려 몸의 소외화를 가속화시키는 상황에 직면하고 있다. 특히 사이버 공간은 존재의 세계를 탈 물질화 시킬 뿐만 아니라 추상의 세계를 물질적으로 유사하게 구체화하기 때문에 철학적, 윤리적으로 많은 관심을 끌게 되었다. 포스트휴먼사회의 등장과 함께 사이보그의 출현은 전통적 인문학이 추구하는 "인간다움"이란 것이 결코 단순하게 이해할 수 없는 가치임을 말해 준다. 이러한 포스트휴먼 시대의 특징은 자유로운 이동 공간을 선호하는 이동화, 유목민 시대의 예고이다. 유목민이 우리에게 남기고 있는 유산 중의 하나는 속도를 중시하고 모든 물품을 간소화·경량화·휴대화하는 이동적인 마인드이다. 디지털 문명시대에 국가의 경쟁력은 그 땅덩어리에 달려 있는 것이 아니라 그 속에서 움직이는 사람들의 다이나믹한 속도에 의해 좌우된다. 이를 가리켜 프랑스 철학자 들뢰즈(Gilles Deleuze)는 유목민의 사유를 속도로 파악한다. 기술의 속도가 사회적 속도를 결정하는 것이 아니라 사회생활의 속도가 기술의 속도를 결정한다. 생활세계의 신체속도가 제반도구나 기술을 발견하고 발명한다. 예를 들어 유목생활은 유목속도를 갖고 그것이 유목기술을 만들어낸다. 따라서 현재의 21세기는 신유목민적인 사회로서 자유로운 이동적인 삶이 일상화되고 인간과 기계를 자연스럽게 연결시키고 포스트휴먼사회를 맞이하고 있는 것이다. 이러한 현상은 일찍이 마샬 맥루한(Herbert Marshall McLuhan, 1911 ~ 1981)에 의해 예언하였다. 맥루한은 『미디어의 이해』라는 책에서 "미디어가 메시지이다"라는 유명한 말을 남겼다. 그는 미디어를 가리켜 인간의 확장이라고 보았다. 즉 미디어는 "인간의 확장", "감각의 확장", "우리자신의 확장", "몸의 확장" 등 다양하게 부른다. 맥루언은 TV와 컴퓨터와 같은 미디어를 인간의 대뇌와 신경계의 연장으로 기술하였다. 그는 '인간의 확장(the extension of man)'에서 미디어와 경험의 관계에 대해 자세히 묘사한다. 이렇게 맥루언은 미디어의 기술을 '인간의 몸이나 감각의 확장'이라는 화두에서 출발한다. 하지만 맥루언은 매체를 의식 확장이라거나 정신의 확장이라고 말하지 않는다. 즉 그는 정신/몸의 이분법을 받아들이지 않는다. 매체는 모든 미디어가 자신의 몸의 확장이며, 이 미디어의 개인적 및 사회적 영향은 새로운 테크놀로지가 우리에게 도입되는 새로운 척도로서 측정되어야 한다는 것이다. 예컨대 자동차는 다리의 연장이고, 옷은 피부의 연장이고, 언어는 인간의 테크놀로지로서 인간의 생각을 외면화하여 연장시키는 것이다. 하지만 그는 메시지는 매체를 타고 전달되지만, 사실상 더 중요한 메시지는 미디어자체(the medium is message)라는 주장을 제기했다. 이런 점에서 맥루한이 정의하는 미디어는 전화나 TV뿐만 아니라 자동차나 의복과 같은 일상용품까지를 포괄하며, 미디어가 메시지라는 언급은 이러한 정의를 전제로 할 때 그 의미를 지닌다.

그러나 인간들이 모두 기계라는 것은 아니다. 대부분의 인간 기능들은 기계적으로 모델화 된다. 다시 말해 컴퓨터라는 메타포는 인간이 고도로 복잡한 인간이해를 가능케 하는 데 가장 적합한 것이다. 플루서는 이런 시대를 가리켜 **텔레매틱 사회**(telematische Gesellschaft)라 말한다. 텔레매틱이란 텔레커뮤니케이션(Telekommunikation)과 정보(Information)를 합친 신조어로서, 사이버네틱(Kybernatik, 자동조절학)과 오토메이션(Automation)에 입각한 탈중심적, 대화적인 미디어 네트워크 망 속에서 정보가 교환되고 조정되는 그런 사회이다. 자동차, 항공기, 선박 운송수단과 외부의 정보센터를 연결해 각종 정보를 주고 받을 수 있게 하는 기술인 것이다. 인문학이 본래 함양하기로 되어 있는 인간의 종합적이고 포괄적인 사고력 자체는 정보사회의 전문화 경향을 보완하는 중요한 사회적 기능을 계속해서 담당하게 될 것이다. 21세기는 좋든 싫든 간에 포스트휴먼시대에서 매체들의 정보홍수 속에 파묻혀 살게 되었다. 향후 포스트휴먼시대가 정착함에 따라 새로운 치유윤리에 대한 도움을 더욱 절실하게 필요로 하고 있다.

3. 포스트휴먼 사회와 몸

포스트휴먼 사회에서 사이버공간은 우리에게 온몸의 몰입을 가능하게 해 준다. 구체적인 현실을 떠나 사이버공간을 항해한다는 의미는 지금 여기에 있는 몸을 떠나 정신과 감각이 그곳에 있다는 것을 의미한다. 즉 "사이버 몸(Cyber-body)"으로 사이버공간이 존재함을 의미한다.[11] 무엇보다 이러한 것들이 가능하기 위해서는 지금 여기에 있는 몸이 사이버공간이 제공하는 복합 지각 또한 다양한 유사 촉각성을 느껴야 한다.[12] 21세기에 들어와 몸은 과거의 등한시했던 위상을 회복하면서 그 어느 시기보다도 중요한 위치를 점하게 되었지만, 포스트휴먼 사회의 급속한 등장으로 오히려 몸의 소외화를 가속화시키는 상황에 직면하고 있다. 특히 사이버공간은 존재의 세계를 탈물질화시킬 뿐만 아니라 추상의 세계를 물질적으로 유사하게 구체화하기 때문에 철학적, 윤리적으로 많은 관심을 끌게 되었다. 지금까지 오랜 서양 철학사에서 아리스토텔레스이후로 몸은 실체의 의미에서 무엇인가를 지시하는 자아의 포괄적인 덩어리로서 보았다. 무엇보다 신체적 구현의 전회

---

11 Mischa Peters, "Exit meat digital bodies in a vitual world", in: *New media Theories and practics of digitexutuality*, Anna Everett, John T. Caldwell(ed.) New York, 2003, 56쪽.
12 심혜련, 『사이버스페이스시대의 미학』, 살림, 2006, 38쪽.

는 인간의 몸에서 나타났다. 인간의 몸은 욕망의 바탕이자 최초의 발현의 장소이다. 플라톤의 이데아론의 이원론적 철학, 즉 정신 중심의 이원론적 세계관은 지난 수백 년간 서양문명을 떠받들어 온 기둥이었다. 육체를 죄악시하는 중세 기독교적 전통이 강한 서구에서는 정신을 육체에서 분리해 냈고, 데카르트는 인간을 물리적 대상으로서 연장적 실체인 육체(물체)와 심리적 주체인 정신의 이원론으로 양분하면서 일반적인 인식론의 문제와 인간의 본질을 육체보다 정신에 그 우위성을 두었다.[13] 인간의 정신과 육체의 분리는 먼저 데카르트에게서 나타났다. 그의 사유는 오랜 기간 동안 이러한 문제설정에 고민하여 왔으나, 그의 코기토(Cogito)는 정신을 무엇보다 강조하는데서 인간의 실체를 찾았다.

오랫동안 이성의 들러리 노릇을 해 왔던 몸이 그 위상을 찾기 시작한 것은 19세기 초 프랑스 철학자인 멘드 드 비랑(Francois pierre de Biran, 1766 ~ 1824)을 비롯하여 쇼펜하우워(Schopenhauer), 니체(Nietzsche), 후설(Husserl), 셸러(Scheler), 겔렌(Gehlen), 플레스너(Plessner) 등과 같은 철학자들에게서 나타났다. 쇼펜하우워에 따르면, 인간 의지의 세계는 무엇보다 몸을 통해서 파악된다고 본다. 쇼펜하우워에게 있어서 몸이란 "인식의 주관은 개별자로서의 몸과의 동일성을 통해서 드러난다. 이러한 몸은 두 방향으로 언급된다. 한편으로 지적인 직관 속에서의 표상으로 객관들의 객관으로서 객관들의 법칙에 놓여 있다. 다른 한편으로는 완전히 다른 방식으로, 우리가 의지라고 부르는 내적인 본질에 머물러 있다."[14] 즉 쇼펜하우워의 몸은 의지의 세계로 나아가는 실마리이다. 쇼펜하우워의 영향을 받은 니체는 『짜라트스트라는 이렇게 말했다』(1885), 『권력에의 의지』(1886)등의 저서에서 육체의 존재가치와 육체의

---

13 Heiner Hastedt, "Neuerscheinungen zum Leib-Seele-Problem", in: *Philosophische Rundschau*, Bd. 42. 1995, 254쪽.
14 A. Schopenhauer, *Sämtliche Werk*, Bd. 1. von Löhneyen, Frankfurt. a. M. 1986, 157쪽.

사회적 현상을 고려하지 않은 자아와 이성 중심적인 이성론에 강한 비판을 가했다. 니체는 "이제까지 철학은 몸을 주석하는 데 불과했으며 몸을 오해했다는 것이다."[15] 니체는 "나의 육체는 나의 전부이다. 나는 나의 육체 이외에는 아무것도 아니다. 영혼이란 몸의 어떤 면을 말해주는 것에 불과하다."[16]라는 파격적인 선언을 통해 육체 속에 이미 정신의 지혜보다 더 많은 이성이 깃들여 있다고 주장했다. 현상학자 후설은 육체가 인간이 인간으로서 존재하기 위한 결정적인 단초(Anfang)라는 사실을 간과하지 않는다. "나는 나의 몸에 대해 힘을 갖고 있다." 이것은 그가 "정신적 자아를 유기체로서 유년기, 청년기, 장년기, 노년기의 정상적인 유형 단계에서 지닌 전개과정을 능력의 유기체로서"[17] 파악하는데서 입증된다. 그리고 셸러, 겔렌, 플레스너를 비롯한 독일의 철학적 인간학자들은 "물체로서의 몸"과 "느끼는 몸"을 구별한다. "물체로서의 몸"은 과학적으로 인체를 파악하는 객관적인 시선에 의해 관찰된 것이라면, "느끼는 몸"은 지각하고 경험하는 주체로서의 나이다. 이렇듯 쇼펜하우어, 니체, 후설을 비롯한 많은 서양철학자들은 몸에 관한 심오한 통찰을 남겼다.

몸을 억압하던 서양 철학에서 몸의 담론은 1960년대 전후 프랑스를 중심으로 하여 현저하게 주목받기 시작하였다. 이러한 정신 또한 이성의 패권에 대한 저항은 20세기 후반에 와서야 구체화되었으며, 정신없는 육체나 육체 없는 정신이란 존재하지 않는다. 서구의 이원론은 남성과 여성, 인간과 자연, 서양과 동양 등으로 우월한 것과 열등한 것을 구부하려는 인식이 굳어져 왔다. 이러한 생각은 서양에서 20세기의 메를로-퐁티(Maurice Merleau-Ponty, 1908 ~ 1961), 마르셀(Gabriel Marcel,

---

15 Werner Schneiders, *Deutsche Philosophie im 20. Jahrhundert,* München: Beck, 1988, 41쪽.
16 F. Nietzsche, KSA., Bd. 4, 39쪽.
17 E. Husserl, "Ideen zu einen reinen Phänomonologie und phänomenologschen Philosophie, II", in; *Husserliana* Bd. IV, Haag Martinus Nijhoff, 1952, 254쪽.

1889 ~ 1973), 사르트르(Jean-Paul Sartre, 1905 ~ 1980), 하이데거(Martin Heidegger, 1889 ~ 1976), 푸코(Michel Foucault, 1926 ~ 1984) 등에 의한 현상학과 실존주의 및 구조주의자들이 등장하면서 심각한 도전에 직면하였다.

특히 메를로-퐁티(Merleau-Ponty)의 『지각의 현상학』에서 정신이 우리의 몸의 일부이며 몸은 항상 정신에 선행한다고 말한다. 타인은 타인의 몸으로 내 앞에 나타나며 나는 내 몸으로 타인 앞에 나타난다. 우리는 우리 몸으로 이 세상에 관여하며 세상의 일부가 된다. 그렇기 때문에 몸은 곧 사회성의 기반을 이룬다. 몸이야말로 커뮤니케이션의 기본 전제이며, 커뮤니케이션은 마음 사이의 문제이기보다는 오히려 몸 사이의 문제이다. 디지털 미디어 역시 몸 친화적인 미디어로 발전할 조짐을 보이고 있다. 20세기 후반부터 몸의 담론은 지금까지의 남성중심의 가부장제를 극복하려는 페미니스트들의 실천적 활동을 통해 학문적으로 많은 진전을 보았다. 페미니스트들은 이제까지 가부장제 사회에서 지배/종속 체제의 몸의 연관성들을 사회적 성의 젠더(Gender)라는 관점으로 크게 부각시켰다. 페미니스트들의 이러한 사회 구성주의적 입장에서 몸과 성의 담론은 미셸 푸코(Michel Foucault)와 같은 현대철학자의 이야기와 합류하면서 진전을 보여 주었다. 푸코는 『성의 역사 I. II. III』에서 몸을 중요한 요소로서 간주한다. 그에 의하면, 몸은 단순한 담론에 한정된 것이 아니라 일상적인 관습들과 남성들의 대규모 권력조직을 연결하고 있다는 것을 밝혔다. 이는 후에 페미니스트들의 커다란 호응을 받았다. 페미니스트들은 푸코의 연구에 힘입어서 자연적인 몸이 개인의 정체성과 사회적 불평등을 결정짓는다는 전통적인 견해를 반박하였다.

우리 사회에서 몸의 담론은 1970년대 이후로 본격적으로 소개되어 온 페미니즘의 영향으로 크게 확산되었다. 점점 고령화되는 사회에서 과학과 산업의 발달은 우리의 삶에 관한 기회와 통제를 동시에 가능하게 하였다. 물질과 자본, 그리고 몸은 우리 자아감의 신뢰할 만한 토대를 형성해 주었다. 따라서 우리는 이제 전례가 없을 정도로 몸을 통제할 수 있는 수단을 갖게 되었다. 그러나 몸의 통제방식은 예전에 갖고 있던 지식과는 근본적으로 다른 시대에 살아가고 있다. 이러한 몸의 다양한 프로그램은 사회의 범주에 따라 각기 달리 표현될 수 있지만, 사회적·문화적 성은 최근 들어 크게 부각되었다. 최근의 경향은 여성과 남성을 막론하고 몸을 계발하려는 방식이 사회적으로 급격히 증가하는 양상을 보이고 있다. 또한 20세기 후반기부터 후기자본주의 문화를 지배했던 포스트모더니즘의 발흥에서 몸 담론은 보다 구체적으로 찾아볼 수 있다. 근대성에 대한 비판적 성찰로서 포스트모더니즘의 도래는 그 동안 철학의 주변부에 버려졌던 육체, 곧 몸을 일으켜 세워 사유의 중심부로 불러들였다. 21세기에 들어 더욱 새로운 최첨단 과학기술 문명의 발달로 인해 인간의 몸에 대한 담론은 지속될 조짐을 보이고 있다. 그 이유는 "정보혁명의 시대"라 불리는 정보통신의 눈부신 발전의 산물인 사이버공간과 가상인물인 사이버스타의 출현, 인간과 기계를 합친 사이보그의 출현 및 인공지능 컴퓨터 등을 위시한 인지과학의 비약적인 발전으로 신체의 위상이 흔들린다는 사실도 몸 담론의 배경[18]이 되고 있기 때문이다. 몸(Body)과 기술(Technology)처럼 다른 것도 없지만, 몸은 살아 있는 유기체이며, 기술은 그렇지 못하다. 몸은 자연적인 진화의 결과이며 지금 이 순간에도 변화하고 있지만 기술은 인간의 발명의 산물이며 인간 없이는 한 발짝도 앞으로 나아갈 수 없다. 또한 몸의 디지털화는 몸을 컴퓨터 속으로 가상화시키고 실제로 물리적인 몸을 무력한 폐기물로 바꾸어 놓고 있다. 오늘날 디지털 매체의 등장 이후 매체의 영향력은 아주 막강해졌다.

　포스트휴먼 사회의 등장과 함께 사이보그의 출현은 전통적 인문학이

18 이에 대한 자세한 내용은 다음을 참조: 홍성욱, 「몸과 기술: 도구에서 사이버네틱스까지」, 『몸 또는 욕망의 사다리』 한길사 1999, 203쪽.

추구하는 "인간다움"이란 것이 결코 단순하게 이해할 수 없는 가치임을 말해 준다. 21세기는 신유목민적인 사회로서 자유로운 이동적인 삶이 일상화되고 인간과 기계를 자연스럽게 연결시키고 포스트휴먼 사회를 맞이하고 있다. 이러한 현상은 일찍이 현대 매체론의 거두인 마샬 맥루한(Herbert Marshall McLuhan, 1911 ~ 1981)에 의해 예언하였다. 맥루한은 『미디어의 이해』(1946)라는 책에서 "미디어가 메시지다."라는 유명한 말을 남겼다. 이 책에서 그는 매체가 단순한 정보전달 수단을 넘어서 인간의 인식 패턴과 의사소통의 구조, 나아가 사회구조 전반의 성격을 규정짓는다고 말한다. 이러한 통찰은 매체가 단순한 정보 전달 장치가 아닌 복합적인 인식론적, 존재론적 개념으로서 철학적 검토가 필요하다는 사실을 제기한다.[19] 맥루한은 『미디어의 이해』의 부제인 '인간의 확장(the extension of man)'에서 매체와 경험의 관계에 대해 자세히 묘사한다. 맥루언은 매체를 "인간의 확장"[20], "감각의 확장"[21], "우리 자신의 확장"[22], "몸의 확장"[23] 등 다양하게 부른다. 이렇게 맥루언은 매체의 기술을 '인간의 몸이나 감각의 확장'이라는 화두에서 출발한다. 하지만 맥루한은 매체를 의식 확장이라거나 정신의 확장이라고 말하지 않는다. 즉 그는 정신/몸의 이분법을 받아들이지 않는다. 매체는 모든 미디어가 자신의 몸의 확장이며, 이 미디어의 개인적 및 사회적 영향은 새로운 테크놀로지가 우리에게 도입되는 새로운 척도로서 측정되어야 한다는 것이다. 이렇듯 그는 모든 매체가 "인간 능력의 확장"이라고 간주한다. 여기에서 몸과 감각은 테크놀로지와 경험의 관련성을 상징하고 있으며 '확장'은 테크놀로지의 편향성을 드러내고 있다. 맥루한이 언급하는 '인간

---

19 박영욱, 『매체, 매체예술 그리고 철학』, 향연, 2008, 19쪽.
20 마샬 맥루한, 『미디어의 이해: 인간의 확장』, 김성기 · 이한우 옮김, 민음사, 2002, 34, 91쪽
21 마샬 맥루한, 같은 책. 51, 97쪽.
22 마샬 맥루한, 같은 책. 81, 88쪽.
23 마샬 맥루한, 같은 책. 86, 118쪽.

의 확장' 개념은 상당히 이해하기 복잡한 개념이다. 그 이유는 각각의 신체 부위에 고유한 기능과 기능을 증폭시키고 확장시키는 테크놀로지가 복잡하게 얽혀져 있기 때문이다. 예를 들어, 맥루한은 활은 손과 팔의 확장인 반면, 총은 눈과 이의 확장이라고 말하기도 한다.[24] 무기는 손과 손톱 그리고 이빨의 확장이라고 말한다. 그에게서 몸의 개념은 의식 혹은 의식의 기관인 중추신경계까지 포함한다. 맥루한은 책은 눈의 확장이고, 바퀴는 다리의 확장이고 옷은 피부의 확장이고 전자회로는 중추신경계통의 확장이라고 말한다. 또한 자동차는 다리의 확장이고 언어는 "인간 테크놀로지"로서 인간의 생각을 외면화하여 연장시키는 매체인 것이다. 또한 자동화의 경우, 인간의 결합방법에 새로운 기준이 생겨나기 때문에 인간의 일이 불필요하게 된다는 사실이다. 그러나 그것은 소극적인 결과다. 적극적인 면에서는 자동화는 한 시대 전의 기계 테크놀로지가 파괴한 것, 즉 일과 인간의 깊은 관여를 인간의 새로운 역할로 만들어낸 것이다.[25] 그는 특정 종류의 매체는 특정한 감각비율을 만든다고 말한다. 흔히 "발명이나 기술은 우리의 몸을 무한히 확장하거나 자기 단절한 것이다. 이 같은 확장은 몸의 다른 기관이나 확장물들 사이의 새로운 결합비율이나 균형 상태를 필요로 한다. 예컨대 우리는 텔레비전 영상이 불러일으키는 새로운 감각 비율을 따르지 않을 수 없다."[26] 맥루한에 의하면, 매체가 "인간의 몸과 감각을 확장하는 테크놀로지"라 이해한다면, 매체는 매우 포괄적인 의미에서 경험에 관련된 모든 기능을 확장하는 것이다. 사실상 경험을 하는 것은 총체적인 의미에서의 몸이 작용을 한다. 또한 경험은 다양한 감각이 함께 유기적으로 작동하는 총체적 경험이다. 따라서 테크놀로지가 인간의 확장이라면 총체적 경험의 확장인 것이다. 다만 우리가 그 사실을 잘 인식하지 못할 뿐이다. 그

---

24 마샬 맥루한, 같은 책. 472쪽.
25 마샬 맥루한, 같은 책. 476쪽.
26 마샬 맥루한, 같은 책. 54쪽.

는 인간의 신체 부위가 연장되는 것은 인간의 삶에 큰 영향을 끼친다고
보았다. 감각기관의 확장으로서 모든 매체는 그 메시지와 상관없이 우
리가 세상을 인식하는 방식에 영향을 준다. 모든 미디어는 우리 인간의
감각의 확장이지만, 그 감각도 역시 우리 개인의 에너지에 부과하는 기
본요금과 같은 것이다. 그리고 이 감각이 개개인의 인식과 경험을 형성
하고 있다. 그는 메시지를 수용하는 주체의 감각기관에 초점을 두면서
그 주체를 해석하는 존재가 아니라 감각적 존재로 설정한다. 맥루한에
게서 의미의 주체는 단순한 감각적 존재만은 아니다. 주체가 매체를 통
해 기술적으로 생산된 가상현실과 맺는 관계, 그러한 가상현실에 대한
주체의 관점, 그 가상현실에서 주체의 위치 등이 새로운 매체 문화에서
요구된다. 이런 점에서 주체는 여전히 의미구성의 담지자로서 기능한다
는 사실을 포기하지 않으면서 매체문화에서의 주체의 역할을 강조한
다.[27] 매체는 인간의 몸의 확장이라고 보았던 맥루언의 예언과는 다르
게 바릴리오에 따르면, 우리는 매체기술을 통해서 오히려 마비되며 우
리 자신의 현존재마저 박탈당하게 될 것이라 전망한다. 예를 들어 전화
목소리를 먼 곳까지 전달시켜 현존을 확장하는 것이 아니라 여기-지금
존재하는 우리의 현존재를 서로 마주보고 현존하는 그러한 신체적 감각
적 거리로 벗어나게 만든다.[28]

사이버공간에서는 나의 몸을 끌고 갈 수 없다. 사이버공간에는 중력
이 작용하지 않는다. 디지털 혁명의 전도사라고 일컫는 MIT 미디어랩
의 니콜라스 니그로폰테(Nicholas Negroponte)에 의하면, 비트는 색깔도
무게도 없다고 말한다. 그러나 빛의 속도로 여행을 한다. 그것은 정보의
DNA를 구성하는 최소단위이다. 비트는 켜진 상태이거나 꺼진 상태, 참

27 홍경자, 「새로운 매체문화에서 주체, 의미 그리고 현실의 문제들-정보해석학적 논의를
   중심으로」, 『철학연구』, 2005, 461쪽.
28 Daniel Kloock/Angela Spahr, *Medientheorien-Eine Einführung*, Wilhelm Fink Verlag, 2000,
   136쪽.

이거나 거짓, 위 아니면 아래, 안 아니면 밖, 흑 아니면 백, 이 둘 한 가지 상태다.[29] 아톰의 원리가 실제로 만지고 경험하는 아날로그의 세계를 창출했다면, 비트의 원리는 실제 이상의 "하이퍼 리얼"한 것으로 다가오는 디지털의 세계를 창조한다. 비트가 소용돌이치게 만든 세계의 변화상을 소묘하면 이렇게 묘사할 수 있다. PC통신과 인터넷, 그리고 PCS(개인휴대통신) 등 컴퓨터를 매개로 한 사이버 커뮤니케이션이 이제 일상화되었다. 물리적인 육체의 노동에서 컴퓨터를 이용한 사이버 워크로 일의 양태가 급속도로 바뀌고 있는 것이다. 시간이 갈수록 비트의 세계는 쉽고 친숙하게 사람들에게 다가올 것이다. 마치 휴대전화를 일상적으로 쓰는 것과 같다. 그런 의미에서 인간 휴먼 비잉(human being)은 비잉 디지털(being digital)되어 간다.[30] 우리는 인터넷의 바다를 쉼 없이 파도타기를 하며 그 디지털의 물결 속에서 비트와 아톰이 가속적·확장적으로 결합한 새로운 삶과 생활양식을 만들어가고 있다. 결국 새로운 밀레니엄 시대에서 진정한 승패는 누가 더 많이 비트와 아톰의 결합을 구현할 것인가에 달려 있음에 틀림없다. 비트는 단지 나의 눈과 귀에 자극을 보내주는 신호뭉치에 불과하다. 중력이 없는 사이버공간은 육체가 증발된 것과 같다. 컴퓨터의 전원을 켜고 모니터를 들여다보면서 키보드를 치는 순간 당신의 육체는 서서히 증발된다. 사이버공간에서는 몸이 아니라 인식과 감각이 존재를 만든다. 컴퓨터 네트워크 안에서는 인식론적 자아가 존재론적 자아를 능히 뛰어 넘을 수 있다. 이것은 현실세계와 정반대이다. 현실세계는 두뇌를 중심으로 인식론적 자아가 몸을 지닌 존재론적 자아에게 종종 진다. 그러나 사이버공간에서는 육체를 떨어뜨려 버린 인식론적 자아가 주도권을 쥔다.[31]

29 Nicholas Negroponte, *Beging Digital*. A Knopf New York, 백욱인, 옮김, 『디지털이다』, 커뮤니케이션북스, 15쪽.
30 김용석, 「문화패러다임으로서 사이」, 『문화적인 것과 인간적인 것』, 푸른숲, 2000, 142쪽.
31 백욱인, 「사이버공간과 사회문화적 정체성」, 『과학사상』, 제38호, 범양사, 2001, 46쪽.

네트에서 이루어지는 탈육체화는 일회성에 바탕을 둔 진정성을 훼손할 수 있다. 몸의 반응은 언제나 시공간의 교차점에서 일회적으로 이루어진다. 어제의 몸은 오늘의 몸일 수 없다. 육체는 반복되지 않는다. 즉 사이버공간에서는 몸의 일차적 정체성이 탈육체화라는 특성을 지닌다. 즉 성적 정체성이나 인종적 정체성, 그리고 용모와 관련된 정체성이 뒷면으로 물러나고 어떤 생각과 행위를 펼쳐 보이는가가 정체감 형성에 중요한 역할을 한다. 사이버공간에서 정체성은 타고 나거나 주어진 것이 아니라 자기 스스로 만들어 나간다. 여기서는 정체성이 유동적이고 다면적이며 활짝 열려있다.[32] 윌리엄 미첼에 의하면, "인터넷은 인간이라는 주체를 탈육체화시키면서 동시에 소프트웨어 매개자를 인공적으로 육화시킬 수 있다"고 말한다. 아주 간단한 그래픽 인터페이스 디자인의 원리만을 알면 대리자를 만화주인공처럼 만들고 적절한 순간에 나타나 분부를 내려 달라고 말하고, 어떤 임무를 말끔히 수행했을 때는 웃으면서 결과 보고를 하고, 좋지 않은 소식이 있을 때에는 얼굴을 찡그린 채 나타나도록 만들 수 있다.[33] 몸이 외부로부터 받는 자극과 반응도 시간과 공간의 특수성이 어울려 일회적인 특수성을 갖는다. 사이버공간에서의 감각적이고 인지적인 경험이 수시로 반복 가능하다. 사이버공간에서는 중단한 어떤 곳에서든지 다시 시작할 수 있고 시간을 정지시킬 수 있다. 네트에는 몸에 대한 위협이 없으며 탈육체성이 반대로 육체를 더욱 감각적으로 만들기도 한다. 뼈와 살로 이루어진 육체 대신에 비트로 만들어진 몸의 이미지들이 사이버공간을 장악한다. 사이버공간의 사물들은 환각약물과 유사하다. 거의 무한대의 상상력을 발휘하여 자신의 감각체험을 극단적으로 확장할 수도 있다. 이러한 변화는 인간의 정체성에도 커다란 변화를 몰고 온다. 컴퓨터 네트워크시대에 자기정체성은 현실사회의 육체적 제약을 넘어서 있다.

---

32 백욱인, 앞의 논문, 43쪽.
33 윌리엄 미첼, 이희재 옮김, 『비트의 도시』, 김영사, 1995, 25쪽.

4. 포스트휴먼 사회의 치유(治癒)윤리

몸 없이 우리 인간은 현실에 있다고 할 수 없으며, 몸 기관 없이 공간은 지각될 수 없으며,[34] 그리고 인간들이 펼치는 일상의 다양한 일들, 즉, 노동, 담소, 악수, 인사, 수신호, 춤, 무용, 운동, 연기 등의 활동들은 항상 몸 없이는 수행될 수 없다. 꿈, 상상, 환상 등도 그렇거니와, 하물며 몸 존재의 부정적인 논변조차도 몸을 전제해야만 한다. 왜냐하면 몸 없이는 잠을 잘 수도 없거니와 생각조차 할 수 없기 때문이다. 몸이 의식 앞에 출현하지 않는다고 해서 몸의 존재를 부정할 일이 아니다. 몸은 오히려 의식의 가능조건이다. 다른 한편, 신체적 특질, 즉 인종적, 성적, 나이에 따른 특질 차이에 따른 사람들의 사고 및 행동양식의 차이 등과 관련해서는 신체기능의 우선성 및 압도성이 증명될 수 있을 수 있다. 예컨대 무용, 댄스, 노래, 스포츠 등에서는 '신체이성'이 주장될 수 있는 것으로 보이기도 한다. 의식은 몸을 기억하지 못해도, 몸은 그 기능을 멈추지 않는다. 인간을 '의식-주체'이기에 앞서 먼저 '몸-주체'(body-subject)로 파악한 현대의 철학자 메를로-퐁티는 이러한 의미에서 선견지명이 있다고 할 수 있다.

이른바 '치유윤리'는 경험적이거나 선험적인 법칙 혹은 원리 중심의 인지주의적인 판단에 집중하는 윤리가 아니다. 그것은 몸과 실천, 상황 등을 윤리 강화의 수단이자 매체 혹은 전략으로 사용하는 '비(非)인지주의'적 이론이자 실천방법으로서의 윤리로서 도덕적 행위들을 교시하는 기존의 이론적 윤리와는 차별된다. 대체로 '치유윤리'의 기능은 이중적이다. 왜냐하면 그 기능이 일차적으로 인간 행위의 윤리를 치료하는 역할을 가리키지만, 나아가 윤리이론 자체에 대한 치료의 역할도 함축하고 있기 때문이다. 이는 곧 의무론과 공리주의적 행위 결과론과 같은 종래의 다양한 객관주의적 윤리이론을 극복[치유]하는 반성적 작업인 동

---

34 M. Merleau-Ponty, *Phenomenology de la Perception*, Gall[mard, Paris, 1945, pp81~232

시에, 인간의 도덕성을 실제의 구체적 환경과 관계들 속에서 함양할 수 있는 길을 모색하는 방법적 작업임을 뜻한다. 한편, '기존의 윤리를 치유'[극복]한다고 할 때, 이 경우의 치유는 흔히 정신이나 육체의 병리현상을 치료하기 위한 맥락에서 철학, 심리학, 역사학 등과 같은 인문학 혹은 문학, 음악, 연극 등의 예술을 치유의 수단으로 사용하는 치유, 예컨대 철학치료, 영화치료, 미술치료, 음악치료 등과는 다른 성질의 것이어야 할 것이다. '치유윤리'는 윤리의 이론과 실천의 문제점 자체를 치유하기 위해 윤리를 치료의 대상으로 삼는다는 점에서 다른 치료학들과는 차이가 있을 수 있다. 특히 윤리에 대한 '치유하기'의 수단이나 매체로 주목하는 대상은 행위관계들이나 상황적 요소들로서, 이것들은 그 이전의 윤리이론들에서 주관적인 '이성이나 감성, 의무감이나 법칙 혹은 보상물' 등과 같은 것들이 윤리구성의 중요한 요소들로 여겨졌지만 그다지 주목받지 못했다.

따라서 인간작용들이 구체적인 요인들에 구현되어 있는 경우에 윤리작용 역시 현실의 다양한 인간 실존조건들에 기반하여 몸, 환경, 상황, 행위, 경험으로서의 몸-도식, 방법 등을 매개로 하여 구성해야 할 과제를 떠안고 있다. 향후 '치유윤리'는 바로 이러한 착상에서 출발해야 할 것이다.

5. 맺음말: 치유윤리의 과제

지금까지 우리가 앞서 고찰해 보았듯이, 21세기 포스트휴먼시대는 사이버공간 속에서 몸이 그 위치를 차지하게 되었지만, 속사정을 살펴보면 그다지 긍정적이지만은 않다. 따라서 필자는 21세기의 포스트휴먼사회에서 향후 치유윤리의 전망을 다음과 같이 제시해 보고자 한다. 첫째, 모름지기 인문학의 본연의 과제는 인간다움의 추구이다. 21세기 들어 인문학 본연의 인간다움을 추구하기 위해서라도 최근 인문학의 새로운 대안으로 부상하고 있는 치유윤리의 이론적 틀을 잘 만들어 나가는 것이 1차적 과제가 될 것이다. 21세기 들어 포스트휴먼시대의 인간의 기계화 혹은 인간/비인간의 구별 및 불가능성의 문제가 급속하게 수면위로 떠오르고 있지만, 그 핵심은 여전히 인간과 기계의 만남이다. 인간과 기계의 경계가 흐려지는 이유는 최근 널리 얘기되고 있는 사이보그에 대한 대중적·학문적 담론에서 흔히 찾는다. 이제 세계화와 정보화의 급속한 진전, 과학기술의 발달로 인한 테크노 문화의 만연과 그에 따른 새로운 감수성의 출현, 새로운 종류의 기계들의 등장과 인간의 사이보그화, 기계+인간의 등장 및 가능성의 확대, 그리고 인터넷 문화가 이제 일상화 되었다. 이로 인해 일상적 삶에서 사이버 공간의 접속 기회의 확대가 현실화 되어감에 따라 더 이상 과학기술의 발전이 21세기의 긍정적인 예측이 아니라 그에 뒤따르는 부작용의 현상을 대비해야 하는 사회적 상황에 직면하고 있다. 따라서 현대인의 인간과 기계의 만남에서 파생되는 부정적 징후군들은 치유윤리를 통해 포스트휴먼 사회를 어떻게 건전하게 정착시킬 것인지를 모색해 나가야 하는 난제를 떠안고 있다.

둘째, 21세기 포스트휴먼 사회에서 인간의 거주공간으로 개척되고 있는 사이버스페이스가 인간친화적인 인터넷 소통 문화공간으로 이미 깊숙이 침투하였다는 사실에 공감하고 치유윤리의 현실적 적용가능성을 다양한 시각에서 마련해야 한다. 모름지기 새로운 사이버스페이스는 인간+기계의 가능성의 점층적 확대를 통한 새로운 포스트휴먼의 출현이다. 이제 철학, 예술의 중심은 이미지의 생산에서 인터페이스, 의사소통, 시뮬레이션 개념으로 자유스럽게 이동하고 있지만, 이에 대해 인간과 기계를 혼합한 새로운 포스트휴먼의 확대 가능성으로 인해 새로운 치유윤리를 마련해야 하는 상황에 처해 있다. 따라서 인간과 기계의 만남은 인간이란 무엇인가라는 정체성을 더욱 요구하고 있으며 이에 대한 정체성의 규명작업을 통해 치유윤리의 현실적용 가능성을 다학제적 차원[35]

에서 개발해야 나가야 하는 임무를 부여받고 있다.

셋째, 포스트휴먼 사회에서 치유윤리의 과제는 인간에게 관계되기도 하고 로봇에 연관되기도 하지만, 그 저변에는 언젠가 인간의 영혼을 죽게 만들려는 야심이 도사리고 있는 현상에 주목한다. 포스트휴먼 사회에서 "나"라고 말할 때, 의미하는 모든 내용이 완전히 뒤바꿀 수 있다. 포스트휴먼사회에서 치유윤리를 통해 다방면에 걸쳐 그 처방책을 마련하기는 그다지 쉽지 않다. 이제 우리에게 낯설지 않은 멀티미디어는 어떤 것을 표현하는 여러 개의 수단, 즉 다중매체를 의미하게 되었지만, 그에 대한 인격 및 주체성의 문제를 더욱 의심받게 되었기 때문에 이에 대한 문제점들을 치유윤리의 다양한 기획을 통해 제시해 보여야 할 과제를 안고 있다.

넷째, 21세기 포스트휴먼 사회에서 인간보다 훨씬 업그레이드된 지적 능력을 자연인의 몸과는 다른 물리적 기반을 통해 실행하는 인공지능으로 나아감에 있어서 인간과 기계의 경계선의 혼란에 대한 인간이해의 논의를 심층적으로 조명해 나가야 한다. 따라서 인간과 기계의 만남은 더 나아가서 인식주체와 대상사이의 차이가 소멸하는 임계점에 대한 문제점을 분석하여 보다 심층적인 치유윤리 논의의 장을 활성화시켜야 할 것이다.

---

35 치유윤리의 현실적 적용가능성 및 다학제적 성격의 내용을 다룬 문헌은 다음을 참조: 김정현, 「니체와 철학실천의 길-철학실천과 삶의 예술, 철학치유/치료와 연관해서-」, 『니체연구』, 제19집, 2011, 9~38쪽.:스티븐 D. 에드워즈, 『돌봄과 치유의 철학』, 공병혜 · 홍은영 옮김, 철학과 현실사, 2004.

| 참고문헌 |

김성동, 「기술: 드라이푸스의 컴퓨터 철학」, 『인간-열두 이야기』, 철학과 현실사, 2002.

김영필, 『정신치료의 철학적 지평』, 철학과 현실사, 2008.

김용석, 『문화적인 것과 인간적인 것』, 푸른숲, 2000.

김정현, 『니체, 생명과 치유의 철학』, 책세상, 2006.

김정현, 「니체와 철학실천의 길-철학실천과 삶의 예술, 철학치유/치료와 연관해서-」, 『니체연구』, 제19집, 2011, 9~38쪽.

노베르트 볼츠, 윤종석옮김, 『컨트롤된 카오스-휴머니즘에서 뉴미디어의 세계로』, 문예출판사, 2000.

레이코프, G./존슨, M., 『몸의 철학』, 박이정, 2002.

리차드 A 스피넬로, 황경식 · 이창후역, 『정보기술의 윤리』, 철학과 현실사, 2001.

마르틴 졸리, 김동윤 옮김, 『영상 이미지 읽기』, 문예출판사, 1999.

마이클 하임, 여명숙 옮김, 『가상현실의 철학적 의미』, 책세상, 2001.

마크 포스트, 이정우역, 『푸꼬, 마르크시즘, 역사』, 인간사랑, 1990.

메를로-퐁티, 오병남역, 『현상학과 예술』, 서광사, 1985.

메를로-퐁티, 오병남역, 『현상학과 예술』, 서광사, 1985.

맥루한, 마샬, 박정규 옮김, 『미디어의 이해: 인간의 확장』, 커뮤니케이션북스, 1997.

푸코, 미셸, 문경자 외 역, 『성의 역사, 제 2권, 쾌락의 활용』, 나남출판, 1996.

_____, 이혜숙 외 역, 『성의 역사, 제 3권, 자기에의 배려』, 나남출판, 1996.

_____, 「권력과 성」, 『미셸푸꼬, 섹슈얼리티의 정치와 페미니즘』, 새물결, 1997.

미즈코시 신, 백성수 외 옮김, 『디지털 100년을 상상한다』, 한국학술정보(주), 2000.

박찬길, 「정보화시대와 인문학의 위기」, 『디지털시대의 인문학, 무엇을 할 것인가?』, 사회평론, 2001.

배식한, 『인터넷, 하이퍼텍스트 그리고 책의 종말』, 책세상, 2000.

서정남, 「한국영상문화학회, 무엇을 생각하고 실천할 것인가」, 한국영상문화학회, 『이미지는 어떻게 살고 있는가』, 생각의 나무, 2000.

양해림, 「호모미디어티쿠스란 무엇인가」, 『미의 퓨전시대』, 철학과 현실사, 2001.

에드워즈, 스티븐 D., 『돌봄과 치유의 철학』, 공병혜 · 홍은영 옮김, 철학과 현실사, 2004.

이광래, 『미셸 푸코』, 민음사, 1989.

이봉재, 「컴퓨터, 사이버 스페이스, 유아론」, 『매체의 철학』, 나남출판, 1998.

이재경, 「정보화의 사회적 의미와 과제」, 『디지털시대의 인문학, 무엇을 할 것인가』, 사회 평론, 2001.

이종관, 「사이버스페이스와 포스트휴먼」, 한국현상학회, 『인간의 실존과 초월-종교현상학』, 철학과 현실사, 2001.

이진우, 「디지털미디어 시대의 정신과 육체」, 『지상으로부터 내려온 철학』, 푸른숲 2000.

이진우, 「사이보그도 소외를 느끼는가」, 『철학논총』, 새한 철학회, 2000, 가을호.

이초식, 『인공지능의 철학』, 고려대학교 출판부, 1993.

정진홍, 『아톰@ 비트』, 푸른숲, 2000.

정화열, 「혁명의 변증법, -모택동과 메를로-퐁티-」, 『몸의 정치』, 민음사 1999.

조광제, 「모리스 메를로-퐁티」, 조광제외 저, 『현대철학의 흐름』, 동녘 1996.

조광제, 『주름진 작은 몸들로 된 몸』, 철학과 현실사, 2003.

플루서, 빌렘, 윤종석 옮김, 『디지털시대의 글쓰기-글쓰기에 미래는 있는가』, 문예출판사, 2002.

포스트먼, 닐, 김균역, 『테크노폴리-기술에 정복당한 오늘의 문화』, 민음사, 2001.

홍성욱 · 백욱인 엮음, 『2001싸이버 스페이스 오디세이』, 창작과 비평사, 2001, 14쪽.

홍성욱, 「몸과 기술-도구에서 사이버네틱스까지-」, 『생산력과 문화로서의 과학기술』, 문학과 지성
사, 1999, 294쪽.

홍성욱, 「인터넷은 열린 세상을 만들어낼 것인가?」,

홍성태 엮음, 『사이보그, 사이버 컬처』, 문화과학사, 2000, 22쪽.

Alexandre Metraux, Zur Wahrnehmungstheoretie Merleau-Pontys, in: B. Waldenfels, *Leibhaftige
Vernunft*, München 1986.

Dreyfus, H., *What Computer Can't Do*, New York: Harper &Row, 1972.

McLuhan, M., *The Medium is the Massage*, New York, 1967/ 김진홍역, 『미디어는 맛시지다』,
열화당, 1988.

Husserl, E., *Cartesianische Meditationen und Pariser Vorträge, Husserliana*, I. Den Haag 1973
(이종훈 옮김, 『데카르트적 성찰』, 한길사, 2002).

Husserl, E., "Ideen zu einen reinen Phänomonologie und phänomenologschen Philosophie,
II", in; *Husserliana* Bd. IV, Haag Martinus Nijhoff, 1952,

Kryoeger, Myro W., 노용덕 옮김, 『가상현실과 사이버스페이스』, 세종대학교 출판부, 1994.

Merleau-Ponty, M., *Phänomenologie der Wahrnehmung*, überset. von Rudolf, Berlin, 1966.

Negroponte, N., *Being Digital*, New York, 1995. 백욱인역, 『디지털이다』, 커뮤니케이션북스,
1996.

Nietzsche, F., KSA., Bd. 4.

Schopenhauer, A., *Sämtliche Werk*, Bd. 1. von Löhneyen, Frankfurt. a. M. 1986.

Schelsky, H., "Der Mensch in der wissenschaftlichen Zivilization (1961)", in: *Auf der Suche
nach Wirklichkeit*, Münch. 1979.

생명에 관련된 몇 가지 문제들

송 상 용

한림대학교 사학과

20세기 초 물리학혁명의 주역 슈뢰딩어 (Erwin Schrödinger, 1887 ~ 1961)는 1943년 트리니티 콜리지 (Trinity College)의 더블린고등연구원에서 "생명이란 무엇인가 ?"(*What Is Life?*, 1944) 라는 제목으로 연속 공개강의를 했다. 수식은 쓰지 않았지만 일반인에게는 난해한 강의였다. 생명은 부 엔트로피 (negative entropy)를 먹고 산다는 말이 신기한 인상을 주었을 뿐이다. 그러나 이 책은 생물의 영역에서 일어나는 일들을 물리·화학적으로 설명할 수 있을까라는 질문에 초점을 맞추어 10년 뒤 분자생물학이 출발하는 데 영향을 주었다.

유물론 대 목적론

그리스철학은 우주론에서 출발해 인간의 문제로 넘어오면서 정반대되는 세계상을 보인다. 플라톤은 데미우르고스 (demiurgos) 가 질서 있는 우주 (kosmos)를 만들었다고 하나 원자론은 우주의 출현과 그 안에서 일어나는 일들은 맹목적 우연에 의한 것이라고 한다. 플라톤이 영혼을 불어넣어 우주를 생물로 만드는 데 반해 원자론은 신들과 인간의 생활을 원자들의 다양한 운동에 지나지 않는 것으로 본다. 플라톤은 데미우르고스가 대혼돈을 용서할 수 없었다고 함으로써 우주의 존재와 목적을 설명한다. 그러나 원자론은 이런 문제들을 아예 무시해 버린다.

원자들의 맹목적 운동에 의해 진행되는 우주는 완전히 역학적 계이며 자기충족적이다. 원자론자들은 이 계가 창조되지 않은 영원한 것으로 본다. 여기서 우리는 철저한 기계론을 보게 된다. 이런 세계에는 신이 발 붙일 곳이 없다. 원자론의 무신론적인 성격은 그 자체의 운명에 큰 영향을 주었다. 원자론은 뒷날 에피쿠로스(Epikuros, B.C. 342 ~ 270) 루크레티우스(Lucretius, B.C. 99 ~ 55) 같은 추종자들이 나왔지만 서양사상의 주류에서 밀려나 거의 잊혀졌다. 그것은 과학혁명 때 기계적 철학(Mechanical Philosophy) 으로 부활했다.

사물을 재료 아닌 기능에 의해 파악하는 목적론은 소크라테스, 플라톤, 아리스토텔레스 이래 2천년 동안 과학을 지배해 왔다. 플라톤의 외적 목적론은 헬레니즘시대 그리스도교와 손잡은 신플라톤주의로 발전했고 르네상스 때 부활했다. 아리스토텔레스의 내적 목적론은 중세에 스콜라철학으로 확고히 자리 잡았다. 갈릴레오와 뉴튼은 아리스토텔레스의 물리학을 격파했지만 목적론적 세계상은 건재했다. 과학혁명의 결과 목적론은 물리세계에서는 사라졌으나 생물계에서는 끈질기게 남아 있었다.

진화는 목적론적인가 ?

18세기 영국에서는 페일리(William Paley, 1743 ~ 1805)의 자연신학이 크게 유행했다. 페일리는 시계와 눈 사이의 유추로 유명해졌다. 시계의 제작자가 있다면 눈도 만든 사람이 있어야 한다는 것이었다. 다윈은 크라이스츠 콜리지(Christ's College)에서 선배이기도 한 페일리의 책들을 필독서로 읽었고 졸업 후에는 <자연신학> (Natural Theology)에 심취했다. 그러나 다윈은 <종의 기원>에서 자연의 오묘한 구조와 진행은 우연일 수 없으며 신의 설계에 의한 것이라는 '설계의 논증'(Argument from Design)을 거부했다. 19세기에 과학철학의 거장 허셸(John Herschel, 1792 ~ 1871), 휴월(William Whewell, 1794 ~ 1866), 밀(John Stewart Mill, 1806 ~ 73)은 모두 자연신학을 지지했고 진화보다는 특별창조가 설득력이 있다고 생각했다. 다윈에 반대한 오윈(Richard Owen, 1804 ~ 92), 애거시(Louis Agassiz, 1807 ~ 73), 폰 배어(Karl Ernst von Baer, 1792 ~ 1876) 뿐아니라 라이엘(Charles Lyell, 1797 ~ 1875), 후커(Joseph Dalton Hooker, 1817 ~ 1911) 같은 지지자들도 모두 자연신학에 기울었다. 이제 그들은 진화론이 설계의 논증을 뒷받침하는 것이라는 데로 논리를 발전시켰다.

다윈 자신도 이 문제 때문에 몹시 괴로워했던 듯하다. 그러나 그는 자연에 목적의 개념을 투입하는 것은 자연선택과 어긋난다는 점을 명백히 하고 있다. 반대자들과 지지자들이 한결같이 진화론에 약간의 '신의 지도'(divine guidance)를 넣을 것을 권했을 때 다윈은 뉴튼의 이론에 지적인 방향이 필요 없듯이 그런 언급을 할 필요가 없다고 답했다. 신이 전지전능하다면 생물들은 생존에 유리한 방향으로 변이할 것이다. 다윈은 이런 방향의 변이의 증거를 찾지 못했다. 다윈이 보기에 변이는 우연이었고 모든 방향으로 진행했다. 어떤 법칙들이 변이를 지배하든 변이는 알 수 없는 것이었고 적어도 목적론적은 아니라는 생각이었다.

<종의 기원>이 나온 해에 태어난 철학자 듀위(John Dewey, 1859 ~ 1952)와 베르크손(Henri Bergson, 1859 ~ 1944)은 다윈의 진화론에 대해 상반된 견해를 갖고 있었다. 진화론이 생명의 기계론적 개념과 관련되지 않았다고 보아 기계론을 거부한 베르크손은 근본적 목적론(le finalisme radical)도 전도된 기계론이라고 해서 받아들이지 않는다. 그는 궁극인은 결정적으로 논박될 수 없는 것이라고 하면서 새로운 목적론을 제안한다. 그는 변

화하려는 경향은 우연한 것이 아니라고 한다. 따라서 아이머(Theodor Eimer, 1843 ~ 98)의 정향진화설(Orthogenesis)에 호감을 갖는다. 베르크손은 생물의 진화가 전적으로 예정될 수는 없다고 보지만 생명의 자발성은 새로운 종의 계속적인 창조에 의해 명시된다고 주장한다. 그는 눈과 같은 기관은 일정한 방향으로의 계속적 변화에 의해 만들어진 것이 틀림없다고 본다. 같은 역사를 갖지 않는 종의 눈의 구조가 같은 것을 다른 방법으로는 설명할 수 없다는 것이다. 베르크손은 세계목적을 부인하면서도 생물 체내에 불가사의한 힘 '생기적 약동'(élan vital)이 있어 진화에 방향을 준다고 한다.

듀위는 고전적 자연 및 지식의 철학 2천년은 고정된 것, 궁극적인 것의 우월이라는 문제를 가지고 있다고 본다. <종의 기원>의 출판은 철학의 위기를 가져왔는데 다윈이 이 철학에 의문을 품은 첫 사람은 아니다. 혁명의 시작은 16, 17세기의 물리과학이었고 갈릴레오(Galileo Galilei, 1564 ~ 1642)와 데카르트(René Descartes, 1596 ~ 1650)가 도전자였다. 천문학, 물리학, 화학에서 궁극인의 축출은 교회에 충격이었다. 그러나 식물, 동물을 알게 되면서 설계 논증은 더 강화되었다. 생물의 환경에 대한 놀라운 적응, 생물에 대한 기관들의 적응이 설계 논증에 힘을 실어주었다. 회의와 논쟁의 폭발에도 불구하고 이 철학은 공식 서양철학으로 남아 있었다.

다윈의 자연선택설은 요지부동이던 철학에 결정타를 날렸다. 생물계에 남아 있던 목적론이 설 자리가 없어진 것이다. 듀위에 따르면 모든 생물의 적응이 단순히 계속적인 변이와 과잉생식에 의해 일어나는 생존투쟁에서 유해한 변이의 제거 때문이라면 이전의 예지적인 인과적 힘이 그것을 설계하고 예정할 필요가 없다. 듀위는 그가 지적 변이의 미명에 살고 있다고 했지만 백년이 지난 오늘날 철학계의 절대 다수는 그의 통찰에 동의하고 있다. 다윈주의가 목적론적인가를 따질 때 가장 중요한 것은 그것을 만든 다윈의 진의다. 다윈은 생각은 신중을 기한 저서뿐만 아니라 <자서전>, 서한, 노트에 잘 나와 있다. 이제는 다윈 연구에서 그의 진의가 무엇이었던가에 대해서 거의 합의가 이루어진 것 같다.

기계론과 생기론

16, 17세기 과학혁명을 이끈 과학자들은 거의 예외 없이 물질과 운동으로 모든 것을 설명하려 한 기계적 철학을 믿었다. 과학혁명을 마무리한 뉴튼(Isaac Newton, 1642 ~ 1727)은 '기계로서의 자연'(nature as a machine)을 과시했다. 18세기에 뉴튼의 권위는 대륙을 압도했고 뉴튼은 지식인들에게 신과 같은 존재였다. 프랑스 계몽철학자들(philosophes)의 과제는 뉴튼 물리학을 계승, 발전시키고 사회현상에 적용하는 것이었다. 라봐지에(Antoine Laurent Lavoisier, 1743 ~ 94)가 주도한 18세기의 화학혁명은 화학을 뉴튼 물리학의 수준으로 끌어 올렸고 같은 시대 진화론의 선구자 뷔퐁(George Buffon, 1707 ~ 88)은 '생물학의 뉴튼'으로 불렸다. 물론 기계론의 완전한 승리는 아니었다. 괴테(Johann Wolfgang von Goethe, 1749 ~ 1832) 헤르더(Johann Gottfried Herder, 1744 ~ 1803), 라마르크(Jean - Baptiste Lamarck, 1744 ~ 1829) 등의 낭만주의적 반동(romantic revolt)도 만만치 않았다. 기계론과 생기론은 부침을 거듭하며 대결했다.

뉴튼에 앞서 데카르트는 동물을 기계로 보았다. 인간도 기계지만 영혼을 갖고 있다는 데서 동물과 달랐다. 데카르트에게 영혼은 '기계 속의 도깨비'(ghost in the machine)였다. 데카르트의 2원론은 몸과 마음을 연결하는 송과선(la glande pinéale)을 만들어내는 거북한 해결로 문제점을 남겼다. 이 난제를 둘러싸고 18세기 프랑스 철학은 둘로 나누어졌다. 말브랑슈(Nicolas Malebranche, 1638 ~ 1715) 는 신이 몸과 마음을 연결해 준다는 기회원인론(occasionalisme)을 내놓았다. 계몽철학자들은 유물론, 기계론, 무신론으로 치달았다. 동물 뿐 아니라 인간도 기계라는 라메트리(Julien Offray de Lamettrie, 1709 ~ 51) 는 그 절정을 이룬다. 인간기계

(l'homme machine)는 동물기계(la bête machine) 의 논리적 연장이다.

철학사에서 라메트리는 철저한 유물론자로 소개되어 왔으나 알고 보면 부드러운 자연주의자이다. 그는 기계론자라기보다는 기계론적 생기론자였다. 그가 생명의 특징으로 보는 근육의 자극감응(irritabilité)은 '본유적인 힘'(la force innée) 으로서 단순한 기계적인 물질이 아니기 때문이다. 그는 영혼과 몸의 구별을 없앰으로써 활력을 추방했으나 새로운 활력을 다시 끌어들인 셈이다. 그러면서도 이 활력을 신비스런 힘으로 돌리려는 태도는 피했다는 점에서 그의 생기론은 대부분의 다른 생기론들과는 구별되어야 할 것이다.

라메트리의 온건한 생각을 이어 받은 사람이 19세기 프랑스 최고의 생리학자 베르나르(Claude Bernard, 1813 ~ 78)이다. 그는 생명현상도 물질을 지배하는 결정론의 지배를 받는다고 강조한다. 엄밀한 물리·화학적 결정론은 고전적 생기론을 거부한다. 그러나 베르나르는 유물론에도 반대한다. 생명에 방향을 주는 창조적인 요소를 인정하기 때문이다. 그는 생기론과 기계론의 충돌을 극복하기 위해 '내부환경'(milieu intérieur) 이란 개념을 도입한다. 생명이 외부조건의 영향을 받지 않고 자유롭고 독립적일 수 있는 영역이 마련된 것이다. 베르나르의 입장은 생물학적인 수준에 머무는 생기론이라 할 수 있다. 프랑스 생리학의 전통은 철저히 기계론적이면서도 생명의 자율성을 믿은 데 있다. 물론 자율성은 활력으로 볼 수 있지만 문제의 근본적 해결이 아닌 임시방편의 성격을 띤다.

19세기 후반 독일에는 형이상학적인 유물론이 기세를 올렸다. 생물학이 벽에 부딪치자 그 반동으로 20세기 초에는 신생기론이 일어났다. 그 대표가 드리쉬(Hans Driesch, 1867 ~ 1946)이다. 그는 아리스토텔레스에서 빌려온 엔텔레히(Entelechie) 라는 활력을 내놓았다. 드리쉬는 온건한 베르크손과는 대조적으로 독단적이고 형이상학적인 활력을 고집했다. 1953년 왓슨(James Watson, 1928 ~)과 크릭(Francis Crick, 1916 ~ 2004)은 핵산의 이중나선 구조를 밝혀 생명의 본질을 물리·화학적으로 탐구하는 분자생물학의 길을 열었다. 분자생물학 진영의 투사 모노(Jacques Monod, 1910 ~ 76)는 우주에 목적론적인 추진력이 있다고 보는 물활론(hylozoisme)의 오류는 인간중심적인 환상에서 빚어진 것이라고 주장한다. 반생기론적인 전통은 현재 생물학자 도킨즈(Richard Dawkins, 1941 ~)와 철학자 데닛(Daniel Dennet, 1942 ~)이 이어가고 있다.

우생학, 인체실험, 원자폭탄

우생학(eugenics)은 1883년 골튼(Francis Galton, 1822 ~ 1911)이 만든 말이다. 그것은 '좋은 출생'이라는 뜻으로 유전적 수단을 써서 인류를 개량하려는 과학이다. 골튼은 1907년 영국우생학협회를 만들었다. 첫 우생학 교수 피어슨(Karl Pearson, 1857 ~ 1936)은 가난한 사람들의 높은 출생률이 문명에 대한 위협이며 높은 인종이 낮은 인종을 대치해야 한다고 함으로써 우생학의 첫 인상은 좋지 않았다. 1926년 미국우생학협회를 만든 사람들은 백인이 다른 인종보다 우월하고 북유럽 백인이 다른 백인보다 우월하다고 믿었다.

1924년 제정된 미국의 이민법은 동유럽, 남유럽의 이민을 크게 줄이는 내용이었다. 1931년에는 미국의 27개주가 유전학적 거세법을 만들었다. 거세법은 1930년대에 유럽 여러 나라에서 통과되었다. 정신이상자, 백치, 정신박약자, 범죄자들처럼 사회적으로 적합하지 않은 사람들은 거세되어야 한다는 생각이 휩쓴 것이다.

때마침 나치가 집권한 독일에서는 우생학이 철저히 악용되어 큰 비극으로 발전했다. 1921년에 나온 바우어(Baur), 피셔(Fischer), 렌츠(Lenz)의 국수주의적이고 반유대적인 <인류유전학>을 옥중에서 읽은 히틀러는 인종주의를 강한 정치무기로 썼다. 1934년 나치는 모든 정신박약자, 알콜 중독자, 정신병자를 강제적으로 거세하는 법을 시행했다. 처음 3년

동안 20만 명이 거세되었다. 1939년까지는 40만 명이 거세되었는데 그 1퍼센트에 해당하는 3500명이 수술 중 죽었다. 거세 결정은 인류유전학을 전공하는 교수들이 했다. 정신의학자 뤼딘(Rüdin)의 주장에 따라 반사회적인 사람들의 거세가 추진되었는데 그 수는 백만으로 추정되었다. 이 안은 내무부가 찬성하고 법무부가 반대해 입법은 되지 않았지만 그 일부인 집시들의 희생이 컸다. 독일, 오스트리아에 있던 집시 3만 명 가운데 2만이 아우슈비츠수용소에 보내졌고 순수 집시 여섯 가족만 공식적으로 구제되었다.

인체실험은 인류의 복지를 위해 공헌한 면이 있지만 그 역사는 인간 남용의 두드러진 보기이다. 나치는 아우슈비츠수용소에서 유대인, 집시 등을 대상으로 무자비한 인체실험을 자행했다. 수용소 의사로서 10만을 죽인 멩겔레(Josef Mengele, 1911 ~ 79)의 쌍둥이 실험은 악명 높으며 산소공급을 줄여가는 고도 연구, 물속에 사람을 넣어 얼리는 연구는 잔혹의 극치였다. 대학살에서 의사들은 최종결정의 집행자로서 중요한 몫을 했고 과학이 대학살을 정당화했다. 전후 1947년 뉘른베르크(Nürnberg)에서 열린 나치 전범재판에서 20명의 의사와 세 의료행정가가 "의학이라는 이름 아래 자행된 살인, 고문, 잔학행위"로 기소되었다. 그 가운데 9명은 장기형, 7명은 교수형을 받았다. 이 재판의 결과로 뉘른베르크 강령(Nuremberg Code)이 제정되었는데 여기에는 윤리적 · 법적 개념을 만족시키기 위해 지켜야 할 10개 기본원리가 담겨 있다.

1933 ~ 45년 일본은 중국 동베이(東北) 핑팡(平房)에 '죽음의 공장'을 세워 놓고 생체실험 등 온갖 만행을 저질렀다. 관동군 731부대에는 500명의 과학자, 의사를 포함한 3000명의 직원이 있었고 중국, 러시아, 몽골, 한국사람 3000명이 고문, 살해되었다. 731부대 네 지부에서도 비슷한 일이 벌어졌다. '죽음의 공장'(factory of death)에서는 죄수, 길에서 잡은 마약중독자, 장애자들을 대상으로 잔인한 생체실험을 했다. 이것은 일본 군의들의 훈련이 주목적이었지만 그들의 감각을 무디게 하려는 의

도도 있었던 것 같다. 일본인들은 죄수들에게 총을 쏘고 탄환을 뺀 다음 팔다리를 잘라 상처 부위를 꿰매고 죽였다. 죄수들은 표준과는 거리가 먼 치료를 받으며 죽어갔다. 동물실험을 거치지 않은 백신을 주사하기도 하고 전장에서 피가 없을 경우를 생각해 말의 피를 수혈하기도 했다. 밀폐된 방에서 독가스를 마시거나 기압을 내리거나 여러 가지 조건에서 사람이 얼마나 견디는가를 실험했다.

더욱이 일본은 731부대에서 인체를 써서 조직적인 세균전 연구를 했다. 일본은 페스트, 콜레라, 장티푸스 등 각종 세균을 대량 생산했다. 죄수들은 벼룩에 물리고 세균에 오염된 음식을 먹거나 혹한에 야외에서 세균폭탄에 노출되어 죽어갔다. 세균전 실험은 일반시민에게까지 확대되었다. 하얼빈의 우물들에 장티푸스균이 투입되었고 난징에서는 세균이 들은 음식을 먹은 죄수들을 집에 보내기도 했다. 전후 동베이 지방에서 전염병이 창궐해 수만명이 죽은 것은 그 후유증이다.

일본이 항복했을 때 미국 조사관들이 731부대의 생물전 전문가들을 심문했고 인체실험에 비상한 관심을 보였다. 일본은 처음에는 주요 정보를 주지 않고 전범에서 면제해 줄 것을 보장하라고 요구했다. 흥정 끝에 미국은 면죄를 보장했고 부대장 이시이(石井四郎, 1892 ~ 1959)는 상세한 생물전 보고서를 쓰기로 약속했다. 600쪽에 이르는 자료는 미국에 제공되어 미국의 생물전 연구에 큰 도움을 주었다. 그 대가로 주어진 사면은 미국정부 고위층의 동의를 받은 것이다. 이렇게 해서 731부대 소속 의사들은 전범으로 처벌받지 않았을 뿐 아니라 귀국해 의과대학장, 대학총장, 고위 보건관료로 출세의 길을 달렸다.

2차 세계대전이 끝나기 직전 히로시마(廣島)와 나가사키(長崎)에 투하된 원자폭탄은 한국인 3만을 포함한 15만 명의 목숨을 순간적으로 앗아갔다. 피폭자는 60만을 넘어서며 지금도 후유증으로 계속 죽어 가고 있다. 이것은 과학이 가져온 대량 살육의 극치다. 나치의 세계 정복을 막으려고 루즈벨트에게 원자폭탄 개발을 건의한 아인슈타인(Albert Einstein, 1879 ~ 1955)을 비롯해 맨해튼 계획(Manhattan Project)의 지휘자 오픈하이머(Julius Robert Oppenheimer, 1904 ~ 67), 소련의 수소폭탄의 아버지 사하로프(Andrei Sakharov, 1921 ~ 89) 등이 모두 반핵으로 돌았다. 반핵운동은 핵실험 반대에서 시작해 핵무장 해제를 거쳐 1980년대의 원자력발전 반대로 이어졌다. 1979년 스리마일 섬(Three Mile Island), 1986년 체르노빌(Tschernobyl), 2011년 후쿠시마(福島)의 재앙은 원자력 유토피아의 환상을 깨뜨렸다.

생태위기

1968년 반문화(counter - culture), 반과학(antiscience) 운동이 프랑스, 독일, 미국, 일본 등 선진국들을 강타했다. 과학에 대한 공격은 과학자사회 밖으로부터는 말할 것도 없고 안으로부터도 나왔다. 이제 과학 비판은 소수의 지식인들에 한정되지 않고 널리 일반대중에 퍼졌다. 반과학은 고도기술뿐 아니라 과학 자체에 겨누어졌다. 여러 가지 문제들이 있었지만 환경오염에 대한 깨달음은 극적이었다.

1970년대에는 생태위기의 책임이 자연을 정복 대상으로 본 유대 - 그리스도교의 자연 개념의 탓이라고 한 화이트 2세 명제(White, Jr. thesis)가 활발히 논의되었다. 이제 이 명제는 철학 · 신학계에서 대체로 받아들여지고 있다. 그 다음에는 인간중심주의(anthropocentrism)와 생태중심주의(ecocentrism)의 싸움이 볼 만했다. 여기서 중요한 계기가 된 것이 싱어(Peter Singer, 1946 ~)의 동물해방(animal liberation)과 리건(Tom Regan, 1938 ~)의 동물의 권리(animal rights)다. 동물도 인간과 같은 배려를 받아야 한다는 주장은 인간중심주의의 완화를 가져왔다. 비타협적인 강한 인간중심주의는 설 자리가 없게 되었다.

반세기 동안 환경철학에는 여러 가지 입장들이 족출해 큰 혼란이 빚어졌다. 네스(Arne Naess, 1912 ~ 2009)의 심층생태학(deep ecology), 북친(Murray

Bookchin, 1921 ~ 2006)의 무정부주의적 사회생태학(social ecology), 생태학적 마르크스주의(ecological Marxism) 등은 한국에도 소개되어 열띤 토론이 벌어졌다. 한국에서는 이른바 신과학(new age science)의 유행과 더불어 심층생태학을 동양사상과 결합하려는 경향이 주목을 끈다.

생명윤리의 탄생

생명윤리는 20세기 마지막 10년에 갑자기 폭발적인 인기학문으로 떠올랐다. 생명윤리의 중요성은 윤리학, 아니 철학을 압도할 정도이다. 그것은 생물학의 한 분야로서 아무도 거들떠보지 않았던 생태학이 환경문제가 대두하면서 생물학 전체와 맞먹을 만큼 중요해진 것과 비슷하다. 생명윤리(bioethics)란 말은 1970년 미국의 종양학자 포터(Van Rensslaer Potter, 1901 ~ 2001)가 처음 썼다. 포터는 생명윤리를 "생물학 지식과 인간의 가치체계에 관한 지식을 결합하는 새 학문분야"라고 정의했다. 그에게 생명윤리는 진화론적·생리학적·문화적 측면에서 인간이 환경에 적응할 수 있는 생물권을 유지하기 위한 '생존의 학문'이었다. 1971년 라익(Warren T. Reich)은 생명윤리를 "의학 및 생명과학의 윤리적 차원에 관한 연구"라고 정의했다.

이제 생명윤리는 고전적 의료윤리와 환경윤리, 그리고 현대의 생명과학기술이 제기한 윤리를 포괄하는 넓은 뜻의 용어가 되었다. 생명윤리학은 일종의 응용윤리학으로서 어떻게 우리가 다 같이 인정하고 있는 윤리적 원칙을 생명의 영역에서 생기는 특수한 상황에 적용해야 하는가의 기술적 문제를 검토하는 분야이다. 그것은 의학과 첨단 생물학의 발달로 가능해진 여러 가지 문제들의 윤리적 정당성과 그 한계를 다룬다. 의료윤리는 히포크라테스 이전부터 끊임없이 문제되어 왔지만 현대에 이르러 생명과학기술이 일찍이 없었던 윤리적 문제를 일으키자 생명윤리는 전혀 새로운 모습을 띠게 되었다. 서양의 생명윤리는 생체실험에 대한 뼈아픈 반성에서 출발했다.

　복제양 돌리(Dolly)의 탄생을 계기로 배아복지 논쟁이 세계를 뜨겁게 달구었다. 유럽은 대체로 자유주의적 입장이나 생체실험을 저지른 독일만은 엄격한 규제를 고수하고 있다. 미국은 부시 정부 때 그리스도교 근본주의 입장에서 보수적인 정책을 견지하다가 오바마 정부 등장으로 방향을 돌리고 있다. 배아가 신의 영역이라는 종교의 믿음이나 배아는 고통을 느끼지 않으므로 복제해도 좋다는 공리주의나 다 문제가 있지만 어느 선에서 타협해야 할 것인가는 매우 어려운 문제다.

신비주의의 문제

　과학은 합리적인 것이라는 통념에 비추어 볼 때 신비주의(mysticism)는 과학과 전혀 어울리지 않는다. 실제로 우리는 신화에서 논리로 넘어온 사건을 과학의 발생이라 일컫는다. 그것은 자연에 관한 신화적 설명을 극복하고 자연현상의 원인을 자연 안에서 찾기 시작한 전환점이었다. 이렇게 과학과 신비주의를 반대개념으로 보는 것은 일단 옳다. 하지만 그렇다고 해서 과학이 신비주의와 아무 상관이 없느냐 하면 그렇지는 않다. 과학의 발생만 해도 그렇다. 신화의 구름이 일순에 걷히고 과학이 출현한 것은 결코 아니다. 신화시대에 논리의 싹이 이미 있었던 것처럼 논리시대에도 신화의 잔재는 오래도록 남았다. 현대 과학에도 신화적인 요소가 아주 없다고는 말할 수 없다.

　더구나 역사에서 보면 신비주의가 과학을 방해하기는커녕 오히려 도움이 된 경우도 있다. 고대에만 해도 피타고라스와 플라톤에서 신비주의 색채가 짙었다. 그러나 그들은 가장 강력한 과학을 만들어냈는데 그 뒤에 신비주의 사상이 복잡하게 얽혀 있음을 쉽사리 알 수 있다. 20세기 전반까지는 신비주의가 과학과 관련된다는 생각은 상상할 수조차 없었다. 그러나 1960년대 이후 과학사의 새로운 연구는 이 고정관념을 뒤엎

고야 말았다. 여기서 새로 제기된 문제는 근대과학이 나오는 데 신비주의가 어떤 몫을 했는가였다. 영문학자 예이츠(Frances Yates, 1899 ~ 1981)는 르네상스 때 부활한 고대 신비주의가 17세기의 새 과학에 영향을 주었다는 대담한 주장을 함으로써 과학사 학계에 충격을 주었다. 이 견해는 격렬한 논쟁을 유발했는데 이제 르네상스 신비주의와 과학혁명의 관련을 부인하기는 어렵게 되었다.

가톨릭교회의 권위가 무너지면서 15세기 유럽에는 그동안 억눌려 있었던 온갖 신비주의가 발호하게 되었다. 1453년 콘스탄티노플이 함락된 뒤 그리스 신비주의 문헌이 서유럽에 처음으로 나타났다. 메디치(Medici) 집안의 코지모(Cosimo, 1389 ~ 1464)의 명을 받아 피치노(Marsilio Ficino, 1433 ~ 99)가 이것을 라틴말로 옮겼다. 그것은 헤르메스 트리스메기스토스(Hermes Trismegistos)가 쓴 것으로 전해진 <헤르메스주의 전집>(*Corpus Hermeticum*)이었는데 플라톤의 번역보다 앞서 소개될 정도로 중요시되었다.

헤르메스는 모세와 같은 시대에 살았던 이집트의 신비로운 인물로서 실재했는지는 확인되지 않았으나 당시의 지혜를 담은 헤르메스주의(Hermeticism)라 하면 넓게는 모든 초자연적 활동을 가리키는 말일 수도 있고 좁게는 그 대표라 할 만한 연금술(alchemy)을 뜻하기도 한다. <헤르메스주의 전집>(*Corpus Hermeticum*)은 2세기에 나온 것이 확실하다. 그것은 플로티노스(Plotinos, 204 ~ 260)에서 비롯한 신플라톤주의라는 신비주의 철학과 밀접한 관계가 있다. 신플라톤주의(Neoplatonism)는 물질세계를 참된 실재로 보지 않은 플라톤의 사상에서 출발해 동방 신비주의의 영향을 받아 물질세계를 가장 낮은 형태의 존재로 보았다. 거기에는 또한 유대신비주의 카발라(kabbalah)도 포함했는데, 그것은 암호를 써서 구약의 숨은 비밀을 드러낼 수 있다고 믿었다.

헤르메스주의는 아리스토텔레스의 합리주의에 대한 반동이었다. 아리스토텔레스에서 영혼이 질료에 형상을 주는 것이라면 신플라톤주의에서는 영혼을 물질세계에 갇힌 것으로 본다. 여기서는 피타고라스가 수의 신비적 결합을 추구하는 수학자의 모형으로서 새로운 중요성을 갖게 된다. 수학은 신성에 가까운 불변의 실재에 이르는 열쇠이다. 따라서 수학 연구는 세속적 활동이 아니라 종교적 명상에 가까운 것이 된다. 이것은 수학이 낮은 지적 탐구이고 종교적 의의가 없는 아리스토텔레스와 좋은 대조를 이룬다.

<헤르메스주의 전집>에는 창조에 대한 설명이 나오는데 창세기와는 전혀 다르다. 거기에 보면 인간이 조물주의 창조를 보고 자신도 무엇을 만들어내기를 원했고 또한 그렇게 하도록 허락을 받는다. 인간은 일곱 행성들과 사랑에 빠지게 되고 그들은 통치권의 일부를 인간에게 넘겨준다. 인간은 신이 만들었지만 자연에 대한 지배권은 다시 인간이 얻는 것으로 되어 있다. 헤르메스주의에서 인간의 우주에 대한 관계가 크게 달라짐을 볼 수 있다. 곧 마술사로서의 인간이 실제로 조작을 하는 모습이 보인다. 인간은 우주에 대해 작용할 수 있는 힘을 가진 위대한 존재가 되는 것이다.

아그리파(Heinrich Cornelius Agrippa, 1486 ~ 1535)는 마술을 세 가지로 나누고 있다. 가장 아래에 있는 4원소로 이루어진 세계는 자연적 마술의 영역이다. 자연적 마술은 세계를 꿰뚫는 신비로운 힘을 통해 세계를 조작한다. 중간에 있는 별들로 이루어진 하늘의 세계에는 수학적 마술이 자리한다. 마술사는 중간과학, 곧 산술, 음악, 기하학, 광학, 천문학, 기계학을 통해 놀라운 일을 할 수 있다. 가장 높은 하늘의 세계에는 종교적 마술이 있다. 이처럼 마술적 자연관은 숫자의 조작적 사용을 포함해 기계학을 수학적 마술의 한 분야로 본다. 따라서 헤르메스주의는 기계학을 비롯한 응용과학을 고무하는 결과를 가져왔다.

근대 사학자 커니(Hugh Kearney, 1924 ~)에 따르면 과학혁명 기간에 세 가지 자연관이 경쟁했다. 이 가운데 마술적 전통은 자연세계를 예술작품으로 보는 과학적인 틀을 만들었다. 그것은 아름다움, 놀라움, 신비를 특징으로 갖는 자연관에서 끌어낸 유추이다. 그러나 이 틀 안에서 강조점은 많이 다를 수 있다. 어떤 사람은 세계의 끊임없는 변화를 넘어서는 수학의 세계로 갔다. 다른 사람은 자연의 해석자를 자연의 비밀을 가지면 힘을 얻는 마술사 비슷한 것으로 보았다. 이 전통에서 신은 아리스토텔레스의 합리적인 제1동자(Prime Mover)가 아니라 기적을 일으키는 존재이며 과학자가 따라야 할 최상의 모형은 우주의 마술적 음악을 들을 수 있는 신비주의자가 되는 것이다.

과학사학자 로시(Paolo Rossi, 1923 ~)는 베이큰(Francis Bacon, 1561 ~ 1626)에 관한 그의 책에 '마술에서 과학으로'라는 부제를 붙였다. 그는 베이큰의 두 가지 입장, 곧 과학을 힘으로 보고 인간이 이런 힘을 개발할 능력을 가졌다고 보는 생각이 르네상스 헤르메스주의에서 왔다고 주장한다. 그러나 그는 마술사의 교만함을 혐오하며 자연의 탐구는 교만한 태도보다는 겸손한 조사와 실험에 의해 행해져야 한다는 베이큰의 주장에 주의를 환기한다. 이것은 과학이 마술의 영향을 받기는 했지만 마술과 분명히 구분되는 특징을 가졌음을 강조한다. 르네상스 학자 가랭(Eugenio Garin, 1909 ~ 2004)은 레오나르도 다 빈치의 힘의 개념이 헤르메스주의와 밀접한 관계를 갖고 있다고 말한 브루노의 태양중심설도 마술적 자연관과 관련되어 있다고 말한다. 헤르메스주의의 요소는 모어(Thomas More, 1478 ~ 1535), 피코 델라 미란돌라(Pico della Mirandola, 1463 ~ 94), 그리고 코페르니쿠스의 책에도 보인다고 하나 이것은 논쟁의 여지가 있다.

신비주의에 취해 천문학에 발을 들여 놓은 케플러(Johannes Kepler, 1571 ~ 1630)나 물리학보다 훨씬 더 연금술에 열중했던 뉴튼과 같은 과학혁명의 주역들까지 헤르메스주의의 영향을 크게 받았음을 보여주는 보기다. 그러나 케플러가 천문학을 하게 된 동기가 신비적이었고 뉴튼의 중력 개념이 연금술에서 왔다고 하더라도 그들의 과학의 내용이 신비적은 아니라는 사실에 유의할 필요가 있다. 따라서 마술적 단계와 과학적 단계는 관련이 있을 가능성이 높지만 일단 구분되어야 한다.

신비주의는 분명히 근대과학의 형성에 긍정적으로 작용한 면이 있다. 그러나 그밖에도 많은 요소가 근대과학을 만들었다는 것을 잊어서는 안 된다. 더욱이 전 단계는 어쨌든 과학혁명 이후 과학은 신비주의적인 요소를 계속 제거하는 방향으로 발전해 왔다. 따라서 오늘날의 과학에 신비주의를 끌어들이는 시도는 위험하기 짝이 없다.

생명의 정체

생명의 본질을 밝히려는 과학의 노력은 계속되고 있다. 그동안 엄청난 진전이 있었지만 아직도 갈 길은 먼 것 같다. 과학이 기계론을 전제로 하는 것은 당연하다. 다만 인간이 기계일지도 모르지만 '매우 복잡한' 기계인 것은 의심의 여지가 없다. 인간이 기계라고 해서 함부로 다루어서는 안 된다. 생명이 존엄함은 종교의 힘을 빌리지 않더라도 얼마든지 정당화될 수 있다. 생명의 조작을 견제하는 것은 윤리의 몫이다. 윤리가 합의할 수 없을 때는 철저한 토의를 거쳐 사회적인 합의를 끌어내야 한다. 따라서 생명의 문제는 과학만의 문제가 아니다. 인문·사회과학의 적극 참여가 필요한 이유다.

| 참고문헌 |

Schrödinger, Erwin. *What Is Life ?*, Cambridge: Cambridge University Press, 1944.

송상용, "인문학자 다윈," 한국연구재단 인문강좌 특강, 2009. 11. 7.

Guthrie, W.K.C. *The Greek Philosophers. From Thales to Aristotle*, New York: Harpers, 1960 박종현 옮김, 〈희랍철학입문〉, 종로서적, 1980.

Bergson, Henri. *L'Evolution créatrice*, Paris : PUF, 1969. (1907) 황수영 옮김, 〈창조적 진화〉, 아카넷, 2004.

Dewey, John. *The Influence of Darwin on Philosophy and Other Essays in Contemporary Thought*, Boomington : Indiana U. P., 1965. (1910)

송상용, "*L'Homme machine* 의 분석," 〈敎養課程部論文集〉 (서울대학교) 自然科學篇, 第4輯, 1972, 37~58.

Song, Sang-yong. "Haeckel's Monistic Philosophy of Nature," 〈哲學硏究〉 (철학연구회), 第11輯, 1976, 193~209.

Bernard, Claude. *Introduction à l'étude de la médecine expérimentale*, Paris: Flammarion, 1865.

Monod, Jacques. *Le Hasard et la necessité. Essais sur la philosophie naturelle de la biologie moderne*, Paris: Seuil, 1970.

Dawkins, Richard. *The Blind Watchmaker*, London: Longmans, 1986.

Dennet, Daniel C. *Darwin's Dangerous Idea*, New York : Simon & Schuster, 1995

Song, Sang-yong. "Beyond Scientism: Coming of the Ethics of Science," Presented at the European Patent Office, Munich on 27 April 2007.

김호연, 〈우생학, 유전자 정치의 역사〉, 아침이슬, 2009.

Annas, George J. & Michael A. Grodin, eds. *The Nazi Doctors and the Nuremberg Code*, Oxford: Oxford U.P., 1922.

Harris, Sheldon H. *Factories of Death. Japanese Biological Warfare, 1932~45, and the American Cover-up*, London & New York; Routledge, 1994; Second Edition, 2001.

Nie, Jing-Bao, Nanyan Guo, Mark Selden, Arthur Kleinman, eds. *Japan's Wartime Medical Atrocity. Comparative Inquiries in Science, History, and Ethics*, London: Routledge, 2010.

Naess, Arne and Sessions, George. "Basic Principles of Deep Ecology," *Ecophilosophy*, 6, 1984.

송상용, "환경위기의 뿌리," 〈철학과 현실〉, 1990 여름, 28~35.

Song, Sang-yong. "Environmental Ethics in Korea, 2000 - 2005," *KAST Review of Modern Science & Technology*, Vol. 3, 2007, 1~4.

Singer, Peter. *Animal Liberation*, New York: Random House, 1975.
김성한 옮김, 〈동물해방〉 인간사랑, 1999.
Regan, Tom. *The Case for Animal Rights*, Berkeley: University of California Press, 1983.
Potter, Van Rensselaer. "Bioethics, The Science of Survival," *Perspectives in Biology and Medicine*, 1970, 127~153.
Potter, Van Rensselaer. *Bioethics, Bridge to the Future*. Englewood Cliffs, N.J., 1971.
송상용, "역사 속의 생명윤리", 〈생명과학에 대한 다원적 접근〉, 토지문화재단, 2001, 78~91.
송상용, 인간배아 줄기세포 연구의 윤리, 생명연구, 서강대학교 생명문화연구소, 2004, 115~131.
양재섭, "인간 대상 실험의 윤리적 쟁점," 이상욱 · 조은희 엮음, 〈과학윤리특강〉, 사이언스북스, 2011, 271~300.
Yates, Frances. *Giordano Bruno and the Hermetic Tradition*, Chicago: University of Chicago Press, 1964.
송상용, "과학사 · 환경 · 신비주의," 〈문학과 사회〉, 1992 여름, 739~748.
장회익, 〈삶과 온생명〉, 솔출판사, 1998.
김지하, 〈생명학〉 1, 2, 화남출판사, 2003.
이기상, 〈글로벌 생명학. 동서통합을 위한 생명담론〉, 자음과 모음, 2010.
이정배, "생명담론의 한국적 실상," 〈인간 · 환경 · 미래〉, 제6호, 2011년 봄, 3~32.
최종덕, "생명 유토피아의 진실," 맑스 코뮤날레 조직위원회 엮음, 〈현대자본주의와 생명〉, 그린비, 2011, 64~90.
정상모, "생물철학," 〈과학철학: 흐름과 쟁점들, 그리고 확장〉, 창비, 2011.
윤용택, "환경윤리," 〈과학철학: 흐름과 쟁점들, 그리고 확장〉, 창비, 2011.

3부

인문치료, 사회를 만나다 /
인문치료의 사회학

역사인식의 갈등과 인문학적 치유

유 재 춘

강원대학교 사학과

∎

∎

∎

1. 역사인식에서 갈등 치유의 필요성

최근 새롭게 대두하여 인문학의 한 분야로 점차 자리매김하여 가고 있는 '인문치료학'은 기존 인문학을 활용해 현대인의 정서적·정신적 문제를 치료하는 이론과 실천방법을 연구하는 새로운 학문분야이다.[1]

---

[1] '인문치료'라고 하는 용어에서 '치료'라고 하는 말의 의미에 대해,『인문치료』(강원대학교 인문과학연구소 엮음, 강원대 출판부, 2009.8 재판)에서는 일반적인 의료적 의미의 치료와 연결되어 있으나 이와 완전히 동일하지는 않으며 의료적 의미의 치료에서 수술치료와 약물치료를 제외한 개념으로, 상담학계에서 사용하는 '상담(counselling)의 의미로서의 치료'개념도 포함된다고 정의하고 있다. 한편 최희봉은 「인문학, 인문학 실천, 그리고 인문치료」(『인문과학연구』 25, 2010, 341~342쪽)에서, 의학에서는 'treatment'나 'cure'에 해당하는 것인데, 인문치료에서의 '치료'는 'therapy'에 해당하지만 '치료'라는 번역어가 이에 대한 정확한 의미를 전달할 수 없으며 이의 실질적인 의미는 '치유'라고 해석하고 있다. '치료'라고 하는 말이 病(혹은 병적인 증상, 인문학적 病症도 포함)의 치유를 위한 모든 행위를 포괄적으로 의미하므로 '인문치료'라는 용어를 '인문치유'라고 바꿀 필요는 없다고 생각하지만 '치료'라는 말을 '치유'라는 의미로 이해하는 것이 인문치료의 의미를 더 정확하게 이해하는 길이라고 하는 의견은 타당하다고 생각한다.

그런데 '인문학을 활용해 현대인의 정서적 · 정신적 문제를 치료'한다는 측면에서 그 치료의 대상은 한 개인, 혹은 집단이 될 수도 있다. 이러한 특정이나 특정집단을 대상으로 하는 인문치료(Humanities Therapy)는 대개 전통적으로 인문학에서 활용해 오고 있는 읽기나 쓰기, 말하기와 더불어 음악 · 영화 · 연극 · 미술 등 표현 기술적 방법을 유기적으로 결합시킨 통합적 커뮤니케이션 체계를 도구로 사용하게 된다.

그러나 인문치료의 대상은 반드시 그렇게 특정인이나 특정집단에 한정되는 것은 아니다. 인문치료의 대상이 되는 '인문학적 병'이라고 하는 것은 불특정 다수가 앓고 있을 수도 있기 때문이다.[2] 따라서 우리 사회가 안고 있는 정서적 · 정신적 病因을 진단하고 인문학적 사고와 방법론을 확립하여 '처방'이라고 하는 관점을 가지고 해결을 모색하는 것도 또한 인문치료 행위에 있어서 매우 중요한 부분이라 생각한다. 특히 개인 또는 집단의 트라우마 치료나 '역사'에 말미암은 사회적 病因에 대한 치유를 위해서는 적절한 역사학의 역할이 필요하다. 우리는 지금도 국내적으로는 국사 인식의 문제로 인한 내적 갈등이 상존하고 있으며, 중국 · 일본과 벌이고 있는 외적 갈등도 마찬가지이다. 그런 점에서 우리의 현실에서 '역사' 문제는 단순한 지나간 역사의 문제가 아니고 현실과 깊이 연관된 현실문제인 것이다. 따라서 이러한 역사로 인한 갈등의 문제 해결을 모색하기 위해 단순히 정치나 연구에 매달리지 않고 인문치료라고 하는 새로운 관점으로 진단하여 해결을 모색하는 것이 필요하다고 생각한다. 내적, 혹은 외적 역사인식의 갈등은 단순히 정치가의 악수나 연구자의 논문만으로 해결될 수 있는 것이 아니다. 거기엔 반드시 소

---

2 이와 같은 인문치료의 대상에 대해서는 이미 『인문치료』(강원대학교 인문과학연구소 엮음, 강원대 출판부, 2009.8 재판, 21쪽)에서 정의된 바 있다. 또한 최희봉은 「인문학, 인문학 실천, 그리고 인문치료」(『인문과학연구』 25, 2010)에서 '인문학적 병'을 '인간다움과 관련된 세계관(인생관, 인간관 포함), 가치관(진, 선, 미, 성, 정의 등의 인문학적 가치에 대한 다양한 관점)의 무지, 혼란, 오류 등에 의해 생기는 마음의 고통이나 불편함'이라고 정의하였다. 이러한 측면에서 역사와 관련된 가치관의 혼란, 오류 그리고 그것으로 인한 갈등 또한 인문학적 병에 해당한다고 생각한다.

통이라는 것이 필요하고, 소통이 이루어지기 위해서는 반드시 진정성이 담긴 상호 이해가 필요하다. 인식의 관점이 문제인 사안을 놓고 객관성만을 요구하는 그런 방식으로는 절대 소통이 이루어질 수 없다. 일본은 조선을 강점하면서 마치 오래된 '역사적 숙원사업'이 이루어진 것처럼 선전하였다. 그런 인식이 당시에는 정상적인 것으로 간주되었는지 모르지만 그러한 인식은 심각한 집단의 병을 유발하는 매우 위험한 역사 인식이 될 수 있다.

인문치료와 관련하여 역사인식의 문제나 역사학의 효용에 대한 본격적인 논의나 모색은 아직 이루어지지 않고 있다. 다만 역사적 기억으로 인해 고통받는 이들의 상흔 치유와 새로운 역사쓰기를 시도하는 연구들이 있으며,[3] 인문치료에서 역사의 효용 가능성 또는 치유적 기능에 대한 연구,[4] 그리고 구술사를 활용한 인문치료 모색에 대한 연구 등이 있다.[5]

---

3 이와 관련된 연구로는 전진성의 「역사와 기억: "기억의 터"에 대한 최근 독일에서의 논의」(『서양사론』 12, 한국서양사학회, 2002)와 「기억의 정치학을 넘어 기억의 문화사로 -'기억' 연구의 방법론적 진정을 위한 제언-」(『역사비평』 76, 역사문제연구소, 2006), 안병직의 「한국사회에서의 '기억'과 '역사'」(『역사학보』 193, 역사학회, 2007)와 「홀로코스트의 기억과 역사가」(『독일연구』 14, 한국독일사학회, 2007) 등이 있고, 이외에 단행본으로 『기억과 역사의 투쟁』(당대비평, 서울:삼인, 2002), 『역사가 기억을 말하다』(전진성, 서울:휴머니스트, 2005), 『고통과 기억의 연대는 가능한가?』(서경식, 서울:철수와 영희, 2009), 『기억과 전쟁』(전진성 외 엮음, 서울:휴머니스트, 2009) 등이 있다.
4 설혜심은 「역사를 왜, 어떻게 배워야 하는가?」(『영국연구』 21, 영국사학회, 2009)라고 하는 논문에서 역사학을 인문치료적인 관점에서 연구한 것은 아니지만 역사의 효용성과 관련하여 인문치료학에 상당한 기대와 관심을 보여주고 있다. 그는 "인간의 모든 행위와 사고마저도 화학반응으로 설명되는 현재 사회에서 역사학이 그 자체가 가진 어떤 특성으로 인해 심리적 안정을 주고 나아가 질병을 치유하게 할 물리적인 항체를 생산해 낸다는 것이 밝혀진다면 그 어떤 학문도 필적할 수 없는 강력한 존재이유를 갖게 될 것"이라고 하며 기대심을 보였다. 또한 엄찬호는 「인문학의 치유적 의미에 대하여」(『인문과학연구』 25, 강원대 인문과학연구소, 2010)라는 논문에서 역사의 치유적 기능에 대해 사회의 건강성을 진단하여 치유의 단서를 제공할 수 있다는 것, 특히 역사적 고통의 치료에 인문학이 유용하게 활용될 수 있다는 기본적인 방향성, 가능성을 제시하였다.
5 구술사 연구로는 윤택림의 「기억에서 역사로:구술사의 이론적 방법론적 쟁점들에 대한 고찰」(『한국문화인류학』 25, 한국문화인류학회, 1994)를 비롯하여 많은 論著가 있으며, 구술사를 통한 인문치료를 모색한 연구로는 엄찬호 · 김호연의 「구술사(oral history)를 활용한 인문치료의 모색-기억, 트라우마, 그리고 역사치료-」(『인문과학연구』24, 강원대 인문과학연구소, 2010)가 있다.

특히 역사학계에서 구술사라는 것이 점차 그 자리를 잡아가면서 다른 한편으로는 인문치료학의 입장에서 '구술'이라는 것이 가지고 있는 특징 때문에 이것이 구술자와 기록자의 상호작용에 의해 과거의 (고통스런)기억이나 트라우마를 치유할 수 있는 효능에 주목하고 있다. 그리고 과거사에 대한 집단기억, 역사인식과 관련하여 발생하는 문제와 해결방안을 모색한 여러 연구가 있다.[6]

우리의 일상적인 삶은 본인이 자각하든 자각하지 않든, 利害關係가 있건 혹은 없건간에 모두 역사와 연결되어 있다. 늘상 뉴스가 되어 우리 주변을 맴도는 정치·사회·문화·국제관계 등과 관련된 문제는 의외로 역사와 관련된 것들이 많다. 또 그런 문제 가운데는 이른바 '인문학적 병'의 범주에 들 수 있는 그런 사안들이 포함되어 있으며, 그러한 문제는 지금 당장은 우리에게 아무런 관련도 없는 것처럼 보일지 모르지만 어느 시기에 다른 因子를 만나면 폭발력을 발휘하게 되고 우리 사회에 심대한 영향을 끼치게 되는 것이다. 그렇게 때문에 지금 당장의 이해관계가 없더라도 결코 가볍게 볼 수 있는 문제는 아니다.

2. 인문치료 관점에서의 역사(학)의 효능

앞서 언급한 바와 같이 인문치료란 '인문학을 활용해 현대인의 정서적·정신적 문제를 치료'하는 것을 말한다. 그렇다면 인문학의 한 중요한 갈래인 역사(혹은 역사학)가 인문치료학 관점에서 과연 어떠한 효능을 발휘할 것인가.

---

6 이와 관련된 연구로는 니체의 역사관을 다룬 이상엽의 「니체의 역사."삶에 대한 역사의 유익함과 해로움"에 대하여」(『哲學』 69, 한국철학회, 2001), 김정현의 「니체의 역사 치료학」(『범한철학』 35, 범한철학회, 2004), 전진성의 「트라우마, 내러티브, 정체성-20세기 전쟁기념의 문화사적 연구를 위한 방법론의 모색-」(『역사학보』 193, 역사학회, 2007), 안병직의 「동아시아의 역사 갈등과 한국사회의 집단기억」(『역사학보』 197, 역사학회, 2008) 등이 있다.

일찍이 16 ~ 17세기 전반에 활동한 영국의 문필가 피챔(Peacham)은 프랑스의 역사가 장 보댕(Jean Bodin)의 말을 인용하며 역사책을 읽으며 건강을 회복한 사례를 보고한 후 치명적인 열병에 걸렸던 알폰소 왕이 퀸틸리아누스와 쿠르티우스를 읽고 병이 완전히 나았던 사례를 볼 때 자신도 그 이론을 믿을 수 밖에 없다고 하였다.[7] 이것이 사실인지, 아닌지는 확인된 바 없지만 아마 이는 로마의 뛰어난 교육이론가이자 작가인 퀸틸리아누스, 그리고 로마의 전설적인 영웅 쿠르티우스에 대한 전기적 역사책을 읽고 병이 나았다는 의미로 이해되며 이는 아마 로마 역사상 개인적 소신과 용기, 집요한 노력으로 출중한 능력을 보여준 두 역사적 인물을 통해 '교훈적 위로'와 '삶에 대한 새로운 의욕'을 불러 일으키는 효과를 받았다는 의미 정도로 이해될 수 있을 것이다.

또한 프란시스 베이컨(Francis Bacon)은 그의 저서 『학문의 진보』에서 '학문'이 갖는 효능에 대해 "학문이 마음의 온갖 질병에 대해 제공하는 치료제는 그 수가 너무 많아서 일일이 거론하기 힘들 지경이다. 학문은 나쁜 체액(기질)을 몰아내기도 하고, 답답함을 풀어주기도 하고, 소화를 돕기도 하고, 의욕을 증진하기도 하고, 정신의 상처며 멍울을 치료하기도 한다."라고 하였다.[8] 이러한 베이컨의 말은 인간의 지적 욕구와 실현이 인간에게 정신적 만족감 또는 자신을 성찰하고 보다 좋은 방향으로 나아가는데, 다시 말해서 인간의 정신적 건강을 증진시키는데 도움이 될 뿐만 아니라 실제 신체적 건강의 증진에도 도움이 된다는 취지라고 이해된다. 그가 학문을 인간의 '정신적 골격'을 잡아주는 것으로 이해한 것도 같은 맥락이다.

생활수준의 향상과 더불어 과거보다 더 많은 시민들이 '문화'에 대한 관심이 높아지고, 문화생활을 향유하거나 배우려고 하는 열기가 높아지는 것도 '배움'이 정신적 건강에 주는 효능 때문이라고 할 수 있다. 여러

---

7 설혜심, 「역사를 왜, 어떻게 배워야 하는가?」, 『영국연구』 21(영국사학회, 2009), 35쪽.
8 프란시스 베이컨 著 · 이종흡 옮김, 『학문의 진보』(서울:아카넷, 2002), 128쪽.

종류의 평생교육원이나 기타 시민을 대상으로 하는 교양특강에 직업이나 자신의 일과의 연계성이 전혀 없는 사람들이 관심을 가지고 참여하는 것은 그러한 일면을 보여주는 사례라고 할 수 있을 것이다.

니체는 인간의 삶에 있어서 역사적 사유의 필요성을 강조하면서 더나아가 우리 사회의 질병을 치료하는 치료학으로서 역사학의 문제를 말하고 있다. 역사적 사유의 결여에서 비롯되었거나 아니면 역사적 사유의 과잉에서 야기되었건 문화와 삶의 퇴화현상을 가져오는 것을 하나의 질병으로 진단하며 그 처방전으로서 역사학의 효용에 대하여 다음과 같이 말하고 있다.

> 전체로서의 역사학, 즉 다양한 문화에 대한 지식으로서의 역사학은 치료법이론이기는 하지만 치료 기술의 학문 자체는 아니다. … 정신의 치료와 대비될 만한 일로서 육체적인 관점에서 볼 때 지구의 각 지방이 어떠한 퇴화현상과 질병을 여기하고 있는지 또 반대로 어떠한 치료 요인을 제공하고 있는지를 인류는 의학적 지리학을 통해 규명하도록 노력해야 한다.[9]

니체에 의하면 역사학은 치료의 구체적인 기술이 아니라 치료법 자체에 대한 이론이다. 역사학은 지구가 가지고 있는 다양성과 각 지방이 가지고 있는 퇴화 현상, 질병 현상 등 여러 가지 문제를 널리 연구함으로써 인간이 진정으로 건강하게 살 수 있는 조건을 찾아내고 그러한 문제를 치유하는 '의학적 지리학'의 성격을 가져야 한다는 것이다.

그런데 니체는 역사에 대해 그 효용성과 필요성은 인정하였지만 매우 비판적인 입장을 가지고 있었다. 특히 당대를 풍미하고 있던 실증주의 역사학, 그리고 단순히 지식화, 학문화한 역사학에 대해 혹독한 비판적인 생각을 가지고 있었다.

그렇기 때문에 니체는 '다른 역사'가 필요하다고 역설한다. 그에게 '다른 역사'란 바로 단순지식화한 역사가 아니고, 또 정치적 미화나 이

---

9 니체 著 · 김미기 옮김, 『인간적인 너무나 인간적인 Ⅱ』(서울:책세상, 2002), 340~341쪽.

용을 위한 만들어진 역사가 아니라 인간의 삶을 진정으로 풍요롭게 할 그러한 역사가 필요하다는 것이다. 이에 그는 역사가 삶에 봉사하는 만큼 우리도 역사에 봉사한다고 하고 있다. 그는 자신이 쓴 저술이 「반시대적 고찰」인 것은 시대가 자랑스러워하는 역사적 교양을 내가 여기서 시대의 폐해로, 질병과 결함으로 이해하려 하기 때문이라고 하고 있으며,[10] 특히 우리 모두가 소모적인 역사적 열병에 고통받고 있다는 사실을 인식해야 한다고 역설하고 있다. 특히 그는 '역사 과잉'이 가져오는 폐해에 대해 매우 날카롭게 지적하고 있다.

니체는 역사가 인간의 삶에 봉사하는 것으로 인식되기 위해서는 적절한 망각과 지나친 역사적 삶에 대한 강박에서 벗어나야 한다는 것이다. **'과거의 것이 현재의 것의 무덤을 파지 않으려면'**이라는 그의 인식 속에는 바로 역사가 현재의 삶과 어떤 관계를 맺어야하는 것인지에 대한 생각이 잘 드러나 있다. 기억과 역사적 의미에 어떤 한계가 있는데, 이 한계에 도달하면 인간이든, 민족이든, 문화든 살아있는 것은 모두 해를 입고 마침내 파멸한다는 것이다. 따라서 우리가 건강한 삶을 살기 위해서는 제 때에 기억하는 것처럼 제 때에 잊을줄 아느냐, 우리가 힘찬 본능을 가지고 언제 역사적으로 느껴야 하고 언제 비역사적으로 느껴야 할지 감지해내느냐의 여부에 달려 있다는 것이다. 특히 한 인간, 한 민

---

10 니체의 당대 교양에 대한 비판은 「문화가 있다고 인정받는 민족은 진정한 의미에서 살아있는 일체여야 하며, 그렇게 비참하게 내면과 외면으로 내용과 형식으로 분열되어서는 안된다. 한 민족의 문화를 추구하고 장려하려는 사람은 이 높은 통일성을 추구하고 장려하며 진정한 교양을 위해 현대적 교양을 파괴하는 데 동참한다. 또 그는 역사로 인해 손상된 한 민족의 건강을 어떻게 되찾을 수 있는지, 그 민족의 본능을, 또 그로써 그들의 진실성을 어떻게 다시 발견할 수 있는지를 깊이 생각하려 할 것이다」(니체, 320쪽)라고 하는 대목과 「역사가 인간을 무엇보다 정직하게 되라고 격려했다고-정직한 바보일지라도-우리는 생각해야만 한다. 그리고 이것이 역사의 영향이었지만 이제 더 이상 그렇지 않다. 역사적 교양과 시민의 보편적 제복은 동시에 지배한다. 지금처럼 시끄럽게 '자유인격'에 관해 떠들어 본 적이 없지만, 자유로운 인격은 고사하고 인격도 보이지 않는다. 온통 비겁하게 자신을 감춘 보편적 인간들 뿐이다. 개인은 내면으로 후퇴했다. 겉모습만으로는 그 낌새를 전혀 알아차릴 수 없다」(니체, 327~328쪽)라고 하는 것에서도 잘 드러난다.

족이 건강성을 유지하려면 그들이 가지고 있는 조형력이 얼마나 큰지를 정확하게 알아야 한다고 강조한다. 그가 말하는 조형력이란 「스스로 고유한 방식으로 성장하고, 과거의 것과 낯선 것을 변형시켜 자기 것으로 만들며, 상처를 치유하고 상실한 것을 대체하고 부서진 형식을 스스로 복제할 수 있는 힘」을 말하는데, 이것은 한마디로 과거와 현재가 적절한 조화를 이루면서 미래를 열어 나가는 것을 말한다고 할 수 있다.

또 그는 역사 과잉에 대해 매우 경계하며 이는 시대를 파멸시킬 수도 있는 매우 위험한 것임을 지적하고 있다. 언제나 모든 것을 역사적으로만 평가하려는 역사의식의 비만은 인간의 삶을 해칠 수 있다는 것이다. 진정한 삶과 역사적 의미에 대한 성찰 없이 단순한 지식의 過食은 인간에게 내용과 형식의 모순, 즉 인격 박약성에 빠지게 하며, 객관성과 보편적 인간의 산출이라는 근대의 지식위주의 교육은 내면과 외면의 대립뿐만 아니라 획일적인 인간상을 만들게 된다는 것이다. 이러한 역사의 폐해를 주장하는 니체의 이면에는 독일제국의 창건이 가져온 민족적 열기 속에서 역사와 기억이 제국의 정초신화로 동원되는 상황이 깔려 있다. 그가 지적하는 歷史病이라는 말은 역사주의 역사학의 실증적 경향이 가져온 역사지식의 범람을 말하는 것으로 이해될 수 있지만 그속에 들어있는 더 심오한 문제는 역사지식 자체가 아니라 그 지식이 공공에 미치는 영향이었다. 과거를 이상화하고 그것을 역사와 기억의 형태로 공공의 동원 수단으로 이용하는 것을 그는 병으로 인식한 것이다.[11] 또한 이러한 니체의 사상속에는 속성위주, 지식위주의 근대 교육에 대한 비판이 들어있다. 그러한 교육은 인간의 내면세계를 황폐화시키고 더 나아가 인간으로 하여금 자신을 상실하고 혼란스러운 지식의 더미에서 "향락하며 돌아다니는 구경꾼"으로 만들게 된다는 것이다. 내면과 외면, 이론과 실천, 삶과 지식의 분열이 일어나며

---

11 안병직, 「동아시아의 역사 갈등과 한국사회의 집단기억」, 『역사학보』 197(역사학회, 2008), 218쪽.

인간의 왜소화, 범용화, 획일화, 평준화가 일어나는 인간의 자기 상실의 역사가 진행된다는 것이다.[12]

또한 그는 역사의 객관화에 대한 혹독한 비판을 가하고 있다. 역사 연구나 서술에 있어서 역사가 자신이 아무리 '객관성'을 주장한다고 하더라도 궁극적으로 그건 불가능하다고 여긴다. 그건 지금의 思考로는 도저히 이해할 수 없는 과거를 현재의 천박하고 일반적인 잣대를 가지고 판단하고는 그것을 객관이라고 한다는 것이다. 이러한 그의 생각은 랑케 이후 세상을 풍미한 이른바 실증주의 사학에 대한 그의 비판적 견해를 담고 있는 것이다. 그러나 비록 역사 연구와 서술에 있어서 완전한 객관성이라는 것이 불가능하지만 역사라는 학문에서 객관에 가까워지려고 하는 부단한 노력이 가지는 중요성에 대해서는 간과한 것이라고 할 수 있다. 역사 서술에 있어서 과거에 대한 완벽한 재현이 불가능하다는 것은 더 이상 말할 필요도 없지만 객관성에 대한 노력이 없는 역사 서술은 이미 역사가 아니라고 하는 인식은 결여되어 있다.

니체의 역사에 대한 인식을 종합하면 삶에 봉사하는 역사가 필요하다는 것과 역사의 과잉은 인간에게 심각한 해를 끼친다는 것으로 요약될 수 있을 것이다. 이러한 그의 생각은 인간이 진정으로 인간답게 살아가는데 의미가 있는 역사를 필요로 한다는 것이며, 또 역사에 대한 다양한 인식을 저해하는 획일주의, 그야말로 열병같이 퍼지는 강요된 역사 인식 등 균형적 감각을 해치는 것을 매우 경계하였다. 그는 역사에 대한 인식이 균형적 감각으로 조율이 될 때 인간의 삶을 건강하게 증진시키게 된다고 한다. 그러나 니체는 역사학으로서의 학문이 과거를 평가하는 유일한 심판자가 된 이후로 역사의 유용성은 인간의 삶을 오히려 위협하고 있다고 보았다. 그는 현재 및 미래의 관점에서 과거 및 역사가 해석되어야 한다고 보지만 한편으로 역사의 과잉에서 오는 역사병을 진단하고 처방하는 것이 필요하다고 역설한다.

---

12 김정현, 「니체의 역사 치료학」, 174~175쪽.

역사의 효용성에 대해 언급한 또다른 사람은 20세기 프랑스의 저명한 역사학자 마르크 블로흐이다. 그는 역사가 많은 사람들에게 위안을 주며, 또 어떤 학문과도 닮지 않은 고유의 미학적 즐거움을 가지고 있는데, 이는 역사만의 특별한 대상이 되는 인간행위의 모습이 다른 무엇보다도 인간의 상상력을 사로잡도록 되어 있기 때문이라고 하고 있다.[13] 특히 그는 투철한 소명감을 가진 역사학자의 입장에서 철학자들이 역사학에 대한 깊은 이해없이 "역사란 확실한 것도 없고 이로운 것도 없다"거나 "역사란 해로운 것"이라든가, 혹은 "역사란 지성의 화학이 공들여 만들어 놓은 것 중에서 가장 위험한 생산물"이라고[14] '역사'에 대해 비난하는 것을 몹시 못마땅해 했다.

한 분야에만 국한된 협착한 역사나 피상적인 역사 연구를 모두 止揚하고 역사를 총체적인 인간의 모습으로 파악하려 했던 그로서는 그들의 역사에 대한 비난은 역사학에 대한 무지의 소치로밖에 보이지 않았던 것이다. 블로흐의『역사를 위한 변명』은 물론 주로 역사가의 입장에서 역사(또는 역사학)에 대한 여러 소견을 정리한 것이지만, 역사가 일상적인 인간에게 어떤 의미가 있는지에 대한 확고한 소신을 가지고 있었다. 그는 각 시대간의 연대성은 매우 공고하기 때문에 시대간의 관계는 두 방향에서 작용한다고 하고 있다. 현재에 대한 몰이해는 과거에 대한 무지에서 빚어진 결과이며, 또한 반대로 현재에 대해서 아무것도 알지 못하면서 과거를 이해하려고 노력한다면 전혀 결실없는 노력에 그친다는 것이다.[15] 이러한 그의 말은 결과적으로 역사의 의미에 대한 그의 소견을 그대로 보여주는 대목이다. 이는 의미있는 현재의 삶을 살아가기 위해서는 꼭 현재에 대한 이해를 높여줄 수 있는 과거를 알아야 한다는 것이며, 효용성이라는 것도 결국 그 연장선상에서 평가될 수 있는 것이다.

13 마르크 블로흐 著 · 정남기 옮김,『역사를 위한 변명』(서울:한길사, 1979), 26 · 27쪽.
14 마르크 블로흐 著 · 정남기 옮김, 위의 책, 29쪽.
15 마르크 블로흐 著 · 정남기 옮김, 위의 책, 57쪽.

한편 인문치료학에 있어서 역사(학)의 효능을 논함에 있어서 구술사의 중요성을 빼놓을 수 없을 것이다. 구술사는 역사라는 학문분야에서 기록물의 한계와 결점을 보완하는 데 매우 중요한 의미를 가지기 때문에 최근에 와서 한국사학계에서도 많은 관심을 가지고 점차 연구가 활성화되고 있고, 특히 국사편찬위원회에서는 최근 구술사의 중요성을 인식하고 구술자료 확보를 위한 여러 가지 노력을 하고 있다.[16] 그런데 구술사는 단순히 '자료 확보'라는 차원을 넘어 구술자와 구술기록자간의 상호작용과 기억의 역사화 등을 통한 과거의 상흔의 치료라고 하는 관점에서의 활용 가능성이 제기되고 있다.[17] 구술사 연구는 일상 생활이나 역사적 사건으로 인한 개인 또는 집단의 기억을 치유하는데 일정한 기능을 발휘할 수 있을 것이라는 점에서 앞으로 방법론에 대한 모색이 필요하다고 할 수 있다.

홀로코스트에 대한 이슈화 과정이나 역사적 평가 과정은 현재와 가까운 시기에 벌어진 기억의 역사를 우리가 어떻게 치유하고, 역사화 할 것인지를 깊이 생각하게 하며, 새로운 방향 모색에 대한 여러 가지 시사점을 주고 있다.

제2차 세계대전이 끝난 뒤 1970년대에 이르기까지 홀로코스트에 대한 역사적 평가에 대한 공론화는 거의 이루어지지 않았다. 종전 직후에 진행된 뉘른베르크 나치 전범재판에서는 유대인 학살을 포함해서 나치 정권이 자행한 비인도적인 전쟁 범죄의 책임을 히틀러로 대표되는 나치 광신자들에게 전가함으로써 결과적으로 다른 독일인들을 죄의식에서 구제해 주는 효과를 가져다 주었다.[18] 특히 동·서독간의 냉

---

16 국사편찬위원회에서는 지난 2004년부터 구술자료의 중요성을 인식하고 이에 대한 본격적인 수집활동을 시작하였으며, 그해 12월에는 구술사의 필요성, 수집의 기획과 실행요령, 연구현황 등을 정리한 『현황과 방법, 구술·구술자료·구술사』을 발간하였다.
17 엄찬호·김호연, 「구술사(oral history)를 활용한 인문치료의 모색-기억, 트라우마, 그리고 역사치료-」, 『인문과학연구』 24(강원대 인문과학연구소, 2010); 엄찬호, 「역사와 치유」, 『인문과학연구』 29(강원대 인문과학연구소, 2011), 421~424쪽.
18 육영수, 「기억, 트라우마, 정신분석학 : 도미니크 라카프라와 홀로코스트」, 『치유의 역사

전 체제, 전후 서독 경제의 빠른 회복 등 현실적인 문제에 묻혀 홀로코스트에 대한 반성과 평가는 미루어졌고, 신나치주의자들은 홀로코스트의 발생 자체를 부정하고 생존자들의 증언을 가공의 상상적 산물로 치부하기에 이르렀다.

이러한 가운데 1980년대에 이르러 이른바 역사가의 논쟁이 일어났다. 서독 역사가 놀테(Nolte)는 나치 정권의 유대인 학살을 독일을 수용소 군도화하려는 공산주의 정권에 대한 자위행위라고 변호했고, 나아가 나치 정권이 동부전선에서 막대한 희생을 감수하면서 소비에트 공산주의의 확장을 막은 공헌을 과소평가하지 말 것을 주문했다.[19] 또 놀테와 유사한 논점을 가진 안드레스 힐그루버(Andreas Hillgruber), 미하엘 스튀머(Michael Stömer) 등은 홀로코스트를 특정한 역사적 상황의 산물로 봄으로써 "역사화=콘텍스트화"하는데 노력했다. 이들은 홀로코스트를 20세기 중반 유럽의 특수한 상황이 낳은 고육지책의 산물로 간주하도록 부추겼으며, 더 나아가 나치정권 아래에서 신음하던 독일의 보통 사람들도 특정한 역사적 상황의 희생자라는 사고를 은근히 주입하였다. 유대인과 독일인은 알고 보면 모두 억울한 희생자라는 논리에 기대어 홀로코스트 가해자와 희생자의 위치를 전도하거나 그 차이를 희석하려 한 것이다.[20]

홀로코스트에 대한 기억을 둘러싸고 독일 사회 내부적으로 논란이 지속되어 왔으며, 이러한 기억은 중심으로 하는 갈등에는 언론, 정당, 시민단체 뿐만 아니라 독일의 역사가도 한 축을 형성해 왔다. 독일의 역사가들은 역사 연구를 통해 홀로코스트에 대한 독일사회의 기억에 많은 영향을 미쳤고, 다른 한편으로는 그들의 연구 자체가 이 집단기억의 영향을 강하게 받기도 하였다. 이러한 상호작용을 통하여 홀로코스트 문제는 매우 치열한 공공의 이슈로 부상하였다.[21]

학으로』(서울:푸른역사, 2008), 382쪽.
19 육영수, 「기억, 트라우마, 정신분석학 : 도미니크 라카프라와 홀로코스트」, 383쪽.
20 위와 같음.

한편 미국은 역사적 사실로서의 홀로코스트와 관련하여 특별한 관계에 놓여있지 않다. 지리적으로 멀리 이격되어 있을 뿐만 아니라 미국사회내의 유대인 비율은 미국 전체인구의 2.1%에 불과하며 더구나 홀로코스트 희생자와 관련된 수는 극히 미미하다. 그러나 사회적 집단기억 현상으로서 홀로코스트의 원천은 미국이라고 할 수 있을 것이다. 학교에서의 홀로코스트 교육을 강화하고, 기념비와 기념의식, 박물관 등을 통해 홀로코스트 기념문화를 구축하였다. 아울러 영화와 텔레비전 드라마를 통해 홀로코스트 기억을 대중화하고 이를 전 세계에 전파하였다. 미국은 그 당사자와의 거리감에도 불구하고 홀로코스트 기억을 세계화하는데 가장 중심에 서 있었던 것이다.[22] 그러나 홀로코스트가 사회적 이미지화 하는 과정에서 여러 문제점을 내포하게 되었다. 특히 이러한 역사적 트라우마에 대한 집단의 기억은 자유로운 사고나 비판보다는 합의와 충성을 우선시하기 때문에 이러한 집단기억이 사라져가는 과거를 원래대로 보존하는 의미보다는 정치적 도구화하게 된다. 이러한 점에 대해서 아르노 메이어(Arno Mayer), 피터 노빅(Peter Novick) 등은 냉정한 비판을 가하였다.[23] 특히 노빅은 홀로코스트의 유일성에 대한 주장을 비판하며, 이는 분명히 존재하는 공통점을 감추고 차이점만을 강조함으로써 역사적 현상을 이해 불가능한 超역사적인 것으로 만든다는 것이다. 또 홀로코스트에 대한 지나친 기념문화에 대해서는 의구심을 보내며, 아메리카 인디언이나 흑인 노예의 고통은 외면하고 유대인 희생만 기억하고자 하는 것은 미국인을 위해 결코 바람직한 현상이 아니라고 하고 지적하고 있다.[24]

역사적 트라우마의 치유는 사회적 病을 치유 또는 완화하여 보다 건강

---

21 안병직, 「홀로코스트의 기억과 역사가」, 『독일연구』 14(한국독일사학회, 2007), 72쪽.
22 안병직, 「홀로코스트의 기억과 역사가」, 『독일연구』 14(한국독일사학회, 2007), 73쪽.
23 이에 대해서는 안병직의 「홀로코스트의 기억과 역사가」(『독일연구』 14, 한국독일사학회, 2007) 참조.
24 안병직, 「홀로코스트의 기억과 역사가」, 77쪽.

한 사회를 만드는데 매우 중요한 문제이다. 역사적 트라우마가 과거에 일어난 일인만큼 이를 치유하는 해법을 모색하는데 역사라는 학문이 이를 전적으로 담당할 수 있는 것은 아닐지라도 분명이 일정한 역할이 있고, 특히 트라우마를 현재에 재현하고 이에 대한 공감(empathy)-치유-역사화하는 과정에서 구술사는 매우 유용한 부분이 있을 것이다. 구술자료는 채록자와 구술자의 상호작용에 의해서 만들어지고, 구술은 단순히 구술자가 채록자의 질문에 따라 수동적으로 만들어지는 것이 아니라 구술자가 구술 내용과 관련하여 능동적으로 자신의 과거 경험을 해석해내는 작업[25]이라는 점에 주목할 필요가 있다. 구술 내용이 구술자 본인의 과거 傷痕과 관련된 것이라면 이는 구술자와 채록자의 상호작용을 통해 구술자의 상흔을 치유할 수 있는 가능성이 열리게 되는 것이다.[26]

3. 갈등적 역사 인식과 인문치료

역사란 단순히 지나간 일이 아니라 현재와 늘 연결되어 있고, 그런 점에서는 우리가 늘 피부로 느끼지 못할 지라도 우리 일상 생활과 매우 밀접한 관련이 있다고 해야 할 것이다. '역사'라고 하는 것이 개개인이 겪고 있는 정서적·정신적 장애나 고통을 치료하는 데는 매우 제한적일 수밖에 없을 것이지만 사회적 차원의 정서적·정신적 질병을 말한다면 그 효용은 결코 적다고 할 수 없으며, 눈에 보이지 않는 커다란 잠재적 효용성을 가지고 있다고 해야 할 것이다.

---

25 윤택림·함한희 공저, 『새로운 역사 쓰기를 위한 구술사 연구방법론』(서울:아르케, 2006), 55쪽.
26 이러한 점은 필자가 과제(양구 항일·반공운동 자료집, 양구의 6.25전쟁 자료집 제작)를 수행하는 과정에서 많은 구술자를 면담하면서도 절실히 느낀 점이다. 구술자는 그들이 겪은 과거사(특히 비참하고 치열한 전쟁에 대한 것)와 관련하여 사회의 무관심과 냉대에 대해 매우 불편한 심기를 종종 드러냈으나 그들의 증언이 역사기록으로 남겨져 의미있는 자료가 된다는 것에 대해서는 대부분이 자부심을 갖는 것으로 판단되었다.

사회의 질병이라는 것은 범죄와 관련되거나 다른 사람들에게 불쾌감을 주거나 해악을 끼치는 것, 즉 눈에 보이는 현저한 그런 사회적 문제들만이 아니다. 지금 당장 문제점으로 드러나 보이지 않지만 미래에 우리 모두에게 중대한 해악을 끼칠 가능성이 내재된 사회의 정서적·정신적 病이 존재하며, 또 현재 이미 더 바람직한 사회로 나아가는데 장애가 되고 있는데도 인식하지 못하는 그런 사안들도 있다. 그 가운데 역사인식과 관련된 부분은 어쩌면 가장 중요한 사안이면서도 가장 不感의 사안이 되어 있는지도 모른다. 이에 역사와 관련하여 '역사적 트라우마'를 '만성적인 사회적 持病'으로 지목하기도 하였다.[27] 트라우마는 본래 정신분석학에서 개인의 병리적 현상을 설명하기 위해 도입된 용어지만 개인적 차원을 넘어선 것이 바로 역사적 트라우마가 되는 것이다. 이러한 역사적 트라우마는 사회적 지병이 되어 사회적 불신이나 정체성의 분열을 초래할 수 있는 것이며, 이는 지금 당장 눈에 보이는 증상이 없다고 하더라도 잠복기를 거치는 심각한 질병과 같은 것이라고 할 수 있다.

우리는 해방이후 남북분단, 좌우익 갈등과 한국전쟁, 그리고 독재정권의 인권탄압 등 현대사의 굴곡 속에서 많은 사회적 트라우마를 만들었다. '빨갱이의 섬'으로 낙인찍힌 채 자행된 대량 학살과 인간성 유린의 비극인 제주 4.3사건, 노근리 양민학살사건을 비롯한 한국전쟁기간 중의 양민학살사건, 이념과 체제에 대한 맹종에서 빚어진 각처에서의 비극적인 보복 살인, 그로 인한 지울 수 없는 상흔은 우리 사회에 크고 작은 트라우마를 만들었다. 이러한 역사적 트라우마를 치유해야 할 상처라고 여기고 적극적으로 치유 방안을 모색해야 한다고 하는 사회적 공감이 무엇보다 필요하다. '인문치료'라고 하는 관점에서의 접근이 필요한 곳이라고 할 수 있다.

---

27 전진성, 「트라우마, 내러티브, 정체성-20세기 전쟁 기념의 문화사적 연구를 위한 방법론의 모색-」, 『역사학보』 193(역사학회, 2007), 219쪽.

역사학자 홉스봄(Eric J. Hobsbawm)이 역사학을 핵물리학만큼이나 위험하다고 한 의미를 잘 되새겨 볼 필요가 있다. 잘못된 역사인식은 비극적인 폭력과 전쟁을 일으키고 나라를 두동강 내기도 하는 엄청난 위험성을 안고 있기 때문일 것이다.

　인도-파키스탄의 분리와 인도사회의 이슬람교도와 힌두교도간의 끊임없는 폭력사태는 잘못된 역사인식이 개인뿐만 아니라 사회 또는 민족, 국가에 얼마나 큰 해악을 끼치는지를 잘 보여주고 있다. 역사상 나타나는 수많은 집단간, 민족간, 국가간의 상호 침략속에서 살육과 약탈은 흔히 나타나는 일이었다. 인도 역사상 1026년 이슬람인은 구자라뜨州의 소마나타에 있는 힌두교 사원에 침입해서 사원을 파괴하고 약탈을 자행하였다. 이 사건은 실상은 미미한 것이어서 토착 왕국의 기록에서는 거의 찾아보기 어려운 일이나 이 일은 사건을 과장한 이슬람의 기록만이 남아 후대에 역사를 재구성하는데 매우 중대한 영향을 끼치게 되었다. 그 발단은 식민주의 역사학자들에 의해 시작되었는데, 식민주의 사학자들은 인도의 역사를 고대 힌두와 중세 이슬람으로 설정해 놓았고, 따라서 이슬람 문명의 시작은 뭔가 엄청난 사건과 맞물려야 했다. 이 과정에서 인도 서부의 일부 한정된 지역에 국한된 미미한 약탈행위가 인도 역사를 고대에서 중세로 전환시켜 놓은 엄청난 사건으로 과장되게 된 것이다. 그런데 이러한 역사 서술로 말미암아 소마나타 약탈 사건은 힌두와 무슬림 사이에 내재된 적대감의 맹아로 투사되었고, 영국 식민주의자들은 인도를 보다 쉽게 통치하기 위해 인도 민족을 하나의 공동체로 규정하지 않고 인도 사회는 힌두교와 이슬람이라는 두 종교를 기준으로 만들어진 공동체가 따로 있어 서로 분리되어 살았다고 역사를 서술하였다. 그리고 그 시발점을 무슬림이 인도를 침략해 약탈했던 그 시기로 잡았고, 이 때문에 무슬림 침략은 힌두 사회에 심한 트라우마로 남았고 이 트라우마가 근대 힌두와 무슬림 사이의 공동체 반목의 원인이 되었다는 이론으로 연결되었다. 식민주의자가 역사를 재구성하는 바람에 결국 그 의도대로 힌두와 무슬림 사이에 이전에는 없었던 종교 공동체가 만들어져 버렸고, 갈수록 그들의 갈등은 격화되었다.[28] 역사인식의 誤謬가 얼마나 심각한 사회적 질병을 일으키는 요인이 되는지를 잘 보여주는 사례라고 할 수 있다.

우리는 현재 우리 국사를 서술하고 인식하는데 있어서, 그리고 아직 '역사화'되지 않은 기억의 역사(미래의 '역사화'될 대상)가 우리 사회에서 내적으로, 혹은 외적으로 여러 갈등을 겪고 있으며, 그 중에는 사회 持病的인 요소도 가지고 있다.

그 가운데 두 가지 중요한 것을 지적한다면, 첫째가 민족주의적 색채가 들어있는 역사연구와 서술이고, 둘째는 정치 이데올로기화 된 국사 인식이다. 이는 근거가 빈약한 역사를 확고한 민족사로 고정시키거나 민족사의 영광이나 우월성, 고유성을 지나치게 강조하는 것 등의 문제이다.

한국사회의 일각에서는 그동안 단군 신화 형태로 기술된 고조선의 건국과정을 역사화하려는 시도가 끊이지 않았다. 『규원사화』나 『환단고기』와 같은 우리 민족 초기 역사와 관련된 사서의 진위 논쟁은 그러한 고조선 역사의 공고화와 관련이 있다. 특히 최근 중국의 동북공정이 국내외 문제로 부각되면서 고조선 건국과정에 대한 역사화 시도는 큰 힘을 얻고 있으며 급기야 최근 교육당국은 국사교과서를 수정해 발간하는 등 여러 가지 변화를 초래하고 있다.[29] 한편 북한에서의 단군릉 정비

---

28 이상 인도사와 관련된 내용은 이광수의 『역사는 핵무기보다 무섭다』(도서출판 이후, 2010) 참고함.

29 2007년 2월 교육인적자원부에서는 고등학교 국사교과서에 대한 수정을 발표하였다. 이에 그해 3월에 발간된 고등학교 교과서에서는 종전 고조선 건국과정에 대해 "삼국유사와 동국통감의 기록에 따르면 단군왕검이 고조선을 건국하였다고 한다(기원전 2333)."라고 하는 대목에서 "단군왕검이 고조선을 건국하였다"라고 하는 단정적 표현으로 바꾸고, 또 한국의 청동기시대 시작 연대를 기존의 한반도 지역 기원전 10세기경, 만주지역은 기원전 15~13세기경이라고 한 것을 기원전 2000~1500년경으로 끌어 올렸고, 한국의 청동기시대 상한연대에 대해 학계에서 異論이 있다는 내용도 삭제하였다. (교육인적자원부, 『고등학교 국사』, 국사편찬위원회 국정도서편찬위원회, 2007, 26~33쪽) 물론 이와 같은 것은 그간 학계의 여러 연구 진전에 따른 결과의 반영이었음에도 불구하고 수정 시점이 갖는 의미상 단순히 연구결과의 반영이라고만 할 수 없다.

에 대해서도 여러 문제가 지적된 바 있다. 북한은 본래 고조선의 중심지를 遼河 하류 동쪽일대에 비정하였고, 그 이유는 이 지역이 다른 주변지역보다 일찍부터 청동기 문화가 발전하였고, 또 고조선 수도인 왕검성 부근을 흐르는 洌水가 지금의 요하라는 견해에 근거를 두고 있었다.[30] 그런데 1994년 북한 김일성 주석의 지시에 따라 평양시 강동군 문흥리 대박산 기슭에 소재하는 단군릉을 대대적으로 정비·복원하였다. 당초 북한의 역사, 고고학자들은 본래의 단군릉에 대해 그다지 주목하지 않았는데, 그 이유는 이 분묘가 고구려식인데다가 고조선 초기 중심지가 평양 인근이 아니라 요동지역이라고 하는 것이 정설이었기 때문이다. 그러한 가운데 이 단군릉을 김일성 주석은 발굴하여 과학적으로 규명하라고 지시하여 이에 대한 발굴이 이루어졌는데, 여기에서는 고구려 유물과 유골 86점이 출토되었다고 한다. 이 유골에 대한 연대 측정 결과 1993년을 기준으로 '5,011±267년'이라는 값을 얻게 되었고, 북한에서는 이 인골이 단군과 그의 부인의 것이라고 인정하게 되었으며 대대적인 개수정비사업을 시행하였다. 이에 대한 국내학자들의 의견은 대개 회의적이며, 북한에서 최근까지 추진되어 온 三大王(단군, 동명성왕, 태조 왕건) 선양사업의 일환으로, 북한정권의 역사적 정통성을 부각시키고자 하는 의도에서 비롯된 것으로 보고 있다.

또한 고구려사와 관련하여서, 안병직은 한국사회가 집단적 차원에서 기억하고자하는 것은 이민족의 침략을 훌륭하게 격퇴한 민족의 힘과 영광이며, 또 고구려를 고대 동북아 세계의 강자로 기억하고자 하는 배경에는 산업화와 민주화 등 해방이후 국민국가 건설과정에서 이룩한 성취감과 자부심, 그리고 그를 토대로 분단을 극복하고 대륙으로 진출하고자 하는 열망이 작용한다고 지적한다.[31] 또한 민족의 현재에 대한 자부심, 그리

---

30 안병우·도진순 편, 『북한의 한국사인식』(서울:한길사, 1990), 86쪽.
31 안병직, 「동아시아의 역사 갈등과 한국사회의 집단기억」, 『역사학보』197(역사학회, 2008), 213·214쪽.

고 민족의 미래에 대한 희망이 고구려에 대한 한국사회의 기억의 바탕에 깔려 있다는 사실은 동북공정을 둘러싼 중국과의 갈등과 관련하여 여러 가지 점을 시사하며, 동북공정으로 인한 갈등은 이러한 기억현상의 결과이다. 그리고 동북공정이 제기하는 문제도 단순히 역사 서술상의 논쟁이나 왜곡의 문제가 아니라 내셔널리즘을 추구하는 국민국가들이 각축을 벌이는 동북아 국제질서와 국제정치의 문제이며, 그런 점에서 동북공정에 대한 한국사회의 대응방식에는 문제가 있다고 지적한다.[32]

중요한 문제는 이러한 민족사의 기원과 전통, 영광에 대한 지대한 관심을 어떻게 볼 것인가 하는 문제이다. 즉, 선별적이기는 하나 이러한 우리 역사에 대한 지나친 관심이 우리의 현재와 미래를 위해 과연 바람직한 것인가의 문제이다. 안병직은 이에 대해 니체가 말한 '歷史病'이라는 역사 과잉 비판을 들어 "민족의 기원과 전통을 강조하는 역사와 기억은 동아시아의 현재와 미래의 삶에는 바람직하지 않으며, 동아시아를 평화와 번영의 공동체로 만드는 데는 과거의 전통에 얽매이지 않는 새로운 역사의식이 필요하다"고 부정적인 입장을 피력하였다.[33] 앞서 서술한 바와 같이 니체는 인간의 삶이 역사에 종속되어서는 안되며 반대로 역사가 인간의 삶에 봉사하여야 그 의미가 있다고 하였다. 역사주의에 대한 니체의 비판은 그러한 역사주의가 '역사 과잉'을 초래하였고, 또 역사에 지나치게 몰입함으로써 인간의 삶이 위협받는다고 생각하였다. 이러한 니체의 역사관은 매우 예리한 시대 비판을 담고 있으며, 독일에서의 나치정권 등장과 2차대전 패망이라는 역사 전개를 볼 때 그의 미래를 내다보는 지혜는 매우 탁월한 것이었다.

동아시아 지역에서의 국가간 역사 갈등의 원인과 폐해를 생각하면, 그러한 갈등을 피할 수 있는 새로운 역사인식이 필요한 것은 명백한 사실이다. 오랜기간 동안 이웃해 위치하며 역사적 굴곡을 겪어 온 중국,

---

32 안병직, 위의 논문, 215쪽.
33 안병직, 위의 논문, 220쪽.

가깝고도 먼나라로 지칭되는 일본이지만 동아시아의 평화와 공존을 위해 우호가 절실히 필요하다는 것에 대해 이의를 달 사람은 없을 것이다. 그러나 한국이 처한 특수한 상황속에서 민족의 기원과 전통을 강조하는 역사인식을 무작정 비판할 수만은 없는 점도 있다. 일방적인 우리만의 역사 성찰이 아닌 새로운 역사인식으로 나아가기 위한 韓·中·日 모두의 호혜적 실천이 필요하다. 그러나 이러한 우리 스스로 민족사 인식에 대한 성찰의 필요성에 대해 적극적으로 말할 수 있는 것은 분명 문제의 해결을 위해 진일보한 것이다.

한국에 대한 일본의 식민지 지배에 대한 인식문제에 이르면 내용은 더욱 복잡해지고 적대감정은 더욱 깊어지게 된다. 식민지 지배에 대한 우리 국민의 부정적인 기억은 매우 큰 비중을 차지하고 있고, 이는 공휴일로 지정된 4대 국경일 가운데 두 국경일 즉, 3.1절과 8.15 광복절이 식민지 지배와 관련이 있다는 것에서도 알 수 있다. 또한 독립기념관을 비롯하여 도처에 자리잡고 있는 많은 기념비나 기념물, 기념공원 등이 식민지 지배에 대한 저항과 관련된 것이며, 이는 단순히 아픈 식민지 경험을 다시는 겪지 말아야 한다는 교훈의 수준을 넘어 일본에 대한 적대감을 지속시키는 기능을 하기도 한다.

이러한 집단적 고통과 관련된 기념문화는 말할 것도 없이 민족사에 대한 공동의 기억을 통해 민족으로서의 정체성을 강화하고 통합정신을 제고하려는 의지를 반영한 것이다. 식민지 지배에 대한 기억은 고통의 기억이기 때문에 부정적인 성향을 가질 수밖에 없다. 물론 우리가 현재 가지고 있는 반일정서를 식민지 지배라는 것만을 가지고 설명할 수는 없을 것이다. 왜냐하면 이미 시기적으로 더 거슬러 올라가서 여말선초의 왜구나 임진왜란과 관련된 기억과 일본에 대해 부정적인 정서를 갖게 하는 중요한 요인이 되고 있기 때문이다. 왜구는 우리를 시도 때도 없이 와서 약탈하고 괴롭힌 도적으로, 豊臣秀吉의 무고한 침략은 우리 국토의 엄청난 파괴와 인명 손실을 가져왔다는 인식이 일반적이고 또

사실이 그렇게 때문이다. 임진왜란과 관련하여서는 수많은 기록에서 '不俱戴天之怨讐'로 표현되었고, 또 『東國新續三綱行實圖』에서는 왜군의 잔인무도한 행위를 그림으로 표현해 널리 배포함으로써 전쟁이 끝났지만 일본에 대한 적대감은 代를 이어가면서 遺産이 되었다.

이러한 여론의 형태를 띤 반일정서는 집단기억을 둘러싼 외교적 갈등의 합리적 해결을 어렵게 하는 정치적 압력이 되고 비타협적인 정치는 다시 반일의 기억과 정서를 강화하는 요인이 된다고 비판하고 있다.[34] 이는 홀로코스트 이미지가 신앙차원으로 절대화되어 정상적 역사인식을 불가능하게 하는 것에 대한 비판과 맥을 같이 한다.

이외에도 국사와 관련된 역사인식의 문제로 갈등이 있거나 갈등의 소지가 있는 여러 가지 사안이 있다. 친일파에 대한 인식 문제, 남북한의 독립운동사 구성의 차이 문제, 해방후 대한민국 정부 수립의 의미에 대한 문제, 6.25전쟁에 대한 인식 문제, 유신시대에 대한 평가 문제, 그리고 국사서술에 있어서 이른바 좌파 논쟁 등 크고 작은 많은 문제들이 대두되어 있다. 이러한 사안들은 단순한 역사적 진실의 문제가 아니라 정치적 이해관계를 둘러싼 내적 갈등과 직·간접적으로 연결되어 있다. 이번 이명박대통령 정부에 들어서 교과서 수정 논쟁은 역사인식을 둘러싼 우리 내부의 갈등을 잘 보여주고 있는 사례가 되었다. 앞서 언급한 바와 같이 역사학을 '핵물리학만큼이나 위험'하다고 것은 바로 역사가 가지는 '정치성' 때문이다. 일종의 과거를 대상으로 하는 정치인 역사는, 항상 현실과 밀접하게 연관되어 있고 여기에는 폭발력이 잠재되어 있기 때문이다. 더구나 이웃나라인 일본, 중국과의 역사인식 갈등 문제도 그 해결책이 간단하지는 않다.

한편 역사화되지 않은 '기억의 역사' 문제도 중요한 과제이다. 한국은 현대사의 굴곡 속에서 많은 어두운 그림자를 드리우게 되었다. 이러한 과거의 부정적 잔재는 사라지지 않고 아직 현실적인 영향력을 발휘하고

---

34 안병직, 위의 논문, 209쪽.

있으며, 강요된 침묵속에 묻혀왔다. 그러나 과거의 상처를 은폐하려고 하면 할수록 더욱 골깊은 상처가 되고 적절한 시기에 적절한 치료를 받지 못함으로써 회복할 수 없는 사회의 持病이 되는 것이다. 우리 사회는 그간 자신의 기억을 억압하고 傷痕을 방치해 옴으로써, 정부차원의 무마노력에도 불구하고 사회적 불신이나 정체성의 분열이 반복해서 초래되고 있다.[35] 과거의 상처를 여실히 드러내고 그 아픔을 함께 나눌 수 있는 여건이 마련되지 않는 한 우리 사회가 내적으로 통합되기란 요원한 일이며, 과거의 '진상'을 공론화하는 일은 한 사회가 건실한 집단정체성을 공유하여 더 나은 미래로 나아가기 위한 필수적인 전제조건이다.[36] 이러한 맥락에서 전진성은 과거의 상처 문제를 섣불리 '역사화'하는 것을 비판한다. 이에 독일의 사례를 들어 어두운 과거라고 하여 함부로 도덕적 단죄의 대상으로 삼아서는 안된다는 주장에 대해 비판을 가하고 있다. 특히 나치 치하의 독일인의 '일상생활사' 연구를 통하여 나치시대 서민들의 일상적 경험이 조명되자 나치시대는 다른 모습으로 비추어지게 되었다. 나치체제하의 대다수 평범한 독일국민들은 무기력한 체제순응과 영웅적 항쟁이라는 양 극단에 속하기 보다는 그 중간의 회색지대에서 적당히 타협하며 살았음이 밝혀졌다. 이러한 연구 결과는 궁극적으로 역사는 선악의 관점으로 일률적으로 파악할 수 없는 다양하고 복잡한 차원을 지닌다는 것인데, 이러한 연구가 일부 한국 연구자들에게 역사에 대한 이분법적 인식이나 과거사에 대한 흑백논리를 비판하는 것으로 이용됨으로써 과거청산의 대의를 반박하는 근거가 되었던 것

35 1990년대 이후 정부에서는 광주민주화 운동 관련자 보상 지원, 거창 사건 등 관련자 명예회복 심의, 민주화 운동 관련자 명예 회복 및 보상, 제주 4.3사건 진상 규명 및 희생자 명예 회복, 특수 임무 수행자 보상 심의, 동학 농민혁명 참여자 명예 회복 심의, 일제 강점하 강제 동원 피해 진상규명, 노근리 사건 희생자 심사 및 명예 회복, 삼청교육피해자 명예 회복 및 보상 심의, 친일 반민족행위 진상규명, 진실·화해를 위한 과거사정리, 군의문사 진상규명, 친일 반민족행위자 재산조사를 위한 위원회를 설치하여 운영하였으며, 금년까지 대부분 활동을 마치고 폐지되었다.
36 전진성, 「과거는 역사가의 전유물이 아니다-'과거사진상규명'을 바라보는 시각-」, 『역사와 경계』 53(부산경남사학회, 2004).

이다.[37] 이러한 문제는 독일내에서도 치열한 논란이 있었던 것으로, 과거 청산과 관련하여 이미 두루 여러 단계를 거친 독일과 우리의 문제를 간단히 비교하는 것은 무리이다.

과거의 상흔과 관련하여 학자들이 문제의 초점을 부각시켜주기보다 오히려 흐리는 역할을 수행하고 있는 것으로 보인다는 비판, 그리고 성처화된 과거사에 대한 청산 문제나 인식문제에 있어서 역사학자들이 보여준 여러 활동은 결과적으로 지금껏 역사학이 이러한 역사적 트라우마를 치료하는데 뚜렷한 공헌을 하지 못했거나 오히려 방해가 되었다고 하더라도 여전히 매우 중요한 역할을 할 수 있는 여지가 열려 있음을 보여준 것이라고 생각한다. 다만 적절한 방법론이 문제가 되는 것이다.[38]

이러한 국내외적인 역사 인식의 갈등은 어제 오늘의 일이 아니며, 각 국민의 정서와 국내 정치에 강력하게 밀착되어 있기 때문에 그 해결이 간단하게 이루어지리라고 기대하기는 어려울 것 같다. 식민지 지배나 고구려사에 대한 집단기억 문제와 관련하여 현재와 과거를 구분하는 '망각'의 의미를 강조하기도 한다.[39] 이것은 집단기억에 대한 숭배는 현재가 만들어낸 과거의 이미지를 진정성과 진실의 이름으로 이데올로기화 한 것에 불과하다는 생각을 바탕으로 하고 있다. 즉, 과거와 현재가 분리되지 않은 기억은 불필요하게 과거를 현재로 끌어들여 미래를 저해할 수 있기 때문이다.

---

37 전진성, 위의 논문, 274쪽.
38 도미니크 라카프라는 이러한 문제와 관련하여 「문제는 역사 서술이 자기 방법으로 과거의 상처와 흉터를 그럴듯하게 치유하는 것을 도와줄 수 있느냐가 아니라 그 상처, 흉터와 직접 대면(coming-to-terms)하는 것을 도와줄 수 있느냐 하는 것이다. 그러한 대면을 위해서는 일차적인 객관화만 하거나 인식적이기만 한 진리 주장 이상의 것이 필요하다. 정서도 필요하다. 그리고 이 대면에 의해 자아는 불안(unsettlement)에 공감적으로 노출될 수 있는데, 이 불안-2차 트라우마는 아니지만-은 미화되거나 고정되어서는 안된다. 이 불안은 유토피아적 열망으로 열린 것이어야 할 뿐만 아니라 인지적으로도 윤리적으로도 책임감 있게 표현되어야 하는 것이다」라고 하고 있다. 이는 트라우마 치료에 있어서 역사학의 매우 조심스러운 접근을 권고하는 것이라고 볼 수 있을 것이다.<도미니크 라카프라 지음, 육영수 엮음, 『치유의 역사학으로』, 푸른역사, 2008, 179~180쪽>
39 안병직, 「동아시아의 역사 갈등과 한국사회의 집단기억」, 220~227쪽.

또 일본과의 역사 갈등에 대한 해법으로, 바람직한 방향으로 꾸준히 연구를 진행시키고 이것이 보급되어 역사의식을 변화시키도록 하자는 제의도 있지만,[40] 이러한 기대는 '百年河淸'이 될 가능성이 크다. 이는 학자들 간에도 아직 한일간 역사인식의 괴리를 언급하는 것을 '그런 문제를 자구 끄집어 내는 것이 평지풍파를 일으킨다'는 생각을 가진 사람이 많기 때문이다.[41] 이는 문제를 회피하는 것으로, 인문치료라고 하는 점에서 본다면 전혀 치료의 준비가 되지 않은 상태이다. 즉, 환자 자체가 진단을 거부하거나 명백한 질병 진단이 되었음에도 불구하고 스스로 환자가 아니라고 우기는 것과 같은 것이다. 물론 이러한 문제에 대한 해결을 공동으로 노력하는 것이 매우 중요하고, 양국 정부에서는 공동위원회를 만들어 운영하기도 하였지만 무엇보다 중요한 것은 미래에 대한 비젼에 공감하고 반드시 노력을 기울일 필요가 있다는데 동감하는 것이라고 할 수 있다. 다만 우리는 일본에서 한국을 진정으로 이해하려고 하는 많은 일본인이 있다는 점을 기억해야 할 것이며, 이를 우리 스스로의 성찰에도 반영하여야 할 것이다.

최근 한국의 KBS와 일본 NHK가 공동으로 벌인 여론조사에 의하면 일본의 경우, '한-일관계가 좋다'는 응답이 60%에 달하였으나 한국에서는 반대로 '좋지 않다'가 약 60%를 차지했고, 지난 4월 실시된 요미우리

---

40 일본학자 池享은 「도요토미 히데요시(豊臣秀吉)像의 창출」(『전쟁과 기억속의 한일관계』, 경인문화사, 2008)이라는 논문에서 히데요시의 행위가 일반적인 교과서에 침략이라고 하는 기술은 있지만 그것이 국내정책과는 분리되어 히데요시의 새로운 국가·질서 형성자라고 하는 '내향의 얼굴'과 침략자라고 하는 '외향의 얼굴'이 통일되어 있지 않고 전체적으로는 침략자로서의 측면이 뒷자리로 물러나고 있다는 것이다. 이러한 상황이 텔레비전 드라마 등에서 형성되는 히데요시 이미지와 결합하여 히데요시상에서 조선침략이 은폐되고 있는 현실과 관련이 있다는 것이다. 이러한 기억의 망각으로는 진정한 의미의 한일 상호 이해가 실현되지 않는다고 생각되지만 그것을 극복하는 것은 용이하지 않으나 향후 바람직한 방향으로 연구를 진행시키고 그 성과가 있을 때마다 그것을 보급해 나가는 것이 중요하며, 이것이 우회하는 것처럼 보이지만 이러한 연구 동향이 일반 사람들의 역사의식에 영향을 주고 있는 것은 확실하기 때문에 부단히 노력할 것을 제의하고 있다.
41 이 내용은 이종원(일본 릿쿄대 교수)가 『한겨레신문』(2010. 8. 21)에 투고한 글에서 인용함.

신문에서 조사한 것에서도 상호 상대방 국가를 신뢰할 수 있는지를 묻는 질문에 대해 일본에서는 한국을 신뢰할 수 있다가 45%로 신뢰할 수 없다고 대답한 41%를 웃돌았다. 그러나 한국에서는 일본을 신뢰할 수 없다고 하는 응답이 무려 80%에 달했다.[42] 이러한 결과는 양국민의 정서를 살피자면 당연한 결과라고 할 수 있다. 양국민간의 상호인식이 이렇게 크게 차이가 난다는 것은 불행한 일이지만 우리에게 일말의 희망이 있다면 바로 일본인 가운데 상당수가 한국에 대해 우호적이라는 점이다. 특히 일본내에서도 일본의 식민지 지배 시기의 비인도적인 행위와 전쟁에 대한 책임을 강조하는 많은 단체와 개인이 있다. 일본군 '위안부' 문제, 교과서 문제, 야스쿠니 神社 참배 문제 등 일본의 침략전쟁과 전쟁범죄 실태를 규명하고, 전쟁책임과 전후보상 문제를 폭 넓게 연구하고 있는 '일본의 전쟁책임자료센터', 그리고 일본의 전쟁범죄나 전후처리 문제 등과 관련하여 여러 저서를 집필하고 실제 사회운동에 널리 참여하고 있는 야마다 쇼지(山田昭次)氏[43] 등 수많은 개인과 시민단체 등이 활동하고 있다.

역사 인식을 둘러싼 현실에서의 갈등 문제 해결은 용이한 것이 아니지만 인문치료라고 하는 입장에서 본다면 우선되어야 할 것은 무엇이 병이 되어 있는가라고 하는 진단이며, 또 스스로의 성찰을 통하여 진정 그것을 병으로 인식하는가 하는 문제이다. 병을 진단해 내고 환자 스스로가 지병을 인정하고 스스로 치료를 받을 준비가 되었다면 치료가 지금보다 훨씬 수월해 질 수 있을 것이다. 당장 그 역사를 고치자는 것이 아니라 진정으로 그러한 인식이 우리 사회의 병이 되는가 아닌가를 진단하고 진정 병적인 요소가 있다고 이해된다면 그를 제거할 방안이 마

---

42 여론조사와 관련된 내용은 이종원(일본 릿쿄대 교수)가 『한겨레신문』(2010. 8. 21)에 투고한 글에서 인용함.
43 야마다 쇼지씨는 관동대지진 당시 조선인 학살에 대한 진상을 자세히 조사하여 『관동대지진 조선인 학살에 대한 일본 국가와 민중의 책임』을 저술하였고, 기타 식민지 지배나 전쟁의 책임과 관련된 여러 저서를 저술하였다.

련되어 나갈 수 있는 것이다.

최근 새롭게 대두하여 인문학의 한 분야로 점차 자리매김하여 가고 있는 '인문치료학'은 기존 인문학을 활용해 현대인의 정서적 · 정신적 문제를 치료하는 이론과 실천방법을 연구하는 새로운 학문분야이다. 그런데 '인문학을 활용해 현대인의 정서적 · 정신적 문제를 치료'한다는 측면에서 그 치료의 대상은 한 개인, 혹은 집단, 또는 불특정 다수의 사회가 될 수도 있다.

인문치료(Humanities Therapy)가 기존의 의학적 치료로 개선되기 어려운 정서적 · 정신적 病症을 치유하는데 도움이 될 수 있지만 더 중요한 것은 의학적 치료 대상의 범주에서 벗어나 있지만 한 개인, 집단, 사회에서 정서적 · 정신적 病이 되어 있는 것을 치유하여 더 건강한 사회를 만들어 나가는데 기여하는 것이다. 특히 개인 또는 집단의 트라우마 치료나 '역사'에 말미암은 사회적 病因에 대한 치유를 위해서는 적절한 역사학의 역할이 필요하다.

역사는 매우 오래전부터 필수적인 '교양'으로 여겨져 왔고, 그런 측면에서 그 효용성에 대해 긍정적인 평가를 하고 있다. 독일의 철학자 니체는 역사학은 치료의 구체적인 기술이 아니라 치료법 자체에 대한 이론이며, 역사학은 지구가 가지고 있는 다양성과 각 지방이 가지고 있는 퇴화 현상, 질병 현상 등 여러 가지 문제를 널리 연구함으로써 인간이 진정으로 건강하게 살 수 있는 조건을 찾아내고 그러한 문제를 치유하는 '의학적 지리학'의 성격을 가져야 한다는 것이다. 그러나 니체는 역사에 대해 그 효용성과 필요성은 인정하였지만 당대를 풍미하고 있던 실증주의 역사학, 그리고 단순히 지식화, 학문화한 역사학에 대해 혹독한 비판적인 생각을 가지고 있었다. 특히 '역사 과잉'이라는 歷史病의 폐해에 대해 통절한 비판을 가하고 있다. 그릇된 역사인식이 가져올 폐해를 경고하고 있는 것이며, 그렇기 때문에 처방을 필요로 하는 것이다. 니체는 '다른 역사'가 필요하다고 역설한다. 그에게 '다른 역사'란 바로 단순 지식화한 역사가 아니고, 또 정치적 미화나 이용을 위한 만들어진 역사가 아니라 인간의 삶을 진정으로 풍요롭게 할 그러한 역사가 필요하다는 것이다. 이에 그는 역사가 삶에 봉사하는 만큼 우리도 역사에 봉사한다고 하고 있다. 이러한 그의 입장은 그가 당대의 역사 교양이라고 하는 것에 대해 매우 비판적인 것에서도 알 수 있다.

우리는 지금도 국내적으로는 국사 인식의 문제로 인한 내적 갈등이 상존하고 있으며, 중국·일본과 벌이고 있는 외적 갈등도 마찬가지이다. 그런 점에서 우리의 현실에서 '역사' 문제는 단순한 지나간 역사의 문제가 아니고 현실과 깊이 연관된 현실문제인 것이다. 따라서 이러한 역사로 인한 갈등의 문제 해결을 모색하기 위해 단순히 정치적 해결이나 학술적 연구에 매달리지 않고 인문치료라고 하는 새로운 관점으로 진단하여 해결을 모색하는 것이 필요하다고 생각한다.

역사 인식을 둘러싼 현실에서의 갈등 문제 해결은 용이한 것이 아니지만 인문치료라고 하는 입장에서 본다면 우선되어야 할 것은 '무엇이 병이 되어 있는가'라고 하는 진단이며, 또 스스로의 성찰을 통하여 '진정 그것을 병으로 인식하는가' 하는 문제이다. 병을 진단해 내고 환자 스스로가 지병을 인정하고 스스로 치료를 받을 준비가 되었다면 치료가 지금보다 훨씬 수월해 질 수 있을 것이다. 당장 그 역사를 고치자는 것이 아니라 진정으로 그러한 인식이 우리사회의 병이 되는가 아닌가를 진단하고 진정 병적인 요소가 있다고 이해된다면 그를 제거할 방안이 마련되어 나갈 수 있는 것이다.

우리의 일상적인 삶은 본인이 자각하든 자각하지 않든, 利害關係가 있건 혹은 없건간에 모두 역사와 연결되어 있고, 그 가운데는 이른바 '인문학적 병'의 범주에 들 수 있는 여러 가지 문제들이 내포되어 있다. 이러한 역사와 관련된 인문학적 병을 사회 구성원 개개인으로 따진다면 '역사적 사건의 트라우마'에 직접 관련되지 않은 사람은 그것에 대한 문제의식이 약할 수 있지만 우리 사회 전체의 미래 문제라고 하는 측면에서는 '무자각의 病'이며 잠재적인 '위험 요인'이라고 할 수 있다. 그러한 문제가 지금 당장은 우리에게 아무런 관련도 없는 것처럼 보일지 모르지만 어느 시기에 다른 因子를 만나면 폭발력을 발휘하게 되고 우리 사회에 심대한 영향을 끼치게 되는 것이다. 그렇게 때문에 지금 당장의 이해관계가 없더라도 결코 가볍게 볼 수 있는 문제는 아니라고 생각한다.

　이러한 역사적 고통과 갈등의 문제가 단순히 '역사학'이라는 학문에 의해서만 치유될 수 있다는 것은 아니며, 철학, 문학, 예술, 심리학 등 다른 여러 분야 학문의 도움을 필요로 한다. 특히 치료의 핵심에는 '상호 이해와 소통'이 자리잡고 있기 때문에 더욱 그러하다. 이렇기 때문에 철학치료, 문학치료, 예술치료, 역사치료를 떠나 '인문치료'가 필요한 것이다.

　필자는 이 글을 통하여 '인문치료'에서 '역사(학)'가 어떤 역할을 할 수 있을 것인가를 제시하고자 하였지만 결과적으로는 원칙론을 제기하는 것에 멈추었다고 여겨지며, 특히 이 글이 치료(혹은 치유)와 관련된 것인만큼 '역사(학)의 효능' 문제를 좀더 구체적인 치료 사례와 연결하여 서술해 나가는 것이 바람직한 것이었으나 그러한 단계에는 이르지 못하였다는 점에서는 여러 한계를 가지고 있다. 그러나 필자는 여기서 역사 문제로 인하여 일어나는 사회적·민족적·국제적 갈등은 매우 위험한 요인을 내재하고 있으며 이를 해소하고 치유하기 위해서는 그러한 '無自覺의 病'을 '自覺의 病'으로 바꾸어 나가야 하며 이를 이루기 위한 하나의 수단으로 인문치료적 관점이 필요하다는 것을 강조하고 싶다.

| 참고문헌 |

마르크 블로흐 著 · 정남기 옮김. 1979. 『역사를 위한 변명』. 서울:한길사.

안병우 · 도진순 편. 1990. 『북한의 한국사인식』. 서울:한길사.

키스 젠킨스 著 · 최용찬 옮김. 1999. 『누구를 위한 역사인가』. 서울:혜안.

프란시스 베이컨 著 · 이종흡 옮김. 2002. 『학문의 진보』. 서울:아카넷.

니체 著 · 김미기 옮김. 2002. 『인간적인 너무나 인간적인 II』. 서울:책세상.

당대비평. 2002. 『기억과 역사의 투쟁』. 서울:삼인.

山田昭次 著 · 정선태 옮김. 2002. 『가네코 후미코 : 식민지 조선을 사랑한 일본 제국의 아나키스트』.
　　　서울:산처럼.

국사편찬위원회. 2004. 『현황과 방법, 구술 · 구술자료 · 구술사』.

니체 著 · 이진우 옮김. 2005. 『비극의 탄생 · 반시대적인 고찰』. 서울:책세상.

전진성. 2005. 『역사가 기억을 말하다』. 서울:휴머니스트.

윤택림 · 함한희 공저. 2006. 『새로운 역사 쓰기를 위한 구술사 연구방법론』. 서울:아르케.

교육인적자원부. 2007. 『고등학교 국사』. 국사편찬위원회 국정도서편찬위원회.

육영수. 2008. 「기억, 트라우마, 정신분석학 : 도미니크 라카프라와 홀로코스트」, 『치유의 역사학으로』.
　　　푸른역사.

山田昭次 著 · 이진희 옮김. 2008. 『관동대지진 조선인 학살에 대한 일본 국가와 민중의 책임』.
　　　서울:논형.

서경식. 2009. 『고통과 기억의 연대는 가능한가?』. 서울:철수와 영희.

전진성 외 엮음. 2009. 『기억과 전쟁』. 서울:휴머니스트.

김호연 · 유강하. 2009. 『인문치료학의 정립을 위한 시론적 연구 : 문학과 역사에 치유의 길을
　　　묻다』. 강원대학교 인문과학연구소.

김대기 外. 2009. 『인문치료학의 모색 : 인문학의 치유적 활용』. 춘천:강원대학교출판부.

김선희 外. 2009. 『인문치료, 어떻게 할 것인가』. 춘천:강원대학교출판부...

강원대학교 인문과학연구소 엮음. 2009. 『인문치료』. 춘천:강원대 출판부.

이광수. 2010. 『역사는 핵무기보다 무섭다』. 서울:도서출판 이후.

윤택림. 1994. 「기억에서 역사로:구술사의 이론적 방법론적 쟁점들에 대한 고찰」, 『한국문화인류학』
　　　25. 한국문화인류학회.

이상엽. 2001. 「니체의 역사-"삶에 대한 역사의 유익함과 해로움"에 대하여」. 『哲學』69. 한국철학회.

전진성. 2002. 「역사와 기억:"기억의 터"에 대한 최근 독일에서의 논의」. 『서양사론』12. 한국서양
　　　사학회.

김정현. 2004. 「니체의 역사 치료학」. 『범한철학』35. 범한철학회.

전진성. 2004. 「과거는 역사가의 전유물이 아니다-'과거사진상규명'을 바라보는 시각-」. 『역사와
　　　경계』53. 부산경남사학회.

전진성. 2006. 「기억의 정치학을 넘어 기억의 문화사로-'기억' 연구의 방법론적 진정을 위한 제언-」. 『역사비평』 76. 역사문제연구소.

전진성. 2007. 「트라우마, 내러티브, 정체성-20세기 전쟁기념의 문화사적 연구를 위한 방법론의 모색-」. 『역사학보』 193. 역사학회.

안병직. 2007. 「한국사회에서의 '기억'과 '역사'」. 『역사학보』193. 역사학회.

안병직. 2007. 「홀로코스트의 기억과 역사가」. 『독일연구』14. 한국독일사학회.

안병직. 2008. 「동아시아의 역사 갈등과 한국사회의 집단기억」. 『역사학보』 197. 역사학회.

池享. 2008. 「도요토미 히데요시(豊臣秀吉)像의 창출」. 『전쟁과 기억속의 한일관계』. 서울:경인문화사.

설혜심. 2009. 「역사를 왜, 어떻게 배워야 하는가?」. 『영국연구』 21. 영국사학회.

엄찬호. 2010. 「인문학의 치유적 의미에 대하여」. 『인문과학연구』 25. 강원대 인문과학연구소.

최희봉. 2010. 「인문학, 인문학 실천, 그리고 인문치료」. 『인문과학연구』 25. 강원대 인문과학연구소.

엄찬호·김호연. 2010. 「구술사(oral history)를 활용한 인문치료의 모색-기억, 트라우마, 그리고 역사치료-」. 『인문과학연구』24. 강원대 인문과학연구소.

언어의 사용과 인문치료

김 경 열

강원대학교 영어영문학과

1. 언어를 사용한다는 것

우리 인간이 지니고 있는 생각과 지식, 마음의 표현, 타인에 대한 이해, 우리의 자존감의 표현 등, 이 모두가 언어를 통해 전달된다. 우리는 언어를 통해 다른 사람들과 묶이거나 언어를 통해 다른 사람들과 분리된다고 느낀다. 인간이 된다는 것은 언어를 사용하는 사람이 되는 것이다. 우리 인간이 상호작용을 만들어낼 때 사용되는 언어를 고려하지 않고 우리는 인간의 조직이나 접촉을 생각할 수 없다. 결국 인간사회는 언어로 작동되고 있다고 말할 수 있다. 또한 인간은 언어를 사용할 때 이루어지는 언어선택들에 의해 자신의 정체성을 보여 준다. 즉 우리가 채택하는 발음, 문장의 형식, 단어의 선택, 그리고 심지어 목소리의 상태와 질 그 자체, 부드러운 소리인지 아니면 날카로운지, 머뭇거리는지 아니면 확신에 차있는지 등에 의해 그 정체성의 모습이 달라진다. 우리는 많은 기억들을 언어를 사용해 축적하고, 다른 누군가의-혹은 우리 자신의-언어를 통해 그 기억들을 떠올린다. 우리 자신의 삶을 타인에게 말하는 방식을 통해 자아를 형성하고 우리 자신의 자아를 보호하기도 한다. 바로 언어의 사용을 통해 우리 인간이 받고 있는 혜택이다. 하지만 인간언어의 당위성으로 인해 언어사용자는 언어가 인간에게 주는 혜택에 둔감하고, 동시에 언어사용의 한계와 복잡성에 무감각하다. Paz(1988)는 언어 존재의 이유와 언어사용의 한계성에 대해 다음과 같이 역설하고 있다.

> 모든 철학의 모호성은 철학이 언어에 치명적으로 예속되어 있기 때문이다. 거의 모든 철학자들은 말이란 실재를 포착하기에는 너무 조악한 도구라고 확신한다. 그렇다면, 말없이 철학이 성립될 수 있을까? 논리학이나 수학의 경우처럼, 상징이 아무리 추상적이고 순수하다 해도 상징 역시 언어이다. 게다가, 기호는 반드시 설명되어야 하는데, 언어 이외의 다른 설명 방법은 없다. 말이라는 지시체가 없이 순전히 상징적이고 수학적인 언어로 된 철학이란 불가능하다. 그런 철학은 인간과 인간에게 생기는 문제들-모든 철학의 핵심 주제-을 포괄할 수 없다. 왜냐하면 인간은 말과 분리불가분한 관계이기 때문이다. 말없이 인간은 포착되지 않는다. 인간은 말로 된 존재이다. 그리고 말도 인간처럼 태어나고 죽기 때문에, 말을 이용하는 모든 철학은 역사에 예속될 수밖에 없다. 이렇게, 한 쪽에는 말이 표현할 수 없는 실재가 있고, 다른 한 쪽에는 단지 말로써만 표현될 수 있는 인간의 실재가 있다.
>
> (Paz 1988; 윤영순 2003에서 인용)

Paz의 주장에 의하면, 인간의 존재에 대한 의문으로 시작하는 철학분야에서도 언어는 필수적인 수단이며, 동시에 언어의 한계성으로 인해 철학적 오류를 발생시키는 원인이 되기도 한다. 즉 언어는 인간에게 필수불가결한 존재이므로 언어 없이는 자아를 형성할 수 없고, 지식을 축적할 수도 없음을 지적하고 있다. 하지만 언어를 사용하여 무한한 문장을 생성해 낼 수 있지만, 언어가 지니고 있는 한계성으로 인해 우리 인간의 경험과 무한한 상상을 언어를 통해 다 묘사할 수 없다는 사실도 인식해야 한다는 것을 강조하고 있다. Paz의 주장처럼, 언어는 항상 가까이 도처에 존재하고 언제나 손쉽게 사용할 수 있는 도구로 인식되고 있다. 이로 인해 언어사용자는 언어사용의 편리성에 도취되어 언어의 한계성에 대한 경계심도 없이 준비되지 않은 발화를 하는 경우가 빈번하게 발생한다. 이로 인해 언어사용자는 통상적으로 사용되는 언어표현조차 어떻게 만들어지고 이해되는지를 의식하지 못할 뿐만 아니라 그 사용절차의 복잡성도 깨닫지 못하고 있다.

이러한 무의식적인 언어사용은 정신분열증이나 실어증 환자의 언어장애--일반인의 무의식적인 언어사용과 구분하려는 것은 아니다--에서 잘 나타나고 있다. 정신병리학, 심리학, 혹은 언어치료학에서는 언어(사용)기준을 정해놓고 그 표준에서 벗어나는 언어실수들을 의사소통의 실패로 간주하여 언어장애로 분류한다. 어떤 화자가 다음과 같이 발화를 했다고 가정해 보자.

(1) 화자 A: 너 가지고 있니? (Do you have?)
    화자 B: 나 가지고 있어. (I have.)

'무엇을 가지고 있는지'에 대한 상황맥락이 주어지지 않고 (1)의 표현들이 발화되었다면, 언어치료를 위한 언어분석적 관점에 볼 때, 위의 두 문장에는 동사의 목적어(한국어는 '가지고 있다'의 목적어, 영어는 'have'의 목적어)가 빠져 있으므로 언어사용의 표준에서 벗어난 언어장애로 판명된다. 즉 동사의 목적어로 이해될 수 있는 어떤 선행 명사도 맥락에서 찾을 수 없고, 문장 자체내에서도 목적어 역할을 하는 명사를 찾을 수 없기 때문에 이 발화들은 생략의 소산이 아니라 표준에서 벗어난 것으로 판단하는 것이다. 특히 [한국어: 주어 + 목적어/영어: 주어 + 동사]의 관계와 비교해 볼 때, [목적어 + 동사]관계 (영어는 [동사 + 목적어])는 언어생성의 기본단위 또는 의미전달의 기본단위이므로 위의 발화에서 목적어의 존재는 무엇보다도 중요하다. 그러나 언어사용이라는 큰 범주에서 본다면 이러한 언어실수는 잠시 표준에서 멀어진 사소한 언어일탈에 해당될 것이다. 즉 일반 언어사용자의 언어사용범주에서 치유될 수 있는 언어행위로 간주하는 것이 바람직하며, 또한 언어사용자의 한 일원으로서의 언어일탈로 간주하는 것이 타당할 것이다. 모든 정신·건강치료가 언어사용을 통해 이루어진다라는 점에서 볼 때 인문치료의 관점에서 고민해봐야 할 문제이다. 정상적인 발화능력을 지닌 일반 언어사용자가 발생시키는 언어오류와는 어떠한 차이가 있는지, 언어일탈행위에 대한 인문치료적 접근방법은 어떠한 것이 타당한지, 인문학적 접근과 노력을 통해 되돌아올 수 있는 일탈행위인지 고민해 봐야할 문제이다. 언어사용과 관련된 예를 하나 더 살펴보자.

(2) a. 철수가 영희를 사랑한대. 영희가 아름다운가봐.
　　(Cheolsu loves Younghee. Younghee is beautiful.)
　b. 영희가 아름다워서 철수가 그녀를 사랑한대.
　　(Cheolsu loves Younghee because she is beautiful.)

위의 두 예문은 동일한 내용의 정보가 각각 다른 문장형식을 통해 전달되고 있음을 보여주고 있다. 예문 (2a)에서는 청자가 철수가 영희를 사랑한다는 사실을 몰랐다는 것을 화자가 전제하고 있다. 따라서 원인과 이유를 나타내는 문장을 (2b)처럼 종속절(subordinate clause)을 사용해 표현하지 않고 2개의 독립적인 단문(simple sentence)으로 표현하고 있다. 한편, 예문 (2b)는 청자가 철수와 영희에 대한 정보를 알고 있다는 전제하에 화자는 2개의 독립적인 단문이 아닌 1개의 복문(complex sentence)을 사용해 정보를 전달하고 있다고 할 수 있다. 언어장애에 관한 연구결과에 따르면, (2a)의 문장은 정신분열증 환자나 자폐증 환자들이 주로 발화하는 표현이다. 어떤 주제에 대해서 자신의 의견을 종속절을 사용하여 논리적으로 긴 문장을 생성해내지 못하는 현상에 속한다. 병리학적 관점에서 보면 (2a)의 발화행위 역시 치유를 필요로 하는 언어일탈에 해당--언어의 유창성과 언어장애의 이분법적 접근으로 볼 때--될 것이다. 하지만 넓은 의미의 언어사용 범주에서 관찰해 보면, (2a)와 (2b)의 차이점은 정보전달의 수단과 전략, 또는 화자와 청자사이의 관계로부터 발생한다고 볼 수 있다. 일반 언어사용자로서 우리자신이 화자의 입장에서 (2a)와 같이 2개의 문장을 사용해 발화를 하든, (2b)와 같이 하나의 문장을 사용하여 발화를 하건 간에 청자에게 전달되는 정보에는 차이가 없는 것처럼 보인다. 그러나 화자가 (2a)대신 (2b)의 발화형식을 취한다면 그것은 단지 정보전달의 기능뿐 만 아니라 화자의 입장과 상황을 고려하는 언어사용의 표현적 기능도 내포하고 있다고 볼 수 있다.

따라서 언어의 사용과 관련하여 위의 예문이 우리에게 시사하는 바가 크다고 할 수 있다. 즉, 정보전달을 위한 의사소통에 있어서 문장구조의 복잡성, 문장의 유형, 또는 언어의 유창성이 중요한 것이 아니라, 화자가 어떤 정보를 전달하기 위해서 청자의 입장과 상황을 고려하여 어떠한 문장구조를 선택하느냐가 중요하다는 것이다. 단지 '단문 혹은 복문'이라는 문장구조 선택의 문제, 혹은 언어의 유창성과 언어장애라는 이분법적 구분이 아니라 언어구조를 통해 인간이 보여주는 사고의 복잡성과 언어능력이 '언어의 사용'이라는 측면에서 어떻게 표출될 수 있는가를 보여주고 있는 예라고 할 수 있다. 이렇듯 언어의 사용은 유일하게 인간에게만 주어진 도구로서, 그 언어를 어떻게 사용하는가에 따라, 즉 화자의 언어사용의 선택--예를 들어, 청자의 입장과 상황을 고려하는가의 문제--에 따라 청자와의 의사소통의 모습이 달라진다고 할 수 있다. 화자와 청자의 관계를 중시해야하는 인문치료에서 또한 고민해봐야 할 문제이다.

2. 의사소통과 보편적 원리

언어를 사용한다는 것은 인간에게 주어진 유일한 권한이며, 그 언어를 이용하여 인간은 서로 의사소통을 한다. 의사소통(communication)의 어원은 라틴어의 공통(commuis)이라는 의미에서 유래하고 있다. 그것은 상대방인 화자와 의사소통하면서 공통성을 찾으려고 노력하는 것으로 해석된다. 다시말해, 의사소통을 한다는 것은 화자와 청자가 서로 노력을 통해 얻는 사고의 합치를 의미한다. 따라서 사고형성의 도구인 언어를 어떻게 사용하는가에 따라 화자와 청자사이의 사고합치의 정도와 의사소통의 모습이 달라 질 수 있고, 우리 자신의 삶뿐만 아니라 타인과의 인간관계에도 큰 영향을 미친다. 언어의 사용과 관련하여 수세기 동안 많은 학자들이 개별언어를 초월하여 모든 언어에 공통적으로 존재하는 보편적인 원리를 찾으려고 노력해 왔다. 예를 들어 '공손한 표현'과 관련하여, 한국어의 경우는 주로 형태론에 의존하면서 화자와 청자사이의 연령, 지위 등의 차이에 따라 어법이 달라지고, 영어의 경우는 어휘선택과 화자와 청자사이의 관계를 나타내는 언어적 수단에 의존하고, 불어와 독일어는 2인칭 대명사 및 굴절어미의 구별 등에 의존한다. 공손의 표현이 개별언어에서 구체적인 언어기호로 구현될 때는 각각 다른 매개변인(parameter)의 선택으로 인해 제각기 다양한 모습으로 나타나지만, 넓은 의미의 언어사용의 관점에서 보면 보편적인 '공손의 원리'로 일반화--개별언어의 사회문화적 차이에 따라 그 적용방식과 양상이 다르게 나타날 수 있으나 공손의 원리 자체는 언어 보편적인 화용의 원리라 할 수 있음--될 수 있다. 언어사용의 보편성과 관련하여 Grice(1975)는 보편적인 '대화의 원리(conversational principle)'를 준수하는데 필요한 '협조의 원리(cooperative principle)'와 그 하위원리에 해당되는 4가지 격률(maxims)을 제안하고 있다.

(3) 협조의 원리(The cooperative principle): 대화에 참여할 때 자신이 기여해야 할 몫이 대화의 목적이나 흐름에 맞도록 노력하라. (Make your conversational contribution such as is required, at the stage at which it occurs, by the accepted purpose or direction of the talk exchange in which you are engaged.

a. 대화에 적절한 말을 사용하라. (Maxim of Relevance: Make sure that whatever you say is relevant to the conversation at hand.)

b. 사실에 맞는 내용만 전달하라. (Maxim of Quality: Do not say what you believe is false; Do not say something that you lack adequate evidence for.)

c. 대화의 목적에 맞게 충분한 정보를 제공하라. (Maxim of Quantity: Make your contribution sufficiently informative for the current purposes of the conversation.)

d. 이해하기 쉽게 분명하고 간결하게 하라. (Maxim of Clarity: Do not make your contribution obscure, ambiguous, or difficult to understand.)

(Grice 1975; Yule 1996에서 인용)

위의 원리에서 알 수 있듯이, Grice의 대화의 원리는 원만한 의사소통을 위해서 화자가 대화에서 지켜야 할 격률을 제시하고 있다. 이 격률들의 내용을 살펴보면 언어사용자로서 일상적인 대화에서 화자가 준수해야 할 너무나 보편적이고 자명한 협조원리를 언명하고 있다. 하지만 우리 인간의 언어행위의 특성을 고려해 볼 때 매일의 일상적인 대화에서 이러한 격률들이 항상 준수되기는 어렵다. Grice의 대화의 원리를 그대로 따르면서 일상적인 의사소통을 한다면 인간의 언어행위는 단조롭고 무미건조해질 뿐만 아니라 간접화법, 은유, 유머, 위트, 농담 등의 언어적 함축이 존재하지 않을 것이다. 그럼에도 불구하고 Grice는 인간의 언어사용을 일반적으로 지배하는 보편적 원리가 존재해야 하며, 언어를 올바르게 사용하기 위해서는 인간의 의사소통을 가능케 하는 보편타당한 화용적 원리가 전제되어야 함을 강조하고 있다. 예를 들어, 어떤 대화에서 화자가 간접 언어행위의 방식을 사용하는 경우 그 화자는 공손의 원리를 준수하고자 하는 의도를 지닌 것으로 해석될 수 있다. 즉 자신의 의도나 생각의 직접적인 표출 혹은 과다한 노출로 인해 청자에게 생기게 되는 부담이나 거부감을 줄여주기 위한 배려나 의도로 간접 언어행위를 사용하는 것이다.

우리의 일상대화에서 이러한 보편적인 언어사용의 원리가 전제되고 준수된다면, 서로 다른 언어표출 방식을 지닌 화자와 청자의 만남과 대화에서 언어사용의 양상이 달리 나타나는 것을 확인하고 검증해 가는 과정을 통해 언어사용에 대한 자기중심적인 편견에서 벗어나게 되고 일방적인 의사전달의 방식을 극복할 있게 될 것이다. '보편적인 공손의 원리'를 준수한다는 것은 청자의 다른 언어표출 방식을 인정하고 이해하는 것을 의미하며, 청자가 동등한 언어사용사자로서 상호교류에 참여하고 있음을 인정하는 것이다. 언어가 단순히 화자와 청자를 위한 의사소통의 수단이 아니라 그 언어사용자가 지니고 있는 사고방식과 가치체계의 표상이란 점에서 '보편적인 대화의 원리'의 존재와 그것에 대한 준수는 더욱 중요하다.

3. 일보후퇴의 언어

의미-화용론적 관점에서 볼 때, 언어는 사회적 상호작용의 수단으로서 두 가지 조건 혹은 단계를 충족시켜야 한다. 화자가 명령, 약속, 간청, 사과 등을 표현하고자 할 때, 실제의 의미를 전달해야할 뿐만 아니라 청자와의 관계 및 그 청자와 맺은 사회적 관계의 형태도 고려해야 한다. 직접적으로 발화하지 않고 청자가 자연스럽게 해석을 유추 할 수 있도록 유도하여 안전한 의사소통 및 인간관계를 유지하는 것이 언어사용의 격률에서 가장 기본을 이룬다. 아래 예문 (3)의 언어표현이 좋은 예가 될 수 있다.

(3) a. I would appreciate it if you could close the window. (영어)
   b. 만약 창문을 닫아주신다면, (대단히) 감사하겠습니다. (한국어)

(3)에서 영어와 한국어의 공통점은 두 언어 모두 조건문을 사용하여 청자에게 간청을 하고 있다는 것이다. 영어는 'If you...'의 조건문을 사용하고 있고 한국어는 '만약 ...해 주신다면'의 조건문이다. 그 내용이 명령문이기는 하지만 명령태를 사용하고 있지 않다는 점이 공통적이다. 명령태 대신에 조건적인 방식으로 표현하여 이 언어표현의 화자가 청자로부터의 당연한 동의를 예상할 수 있는 우월한 관계 혹은 위치에 있는 것처럼 행동하고 있지 않다는 것을 의미하고 있다. '만약, ...그러면'의 진술형 표현--한국어에서는 존칭어미 혹은 존칭접사의 사용--을 통해 화자는 청자에게 명령문의 정보내용을 간접적으로 전달하고 있다. 특히 (3a)의 영어표현에서 흥미로운 점은 본동사 앞에 쓰인 조동사가 현재형 (will, can) 대신에 과거형(would, could) 이라는 것이다.

인지적인 관점에서 볼 때, '현재시제'를 사용한다는 것은 화자가 현재 실제로 거리상 청자와 근접해 있다고 인식하는 것을 전제하고 있으며, 반면 '과거시제'를 선택한다는 것은 신체적으로 청자로부터 멀어진다는 것을 의미한다. 다시 말하자면, '현재 바로 지금' 혹은 '현재의 시제'에 대해서 화자로부터 멀리 떨어져 있는 실체보다 신체적으로 화자와 가까이에 있는 실체에 대해서 더 직접적인 요구나 관심, 혹은 더 감정적이고 공격적인 표현을 할 수 있다고 인지하는 것이다. 결국 청자로부터 신체적으로 떨어져있다는 것은 현재의 '직접성', '머뭇거림 없음', 혹은 '공격성'으로부터 멀어지는 것으로 인식될 수 있다. 따라서 이러한 '현재시제-청자와의 근접'과 '과거시제-청자와의 원거리'의 관계는 우리 인간의 인지적 경험을 통해 신체적인 거리상의 차원을 넘어 언어사용자인 화자의 인지적 차원--화자가 언급하자고 하는 실체와 상황에 대해 어떻게 인식하고 대처해야 하는가의 문제--에서 접근해야 할 언어사용의 문제이다. 이러한 관점에서 볼 때, (3a)에서 과거형 조동사의 사용은 단순히 '현재형 대신 과거형'이라는 어휘선택의 문제가 아니라 언어표현의 직접성과 청자에 대한 공격성을 완화하기 위한 과거(시제)로의 물러남이라 할 수 있다. 아래의 도표가 이것을 잘 설명해 주고 있다.

(4) 시제의 사용에 대한 화자의 인지적 경험과 시제와의 관계

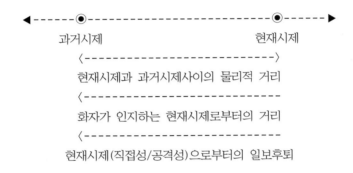

위의 도표에서 알 수 있듯이, 화자가 청자와 신체적으로 근접해 있을 경우에는 자신의 발화가 청자에게 직접적으로 영향을 미칠 수 있다고 인지하게 되고, 청자로부터 원거리에 위치해 있을 경우에는 발화의 직접성이 약화된다고 인지하게 된다. 따라서 화자와 청자사이의 물리적 거리는 화자가 제안, 약속, 간청, 초대, 사과 등을 표현할 때 청자에게 가해질 수 있는 잠재적인 위협을 완화시켜주는 매개체 역할을 하고 있는 것이다. 이러한 물리적 거리는 청자의 인지적 관점에서 볼 때도 덜 직접적이고, 덜 공격적이고, 덜 위협적으로 인식된다고 할 수 있다. 중요한 것은 현재시제(직접성)로부터 과거시제(간접성)로 잠시 한걸음 물러나고자 하는 화자의 의지와 인지적 행위가 있어야만 이러한 물리적 거리가 존재한다는 것이다. 결국 조건절과 함께 과거시제 조동사를

사용한다는 것은 과거(시제)의 의미가 아니라 일보후퇴의 언어를 사용한다는 것을 함축하고 있으며, 상대방의 입장을 고려하여 정중하고 조심스럽게 청자에게 다가감을 의미한다. 이것이 바로 화자의 인지적 경험과 의지가 맞물려 만들어 내는 '일보후퇴'의 언어사용이라 할 수 있다. 급하지 않게, 점진적으로, 잠시 머뭇거리면서 청자에게 다가가는 일보후퇴의 언어사용으로부터 상대방에 대한 배려와 존중이 생성되는 것이다.

지금까지의 언어사용에 관한 몇 가지 관찰은 우리 인간의 인지적 경험에서 나타나는 언어사용의 행태에 대해 화용론적 동기를 부여할 뿐만 아니라 인문치료에서의 언어사용에 대한 시사점을 제공하고 있다.

4. 인문치료에서의 언어사용

인문치료의 궁극적인 목적은 타인이 겪고 있는 다양한 형태의 정신적 고통을 치유하여 타인과의 긍정적인 관계를 통해 서로 행복하고 건강한 삶을 영위하는데 있다. 상대방을 긍정적으로 이해하고 타인의 고통과 부족함을 공감하며 치유의 통로를 제공하는 가장 근본적인 수단은 바로 의사소통이다. 강원대학교 인문과학연구소 인문치료사업단 HK교수인 이찬종(2010)은 의사소통의 기능을 다음과 같이 피력하고 있다.

커뮤니케이션은 우리의 삶에 영향을 준다. 긍적적인 커뮤니케이션은 삶을 긍정적으로 만들고 치유하는 능력을 갖는다. 긍정적인 말 한마디가 나와 타인을 감동시키고 사회를 행복하고 풍요롭게 만든다. 그러나 부정적인 커뮤니케이션은 나와 타인을 부정적으로 만들고 병들게 하여 사회를 어둡게 만든다...우리의 삶에서 대부분의 문제는 모두 커뮤니케이션의 문제에서 출발한다. 커뮤니케이션을 효과적으로 다룰 수 있다면 우리의 삶을 보다 더 행복하고 성공적인 삶으로 만들어 갈 수 있다. 어떤 커뮤니케이션을 하는가에 따라 우리의 생각, 태도가 변화하고 주변과의 관계, 세상은 변화할 것이다. 나의 말 한마디가 세상을 변화시키는 힘이다.

(『인문학 리더십코칭』에서 인용)

긍정적인 의사소통은 청자와의 공감을 통해 상대방을 이해하고 배려하는 언어의 사용에서 시작된다는 사실을 강조하고 있다. 인문치료에서 치료대상자들의 고민과 고통을 이해하기 위해서는 그들이 사용하는 언어를 이해해야할 뿐만 아니라 인문치료 구성원들이 공유하는 언어에 대한 이해도 필수적이다. 공감과 소통을 위해 어떠한 방식으로 인문치료의 언어를 사용할 것인가에 대한 고민이 필요하다. 인문치료에서는 언어의 한계성에 대한 경계심을 소홀히 하지 않는 동시에 언어오류나 언어일탈에 대한 폭넓은 용인도 필요하다. 언어가 지니고 있는 정보전달의 기능이라는 관점에서는 언어일탈 혹은 언어장애로 판명될 수 있지만, 인문치료의 미학적, 표현적, 사교적 기능의 관점에서는 용인될 수 있는 언어오류가 많이 존재하기 때문이다. 이러한 경계심과 용인으로부터 청자와의 교감이 이루어지고 공감의 씨앗이 싹트기 때문이다. 인문치료에서는 보편적인 대화의 원리를 최대한 준수하는 것이 필요하다. 이러한 준수로부터 타인의 언어표출 방식을 이해하는 공감의 능력이 생기기 때문이다. 또한 인문치료에서는 타인에게 조심스럽게 접근하기 위해 잠시 한 걸음 뒤로 물러나는 일보후퇴의 언어습관도 필요하다. 일보후퇴의 언어는 상대방을 존중하고 배려하는 공감의 능력을 향상시키기 때문이다. 소통을 위한 언어, 치유를 위한 언어는 인문치료의 언어사용의 틀에서 생성되고 진화한다. 언어의 쓰임과 의사소통에 대한 연구는 인문치료의 근간을 이루고 있기 때문이다.

| 참고문헌 |

강원대학교 인문과학연구소. (2010). 『인문학 리더십코칭』. 강원대학교 출판부.

윤영순. (2003). 옥타비오 파스와 언어의 기능: 「백지」를 중심으로. 라틴아메리카연구 16(2), 465~491.

이찬종. (2009). 「의사소통과 의사소통장애」, 『인문치료』. 강원대학교 출판부.

정성미. (2009). 「의사소통치료」, 『인문치료』. 강원대학교 출판부.

Chaika, E. (2000). *Linguistics, Pragmatics and Psychotherapy: A Guide for Therapists*. London & Philadelphia: Whurr Publishers.

Tylor, A. & Evans, V. (2001). The relation between experience, conceptual structure and meaning: Non-temporal uses of tense and language teaching. In P. Westney (Ed.), *Cognitive Linguistics I: Theory and Language Acquisition* (pp. 63~105). Berlin, New York: Mouton de Gruyter.

Yule, G. (1996). *Pragmatics*. Oxford: Oxford University Press.

인문학과 복지의 관계 맺기와 소통*

김 호 연

한양대학교 학부대학

이 글은 복지 영역에서의 인문학의 활용가능성을 탐색해봄으로써 인문학의 새로운 실천적 모델을 발굴하기 위한 기초 작업의 일환으로 시도한 것이다. 사실 인문학과 복지는 개인의 자아실현과 공동체의 행복을 통해 바람직한 사회상을 그려보려는 공통의 목표를 지향하고 있는 영역이고, 그렇기 때문에 두 영역은 상호보완적이면서도, 상호지원적인 역할을 수행할 수 있다고 생각한다. 이런 점에서 필자는 인문학도 인간 삶의 질 고양을 목표로 삼는 '복지사회'¹ 만들기에 일조하는 학문으로

---

* 이 글은 필자의 「인문학의 복지적 실천을 위한 시론적 탐색 – 사회서비스와 인문학!」, 『인문과학연구』 26 (2010.9), pp. 525~549를 수정한 것이다. 이 글에서는 넓은 의미에서의 인문학, 즉 문학, 역사, 철학, 예술 등 일반적인 의미의 인문학에 초점을 두고 논의를 진행하였다. 사회복지 영역에서의 구체적인 학문별 효용이나 실천 방식에 대해서는 또 다른 후속 연구가 필요하리라 본다.
¦ "복지국가는 국민의 생존권을 적극 보장하고 국민 복지를 증진하는 나라를 일컫는다. 높은 수준의 복지국가일수록 평등사상에 입각하여 사회복지가 보편적인 국민의 권리로 제도화되어 있으며 국민은 사회복지수급에 차별감, 낙인감 없이 일정 수준 이상의 삶의 질을 보장받는다. 이에 비해 복지사회라는 개념은 티트머스(Titmus)가 말하는 복지국가

서 기여할 바가 있을 것이라고 판단하고 있다.

수년 전부터 들려오기 시작한 인문학자들의 '과연 인문학이 설 자리는 있는가', '인문학은 어디에 설 것인가'라는 류의 절박한 물음거리는 '지금, 여기'에서도 여전히 수그러들고 있지 않다. 그렇기에 많은 인문학자들은 스스로의 몸에 생채기를 내면서까지 자성의 목소리를 높이고, 냉정한 비판의 장을 적극적으로 만들고 있다. 인간에 대한 학문이면서도 정작 인문학은 인간의 삶과는 동떨어져 자신만의 성곽을 짓고 있었던 것은 아닌가를 스스로에 묻고 있는 것이다. 2006년 고려대 문과대 교수들의 「인문학 선언」은 인문학의 사회적 소통 부재를 인문학 위기의 한 원인으로 진단했고,[2] 2007년 교육인적자원부는 인문학이 더 적극적으로 시대의 정신에 부응할 필요가 있음을 역설한 바 있다. 당시 교육인적자원부는 인문학이 개인의 삶의 질 향상뿐만 아니라 국가와 사회의 통합과 그에 기초한 국가 경쟁력 제고에도 도움이 될 수 있다는 것을 천명하며, 현실에 조응하는 인문학의 역할을 주문했다.[3] 여기서 우리가 주목해야 할 지점은 인문학과 사회와의 '관계와 소통'이 그간 부족했다는 사실일 것이다. 따라서 우리가 만일 인

의 연장선상에서 보편주의와 예방적 성격을 띤 공공복지서비스가 확대되는 국가, 롭슨(Robson)이 뜻하는 국가개입의 확대보다는 국민 개개인들의 인식이나 태도의 변화를 지칭하는 등 통일된 개념이 없다." 이렇게 보면 복지국가와 복지사회는 구분되는 개념으로 보이지만, 현재 두 용어는 거의 같은 의미로 사용된다. "다만 복지가 국가 뿐 아니라 다양한 공급자들로부터 제공되는 등 사회전체가 국민들의 행복과 삶의 질을 실제로 향상시키는데 동참하고자 노력해야 한다는 이상적 의미를 강조할 때 복지사회란 용어를 활용하는 것으로 이해된다." 성민선, 「교육과 사회복지의 공유영역」, 『사회복지리뷰』 14 (2009), p. 12.

2 고려대 문과대 교수 121명은 2006년 9월 15일 '인문학 선언'을 발표한 바 있다. 당시 이들은 무차별적 시장논리에 밀려 인문학에 대한 사회적 경시풍조가 갈수록 만연하고 있는데다, 대학 내에서도 학생수 급감과 연구 지원 미비 등 인문학의 학적 토대마저 붕괴하고 있다는 인식을 선언의 방식으로 세상에 알려, 인문학 위기 담론의 유행에 커다란 촉매제가 되었다.

3 이는 교육인적자원부가 인문학이 인간 개개인은 물론이고 집단 전체가 가야할 길을 제시해주고, 인간 개개인과 집단의 안녕과 복지를 위해 꼭 필요한 학문이라는 점을 인식한 결과일 것이다. 교육인적자원부, 「인문학 진흥 기본계획」(2007. 5). 이에 대해서는 www.moe.go.kr 참조.

문학의 위기를 벗어나 인문학의 시대적 소명을 달성하려 한다면, 무엇보다 '관계와 소통'을 어디서부터, 어떤 방식으로 시작해야하는가를 궁리해 볼 필요가 있다.

필자는 인문학과 사회와의 '관계와 소통'을 복지의 영역에서 시작해보자는 생각이다. 이는 인문학이 "일정한 공동체적 삶의 틀 속에서 인간으로서의 각자의 역할을 수행할 수 있는 덕을 형성시킴으로써 인간 개개인과 공동체의 안녕에 도움을 주는 학문"[4]이기 때문이다. 더욱이 최근 물질문명의 발달로 인한 정체성 상실이나 원인모를 질환의 증가,[5] 연예인들이나 청소년들의 자살,[6] 그리고 행복에 대한 대중적 관심의 증폭 등 인간 삶의 의미나 가치를 둘러싼 다중의 관심이 커져만 가고 있다. 인간 실존과 사회의 조건을 견주어 탐구하는 인문학이 나설 때인 것이다. 어차피 인간이 세상의 중심인 이상, 인간학인 인문학이 없는 세상이란 있을 수 없는 것 아닌가. 다만 '지금, 여기'의 문제가 중요할 뿐이다.

최근 지식 생산지로서의 대학의 역할이나 목적, 위상이 변화하고 있다. '지금, 여기'에서 우리에게 필요한 것은 단순히 앎의 지평을 확장하는 것만이 아니라 그 앎을 재조직하여 활용하는 수행적 지식(performative knowledge)의 시대적 중요성을 인식하고, 이를 실천하는 일이다. 그간 텍스트에만 천착해온 인문학은 대중과 소통하지 못함으로써 그 실용성이나 효용성에서도 의심의 눈초리를 받아 왔다. 하지만 인문학의 실용성이나 효용성은 정량적 분석이나 물질의 획득

---

4 임재진, 「'인문학 위기' 담론의 실제와 그 반성」, 『동서철학연구』 21(2001), p. 206.
5 김호연, 「의학의 진실」, 『서양사론』 94(2007), pp. 389~401 참조.
6 국회 교육과학기술위원회 김춘진 의원(민주당)의 보고에 의하면 지난해 스스로 목숨을 끊은 초·중·고생이 200명을 넘어선 것으로 나타났다. 이는 2008년도에 비해 50% 가까이 급증한 수치이다. […] 자살 원인으로는 가정불화·가정문제 34%(69명), 우울증·비관 13%(27명), 성적비관 11%(23명), 이성 관계 6%(12명), 신체결함·질병 3%(7명), 폭력·집단 괴롭힘 2%(4명) 등으로 파악됐다. "작년 초중고생 자살 200명 넘어…47% 급증," 연합뉴스, 2010. 8. 15.

정도만으로 감지할 수 있는 것이 아니다.[7] 인문학은 삶의 방향을 상실한 사람들이나 집단에게 존재의 의미와 가치를 일깨워줌으로써 더 나은 방향을 제시해준다는 점에서 그 자체로 실용적이라 할 수 있다. 그렇기에 인문학은 인간 삶의 필수비타민이자 희망체이며, 행복학인 것이다.[8]

　필자는 이러한 문제의식에 기초하여 사회서비스 영역에서 인문학의 활용 가능성과 그 실천 방안을 시론적으로 탐색해보고자 한다.[9] 이를 통해 필자는 인문학이 복지에 대한 관심이 높은 사회적 흐름에 조응하는 학문으로서 시대정신과 소통하는 학문이라는 인식을 쌓는 계기가 되길 바라고, 더불어 인문학의 새로운 지형도를 그리는 데도 기여할 수 있기를 기대해 본다.

인문학의 실용적 가치는 셈할 수 없다!

　20 대 80의 사회.[10] 우리 사회의 양극화 심화를 상징하는 표현이다.

---

7 김호연·유강하, 『인문치료학의 정립을 위한 시론적 연구』(춘천: 강원대출판부, 2009), pp. 4~5.
8 김호연·유강하, 『인문학, 아이들의 꿈집을 만들다』(서울: 아침이슬, 2010), pp. 13~18.
9 필자는 인문학과 복지의 관계 또는 인문복지를 넓게 보아 인문학적 차원에서 복지를 바라보고, 인문학을 활용하여 인문정신과 그 가치를 복지의 영역에서 실천한다는 의미로 파악하고 사용한다. 한 보고서에 실린 다음의 정의가 인문학과 복지의 관계 또는 인문복지에 대한 개념을 구성해가는 데 도움이 될 것 같다. 인문복지는 협의로 보면 "인간으로서의 가치를 인식하고 자기를 성찰할 수 있는 최소한의 기회를 보장하여, 사회 내에서 어떠한 경제적 상황, 어떠한 학력을 가지고 있더라도, 각자가 원하는 인문학적 수혜를 받아, 기본적으로 자신과 인생을 스스로 인식할 수 있도록 도움으로써 행복한 삶을 영위해갈 수 있도록 돕는 공적, 사회적 지원"으로 정의할 수 있는데, 이는 소외계층이나 고통에 처한 사람들이 스스로 요구하거나 구매하기가 힘든, 따라서 국가 또는 지자체 또는 복지법인이 구입, 혹은 확보하여 그 향유의 기회를 보장해 주어야하는 일반적인 개념의 '복지'의 일환으로 이해할 수 있다. 광의의 인문복지 개념은 "인문학 공급과 그 실천적 효용성을 제고하여 전사회적 소통의 장이 마련되고, 나아가 인문학적 가치에 대한 시민의식을 높이고, 인문학에 대한 적극적 향유의 흐름을 만들어 낸다"는 것이다. 경제·인문사회연구회 편, 『인문복지의 증진에 기여하는 실천적 인문정책』(2008), p. 5 & i.

주지하다시피 성장 위주의 경제 정책에 기초한 급속한 산업화, IMF 관리체제, 신자유주의의 대두 등을 경험하면서 우리 사회의 계급 간 격차 및 사회 양극화는 점진적으로 심화되어 왔다. 이는 정의롭지 못한 사회의 표상으로 인식되며 수많은 대응 방안을 제시하고 있으나, 제시되는 여러 해결책은 그리 마뜩치 않아 보인다. 더욱이 이런 현상은 소수자나 사회적 약자를 넘어 중산층에게도 전이되어, 우리 국민 대다수가 최소한의 사회문화적 삶의 기회마저 박탈당하는 상황에 처할지도 모른다는 우려가 나오고 있다.[11] 문제의 심각성은 이런 상황이 오늘의 현실일 뿐만 아니라 내일의 문제이기도 하다는 데 있다. 즉 계급 간 격차와 사회 양극화 현상의 심화는 상속재산이나 유전 형질처럼 미래에도 전승될 수밖에 없다는 것이다. 이는 사회의 많은 사람들이 교육기회나 복지혜택의 향유를 적극적으로 누리지 못함으로써 더 나은 삶을 만들어갈 만한 기회를 박탈당한 채, 자신들의 열악한 삶의 조건을 후대에게 대물림할 수밖에 없는 상황에 처한다는 것을 의미한다. 즉 계급 간 격차와 사회 양극화의 심화는 인간다운 삶을 살아갈 수 있는 기본적인 조건마저 상실하게 하는 원인이 됨으로써 개인의 행복은 물론이고, 바람직한 사회의 상을 그려가는 데 장애가 될 수 있다.[12]

---

10 오스트리아와 독일 출신 언론인인 한스 피터 마르틴과 하랄트 슈만이 '세계화의 덫'에서 제기한 화두다. 20 대 80의 사회란 인구의 20%인 엘리트만 부유한 삶을 누릴 수 있고, 나머지 80%는 빈곤해진다는 사회이론이다. 이에 대해서는 한스 피터 마르틴 외 지음, 강수돌 옮김, 『세계화의 덫』(서울: 영림카디널, 2003) 참조.

11 "경제가 성장해도 성장의 과실이 중소기업이나 서민들에게까지 파급되지 않는 현상이 심화하면서 중산층이 무너지고 있다. 성장의 혜택이 대기업 등 소수의 승자에게만 편중되고 고용이나 중산층 소득 증가로 이어지지 않으면서 빈곤층으로 편입되는 중산층이 늘어나고 있는 것이다. '20 대 80의 사회'가 본격적으로 도래하는 것 아니냐는 얘기가 나오는 이유다." 지나친 과장인지는 두고 볼 일이다. "무너지는 중산층.. '20대 80의 사회' 오나," 연합뉴스, 2010. 7. 22.

12 최근 교육복지에 대한 관심과 투자가 증가하고 있는 사실은 최근의 사회적 현실을 잘 반영해주고 있다. 교육복지에 대해서는 안우환, 「교육소외 계층의 교육격차 극복을 위한 교육복지 정책의 발전방안 모색」, 『교육학 논총』 제28권 제1호 (2007), pp. 67~84 및 이정선, 「교육복지투자우선지역지원사업을 통한 교육복지공동체의 구축: 시론」, 『초등도덕교육』 제30집 (2009), pp. 73~111 참조.

한편 신자유주의의 유행과 물질주의적 가치관의 흐름은 실용성과 결과를 지나치게 중시하는 사회풍조를 양산함으로써 학문 영역에서도 유용과 무용을 가르는 굵은 선을 긋게 하고 있다. 인문학의 위기가 이와 연관된 것은 물론이다. 하지만 인문학은 무용의 학문이며, 쓸모없는 학문이라는 세간의 주장은 수용하기 어렵다. 왜냐하면 인문학은 먹고 사는 데 필요한 도구로서는 실용성이 떨어질 수는 있겠으나, 적어도 인간 삶의 의미와 가치를 부여하는 학문이라는 점에서 그 어떤 학문보다 실용적인 학문일 수 있기 때문이다. 만일 어느 누가 자아와 그 자아가 관계를 맺고 있는 세계에 대한 의미와 가치 부여를 상실한다면, 이는 곧 실존적 위기를 맞게 되는 결과를 낳는다. 현대 사회에서 급속도로 증가하고 있는 자살, 그것은 아무 것도 아닌 존재, 아무런 의미도 가치도 없는 존재라는 인식이 가장 큰 원인 아니었던가.[13] 실존적 위기에 처한 인간에게 면역력을 길러주는 것이 바로 인문학이다. 무엇을 위한 수단이 아니라 그 자체가 목적인 인문학은 현상적으로는 먹고 사는 문제와 상관없는 비실용적인 학문으로 보이지만, 본질적으로는 인간 삶의 목적과 의미를 성찰하는 가장 실용적인 학문인 것이다.[14]

뿐만 아니다. 어떤 한 사회가 위기에 빠졌을 때도 인문학은 중요한 역할을 수행한다. 사회적인 갈등은 위기의 주된 원인이 된다. 이는 무엇보다 폭넓은 공감대가 형성되지 않았기 때문일 것이다. 이 때 필요한 것이 바로 인문학이다. 인문학적 사유가 천착한 주제는 다름 아닌 인간 삶과 그 관계의 의미이기 때문이다. 과연 어느 누가, 또 어떤 사회가 이런 주제로부터 자유로울 수 있겠는가. 그렇기에 인문학은 있으면 좋고 없어도 그만인 것이 아니라 인간 사회가 생존하는 데 필요한 하나의 절대적인 필요조건이라고 할 수 있는 것이다.[15]

---

13 김호연·유강하, 『인문치료학의 정립을 위한 시론적 연구』, pp. 5~6.
14 김기봉, 「참을 수 없는 존재의 가벼움과 역사의 무거움」, 『인문치료학의 현재와 미래: 이론, 방법, 실제』(2010), p. 49.
15 김호연·유강하, 『인문학, 아이들의 꿈집을 만들다』, pp. 158~159.

이런 점에서 인문학의 실용성을 논할 때, 인문학의 경제적 가치를 측정하려는 시도는 무의미한 것일 수 있다. 우리는 인문학의 경제적 가치가 얼마인가라는 질문을 인문학이 물질적으로 얼마나 기여할 수 있는가로 이해하기 보다는 인문학이 인류의 지속 가능한 복지 향상에 얼마나 기여할 수 있는가로 해석할 필요가 있을 것이다. 왜냐하면 복지가 만일 인간 삶의 질 고양과 관련된 것이라면, 이를 위한 요소에는 계량화할 수 없지만 매우 중요한 가치들, 이를 테면 생명, 자유, 정의, 행복 등등이 포함될 수 있을 것이기 때문이다.[16] 따라서 인문학의 실용성을 계량화된 수치로 따져 묻는 방식보다는 가치 기여도 차원에서 인문학의 실용성을 논하는 것이 바람직할 것이다. 더불어 "사회과학이 다양한 사회문제를 해결하기 위한 처방전을 내어놓는 치료의 기능을 한다고 하면, 인문학은 그러한 문제의 근본적인 해결을 가능케하는 예방적인 기능을 한다고 볼 수 있다. 일반적으로 병 치료를 위한 비용보다 사전 예방을 위한 비용은 훨씬 적게 든다고 한다."[17] 인문학은 유용한 학문일 수 있는 셈이다.[18]

이런 견지에서, 복지가 인간 행복이나 건강의 문제와 직결되어 있는 것이라면, 인간과 행복을 주된 화두로 삼는 인문학이야말로 가장 실용

---

16 김완진, "경제발전과 인문교육," 『인문정책 포럼』 5 (2010 여름), pp. 15~16.
17 같은 글, pp. 17~18.
18 [표] 인문학의 유용성에 대한 인식내용

인문학이 중요한 이유	응답기관수 (개)	비율(%)
인문학이 인생의 의미를 되새기는데 도움이 되기 때문에	7	16.3
인문학이 자기정체성 확립에 도움이 되기 때문에	9	20.9
인문학이 개인 및 사회성원의 문화적 교양을 고양시키기 때문에	10	23.3
인문학이 사회발전에 근간이라 생각하기 때문에	6	14.0
인문학이 물질만능사회에서 인간성 회복에 기여하기 때문에	10	23.3
기타	1	2.3
합계	43	100

출처: 한국학술진흥재단 「인문학 강좌 실태 조사 연구」(2007), 경제 · 인문사회 연구회 편, 앞의 논문, p. 25.

적일 수 있는 학문영역이며, 사회적 위험을 미연에 방지할 수 있는 사회적 자본(Social capital) 학문의 하나일 수 있다는 논리가 성립할 수 있지 않을까.

사회서비스와 인문학의 관계 맺기

인문학을 공적·사회적 지원을 통해 인문학적 수혜가 필요한 모든 대상에게 제공할 수 있다면, 이는 계급간 격차와 사회 양극화 심화를 해소하는 한 방식으로서 인간 삶의 질을 고양할 수 있는 계기를 제공할 수 있는 길이 열릴 수 있지 않을까.

필자는 기본적으로 인문학과 복지의 관계를 단순히 콘텐츠 제공과 목적 실현, 즉 수단과 목적의 구도 속에서 파악하기 보다는 인간 행복의 추구라는 동일 목적을 지닌 별개의 영역이지만, 그 별개의 영역들은 분리될 수 없다는 통합적인 틀 속에서 인식해야 할 필요가 있으리라 본다. 이런 측면에서 필자는 인문정신의 확장을 지역을 중심으로 전개되는 사회서비스와 접목할 수 있는 방안을 강구해볼 필요가 있다는 생각이다. 사회서비스는 기본적으로 "공동체 생활을 위해 인간들이 만들어 낸 다양한 사회제도들인 가족, 교육, 종교, 경제, 정치제도들이 각각 자녀양육, 사회화, 사회통합, 생산-분배-소비, 그리고 사회통제 기능 등 각각의 고유한 기능을 수행해왔지만, 현대사회에서 기존의 제도들로는 감당할 수 없을 정도로 복잡하고 다양해진 인간의 기본적인 복지 욕구를 감당하기 위해 공적, 사적 기관들이 등장하면서 사회적 지원을 제도화한 것"[19]으로 볼 수 있다.

보건복지가족부의 정의에 의하면, 사회서비스란 "일반적인 의미에서 개인 또는 사회전체의 복지증진 및 삶의 질 향상을 위해 사회적으로 제

---

19 사회서비스는 제도화된 사회복지의 한 방식이다. 성민선, 앞의 논문, pp. 12~13.

공되는 서비스"로 "집합적 대응이 필요하다고 사회적으로 인정되고 개인과 국가가 공동으로 책임지는 국가 혹은 지역서비스"를 일컫는 개념이다. 여기에는 "공공행정(일반행정, 환경, 안전), 사회복지(보육, 아동·장애인·노인 보호), 보건의료(간병, 간호), 교육(방과 후 활동, 특수 교육), 문화(도서관·박물관·미술관 등 문화시설 운영) 등이 포괄적으로 포함된다.[20] 이는 사회서비스가 기본적으로 개인이 감당할 수 없는 서비스를 공적 영역에서 일상적으로 공급하여 개인과 공동체 모두의 삶의 질 향상에 기여하는 이타주의적 사회적 동기의 산물이라는 점을 잘 보여준다.

사회서비스가 정책적 차원에서 추진된 배경은 무엇보다 새로운 사회적 환경의 대두와 관련이 깊다. 첫째, 새로운 사회적 위험, 즉 저출산·고령화 등 인구구조의 변화, 핵가족화 등 가족구조의 변화, 여성의 경제활동 참여 증가로 돌봄이나 양육과 같은 사회서비스에 대한 수요 증가 현상을 들 수 있다. 둘째로는 사회 양극화의 심화가 상대적 취약계층의 증가로 이어져 저소득계층이나 아동·노인·장애인 등 취약계층의 삶의 질 향상을 도모하고, 이들의 경제활동 참여 촉진과 빈곤층 전락을 예방할 필요성이다. 세 번째로는 취약계층 보호 외에 인적자본 형성을 통한 예방적 복지를 통해 신빈곤층의 확산을 제어함으로써 빈곤의 세습 방지와 사회이동을 촉진할 필요성이 제기되었기 때문이다. 마지막으로는 현실적인 이유로서 괜찮은 일자리 창출을 통한 능동적 복지를 구현하기 위함이었다.[21] 이는 지역을 중심으로 하는 지역사회서비스 투자사업으로 이어졌는데, 이는 사회적 환경 변화에 따른 새로운 사회서비스

---

20 보건복지가족부, 『2010년도 지역사회서비스투자사업 안내』, p. 3.
21 한국고용정보원의 자료에 의하면, OECD국가의 평균 사회서비스 취업비중이 21.7%('03년)이나 우리나라는 13.1%로 현저히 낮아 매우 열악한 수준이다. 보건복지가족부는 사회서비스 분야의 일자리 창출을 중요한 정책지표로 삼고 있다. 2008년 한국은행의 통계자료에 의하면 10억원당 소요되는 취업자수는 서비스업 20.5명, 전산업 16.9명, 제조업 12.1명인데 비해 사회복지서비스업은 27.6명에 달한다. 이에 대해서는 같은 책, p. 4.

욕구가 지역·계층별로 다양하게 분출하여 전통적인 중앙집중식 접근 방식으로 대응하는 데 한계가 있고, 지역별·계층별 특성에 맞는 다양한 사회서비스를 분권적 방식으로 지역사회가 주도하여 개발할 필요성이 있다는 문제의식의 결과였다.[22]

고용노동부에서도 사회서비스와 연계한 사회적 기업 양성 사업을 전개하고 있다. 고용노동부에서는 사회서비스를 "개인 또는 공동체의 복지증진 및 삶의 질 제고를 위해 사회적으로 제공되는 서비스로서 교육, 보건, 사회복지, 보육, 문화, 예술, 관광, 운동, 환경, 산림보전 및 관리, 지역개발, 간병 및 가사지원 관련 서비스 등과 이에 준하는 서비스"로 정의하고, 사회서비스 주요 수혜 대상인 취약계층을 "사회적 기업 육성법 제2조 제2호 및 같은 법 시행령 제2조에 의한 저소득자, 고령자, 장애인, 성매매피해자, 그밖에 노동부장관이 취약계층으로 인정한 장기실업자 등"으로 규정한다. 한마디로 고용노동부의 사회적 기업 양성 사업은 취약계층의 사회적 일자리를 창출하는 데 그 목적이 있다. 고용노동부에서는 다양한 모델, 즉 『기업연계형 사업』,[23] 『지역연계형 사업』,[24] 『모델발굴형 사업』,[25] 『예비사회적기업』,[26] 등을 발굴하

22 [표] 기존 서비스와 지역사회서비스 비교

	기존 서비스	지역사회서비스
수요·욕구	기초적 욕구, 절대적 빈곤 (빈곤·질병관련 사회안전망 구축)	상대적 욕구, 상대적 빈곤 (인적자산 및 사회기반 투자)
대응방식	국가 최저기준 설정, 특정된 서비스, 소수의 전문복지기관 중심	보편적이며, 지역·계층별 서비스, 다양한 제공기관 참여
개발·운영	중앙정부 중심	중앙과 지방정부의 협력 중심

같은 책, pp. 8~9.

23 민간기업의 자원(현금·현물·경영지원 등)을 동원하고, 비영리단체-기업(-지방자치단체)간 적절한 역할 분담을 통하여 사회적 일자리를 창출하는 사업을 말함.

24 민간기업과 연계하지는 않았으나, 지방자치단체, 대학·연구소, 병원, 공공기관, 그밖에 다른 비영리단체 등 지역사회의 다양한 자원(현금·현물·인력·전문성 기부, 경영지원 등)을 동원하고, 상호간 파트너십을 통하여 사회적 일자리를 창출하는 사업을 말함.

25 새로운 사업모델을 발굴하여 인큐베이팅하는 초창기 사회적 일자리 사업으로, 기업연계형 또는 지역연계형에 포함되지 않고 수익구조도 다소 미흡하나, 일정기간 후에는 기업연계형 또는 지역연계형으로의 전환 및 수익구조 창출이 가능하다고 판단되는 사업을 말함.

여 지원하고 있다.[27]

교육과학기술부의 사회서비스 관련 사업은 교육복지투자우선지역 지원사업과 저소득층(농산어촌 포함)에 대한 방과후 학교 지원 사업이 있고, 민간을 중심으로 시작된 빈곤아동과 부모 대상의 위 스타트(We start) 사업[28] 등이 있다. 이 사업들은 계층 간 경제적 격차와 교육격차 심화를 해소하여 저소득층과 낙후지역 청소년의 삶의 기회와 교육기회를 확충할 목적으로 실시되었는데, 이는 특정 사회계층을 대상으로 대규모 교육복지 사업을 추진했다는 점에서 매우 이례적인 일로 받아들여지고 있다.[29]

여기서는 교육복지투자 우선지역 지원사업을 중심으로 교육과학기술부의 사회서비스 사업을 살펴볼 것이다. 이 사업은 2003년 서울, 부산 등 8개 지역에서 시범적으로 시작하여 현재에 이르고 있는데, 이 사업은 학교만을 대상으로 하는 지원방식에서 벗어나 교육청, 일반지자체, 민간복지기관, 시민사회단체 등이 유기적인 네트워크를 구성하여 진행됨으로써 사업지역이 교육을 매개로 하는 단일한 공동체를 형성하게 했다는 점에

26 「사회적 기업 육성법」상 사회적 기업 인증요건을 모두 충족시키지는 못하나, 사회적 목적을 추구하고, 영업활동을 통하여 수익을 창출하는 등 사회적 기업으로의 실체를 갖추고 있어 일정기간의 지원 또는 성장을 거쳐 사회적 기업으로의 전환이 가능할 것으로 기대되는 기관·단체를 말함.
27 사회적 기업에 대해서는 다음의 사이트를 참조하라. http://www.socialenterprise.go.kr/검색일:2010.07.19.
28 우리나라에서는 2004년에 민간단체를 중심으로 위 스타트 사업이 시작되었다. 이 사업은 외환위기 이후 절대 빈곤율과 상대 빈곤율이 모두 크게 높아지는 상황에서 가난의 대물림을 끊자는 취지에서 시작되었다. 우리나라의 위 스타트 사업에 대해서는 이봉주, 「빈곤 아동을 위한 위-스타트의 역할과 과제」, 『지역사회 아동복지기관 역량강화를 위한 세미나』(2010), pp. 4~25 및 http://westart.joins.com/검색일:2010.08.01 참조.
29 우리에게는 다소 낯선 위 스타트 사업은 1960년대 미국에서 통합적 아동발달 사업으로 등장한 헤드스타트 프로젝트(Head start project)와 성격이 유사하다. 이 사업은 저소득층 영유아와 그 부모에게 교육, 건강, 영양, 사회적 서비스, 부모참여 등 포괄적인 서비스를 제공하는 사업이었다. 이 사업은 문화적으로 실조된 빈곤아동들에게 조기에 부족한 부분을 보충해 주면, 아동들의 학업성취 수준은 높아질 것이고, 이는 궁극적으로 빈곤에서 벗어나게 해 줄 것이라는 생각에서 출발했다. 김성학, 「저소득층 청소년 대상 교육복지 사업의 현황, 과제 그리고 가능성」, 『청소년복지연구』 제10권 제3호 (2008), pp. 2~4.

그 특징이 있다. 이 사업은 사회 양극화 심화로 인한 취약 계층의 교육기회 불평등을 완화하고, 지역별·학교별 교육 격차 해소에 무게 중심을 두고 있다. 이는 교육, 문화, 복지의 유기적 연결망을 지역을 중심으로 구축하여 교육기회의 평등과 권리를 실현하고자 한다는 점에서 큰 의의가 있다. 사업내용은 크게 학습능력증진, 문화체험활동지원, 심리 및 정서 발달 지원, 교사와 학부모지원, 복지프로그램 활성화, 영유아 교육, 보육 활성화 지원, 등이 있다.[30] 최근에는 공교육 내실화와 전인교육 실현을 목적으로 하는 창의적 체험활동이 2009년 3월 기본 계획이 수립되어 2010년 9월 시범 사업을 거쳐 현재 거의 전면적으로 시행되어 가고 있다. 이 사업의 목표는 배려와 나눔을 실천하는 인성교육, 새로운 가치를 창출하고 동시에 더불어 살 줄 아는 인재 양성에 두고 있다.[31]

각 부처의 사회서비스는 기본적으로 국가 단위에서 재정을 지원하는 체계이지만, 그 실행과 운영 그리고 창의적 사회서비스의 발굴은 전적으로 지역의 몫이다. 즉 사회서비스는 탈중앙집권적인 분산화된 방식의 복지시스템으로 볼 수 있다. 더불어 지역을 중심으로 전개되는 다양한 사회서비스 사업은 어떤 한 사회의 모든 자원을 그 사회의 구성원들이 공유하고 함께 나눌 수 있고, 그 나눔의 바탕 위에서 스스로의 발전을 돕는다는 의미에서 '사회정의'의 구현을 위한 실천 방식 가운데 하나라고 할 수 있다.[32] 이는 인문학이 사회서비스와 접목될 수 있는 성질의

---

30 교육복지투자 우선지역 지원사업에 대해서는 다음 사이트를 참고했다. http://eduzone. kedi.re.kr/검색일: 2010.07.15.
31 창의적 체험활동에는 자기소개서(대학진학, 위업, 교육용), 자율활동(적응, 자치, 행사, 창의적 특색활동), 동아리활동(학술, 문화예술, 스포츠, 실습노작, 청소년 단체활동), 봉사활동(교내, 지역사회, 자연환경보호, 캠페인활동), 진로활동(진로상담, 진로탐색 및 체험, 자격증 및 인증 취득 등) 등이 있고, 그 밖에 방과후 학교 활동과 독서활동도 포함된다. 창의적 체험활동에 대해서는 다음을 참조하라. http://www.edupot.go.kr/검색일: 2010.07.20.
32 "사회정의론에서 가장 일반적으로 논의되는 범주는 물질적 자원 및 사회적 가치의 배분과 관련된 분배정의이다. [⋯] 사회정의론에서 일반적으로 논의되는 분배정의는 자원들이 인간의 생존과 생활에 요구되는 욕구의 형평적인 충족에 초점을 둔다. 즉 인간들 간의 관계는 욕구를 충족시킬 수 있는 자원이나 가치들에 의해 매개되며 이 관계에 있어 정의는 이러한 자원이나 가치들에 관한 욕구가 어느 정도 형평성있게

학문임을 보여준다 할 것이다. 사실 인간 사회의 모든 현상은 인간을 중심으로 발현되고 있고, 사회의 모든 재화와 용역은 기본적으로 인간을 향해 있다. 인문학은 인간 삶의 가치를 다루고, 이를 통해 인간 삶의 질 향상을 돕는 학문이다. 인문학은 자기 존재의 고유한 가치를 깨닫고 그 속에서 자기 존재의 본질적인 의미를 깨닫도록 도움을 줌으로써 조금은 더 행복하고 질높은 수준의 삶을 향유할 수 있도록 돕는 역할을 한다. 누군가가 삶의 고단함 속에서 고통을 느끼고 있다면, 그에게 필요한 것은 단순한 물질적 조건의 향유보다는 무엇보다 인문학적 사유가 줄 수 있는 존재감이나 행복감일 것이다. 더구나 인문학은 개인의 행복에만 관심을 기울이지 않는다. 인문학은 개인의 개발이나 행복을 강조하지만, '관계와 소통'에 주목하며 인간 삶과 그 관계의 의미에 천착한다.[33] 이런 점에서 인문학은 개인 또는 공동체 전체의 삶의 질을 고양하고, 이로써 건강한 사회를 지속하려는 공적 지원 체계인 우리 정부의 사회서비스 사업 영역에서 매우 중요한 역할을 담당할 수 있으리라 본다.

요컨대 사회정의의 구현과 인간 삶의 질 고양을 도울 수 있는 인문학은 사회서비스로서 제공될만한 가치가 있고, 사회서비스는 그 자체로 인문학 정신을 구현하는 실천의 한 방식이 될 수 있을 것이다.

사회서비스로서 인문학 활용하기

그러면 사회서비스와 인문학은 어떤 관계에 있을까? 먼저 사회복지의 개념과 목적을 살펴보자. "사회복지는 흔히 일반명사로서의 복지와 복지

충족되었는가에 의해 결정될 것이다." 배미애, 「사회정의와 복지지리학에 관한 고찰」, 『한국지역지리학회지』 제9권 제4호 (2003), p. 549.

33 21세기 인문학의 시대적 위상은 모든 것들의 행복을 돕는 행복학으로서의 인문학 정신, 즉 '관계와 소통'에 주목하는 일에서 시작해볼 필요가 있을 것이다. 이에 대해서는 김호연·유강하, 『인문학, 아이들의 꿈집을 만들다』 참조.

를 위한 사회제도를 뜻하는 사회복지라는 용어로 사용된다. 일반명사로서 복지는 모든 인간의 궁극적 목표인 행복(wellbeing)의 주관적인 체감 정도 또는 객관적으로 실제 이용 가능한 서비스에 대한 만족 상태를 나타낸다. 사회복지라고 할 때는 좀 더 구체적으로 사회 모든 구성원들이 복지(행복)를 위해 체감할 수 있도록 실제로 필요한 정책과 서비스를 국가 또는 전체로서의 사회가 책임을 지고 제도화하고 실행하는 것을 나타낸다. 사회복지는 국민들이 기본적인 욕구를 충족하는 가운데 행복한 삶을 영위할 수 있도록 사회전체가 노력하는 과정과 그 산물로서의 제도, 정책, 서비스 프로그램 등을 총칭한다. 현대의 사회복지는 기본적으로 국민 전체가 대상이 되며 재원을 국민의 세금으로 충당하는 공적영역이다. 사회복지는 사회의 모든 구성원들이 최소한 인간다운 생활을 영위할 수 있도록 신체적 건강, 정서적 안정 그리고 경제적 안정 등 기본적인 욕구를 충족시킬 수 있도록 필요한 사회적 지원을 제공한다. 사회취약계층이나 일부 특수 욕구를 가진 사람들 뿐 아니라 사회의 전 구성원을 대상으로 하며, 누구든 예방차원과 사후 차원에서 필요(욕구)가 발생할 경우 국가나 사회로부터 지원을 받을 수 있다. 사회복지는 기존의 사회제도들이 적절히 수행하지 못하는 사회적 지원 기능을 수행하기 위해 등장한 새로운 제도이다. 사회복지의 목적은 개인이 적절한 사회적 기능을 수행함으로써 자기실현과 웰빙을 성취하도록 돕기 위한 것이다."[34]

인문학은 사회복지의 개념 및 목적과 매우 유사한 정신과 가치를 담고 있는 학문이다. 주지하다시피, 인문학은 인간 삶의 가치를 다루고, 이를 통해 인간 삶의 질 향상을 돕는 학문이다. 많은 이들은 편리한 도구를 만들어 내는 실용 학문이나 경제적 이익 창출에 유리한 학문에만 관심을 쏟는다. 그런데 정작 그 '실용성'과 '경제적 이득'의 최종 지향점이 더 나은 삶과 직결되는 것이라면 인문학이야말로 가장 실용적이면서

34 성민선, 앞의 논문, pp. 11~12.

도 이득이 되는 학문이라고 할 수 있다. 인간 삶의 가장 기본적인 것들과 결부된 문제들에 대한 해석과 비판 그리고 성찰은 인문학적 사유의 주된 부분이기 때문이다. 즉 인문학은 수많은 인간 삶의 절박한 문제들의 해결책을 도출하기 위해 반드시 거쳐야만 하는 플랫폼(platform)인 것이다. 따라서 인문학은 인간을 둘러싼 여러 문제의 발생을 미연에 방지하는 예방 학문으로서 효과적인 역할을 할 수 있다. 또한 사회서비스는 사회의 모든 자원을 그 사회의 구성원들이 공유하면서 개인과 공동체 모두의 삶의 질 향상을 꾀한다. 이는 '사회 정의 구현' 또는 '사회통합'이라는 인문학 정신과도 상통한다. 이런 점에서 인문학은 이미 그 안에 사회복지의 이념을 내포하고 있다고 할 수 있는 측면이 있으며, 효과적인 실천을 통하여 그 이념을 실현시킬 수 있는 방법론을 궁리할 필요가 있다. 인문학은 21세기에 필수적인 사회적 자본의 하나로서 투자할 가치가 있는 학문이고, 그래서 사회서비스로 제공할 만한 실용의 학문일 수 있는 것이다.

문제는 현재 사회서비스 영역에서 인문학적 콘텐츠나 인문학에 토대를 둔 사업 영역이 거의 없다는 것이다. 실제로 보건복지가족부의 지역사회서비스 투자 사업의 세부 항목을 보면, 아동발달지원, 노인건강생활지원, 장애인 사회참여 지원, 가족기능 향상서비스, 취약계층 지원 등 사회복지나 보건의료 분야가 주를 이루고, 청년사업단 사업의 경우도 대체로 사회복지나 보건의료, 문화 등에 한정되어 있다. 인문학 관련 서비스는 최근의 폭발적인 인문학 실천에 힘입어 2010년도부터 청년사업단 사업 항목에 "취약 계층 대상" "희망의 인문학" 사업이 추가되었을 뿐이다. 고용노동부의 사회적 기업 육성 분야에서도 이러한 현상은 동일하게 나타나고 있는데, 사회서비스 분야 가운데 교육체험 분야에서 역사문화기행을 주된 서비스로 삼는 사회적 기업 1곳이 유일하다. 교육과학기술부 지원의 사회서비스 영역에서도 문화체험활동지원 분야를 제외하면 대부분 사회복지나 보건의료 분야의 서비스가 주를 이룬다.[35]

그렇다면 우리는 무엇을 할 것인가? 사회서비스와 인문학은 어떻게 접목될 수 있을까?

방식은 크게 두 가지 차원에서 가능하다. 하나는 인문학을 활용한 자체 사회서비스를 개발하는 것이고,[36] 다른 하나는 기존의 사회서비스 영역에 인문학적 콘텐츠와 방법을 접목하여 이를 제공하는 것이다. 두 가지 방식을 선택적으로 활용하여 인문학은 지역을 단위로 삼는 사회서비스 영역 가운데, 특히 복지, 교육, 보건 분야에서 중요한 역할을 할 수 있다.

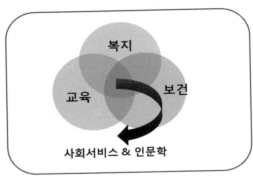

사회서비스와 인문학

가령 아동이나 청소년을 대상으로 할 때, 첫째, 경제적 지원이 필요한 경우, 둘째, 학습 부진이나 학습 의욕이 없는 경우, 셋째, 정서적으로 도움이 필요한 경우 등 세 영역에 중첩되어 있는 대상에게 인문학을 활용

---

35 이에 대해서는 앞서 소개한 각 영역의 사이트를 참조하라.
36 한 예로 필자는 "사랑과 돌봄"이라는 서비스를 인문학이 제공할 수 있을 것이라 생각한다. 즉 사랑과 돌봄이라는 서비스를 통해 죽음 자체를 올곧게 이해하는 계기를 부여함으로써 우리는 우리 스스로의 삶을 좀 더 경건하고 겸손하게 살아야 한다는 인식을 가질 수 있고, 이는 사랑으로 연결됨으로써, 결국 삶(사랑)과 죽음은 격리된 것이 아니라 일련의 연속성을 지니는 것으로 이해할 수 있게 된다. 이러한 인식은 죽음이나 돌봄 서비스 관련 종사자나 가족들, 모든 이들에게 매우 효과적인 인문학 서비스가 될 수도 있으리라 생각한다. 사랑과 돌봄에 대한 인문학적 이해에 대해서는 유성선, 『사랑과 돌봄』(춘천: 강원대학교 출판부, 2009) 참조.

하는 방안을 고려해볼 수 있다.[37] 이는 유엔(UN)이 정한 아동권리협약의 내용에도 부합하는 활동이 될 수 있다. 유엔은 "아동교육의 목적을 아동의 인격, 재능 및 정신적, 신체적 능력을 최대한 계발하는 것, 아동이 모든 사람들과의 관계에 있어서 이해, 평화 관용, 남녀평등 및 우정의 전신에 입각하여, 자유사회에서 책임있는 삶을 영위하도록 준비시키기 위한 것으로 규정하고 있다. 이는 개인의 자아실현에 교육의 목적이 있음을 지적하는 외에도, 교육을 통해 인간의 타고난 능력을 최대한 계발하는 것은 자유사회의 필수조건이며, 어린이들이 그러한 기회로부터 소외되어서는 안 된다는 것을 강조하고 있다. 곧 아동청소년에 대한 교육이 그들이 소속된 사회와 국가 뿐 아니라 인류 공동체의 존속을 위해서도 필수적임을 나타낸다 하겠다."[38]

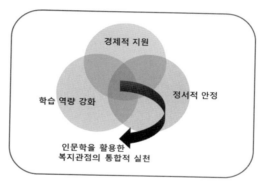

인문학의 복지적 실천

37 필자는 동료교수와 공동으로 세 영역에 중첩된 아동 및 청소년 대상의 인문학교를 강원도 지역에서 2008년 가을부터 운영해왔다. 우리가 시행한 인문학교는 강의식의 단순한 교육 활동이 아니라 인문학적 방법과 내용을 토대로 교육과 상담과 치유가 유기적으로 통합된 방법론과 기법을 활용한 실천 활동이었다. 3년 가까이 운영했던 인문학교 참여 학생들은 많은 경우, 긍정적인 변화를 보이며 주체적 존재로서 스스로의 꿈을 만들어가는 모습을 보여주었다. 그 결과는 곧 발표될 예정으로 있다. 인문학교에 활용하고 있는 복합적인 프로그램의 내용과 그 방식에 대해서는 김호연·유강하, 「인문치료(Humanities Therapy)의 한 모델, 인문학교·'관계와 소통' 프로그램을 중심으로」, 『인문과학연구』 23 (2009), pp. 471~503 및 김호연·유강하, 『인문학, 아이들의 꿈집을 만들다』 참조.
38 성민선, 앞의 논문, p. 8.

이는 복지적 관점에서 인문학을 활용하여 복지-교육-보건이 유기적으로 연결된 통합적 실천 방안이라는 점에서 의의가 있을 것이다. 이른바 인문복지의 차원에서 접근할 필요성이 있는 것이다. 사실 교육과 복지는 서구에서 이미 오래전부터 진행해온 평생교육 또는 평생학습[39]의 개념과도 관련이 있고, 이는 사람들의 정신건강이나 정서적 안정에 도움을 줄 수 있다는 점에서 보건 분야의 한 영역으로도 편제할 수 있는 성질의 서비스이다. 이는 위 스타트 사업의 가정이나 목표를 보면 더욱 분명해진다. "빈곤아동은 인지적, 정서적, 신체적 발달에 필요한 적절한 환경을 제공받지 못하고 있다. 이러한 박탈은 이후의 삶에 매우 부정적인 영향을 준다. 그러므로 조기 개입 사업을 실시하여 빈곤아동들에게 동등한 삶의 기회를 보상해주면 그들은 다른 아동들과 마찬가지로 성장·발달하여 궁극적으로 계층 간 불평등이 완화될 것"[40]이다.

이런 점에서 인문학도 복지와 접점을 찾을 수 있는 측면이 충분히 있다고 할 것인데, 이를 크게 인문복지 / 인문교육 / 인문치유의 범주로 나누어 보자. 세 영역은 독립적이면서도 유기적으로 연결되어 있다.

---

39 인문복지는 교육복지와 매우 긴밀한 관계를 가지고 있으나, 어느 한 쪽으로 수렴되거나 양자를 동일시하기 어려운 부분이 있다. 이는 인문학 교육이 대학 이전의 교육체계 속에서는 매우 제한적으로 공급되고, 인문학에 대한 인식과 수요는 고학력의 경우 좀 더 크다. 인문학 수혜의 경험이 전무하거나 일천한 계층의 경우에는 그 필요성 수요에 대한 인식 자체가 희박할 수밖에 없다. 한 개인에게 교육복지와 인문복지가 긴밀하게 연관되는 지점은 최소한 어느 정도의 인문복지의 수혜가 주어져 인간으로서의 자기 성찰과 인생에 대한 인식을 스스로 추수를 수 있는 바로 그 단계라고 할 수 있을 것이다. 따라서 인문복지는 한편으로는 교육복지를 통해 제공될 교육기회에서 중요한 부분을 차지함과 동시에 그 어떤 교육복지 형태보다도 선행하는 전제조건이 되어야 할 필요가 있는 것이다. 즉, 교육복지가 교육기회의 구매와 향유를 필요로 하는 이들에게 교육 기회를 보장하기 위해 꼭 필요한 사회적 지원이라면, 인문복지는 이러한 교육기회의 필요성을 인식하고 그 기회를 적극적으로 모색하여 그 수혜를 받는 데 필요한 기본적인 최소한의 자기 인식과 존중, 그리고 스스로의 인생을 장기적인 안목에서 성찰해볼 수 있는 기회를 제공하기 위해 필요한 선행적 실천 행위인 셈이다. 더 자세한 사항은 경제·인문사회연구회 편, 앞의 논문, pp. 7~10 참조.
40 김성학, 앞의 논문, pp. 4~5.

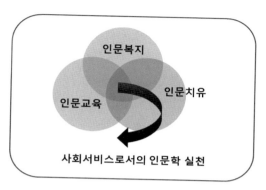

인문복지

복지영역에서 인문학은 개개인이 인간 존재로서의 기본적 욕구를 실현할 기회를 제공받을 권리가 있고, 이를 국가나 사회가 지원해야할 필요성이 있다는 인식을 사회서비스 수혜가 필요한 이들에게 제시해주는 역할을 할 수 있다. 이는 다양한 사회서비스의 창출에 기여할 것이다. 인문복지는 그 자체로 하나의 실천 범주이면서, 인문학을 활용한 다양한 사회서비스 범주를 포괄하는 개념이다.[41] 교육 영역에서도 인문학은 좁게는 인성교육이나 인문학적 방법의 훈련을 통한 아동 및 청소년들의 논리력, 창의력, 사고력 증진 등 역량을 갖춘 자기 주도적 존재로 성장하는 것을 도울 수 있다.[42] 넓게는 인간과 세계에 대한 이해를 돕는 지식과 정보 제공을 통해 민주적 시민 양성이나 사회통합에 기여하는 활동을 수행

41 필자가 이 글에서 사용한 인문복지라는 용어는 일차적으로 인문학을 활용한 사회복지 실천 모두를 포괄하는 개념이다. 다만, 구체적인 사회서비스형태로 여러 사회서비스 분야 중 복지 분야에서 실천하는 인문학 사회서비스도 인문복지라고 할 수 있다는 점에서 전자를 광의의 인문복지, 후자를 협의의 인문복지로 구분할 수 있다. 즉 광의의 인문복지에는 하위 영역으로서 인문복지, 인문교육, 인문치유라는 범주가 있게 된다.
42 21세기 인성교육은 사람 및 자연과의 관계성에 대한 강조와 자기성찰을 돕는 도덕적 통합성의 함양, 인지, 정서, 행동이 통합적으로 길러질 수 있는 전인성 함양, 창의성 함양, 민주시민성과 공동체성 함양의 추구가 필요하다는 연구가 있는데, 이는 인문학이 인성교육 영역에서 매우 중요한 역할을 할 수 있음을 보여준다고 할 것이다. 이에 대해서는 강선보 외,「21세기 인성교육의 방향설정을 위한 이론적 기초 연구」,『교육문제연구』30 (2008), pp. 1~38 참조.

할 수 있다.[43] 인문학은 정신 건강 분야에서도 인간학적 함의를 지니면서도 일시적 고통 해소가 아닌 지속가능한 정신 건강, 특히 예방적 치료 영역에서 중요한 기여를 할 수 있다.[44] 인문학은 자기성찰과 존재에 대한 이해를 도움으로써 인간 행복 달성에 긍정적인 역할을 할 수 있기 때문이다.[45] 나아가 인문학은 지역갈등 · 계층갈등 · 다문화 문제 · 고통스런 역사적 유산 등 사회통합을 저해하는 문제들에 의미있는 해결 방안도 제시할 수 있다.[46] 요약하자면, 인문학과 복지의 접목을 통해 우리는 복지-교육-정신건강 서비스가 유기적으로 통합된 활동을 전개할 수 있다.

이는 인문학의 실용성과 가치를 실현하는 인문학 실천의 또 하나의 방식이 될 수 있으리라 본다. 인문학 실천은 보통 인문학의 학문적 탐구 결과를 바탕으로 실제 생활에 응용하는 행위나 활동으로 정의할 수 있다. 기본적으로 인문학은 인간 본성이나 인간성에 대한 지식을 탐구하는 것을 목적으로 삼는데 반해, 인문학 실천은 단순한 인간다움의 가치적, 정신적 속성들에 대한 앎을 넘어 이 앎을 현실공간에서 실현하는 활동인 것이다.[47] 이와 같은 견지에서 사회서비스로서의 인문학은 인문학

---

43 삶의 의미를 찾는 인문학 교육에 대해서는 다음의 책이 의미심장하다. 앤서니 T. 크로만 지음, 한창호 옮김, 『교육의 종말』 (서울: 모티브 북, 2009)을 보라.
44 인문학을 정신건강 영역에서 활용하려는 도전적인 시도가 현재 국내에서 진행되고 있다. 이른바 '인문치료'(Humanities therapy)라는 새로운 분야가 창안되어 활발한 연구와 실천을 전개하고 있다. 인문치료는 이미 상당한 성과를 보여주고 있고, 앞으로도 그 가능성은 매우 크다고 본다. 필자는 그간의 인문치료 연구와 실천이 보여준 성과를 최대한 활용할 필요가 있다고 본다. 강원대학교 인문치료사업단 편, 『인문치료』 (춘천: 강원대출판부, 2008) 참조.
45 기본적으로 인문학이 행복한 삶을 자기 존재에 대한 성찰을 통해 스스로 찾아갈 수 있도록 돕는 학문이고, 이런 견지에서 사회복지 실천에 활용된다면, 이는 '자기 치유'나 '삶 치유'의 영역에서 인문학이 도움이 될 수 있다는 의미가 될 것이다. 따라서 특정한 병리적인 상태나 그런 상태에 처한 사람들뿐만 아니라 좀 더 나은 삶의 질을 원하는 모든 이들에게 인문학이 도움이 될 수 있다는 의미에서 인문치유라는 용어를 사용했다.
46 윤평중 외, "사회통합과 인문학," 『인문정책 포럼』 5 (2010 여름), pp. 33~49 참조.
47 최희봉은 인문학을 크게 학문, 지식, 앎을 목적으로 삼는 이론으로서의 인문학과 이에 대비되는 실천 활동으로서의 인문학 실천을 구분한다. 이론으로서의 인문학은 다시 순수 연구 활동으로서의 인문학과 응용 연구 활동으로서의 실천 인문학으로 나누어 인문학 실천과는 다른 개념으로 상정하고 있다. 최희봉, 「인문학, 인문학 실천, 그리고

실천의 한 방식이 될 수 있고, 이는 인문학의 시대적 역할을 새롭게 인식하는 또 다른 길이 될 것이다.

사회서비스로서의 인문학 실천은 우리가 바람직한 사회상을 논의할 때 필연적으로 마주하는 이른바 정의로운 사회란 무엇인가라는 물음과 관련이 있기도 하다. 물론 정의(justice)를 이해하고 규정하는 방식은 여러 가지가 있을 수 있겠지만, 정의의 핵심적 가치가 행복이든, 자유이든, 미덕이든, 기본적으로 정의로운 사회란 인간이 소중히 여기는 것들, 이를 테면 소득과 부, 의무와 권리, 권력과 기회, 공직과 영광 등을 올바르게 분배하는 사회일 것이다.[48] 이런 점에서 사회서비스로서의 인문학 실천은 인간의 행복을 극대화하고, 자유를 존중하며, 미덕을 기르는 실천적 행위의 한 방식일 수 있으리라 생각한다.

무엇이 더 필요한가

"사색과 반성을 통해 더욱 인간답고 조화로운 삶을 추구하는 것은 인문학의 본질과도 맥이 닿아 있다. 人文學의 어원인 라틴어 후마니타스(humanitas)는 인간의 '인간다움', 즉 인간성 실현을 의미하기 때문이다. 따라서 인간답게 사는 방법, 다른 사람들과 조화롭게 사는 방법을 터득하도록 도움으로써 행복한 삶을 살 수 있도록 돕는 것은 21세기 인문학의 과제인지도 모른다."[49] 사회서비스를 통해 많은 이들에 제공되는 인문학의 수많은 텍스트들과 그에 기초한 실천은 인간답고 조화로운 삶, 행복한 삶을 추구하는 또 하나의 길이 될 것이다. 물론 이를 실현하기 위해서는 몇 가지의 노력이 필요할 것이다.

인문치료」, 『인문과학연구』 25 (2010), pp. 329~331.
48 마이클 샌델, 『정의란 무엇인가』 (서울: 김영사, 2010), pp. 33~36.
49 유강하, 「'古典' 수업을 위한 提言 - 인문학적 삶의 실천을 위한 수업모델 제안」, 『中國語文學論集』 51 (2008), pp. 667~690 esp. p. 687 .

기본적으로 사회서비스는 가치와 이익이라는 두 마리 토끼를 단박에 잡으려는 이중전략을 추구한다. 사회서비스 분야에서 인문학이 성공적으로 정착하여, 그 목적을 실현하기 위해서는 가치와 이익의 균형을 이룰 수 있는 전향적인 사고와 새로운 실천 양식이 필요할 것이다. 이를 토대로 의미있는 실천을 담보하기 위해서는 무엇보다 필자를 포함한 인문학자들이 기존의 관성으로부터 벗어나 적극적인 자기 변신을 시도할 필요가 있다. 그러면서 인문학자들은 다양한 인문콘텐츠를 발굴하고, 이를 프로그램화하여, 자신들이 거주하고 있는 지역에서 적극적인 실천을 도모할 필요가 있다. 이는 인문정신의 사회화와 그를 토대로 한 지역의 고용 창출(청년사업단이나 지역 특성화 사회적 기업)이라는 이중 목적을 달성하는 데 기여할 것이다.

　인문학자들 사이의 연대도 중요하다. 연대와 소통은 인문학의 또 다른 정신이다. 관계를 맺고, 소통하며, 그 속에서 연대하는 것이야 말로 상생의 길을 도모할 수 있는 실천적 전략이 될 것이다. 한 지역의 인문학자들은 다른 지역의 인문학자들과 인적·학문적 상호 소통을 활발히 전개함으로써 상생의 길을 걸어갈 수 있는 담론을 공동으로 만들고, 실천을 공유하는 적극적인 노력이 필요하다. 이는 인문정신의 사회적 환류를 더 실질적인 차원으로 승화시킴으로써, 양질의 사회서비스로서의 인문학을 지역 사회에 안정적으로 제공하는 토양이 될 것이다.

　인문학자들의 적극적 변신과 연대를 통해 형성된 담론을 안정적으로 실천할 제도적 틀 또한 필요하다. 이는 국가적 차원에서는, 그간 사회서비스의 공공성보다는 시장화 전략에 주력한 국가 주도형 복지 패러다임을 수혜자 중심의 사회 공공적 복지 패러다임으로 전환하는 문제와 맞닿아 있고, 지역적 차원에서는, 지역사회 발전 패러다임을 경제축에서 복지축으로 이동시키는 문제와 연관되어 있다. 인문학을 사회서비스로 제공하여 복지 영역에서 활용할 경우, 복지의 실질적 권리를 향유하는 주체들과 공급하는 주체들이 지역 중심의 복지 조직, 가령 '지역 거점 인문학 사회서비스 센터'를 공동으로 건설할 필요가 있다. 이를 테면 '지역대학(인문학 실천 종사자 교육, 콘텐츠 발굴, 프로그램 개발)-지자체/교육청/보건소/각종 사회복지시설/자활센터(예산, 운영 및 실행 지원)-비정부조직이나 시민단체(활동 지원)' 등 지역 복지 주체들 사이의 유기적 연결망을 구축하고, 이 틀을 토대로 실질적인 총괄기구를 설립하는 것이다. 예비단계로서 각 지역 교육청, 보건소, 사회복지관 등에 인문복지, 인문교육, 인문상담이나 인문치유 등을 주된 목적으로 삼는 '인문학 센터'를 '지역대학-지역 교육청/보건소/사회복지관-지자체' 등이 연계하여 설치하는 것도 방법이다. 공동체를 바탕으로 정의로운 사회를 만들어가는 것, 이 또한 즐겁지 아니하겠는가.

　인문학 진흥을 돕는 지원 기관이나 방식도 제도적 · 정책적 차원에서 변화가 필요하다. 현재 인문학 진흥을 위한 지원은 주로 한국연구재단의 몇몇 사업을 통해 이루어지고 있고, 실천보다는 연구에 무게 중심이 두어져 있다. 복지의 측면에서 인문학을 진흥한다면, 대안적 사회서비스의 창출 또는 사회적 자본 투자라는 인식 아래 사회서비스 관련 유관 부처들이 인문학 분야의 사회서비스 영역 진입을 위한 제도적 장치 마련과 예산을 지원하는 적극적인 정책적 고려가 필요하다. 인문학자들도 개인이나 공동체의 지속 가능한 행복이나 삶의 질 향상에 인문학이 어떤 기여를 할 수 있는지를 대중과 정부 당국자들에게 알리는 노력을 적극 추진해야할 것이다.

　사람은 누구나 자신이 누구이고, 자신이 살고 있는 세상은 어디인지에 대한 근원적 질문을 하며 살아간다. 인문학은 삶의 근원에 대한 앎을 제공해주는 학문이다. 인문학적 앎을 통해 스스로의 행복을 주체적으로 만들어갈 수 있도록 많은 이들이 도울 수 있기를 기대해본다.

| 참고문헌 |

강선보 외. 2008. 「21세기 인성교육의 방향설정을 위한 이론적 기초 연구」. 『교육문제연구』
　　　30. 1~38.

강원대학교 인문치료사업단 편. 2008. 『인문치료』. 춘천: 강원대출판부.

교육인적자원부. 2007. 『인문학 진흥 기본계획』.

김기봉. 2010. 「참을 수 없는 존재의 가벼움과 역사의 무거움」. 『인문치료학의 현재와 미래:
　　　이론, 방법, 실제』.

김성학. 2008. 「저소득층 청소년 대상 교육복지 사업의 현황, 과제 그리고 가능성」. 『청소년복지연
　　　구』 제10권 제3호. 1~25.

김완진. 2010. 「경제발전과 인문교육」. 『인문정책 포럼』 5. 15~23.

김호연. 2010. 「방과 후 인문학교 운영 사례'. 『2010년도 강원문화연구소 학술 심포지엄』.
　　　63~77.

김호연. 2007. 「의학의 진실」. 『서양사론』 94. 389~401.

김호연. 2010. 「지역 사회서비스로서의 인문학」. 『인문정책 포럼』 6.

김호연·유강하. 2009. 『인문치료학의 정립을 위한 시론적 연구』. 춘천: 강원대출판부.

김호연·유강하. 2010. 『인문학, 아이들의 꿈집을 만들다』. 서울: 아침이슬.

김호연·유강하. 「인문치료(Humanities Therapy)의 한 모델, 인문학교-'관계와 소통' 프로그램을
　　　중심으로」. 『인문과학연구』 제23집. 471~503.

마이클 센델. 이창신 옮김. 2010. 『정의란 무엇인가』. 서울: 김영사.

배미애. 2003. 「사회정의와 복지지리학에 관한 고찰」. 『한국지역지리학회지』 제9권 제4호.
　　　546~558.

보건복지가족부. 2010. 『2010년도 지역사회서비스투자사업 안내』.

성민선. 2009. 「교육과 사회복지의 공유영역」. 『사회복지리뷰』 14. 5~30.

안우환. 2007. 「교육소외 계층의 교육격차 극복을 위한 교육복지 정책의 발전방안 모색」. 『교육학
　　　논총』 제28권 제1호. 67~84.

앤서니 T. 크로만 지음. 한상호 옮김. 2009. 『교육의 종말』. 서울: 모티브 북.

유강하. 2008. 「古典 수업을 위한 提言 - 인문학적 삶의 실천을 위한 수업모델 제안」. 『中國語文
　　　學論集』 51. 667~690.

유성선. 2009. 『사랑과 돌봄』. 춘천: 강원대학교 출판부.

윤평중 외. 2010. 특집 「사회통합과 인문학」. 『인문정책 포럼』 5. 33~49.

이봉주. 2010. 「빈곤 아동을 위한 위-스타트의 역할과 과제」. 『지역사회 아동복지기관 역량강화를
　　　위한 세미나』. 4~25.

이정선. 2009. 「교육복지투자우선지역지원사업을 통한 교육복지공동체의 구축:시론」. 『초등도덕
　　　교육』 제30집. 73~111.

임재진. 2001. 「'인문학 위기' 담론의 실제와 그 반성」. 『동서철학연구』 21. 203~220.
최희봉. 2010. 「인문학, 인문학 실천, 그리고 인문치료」. 『인문과학연구』 25. 327~344.
한스 피터 마르틴 외 지음. 강수돌 옮김. 2003. 『세계화의 덫』. 서울: 영림카디널.

"무너지는 중산층.. '20 대 80의 사회' 오나." 연합뉴스. 2010. 7. 22.
"작년 초중고생 자살 200명 넘어···47% 급증." 연합뉴스. 2010. 8. 15.

http://www.socialenterprise.go.kr
http://eduzone.kedi.re.kr
http://www.edupot.go.kr
http://westart.joins.com
www.moe.go.kr

인문학의 눈으로 본 생태학

김 기 윤
한양대학교 사학과

1. 문서고, 오즈의 마법사, 그리고 생태학

학기를 끝내면서 20세기 초반 미국의 대외정책을 살피는 연구기획의 일원으로 워싱턴 D. C.와 인근 메릴랜드 지역에 있는 미 국립 문서 보관소들을 방문하게 되었다. 당시 만주지역으로 진출하려는 미국의 의도를 엿볼 수 있는 외교문서들을 찾는 작업을 하기 위해서였다. 목적지를 향하는 기내에서 잠은 오지 않았고, 영화 채널들을 돌리며 힘겹게 첫 기착지인 디트로이트까지 가게 되었는데, 항공기에서 제공되는 영화중에는 "오즈의 마법사"가 있었다. 1900년에 출판된 동화를 원작으로 1937년에 만들어진 영화는 열세 살 소녀 도로시가 회오리바람에 말려 하늘로 올라갔다가 알 수 없는 곳에 떨어져서, 그 곳에서 만난 기묘한 모습의 세 친구와 함께 겪는 사건들을 그리고 있었다. 출판 후 몇 년 사이에 아이를 둔 대부분의 부모들이 이 동화를 읽었다고 하니, 내가 살필 문서들을 만든 사람들 대부분이 이 동화를 알고 있었을 것이다. 게다가 미지의 세계를 그리는 동화작가의 모습에서는 같은 시대에 생태학이라는 학문 틀을 처음 만들어 가면서 이 틀을 통해 인간의 주변 환경을 이해하려 애쓰던 과학자들의 모습이 연상되기도 했다.

문서고에서 살펴 볼 수 있었던 내용은 주로 우창, 안동, 대련, 하얼빈 등 만주지역 영사들이 본국으로 보낸 보고서였다. 지역 영사들의 개성과 능력, 그리고 관할지역의 크기나 경기의 부침에 따라 그 보고 내용에 차이가 없지는 않았다. 어떤 영사는 사무실 비품이나 심지어 소모품 사용 내역을 세세히 밝히는데 특별히 신경을 쓰는 듯싶었고, 또 어떤 영사는 지역 내의 타국 영사들이나 만주지역 유지들과의 훌륭한 교유관계를 보여주려는 듯, 연회 초정장이나 신임 영사들의 인사편지 등을 정갈히 정리해 보고하는 영사도 있었다. 하지만 모든 영사들에게 공통적으로 하달된 명령에 따른 주요 보고내용은 농업 및 공산품의 교역에 관한 내용이었다. 만주 지역에서 생산되는 농산품이나 공산품의 내용이나 규모, 또는 우창이나 대련 등 특정 지역으로 수입되는 외국공산품이나 농산물의 내역이나 규모, 그리고 러시아나 일본이 만주와 어떻게 교역하고 있는지를 조사하여 보고하는 것이 영사들의 주 업무였던 것으로 보였다. 만주지역의 콩 생산량이 얼마나 되며, 앞으로의 생산 추세는 어떨 것인지, 그 지역으로 미국의 농기구를 수출한다면 그 수요가 얼마나 될지를 보고하는 영사들의 보고 내용에서는 제국주의의 물결 속에서 이제 막 필리핀에서 스페인을 몰아내고 아시아지역으로 세력 확장을 시도하는 미국인들의 의식을 읽을 수 있었다. 수출 상품을 찾아내려는 미국의 노력도 집요해 보였다. 만주지역의 트랙터나 화공약품의 수요에 대한 예측 보고도 있었으며, 각종 서양 악기의 수요 조사 보고서도 있었다.

가끔 본국인의 현지인 가족들을 위해 특별 비자를 신청하는 편지나 병사한 직원을 대체할 수 있는 대체 인력을 요구하는 문서도 있었지만, 아주 짤막했고 그 본국인의 삶이나 직원의 생활을 짐작할 수 있는 내용은 없었다. 현지 농업생산량과 공산품 수요량 등은 어떻게 이런 자료들을 얻을 수 있었을까 의문스럽도록 정교했지만, 현지인들의 일상이나 환경 또는 질병에 대한 내용도 거의 볼 수 없었다. 개인적으로는 20세기 초반에 세계적으로 유행했던 콜레라나 독감이 어찌 보고되고 있는지 궁금했는데, 역병이 돌고 있어 항구가 봉쇄 되어 있다든지, 또는 검역이 시행되고 있어 입항에 시간이 걸린다는 간접적이고 피상적인 보고들뿐이었다. 영사들이 식물학자의 눈으로 농산물의 생산을 관찰하고 공학자의 눈으로 공산품을 이해할 뿐 아니라 해박한 기상 또는 토목지식을 드러내 보이는데 비해, 현지의 환경이나 질병 그리고 사람들의 일상에 대한 진술은 눈에 띄게 빈약했다. 만주지역의 지형과 기후에 대한 교과서 같은 내용의 보고서가 두엇 눈에 띄었지만, 역시 지역에 살고 있는 사람들의 삶과 일상에 대한 언급은 거의 없었다.

외교 문서 속에서 한 사람 한 사람 개인의 삶이 제대로 표현되지 않는 이유는 분명하다. 국가 정책의 직접적 대상이 아니었던 것이다. 국가 외교뿐 아니라, 전문화 된 사회과학 분야가 특정 사회를 그리는 모습이 일반적으로 그렇다. 도시계획이나 도로건설 계획, 심지어 사회구조 분석이나 복지 기구를 만드는 기획에서도 다양한 스펙트럼 속에서 살아가는 사람들의 모습을 정리하고 계량화하는 과정에서, 개인의 삶은 중요하게 다루어지지 않는다. 사회과학자들은 어떤 사람들은 존재하지 않는 것으로 보기도 하고, 또 어떤 가치들은 지켜내지 않기로 작정하기도 한다. 이러한 경향을 가치들을 계량화하고 공리적으로 계산해야 하는 집단적 선택의 어쩔 수 없는 특징이라고 보기도 한다. 또는 인간과 사회를 자연과학의 눈으로 보려는 현대주의의 일면이라고 분석되기도 한다. 어쨌든 많은 사회과학 분야의 논의가 이렇게 국가적, 집단적 이해와 결정을 위한 도구로 만들어져 작동되고 있다. 그리고 그 논의에서 개인의 구체적인 삶과 감정, 가치는 논의의 대상이 되지 않는다. 이에 비하면 생태학은 자연현상을 다루는 자연과학을 표방하는 분야이지만 오히려 인간이 그 중심에 선 학문처럼 비쳐지기도 한다. 특히 생태계라는 용어가 만들어지고 정립되고 소비되며 변화하는 모습에서는, 생태학자들이 자연을 그려내는 모습이 그들 자신이 만들어 내는 사회적 삶과 닮아 있음을 볼 수 있다.

2. 아더 탠즐리, 영국제국, 그리고 생태계 개념의 형성

생태계라는 용어는 그 용어의 사용을 제안하는 한 논문을 통해 영국 생태학자 아더 탠즐리가 1935년에 제안했다. 그 논문을 통해서 탠즐리는 20세기 초반에 미국 생태학자 클레멘츠 등에 의해 확립된 천이와 극상이론을 기계론적 해석을 통해 변화시켜 보려 시도했다. 탠즐리는 당시 생태학의 핵심 개념들이었던 천이나 극상 이론을 부정하지는 않았다. 극상을 다소간 복합적인 구조를 지닌 전체로 보는 전일론적 시각을 거부하지도 않았다. 탠즐리는 다만 많은 생태학자들이 동식물 군집을 유기체로, 즉 스스로 살아있는 생명체와 같은 독립된 생장과정을 거치는 존재로 보는 시각은 옳지 않다고 보았다. 생물군집을 살아있는 유기체로 보는 시각은 천이나 극상을 그려내기 위한 메타포에 지나지 않으며, 그나마 군집, 천이, 극상을 제대로 보여주는 데 별 도움이 되지 못하는 잘못된 메타포라는 주장이었다. 그가 제안한 생태계는 생태학자들의 연구 대상을 더 분명히 보여줄 수 있게 해줄 수 있는 개념일 것이었다. 생태계는 군집을 이루고 있는 생명체뿐 아니라 그 군집을 둘러싸고 있는 물리적 환경요인들, 그리고 생명체와 그 환경요인들 사이의 관계에 대한 기계론적 기술을 포함하기 때문이었다.

생태학 연구 대상으로서의 생태계를 그려 내면서 탠즐리는 또한 인간의 활동에 큰 무게를 둘 것을 주문한다. 돌이켜 보면 생태학이라는 학문 분야를 정립해 나가던 초기 클레멘츠의 주 관심사는 인간이 배제된 자연 상태의 식물 군집이었다. 1920년대부터는 클레멘츠 역시 동물과 식물이 어우러진 생물군을 논하면서 인간 역시 복합적인 유기체로서의 생물군의 일부가 될 수 있음을 인정하기 시작했다. 그러나 인간에 의해 크게 변용된 생물상은 클레멘츠에게는 여전히 자연스러운 군집은 아니었으며 따라서 생태학의 주 연구대상도 아니었다. 이에 비해 탠즐리는 인간의 손길이 닿지 않은 자연생태계와 인간이 만들어 낸 생태계가 구분되어야 할 이유는 없다고 생각했다. 따라서 탠즐 리가 제시한 생태계라는 개념은 생물과 무생물 환경은 물론 인간이 모두 포함된 더 폭 넓은 시야를 제공해 줄 수 있을 것이었다.

그런데 탠즐리가 생태계 개념을 생각해 내는데 이용한 직접적인 전거들은 물리학이나 화학 이론이 아니었다. 탠즐리가 생물, 무생물 그리고 인간이 어울려 영향을 주고받는 시스템을 생각하게 되는 경로는 열역학적인 언어와 개념으로 축조된 프로이트의 심리학이었다. 20세기 전반 많은 사람들이 프로이트의 심리학에 매료되어 있었으며, 1차 세계대전 직후에 개인적인 심리적 치유를 염두에 두고 프로이트의 심리학에 빠져든 사람들 역시 적지 않았다. 하지만 탠즐리는 11판까지 이어지며 많은 독자들의 눈길을 끄는 심리학책을 펴내는 열정을 보였다. 이렇게 탠즐리의 생태학에 열역학적인 그리고 기계적인 메타포를 제공해 주는 매개체였던 심리학은 전후의 상흔을 안고 힘들게 살아가던 사람들을 위한 치료책으로 제시된 것이었다.

탠즐리로 하여금 생태계라는 개념을 이론화하여 발표하게 만든 동기역시 자연현상에 대한 관심만이 아니었다. 그의 정치적 관심사가 생태계 개념을 제시하도록 행동하게 만든 더 직접적 동기처럼 보이기도 한다. 기계적인 방식으로 생물상의 변화를 그려내는 생태계 개념이 거대한 영국 제국 자원의 관리와 사회질서의 정리를 위해 필요한 모델을 제공해 줄 것으로 그는 기대했던 것이다. 탠즐리는 필립스로 대표되는 남아프리카 공화국의 생태학자들의 유기체적 생태학이 인종주의적이고 위계적인 사회질서를 고착화하는 관점이어서 사회의 변화를 허락하지 않는 보수적 체제와 이상을 반영하고 있음 간파하고 있었다. 세계 여러 지역 다양한 문화권에 영토와 식민지를 두고 있는 영국제국 중심부의 대표적인 생태학자로서 탠즐리는 자연이 예정된 길을 걸을 수밖에 없는 듯 그려지는 군집 유기체론을 받아들일 수 없었다. 제국의 자연경제는 기획을 통하여 통제되고 또 개혁될 수 있어야 할 것이었다. 그래서 탠즐리는 기후에 따라 천이나 극상이 결정되는 정도가 매우 다양할 수 있으며, 많은 경우 천이나 극상의 과정은 특정 사건의 결과로 달라질 수도 있음을 지적했다. 그리고 보면 태생단계부터 생태계란 기획과 통제 그리고 변화를 그려 내기에 알맞은 개념이기도 했으며, 탠즐리의 심리학은 물론 생태학에도 탠즐리 자신의 개인적 그리고 사회적 관심사가 반영되어 있었던 것이다.

하지만 탠즐리의 생태계생태학은 곧바로 중요한 연구 프로그램으로 자리 잡지는 못했다. 기획과 통제를 위한 생태학이 생태계생태학 또는 시스템생태학의 형태로 자리를 굳히며 학문적 제도 안에서 정착되는 과정에는 2차 세계대전이라는 세계질서와 핵폭탄 개발이라는 미국의 역사가 개입한다.

3. 오덤 형제의 삶, 핵 실험, 그리고 생태계생태학의 정착

탠즐리 이후, 생태계 내에서 영양물질 또는 특정 원소나 물질이 순환하는 통로를 드러내 보여주려는 노력이 1940년대에 미국에서 시작되었다. 생명체의 광합성, 섭식, 미생물의 분해를 통해서 생태계 내에서 에너지가 특정방향으로 이동해 가는 모습을 그리는 작업들은 이미 그 이전부터 시작되었지만, 이런 작업은 영국 출신으로 미국에서 생태학을 가르쳤던 조지 에블린 허친슨과 그로부터 영향을 받은 생태학자들을 통해 크게 진전되었다. 허친슨은 1946년 "방향성을 보여주는 메커니즘"을 주제로 한 심포지엄에 참석했으며, 그 곳에서의 발표를 통해 생태계 내 생물들과 무생물 환경 사이의 물질이동을 생태계를 일정한 상태로 유지시켜 주는 되먹임 기제로 상정할 수 있으리라고 주장했다. 광합성을 통해 이산화탄소가 식물체 내로 합성되며 먹이사슬을 통해 이동하다가 미생물 등에 의해 분해되어 다시 대기 중으로 돌아가리라는 물질의 순환은 잘 알려져 있었지만, 허친슨은 그 과정을 정량화할 수 있으리라는 기대를 표명했다. 생태계 개념은 물질의 순환을 정량화해 보여 줄 수 있는 매우 유망한 도구가 될 수 있으리라는 생각이었다.

허친슨을 비롯한 심포지엄 참가자들의 되먹임 기제에 대한 연구는 전쟁 중 무기체제의 운용을 위한 정보의 소통과 통제에 대한 관심으로부터 시작되었다. 정량적 되먹임 기제를 생태학에 이용하는 허친슨의 작업은 오덤 형제의 생태학 연구를 통하여 구체화되는데, 이 역시 군사적 목적의 후원아래 추동력을 얻게 된다. 허친슨의 학생이었던 하워드 토머스 오덤이 1951년에 출판한 학위논문 내용은 1950년대 중반 이후 방사성 낙진의 위험성 논란의 중심에 서게 될 스트론티움의 지구화학적 순환에 대한 연구였다. 그리고 하워드 오덤의 연구를 가능하게 만든 생태계 내에서 물질이나 에너지가 순환하는 경로를 정량적으로 표현하는 방식은 역시 허친슨의 학생이었던 린데만의 연구를 허친슨이 정리하여 발표한 1941년의 논문을 기반으로 한 것이었다.

하워드의 형 유진 오덤이 1953년에 출판한 생태학 교과서는 생태계가 생태학의 핵심개념으로 자리 잡게 되는 결정적인 계기가 되었다. 유진 오덤은 생태학이 원리와 정교한 개념으로 무장된 과학일 수 있음을 보여주기 위해서 이 책을 썼노라고 말하지만, 우리는 그 저술을 가능하게 해 주었던 배경으로 미국의 핵실험을 언급하지 않을 수 없다. 유진 오덤은 1952년 남 캐롤라이나 주 사바나 리버 핵발전소 주변 지역 동식물의 천이 상태를 살피는 과제를 에너지 성으로부터 수주하게 되는데, 이는 1960년대까지 맹렬하게 이어질 방사성 물질의 지질학적, 화학적 순환을 살피는 많은 연구들의 시발점이기도 했다. 핵실험으로 생기는 방사성 물질을 관리, 통제하고자하는 열망이 생태계 개념이 확립되는데, 그리고 나아가 사람들이 생태계라는 단어를 일상적으로 사용하게 되는 가장 강력한 힘이었던 것이다.

환경사학자 도널드 워스터는 이러한 상황을 생태학의 시대가 열 핵폭탄의 폭발과 함께 시작되었다고 표현했다. 오덤 형제뿐 아니라 실제로 1950년대부터 중요한 생태학적 이론과 모델들을 개발하며 생태계 개념을 널리 알리는데 핵심적인 역할을 했던 많은 생태학자들이 원래 맨해튼 프로젝트의 일환으로 시작되어 핵연구의 안전성과 유용성을 설득하기 위해 운영된 테네시 주 오크리지 국립 실험연구소와 연계된 연구를 수행했던 사람들이었다. 이 연구소가 처음부터 생태학 연구를 기획했던 듯싶지는 않다. 연구소 측에서 1954년 처음 생태학자 아우어바흐를 고용했던 이유는 단순히 연구소 내에서 연구원들이나 가족들 또는 연구소 주변 주민들의 건강을 우려한 연구소 내 의료진들의 결정이었다. 어쨌든 오크리지 국립 실험연구소 생태학자들의 초기 연구들은 거의 핵물질의 지질학, 대기학적 순환에 대한 내용들이었으며, 대체로 생태계 시스템 모델링을 이용하는 연구였다. 이들의 연구주제는 초기에 방사선생태학이라고 알려질 만큼 원자력 에너지에 대한 관심이 반영된 내용이었다. 시간이 흐르면서 연구소의 생태학자들이 좀 더 폭 넓은 환경문제를 생태학적 시각으로 보기 시작했을 때에도, 이들은 환경영향평가와 같은 원자력 에너지성의 입장을 뒷받침할 수 있는 도구의 개발과 같은 내용의 연구에 집착하는 경향을 보여주었다. 물리학자들이 주도하는 연구소 분위기 속에서, 연구소의 생태학자들이 환경관리의 도구로 쓰임새 있는 생태계 모델을 개발해야한다는 압력도 감지된다.

연구소는 점점 더 많은 생태학자들을 고용하면서 1960년대에는 활발한 생태학 연구의 중심이 되었다. 연구소 소장이었던 물리학자 앨빈 와인버그는 1972년 미국 생태학회에 참석하여 생태학이 연구비를 지원받아 살아남기 위해서는 더 좋은 인간환경을 창조해 나가기 위한 기술적 기획에 동조하는 길 외에 다른 방도가 없다는 요지의 강연을 했다. 질투심 많은 안사람인 생태학은 남편 격인 기술이 한눈을 팔지 않도록 붙들어야 할 것이며 야심찬 남편인 기술은 생태학이 자신의 야심에 합당한 일을 해 주어야 하리라 기대하고 있는 상황이라는 것이었다. 현대의 독자들로서는 물리학자가 생태학회에 출석하여 그런 해괴한 발언을 할 수 있을까 싶을 것이다. 하지만, 당시 그는 무려 50여명의 생태학자들을 휘하에 두고 있는 거대한 연구소의 수장으로서 아직 빈약해 보이는 신생학계에 진심어린 조언을 해 주고 있었던 것이다.

이렇게 생태계 생태학은 처음부터 환경 문제를 해결할 뿐 아니라 환경을 개선하겠다는 공적 의무를 표명하며 시작되었다. 탠즐리는 생태학이 인간을 포함하는 연구가 될 수 있으리라는 기대 아래 생태계라는 개념을 생각해 냈으며, 유진 오덤은 생태학 교과서에서 그의 생태학이 인간의 삶을 지키고 개선할 수 있는 도구임을 거듭 밝혔다. 그러나 다른 한 편, 생태계 생태학자들이 그리는 생태계에서 인간의 삶이나 문화가 어떤 역할을 하고 있는 듯 보이지는 않는다. 생태계 생태학에서 인간의 몸은 다른 물질이나 생명체와 마찬가지로 생체량이나 에너지 저장소로 환원된다. 더구나 인간이 생태계의 일부로 그려지지만, 생태계 내에서 인간의 역할은 생태계의 건강한 천이과정을 거슬러 건강한 자연의 흐름을 가로막는 존재로 그려진다. 인간의 환경문제를 해결하기 위한 도구로 만들어졌던 생태계생태학에서도 인간이란 생체량을 지닌 물질과 에너지 시스템의 일부이며, 여전히 자연의 순행을 거스를 수밖에 없는, 생태학이 그려내려는 세계의 밖에 서 있었던 것이다.

4. 인류의 미래, 진화론, 그리고 진화생태학

20세기 후반에 이르면 생태학에서 인간의 위치는 더욱 모호해 진다. 생태학 책을 구입하려 교내 서점을 찾은 적이 있었다. 당연히 생태계 개념을 중심으로 인간 주변의 생물 및 무생물들 사이의 관계를 기술하는 유진 오덤류의 생태계생태학 책이 제일 먼저 눈에 띄었다. 20세기 중반에 유진 오덤은 생태계 개념을 가장 중요한 생태학적 분석 도구로 이용하면서, 20세기 초반에 확립된 군집생태학에서 확립된 천이와 극상 개념을 받아들였다. 군집을 이루는 생물종들은 집합적으로 환경과 상호작용하면서 군집을 이루는 생물종들은 점차 다양해져 가고, 군집의 생체량 역시 최대가 되면서 안정 상태를 유지하는 극상을 이루어 간다고 보았다. 그리고 그러한 변화과정 즉 천이를 자연스러운 모습으로 상정했다. 이렇게 자연스럽고 따라서 건강한 생태계를 상정했기에, 어떤 형태의 변화나 또는 인간의 개입이 자연스러운 것인지 즉 바람직한지를 추정해 낼 수도 있다. 앞서 이야기 했듯이 오덤은 생태학을 인간의 환경문제를 진단하고 해결하는 도구로 보았던 것이다.

그런데 생명과학 분야의 전공과목으로 생태학 강좌가 개설되어 있는 대학의 도서관을 찾아 생태학 교과서들을 찾아보면 의외의 책들이 손에 들어온다. 한 대학 중앙도서관 서가에서 발견할 수 있었던 현란한 표지의 실팍해 보이는 생태학 교과서 네 종이 모두 생태계 생태학의 주요 개념들을 최소화 하려 애쓰며 쓴 진화생태학 계열의 책이었다. 그 중 셋이 이미 1970년대 전반에 초판을 냈는데, 당시 이 책들을 소개하면서 생태학자 오라이언은 이들 새로운 생태학 책들을 통해 비로소 진정한 생태학의 시대가 도래 했다고 주장했다. 오라이언은 이 새로운 생태학 교과서의 저자들이 단호하게 "다원주의적인 관점"을 채택하고 있다고 소개했다. 오라이언이 말하는 다원주의적인 관점이란 군집과 천이 개념이 상정하고 있는 일종의 집단선택 현상의 실재를 부정하고, 모든 생물 개체들 사이에서는 경쟁을 통한 자연선택이 일어나고 있다는 사실의 중요성을 강조한다는 뜻이었다. 오덤 등의 생태계 생태학자들은 그 간 천이와 같은 식물상 변화의 패턴을 환경, 무엇보다도 기후환경에 따라 군집을 이루는 식물들이 균형을 이루며 공생하는 방향으로의 전이로 이해해왔다. 반면 이들 새로운 생태학 교과서의 저자들은 특정 지역 식물상의 패턴을 각 식물개체가 진화과정에서 적응도를 높여가는 방향으로 변화하는 일종의 전략의 결과를 보여주는 과정으로 그린다.

오라이언의 제자였던 피앙카는 1974년에 『진화생태학』이라는 제목의 생태학 교과서 초판을 냈는데, 그 후 25년 사이에 여섯 차례 새 판이 나오면서 널리 이용된 생태학 교과서가 되었다. 책의 첫머리에서 피앙카는 독자들에게 생태학을 인간생태학이나 환경보호론과 혼동하지 말라고 경고한다. 인간생태학과 환경보호론은 마지막 장을 할애하여 간단히 다루었는데, 1978년에 출판된 제 2판에서는 그 마지막 장을 삭제해 버렸다. 한 생명체와 다른 생명체들이나 그 환경 사이에서 일어날 수 있는 상호작용이 아무리 복잡하고 복합적이라 할지라도, 그 작용이란 결국 생명체 개체의 진화상 적응의 문제라고 피앙카는 보았다. 피앙카에게는 그 개체들이 적응도를 높이고 생존하여 자손을 남기기 위해 보여주는 절묘한 전략들이 무엇보다도 흥미로웠던 것이다.

오라이언과 피앙카를 사로잡은 생명체들의 살아남아 자손을 남기기 위한 절묘한 전략들이란 진화학자 해밀튼과 트라이버스 등을 통해 알려지기 시작한 유전자를 중심으로 보는 생물들의 생존전략이었다. 이들은 집단선택을 뒷받침하는 데 꼭 필요한 것으로 보이는 개체들 사이의 협

동행위가 실제로는 유전자를 남기기 위해 유리한 전략으로 설명될 수 있음을 보여 주었다. 예를 들어 생태계 생태학자 오덤은 군집 내에서 공생관계에 있는 두 생물종을 기술하면서, 이들 두 생물종이 아마도 진화의 초기 단계에서는 경쟁관계에 있다가 편리공생을 거쳐 상리공생 단계로 진화해 오며 군집 내에서 함께 생존할 수 있게 되었을 것이라고 추론했다. 이런 추론은 한 종으로 이루어진 개체군은 물론 공생하고 있는 두 종으로 이루어진 집단을 자연선택의 단위로 보는 시각을 전제로 한다. 피앙카는 집단선택이 실제로 자연선택 기제의 일종으로 작동하는지는 엄정한 계측으로 확인되지 않으므로 받아들일 수 없다고 주장한다. 두 생물종이 편리공생을 거쳐 상리공생으로 진화해 왔을 것이라는 추측 역시 진화를 방향성을 띤 진보로 보는 시각이어서, 피앙카 등이 생각하고 있던 바 다윈주의적인 틀로서는 인정할 수 없는 억측이라고 보았다. 공생이란 두 종 개체들의 생존전략의 결과일 뿐이며, 따라서 완벽한 공생이란 매우 드물고, 결국은 우리가 공생이라 부르는 관계는 기생이나 또는 상황에 따라 변할 수 있는 일시적인 형태의 협조관계 정도로 이해되어야 한다는 게 피앙카의 주장이었다.

이렇게 생물계의 변화를 개체들 사이의 경쟁으로 그려내는 시각 아래서는 인간이 자신의 환경을 위해 어떤 집합적인 행동을 취할 수 있으리라는 기대가 불가능해진다. 인간이 집단선택의 단위가 될 수 없다면, 아마도 인간의 미래에 대한 집단적 기획 역시 불가능해 보인다. 1960년대 후반 베트남 반전운동, 반문화운동 등의 어수선한 상황에서 많은 저자들이 인류의 미래에 대한 근심을 풀어 놓고 있었으며, 지구가 증가하는 인구를 지탱할 수 있는지에 대한 관심이 그 중 하나였다. 폴 에를리히는 1968년에 출판된 그의 책『인구폭탄』을 통해 인구의 증가를 막지 못한다면 결국 지구상의 인류가 파멸을 맞을 수밖에 없다는 걱정을 강렬한 언어로 표현하여 큰 반향을 일으켰다. 반면 1971년 그의 유명한 생태학 교과서 제 3판을 내면서 유진 오덤은 우주선을 일종의 인공적인 생태계로 그려 내면서 그 안의 물질과 에너지 순환을 해결해 내는데 생태학자들이 공헌할 수 있으리라는 기대를 표명했다. 지구도 일종의 우주선과 같은 한 생태계이지만 단순히 필요한 에너지와 물질을 저장하고 있는 우주선과는 다를 것이었다. 지구와 같이 거대하고 정교한 물질순환과 되먹임 과정이 복잡하게 진행되고 있는 곳에서는 이를 이해하고 통제해 나갈 수 있는 길을 찾는데 생태학자들의 역할이 꼭 필요하다고 오덤은 주장했다.

하지만 개릿 하딘은 "구명정 윤리"라는 제목의 글을 통해 생태학자들이 인류의 미래를 설계할 수 있는 지식을 제공해 줄 수 있으리라는 오덤의 희망적인 기대를 신랄하게 비웃었다. 생태학자들의 도움으로 관리될 수 있는 우주선 지구라는 오덤이 제안한 개념은 하딘이 보기에 급진적 환경보호론자들이 만들어 낸 위험하고 잘못된 은유였다. 무엇보다도 우주선은 절대적인 권한을 지닌 선장에 의해 통제될 수 있지만, 지구에 그런 통제를 위한 세계 정부는 존재하지 않는다. 하딘은 지구가 우주선보다는 망망대해에서 허우적거리는 많은 사람들 사이를 헤쳐 나가는 빈약한 구명정들 그것도 이미 사람들로 가득한 구명정들과 더 닮았다고 주장했다. 오덤과 같은 순진한 낙관론자들이 제 삼 세계의 인구증가를 방치하고 그곳으로부터 사람들이 서구로 이민해 오는 것을 막지 않는다면 이 구명정들 즉 서구 국가들마저 더 큰 위험에 직면하게 될 것이었다. 몇 년 전 그를 유명하게 만든 "공유지의 비극"에서 이미 밝혔듯이, 그 구명정에 타고 있는 사람들 즉 서구국가들의 주민들 역시 한정된 토지와 자원에 갇혀있는 사람들이고, 정부나 중앙기관의 관리가 이들 사이의 갈등을 해결해 줄 수는 없을 것이었다. 하딘은 아무도 개인의 이기심을 통제할 수 는 없다고 본 것이다.

하딘과 마찬가지로 피앙카는 개인의 절제나 정부의 통제와 같은 수단이 개인의 욕망과 이기심을 극복할 수 없으리라고 보았다. 개인이 인간 종집단의 미래를 위해 자신을 통제하여 어떤 결과를 기대할 수 있다는 생각이 집단선택의 기제를 전제하고 있기 때문이었다. 게다가 생식을 자제한다는 따위의 자기희생 행위는 진화의 결과로 만들어질 수 있는 형질이 될 수 없을 것이었다. 피앙카가 진화이론만을 염두에 두고 진화생태학을 주창했던 듯 보이지는 않는다. 1972년 2월 「타임」의 표지모델로 등장하면서 미생물학자 배리 커머너가 생태학계를 대표하는 인물로 운위되는 상황에서, 커머너와 같은 대중적 학자들과 차별화를 시도하면서 진정한 전문 생태학자의 면모를 만들고 싶어 하는 피앙카의 모습도 보인다. 인권운동과 반전운동의 사회적 격동 속에서 정부기관의 거대프로젝트를 수주하면서 살아온 오덤과 같은 관변학자에 대한 혐오감도 엿볼 수 있다. 오덤의 생태계 생태학 배경에는 경제공황을 극복하려는 미국 정부의 노력에 동조하면서, 국민의 삶에 정부가 깊이 관여하는 형태의 정치체제 속에서 사회정의를 위해 과학자들이 능동적인 역할을 해야 한다는 철학이 깔려 있었다. 이에 반해서 피앙카의 진화생태학은 진화에 있어 집단선택의 역할을 거부하면서 동시에 인간의 삶과 미래를 위한다는 명분 아래 국가가 주도하는 사회적 기획에 과학자들이 동조해서는 안 된다는 생각이 깔려 있었다. 그의 개인주의 사상이 그의 진화론 속의 개체주의와 함께, 그가 생각하고 있는 생태학의 성격이나 생태학과 사회 또는 인간 사이의 관계에 분명한 그림자를 던지고 있는 것이다.

진화론에 대한 피앙카의 집착과 사회 속에서 국민국가의 역할을 보는 그의 시각은 그의 교과서 여러 곳에서 다음과 같은 주장으로 나타난다. 생태학자가 환경문제와 같은 사회적 이슈에 뛰어 들어야 할 책무를 짊어져야할 이유는 없다. 생태학이란 자연현상을, 특히 생명세계의 변화상을 자연선택의 결과로 그려내는 학문분야일 뿐이며, 그 사회적 응용에 대한 고구는 생태학자의 몫은 아니다. 인간의 미래를 어떻게 보느냐라는 질문에 굳이 답을 해야 한다면, 인간은 결국 멸종되리라는 이야기를 할 수 있겠다. 그것도 멀지 않은 미래에 멸종될 것이다. 하지만 이것이 특별히 비관적인 견해라고 생각하지는 않는다. 결국 자연선택이 인간을 대체할 새로운 종을 생산해 낼 것이기 때문이다.

5. 치유와 미래를 위한 내면의 자원으로서의 인문학

많은 학자들이 환경보호운동이 가시화 되는 분명한 계기를 레이철 카슨의 활동에서 읽는다. 카슨은 무분별한 화학약품의 남용으로 인한 폐해가 동식물을 거쳐 결국 인간의 건강을 해치게 되리라는 점을 호소력 있게 보여 주었다. 그 호소에 대한 반응들 중 하나로 1964년에 공포된 미국 원생지 법령은 그 보호해야 할 원생지를 인간의 발길이 미치지 않는, 즉 인간이 거주하지는 않는 지역으로 정의했다. 인간의 환경을 위한 자연의 관리방식으로 인간이 배제되는 지역을 설정한다는 발상은 인구밀도가 조밀한 지역에서 살아 온 한 환경사학자 구하에게는 이상해 보였다. 인도출신의 환경사학자 구하는 자연을 있는 그대로 보전하자는 태도와 자연을 효율적으로 이용하자는 자연관리 방식을 선명히 구분해 내려는 미국 특유의 역사서술이 원생지법과 같은 모순되어 보이는 법령을 만들게 되었다고 분석했다. 미국의 역사학자 로데릭 내시 역시 원생지 법령이 선포된 직후에 출판된 책에서, 자연을 인간의 손길이 미치지 않는 원생지로 보면서 숭상하는 시각의 뿌리를 무엇보다도 미국 특유의 초월주의 철학과 이를 강화하는 문학적 전통을 통해 보여줄 수 있었다.

생태학에서 인간이 자연의 바깥에 놓이게 되는 데에도 비슷한 문화적 배경이 작용했다. 그 점을 염두에 두고 생태학의 역사 속에서 인간의 위치를 점검해 보자. 20세기 초 학문분야로서의 생태학을 정립하려 애쓰는 과정에서 미국인 클레멘츠는 정량적이고 이론적인 연구 방법론을 확립하려 애써야했다. 자연 현상을 분류하고 기술하는 데 그

치는 19세기풍의 자연사와 구분되는 연구 분야를 만들어 보여주어야 했던 것이다. 1936년에 생태계라는 용어를 만들어 쓸 것을 제안하는 탠즐리 역시 생태학을 전형적인 자연과학으로 여겨졌던 열역학과 비슷한 학문 분야로 만들어 보여주어야 한다는 열망을 품고 있었다. 1953년에 출판되면서 생태학이 눈에 띄는 중요한 학문분야임을 보여주게 될 중요한 교과서를 준비하는 유진 오덤 역시 동료들에게 생태학이 분명한 이론 틀과 연구방법을 갖춘 학문임을 보여주어야 한다는 야심을 품고 있었다. 생태학을 좀 더 실증적이고 엄정한 과학으로 만들어야 한다는 열망은 진화생태학자들에게서도 똑 같이 나타난다. 진화생태학은, 일견, 동식물상의 변화를 비선형적으로 그려내기 때문에 환경문제의 해결에 큰 도움이 될 듯싶지 않아 보인다. 그렇지만 진정한 생태학이란 진화생태학이라고 보는 또 한 사람의 중요한 생태학 교과서의 저자인 리클렙스는 생태학이 환경문제의 해결을 위해 지침을 제공해 줄 수 있다고 주장한다. 그의 생태학이 화학이나 물리학과 같이 엄정하고 우아한 실험을 가능하게 만들어 주는 이론으로 무장되어 갈 것이기 때문이라는 것이다.

리클렙스는, 그러나, 책의 앞머리에서 생태학의 진정한 가치가 환경문제를 해결할 수 있는 도구일 수 있기 때문은 아니라고 선언한다. 생태학의 가치는 인간의 생활을 위한 도구일 수 있기 때문이 아니라 위대한 예술작품이나 위대한 과학자들로 표상될 수 있는 것과 같은, 서양문명의 특성으로서의 고급문화의 일부이기 때문이라는 것이다. 생태학이 사회문제에 응용될 수 있겠지만, 그렇다고 해서 생태학자들이 사회문제에 개입해야 할 의무는 없으며, 생태학자는 실제적인 문제 해결을 통해서가 아니라 자연현상을 있는 그대로 이해하려는 순수한 연구에 몰두함으로써 사회에 공헌할 수 있다고 그는 주장한다.

"오즈의 마법사"는 갖가지 정치적, 사회적 상상력을 자극하는 기폭제가 되어 왔는데, 인문학의 역할에 대해서도 시사점을 던져준다. 도로시

의 동료들 중 생각할 수 있는 능력이 크게 모자란다고 생각했던 허수아
비가 결국 두뇌를 얻게 된다. 그런데 사실 여행 중 뜻밖의 제안을 통해
어려움을 해결했던 동료는 바로 그 허수아비였다. 따듯한 마음을 지니
는 게 소원이었던 양철인간이 결국 심장을 얻게 되는데, 사실 여행 도중
다른 동료들이 생각지 못 했던 따스한 마음을 발휘했던 동료가 바로 그
양철인간이었다. 겁쟁이 사자는 어떨까. 여행 중 필요한 순간에 용기를
보여 주었던 동료가 역시 겁쟁이 사자였다. 명료한 사고력이나 따듯한
사랑은 두뇌나 심장을 만들어 넣어서 생기는 것이 아니었다. 훈장을 준
다고 해서 용기가 생기는 것도 아니었다. 사고력이나 사랑 그리고 용기
는 이미 이들 자신들의 약점을 고치고 싶어하던 도로시의 세 동료들 각
자에게 내면의 자원으로 존재하고 있었던 것이다.

　20세기 초반 만주국에 대해 대외적 개방을 요구하던 미국 정부의 영
사나 군인들이 남긴 기록으로부터 우리는 눈에 띄는 지적 능력과 조국
애 그리고 용기를 읽을 수 있었다. 그들을 보는 외교사나 정치사의 시각
은 그들이 어떻게 그런 지적 능력과 심성 그리고 태도를 얻었는지를 묻
지 않는다. 1900년에 출판된 "오즈의 마법사"같은 동화를 읽으며 그런
능력과 심성과 태도를 키웠으리라 이야기하는 것은 지나친 이야기이겠
지만, 외교관 생활을 시작하면서 또는 군에 입대하면서 그를 갖추기 위
한 노력을 시작했다고 말 할 수는 없을 것이다. 외교사나 정치사 또는
사회과학은 흔히 개인의 삶이나 지적 능력 또는 심성의 기술을 생략한
다. 현대의 진화생태학자들은 인간의 개입에 의한 지구환경의 변화에
대해 의견을 개진해야 할 의무는 없다고 생각한다. 자연과학자들뿐 아
니라 많은 인문학자들 역시 인간의 시각과 역할을 배제하고 자연을 있
는 그대로 읽는 자연과학이 필요하다고 생각한다. 하지만 그 자연과학
지식이 만들어지는 과정을 살피는 인문학은 인간의 시각과 역할이 배제
된 자연과학이라는 생각 자체가 인간의 삶과 역사 속에서 만들어지고
있음을 보여준다. 인간의 삶과 가치가 중심에 있는 생태학 또는 자연과

학이란 결코 잘못된 과학이 아닌 것이다.

그리고 보면 인문학은 인간이 지닐 수 있는 무한한 능력이나 심성 또는 태도들을 만들어 나가는 자원인 셈이다. 인간이 살아가야 할 지도를 백지에 그리면서 구획을 나누는 거친 도구에서 멈추지 않는 사회과학을 구상하는 데, 또는 인간이 배제되지 않는 자연을 이해하는 자연과학을 만드는 데 필요한 인간 내면의 자원인 것이다.

* 장의 내용은 "생태학과 환경론 속에서 인간의 위치"라는 제목으로 『철학논총』 제 65집 3권 (2011년 7월)에 투고된 내용의 일부를 기초로 하여 만들었음. 김기윤

4부

인문치료, 경계를 가로지르다 /
인문치료의 융복합적 가능성 또는 실천적 방식

인문치료와 의학

주 진 형

강원대학교 의학전문대학원 정신과학교실

과거 인간의 다양한 질병을 각종 의식 또는 제사 등을 통해서 극복해 보려는 노력들이 있었다. 비록 현대 의학적인 측면에서 볼 때 과학적인 근거가 부족하고 치료효과도 검증되지 못했던 어리석은 시도였다고 치부해 버릴 수도 있을 것이나 제한된 지식 내에서 힘겨운 질병과 싸워 보려는 절박한 인류의 나름대로의 합리적 대응방식이었다고 생각해 볼 수도 있을 것이다. 이러한 의식이나 제사가 효력을 발생시키지 못한 경우들이 많았겠지만 정신질환이나 정신 상태에 영향을 많이 받는 특정한 신체질환을 포함하여 일정한 질환 영역에서 효과를 보였을 가능성도 배제할 수는 없을 것이다. 의식이나 제사를 통한 치료는 현재에도 다양한 환자의 치료 영역에서 일정한 역할을 담당하고 있는 미술치료, 음악치료, 연극치료 등과 같은 예술치료나 인간의 전인적 치료를 추구하는 인문치료와도 일맥상통하는 부분이 있을 것이다.

현대 의학이 소개되기 시작하면서 특정한 질환은 특정한 병원균이나 특정의 원인에 의해서 발생한다는 개념들이 강화되어 예술치료나 인문치료의 상대적 중요성이 퇴색되는 부분도 있으나 아직까지도 일정한 의학분야에서는 그 중요성이 유지되고 있으며 특정한 영역에서는 강화의 필요성도 제기되고 있다. 특히 의학의 발달과 고령화로 인해 급성질환에 비해 수년 또는 수 십년씩 지속되는 만성질환이 증가하고 있으며 질병 발생 후에 대처하는 것 보다는 질병의 위험을 가진 사람들을 선별하고 일찍 예방과 관리를 하는 것의 중요성이 강조되는 쪽으로 의학의 흐름이 변화하고 있어 인간의 생로병사에 대한 전인적인 이해와 인생에 대한 진지한 성찰을 기초로 질환에 대한 이해와 치료에 접근하고자 하는 인문치료의 영역이 확대될 수 있는 여지가 존재하고 있다. 인문치료가 효과를 보일 수 있는 의학적 영역이 다양하게 있을 것으로 판단되나 다음에서는 우선적으로 검토해 볼 수 있는 영역에 대하여 선별하여 소개해보고자 한다.

ㅇ 정신질환

정신과 영역에서는 현재에도 미술치료, 음악치료, 명상, 최면 등의 다양한 비약물적 치료들이 시도되고 있어 인문치료가 개입될 수 있는 영역이 그 만큼 많을 수 있다. 미술치료의 경우에는 미술과 이미지에 대한 정신분석적 해석과 이해를 통해 환자가 질환과 증상에 대한 이해를 높이고 치유를 앞당기려는 노력들을 해왔으며 증상과 질환의 평가와 진단 등에 폭넓게 사용되어져 왔다.

사람의 마음속에는 대부분 만족하지 못하는 아이의 욕구가 존재하고 있으며 그 존재로 인한 갈등, 고통, 절망 등을 이해하고 어루만져 아이의 성장과 자립을 돕는 것이 필요한데 정신분석적 치료와 함께 다양한 비약물적 접근법들이 효과를 보일 수 있는 것이다. 인문치료의 경우에도 듣고 읽고 쓰고 표현하고 생각하고 성찰하는 방법들을 보다 효율적으로 활용하여 이러한 역할을 담당하는 것이 필요할 것이다. 현재까지 약물치료, 정신치료, 인지치료 외의 다양한 비약물적 치료를 이용했던 정신과 분야와 인문치료가 도움을 줄 수 있는 정신과 영역에 대하여 간략하게 살펴보자.

- 우울증

20~30%의 여성이 평생동안 한번은 상당한 정도의 우울증상을 경험한다고 알려고 있으며 남성들도 여성의 절반정도에 해당되는 유병율을 보이는 것으로 알려질 만큼 주변에서 상당히 많이 관찰되고 있는 질환이다. 미국의 경우에는 많이 처방되고 있는 10대 약품 중에서 2~3개가 항우울제라고 하며 세계보건기구에서도 2020년 전 세계적으로 질병 부담이 많은 것으로 예상되는 질환 2위가 우울증이라고 보고하기도 했다.

심한 우울증일 경우에는 의사의 진료와 처방이 필요한 경우가 많지만 심한 우울증일 경우를 포함하여 다양한 우울증세에 있어서 약물치료와 함께 다양한 비약물적 치료가 도움을 줄 수 있는 경우가 많다. 따뜻한 말 한마디와 진심어린 관심도 도움이 되며 운동, 예술, 영화, 독서 등도 도움이 될 것이다. 주변에서 자신의 심적 어려움을 운동, 미술, 음악, 명상 등을 통해서 극복했다는 얘기를 하는 경우가 적지 않으며 이러한 방법들을 체계화하고 이용 가능성을 높이는 것은 해당 분야 전문가들이 시도해 볼 수 있는 영역일 것이다.

인문치료가 인간의 고통, 슬픔, 외로움 등을 이해하는 방식과 나누고 듣고 말하는 방법을 개발하고 보급한다면 다수의 사람이 우울증을 극복하는데 기여할 것이다. 많은 사람들이 아직도 우울하다는 것을 패배자나 부족한 사람으로 취급하고 이해하거나 도움의 손길을 주는 방법에 익숙하지 않거나 인색한 상황에서 인문치료는 편견을 이겨내고 인생에서 고통의 가치를 공유하는데 일조할 수 있을 것이다.

고통, 슬픔, 외로움은 보편적이고 지속적이며 인간의 행동을 규제하고 나약하게 만들기도 하며 악한 선택을 하도록 하기도 한다. 정신적인 고통과 질환에 대한 전인적인 이해와 대처방식에 대한 구체적인 기법의 개발을 통해 점점 더 많은 사람들에게 퍼져 나가고 있는 우울의 그림자를 걷어 버리는 데 있어 인문치료가 기여할 수 있는 부분을 찾아가는 것이 필요할 것이다.

엄마는 아이에게 짧은 동화나 이야기를 사랑과 정성으로 들려주고 공감해줌으로써 아이는 마음이 성장하고 심적 안정을 찾으며 타인에 대한 배려와 슬픔을 이겨낼 수 있는 힘을 찾을 수 있게 된다. 진심으로 말하고 듣고 쓰고 이해하고 생각하도록 만드는 방법, 언제 누구에게 무엇을 어떻게 전달하는 것이 필요하고 도움이 되는 지를 교육하는 방법들을 개발하여 인간의 슬픔과 고통을 극복해 나가도록 돕는 것을 인문치료에 종사하는 인력들이 찾아간다면 우울증을 겪고 있는 많은 사람들이 인문치료를 통해 큰 도움을 받게 되는 날이 올 수 있을 것이다.

- 자살

한국의 자살률은 OECD 국가 중 가장 높은 상태이다. 한국의 자살률은 국가부도를 겪은 이후 급격하게 증가하여 1998년 사망순위 7위였던 자살은 2009년 4위까지 증가했다. 청소년 및 청년층의 자살도 증가하고 있으며 연예계 스타나 명사들의 자살도 적지 않은 상태이다. 특히 사회적인 분위기에 많은 영향을 받는 청소년 및 청년들이 연예인들이나 명사들의 자살에 상당한 영향을 받을 수 있는 것이 걱정스런 현실이다. 이라크 전에서 한해 사망하는 미군 전사자보다도 훨씬 많은 수의 사람들이 자살하고 있는 상황을 볼 때 이 땅에서 전쟁이 진행되고 있다고 해도 가히 틀린 말이 아닐 것이다.

2011년 자살예방법이 국회를 통과하고 보건복지부, 중앙자살예방센터, 정신보건센터, 자살예방협회 등도 앞장서 자살률을 떨어뜨리려는 노력을 진행하고 있으나 현재의 국내사정을 보면 그리 녹록한 상황은 아니다. 청소년은 강한 경쟁과 입시 압박, 청년은 등록금과 취업에 대한 걱정, 중장년은 불안정한 직장문제와 가정 내 갈등, 노인은 생활비와 건강문제 등으로 어려움을 겪고 있으나 우리나라의 복지체계, 연금체계, 의료체계를 포함한 사회안전망은 상당히 취약한 상태이다. 취약한 사회안전망과 함께 공동체의 응집력이 약화되어 고통받는 개인을 돌봐줄 수 있는 사회문화적인 상황이나 여건들이 줄어들고 있고 가족 간의 유대감도 약화되면서 일정한 스트레스만 있어도 그 상황을 인내하지 못하고 극단적인 선택을 하게 되는 상황이 늘어나고 있는 것 같다.

사회의 구조적인 문제는 단 시간내에 크게 바꿀 수 없을 지라도 개인이 겪고 있는 상황에 대한 느낌과 인식을 조정해 주고 타인과 함께 살아갈 수 있는 방법을 보다 효과적으로 전달해 줄 수 있다면 극단적인 선택이나 행동을 줄일 수 있는 방법을 찾을 수도 있을 것이다. 이렇게 남과 교류하는 방법, 자신을 표현하고 나누는 방법, 상황을 인식하고 이해하는 방법, 힘든 상황에서 능동적으로 대처하는 방법을 교육하고 전달해 주는 것이 필요한데 이러한 측면은 인문치료의 치료방법이나 목표와 일맥상통하는 측면이 적지 않다.

인문치료는 인생에 대한 회의와 고통으로 힘겨워하는 분들에게 희망과 위안을 주고 극단적인 선택을 하지 않도록 구체적인 치료 방법을 개발하고 적용해 간다면 세계에서 자살률이 가장 높은 국가를 벗어나는데 일조할 수 있을 것이다.

- 외상 후 스트레스 장애

천재지변, 전쟁 또는 전투, 교통사고, 강도, 성폭행 등 살아가면서 가능한 겪지 말아야 할 많은 사건들이 불행히도 우리 주변을 늘 맴돌고 있는 것이 사실이다. 2011년에도 강력한 지진과 해일에 의해서 일본의 원자력발전소에서 방사선누출이 발생하여 세계를 경악에 몰아넣기도 했다. 개인이 감당하기 어려운 사건이나 사고에 직면하게 될 때 일부의 사람들은 그 고통에서 벗어나지 못하고 상당한 기간을 그 기억과 경험에 빠져서 생활하게 된다.

인문치료는 이러한 사건이나 사고로 인해서 발생하는 정신적인 고통을 덜어주는데 도움이 될 수 있는 방법이다. 어떤 이유로 그 기억과 경험을 벗어나지 못하는지를 살펴보고 유사한 경험을 가진 사람들이 겪고 극복했던 사례를 읽고 듣고 이야기 하면서 경험을 공유하거나 마음의 위안을 받을 수도 있을 것이다. 삶의 여정에서 겪을 수 있는 고난을 나누고 극복해 가는 과정에 대한 철학적 이해도 더하게 된다면 외상의 경험에서 벗어나지 못하는 자신과 주변에 대해 성찰하게 되고 심리적 고통도 덜어낼 수 있을 것이다.

심각한 상처에 평생을 눈물 속에서 벗어나지 못하는 가여운 영혼을 보듬어 주는 따뜻한 치료를 인문치료가 해 줄 수 있다면 환자에게 이보다 더 기쁜 일은 없을 것이다. 하지만 상처받은 영혼이 찾아올 수 있고 안식을 찾아 돌아갈 수 있는 인문치료의 장이 체계적으로 갖춰지는 것이 필요할 것이다. 향후로도 많은 외상과 그로 인해 정신적인 고통을 받는 대상자의 수는 지속적으로 늘어날 수 있다. 외상의 상처와 고통에 눈물짓는 이들의 눈물을 닦아주는 방법을 익히고 넓히는 것이 필요할 것이다.

- 아동 정신장애

엄마의 품에서 또는 곁에서 동화를 들으면서 안식을 취하거나 잠을 청하는 아이의 모습을 우리는 주변에서 적지 않게 경험할 수 있다. 동화를 읽어 주는 모습, 태도, 표정, 사랑을 전달하고 전달받는 느낌, 동화속의 아름다운 내용, 이 모든 것이 어우러져 아이는 마음의 위안과 평화를 느낄 수 있고 타인에 대한 고마움과 사랑을 느끼게 된다.

독서, 이야기, 대화, 함께 읽고 말하기, 느끼기 등은 다양한 정신질환으로 어려움을 겪고 있거나 고통을 받고 있는 아이들에게 상당한 도움을 줄 수 있다. 이러한 방법들은 인문치료가 아니라도 학교, 가정, 학원 등에서도 광범위하게 실행되고 있으며 앞으로도 지속적으로 수행될 것이다. 인문치료는 정신적으로 많이 힘든 상황에 처해있는 아동으로부터 정서적으로 다소 어려움을 겪고 있는 아이들을 포함하여 보다 성숙한 인격체로 성장해야 하는 보통의 아이들까지 모두에게 도움을 줄 수 있는 방법으로 사용될 수 있을 것이다.

- 치매

미당 서정주 시인은 치매에 걸리지 않기 위하여 매일 천개가 넘은 산의 이름을 외웠다고 한다. 이렇게 무식할 정도로 단순한 암기가 치매에 도움이 되는지를 객관적으로 증명하기는 어려우나 독서를 하는 것이 치매를 예방하는데 도움을 된다는 연구가 있다. 독서를 하고 내용을 기억하는 것이 도움을 줄 수 있겠고 독서를 통해 느끼는 정서적 안정감과 마음의 위안이 도움을 줄 수도 있을 것이다.

치매에서 가장 많은 알쯔하이머병 환자들은 초기에는 대개 최근 기억력이 떨어지는 증상을 보이게 된다. 과거의 중요한 기억은 서서히 떨어지게 되는데 과거의 경험을 나누고 사진을 보고 아꼈던 물건 등을 가까운 곳에 배치해 두는 것이 도움이 된다고 한다. 과거에 감명깊게 읽었던 책의 내용을 다시 읽거나 함께 이야기하면서 나누는 것이 치매의 예방 뿐만 아니라 경증의 치매 환자의 증세 악화를 막아주는 데도 효과가 있을 개연성이 있다.

- 정신분열증

만성적으로 평생을 지속되기도 하는 정신분열증은 인류가 극복해야 할 가장 치명적인 정신질환으로 생각된다. 아직까지 그 이유가 명확히 밝혀져 있지는 않았으나 상당수의 효과적인 약물들이 개발되어 과거보다는 환자들이 생활에 적응하면서 살아가는 경우가 증가하고 있다. 하지만 약물을 통해서도 증세가 완전히 조절되지 않는 경우도 적지 않으며 약물치료 만으로는 생활에 적응이 어려운 경우도 적지 않은 것이 현실이다.

이러한 특성으로 인해 정신분열증 환자에 대해서는 지금까지 미술치료, 음악치료, 작업치료 등 다양한 비약물적 치료법들이 약물치료와 함께 적용되어져 왔다. 인문치료는 이러한 다양한 비약물적 치료법들 중 하나로 사용될 수 있을 것이다. 독서, 대화, 토론, 발표 등의 다양한 방법을 효과적으로 활용하여 사회성이 부족하고 자신을 잘 드러내려고 하지 않고 위축된 모습으로 생활하는 경향이 많은 정신분열증 환자들에게 도움을 줄 수 있을 것이다.

- 공공 정신보건서비스

과거 유럽에서는 인구의 삼분의 일이 페스트로 사망하는 경우가 있었다. 얼마 전 한국에서도 신종플루의 출현으로 많은 국민들이 불안해하기도 했다. 이러한 이유로 공공의료서비스는 초기에 전염성 질환이나 세균성 질환과의 싸움에 많은 관심을 기울일 수 밖에 없었다. 하지만 의학의 발달로 다양한 항생제가 개발되고 식생활 수준과 위생상태가 개선되면서 전염성 질환의 빈도가 감소하는 것도 사실이다. 의학의 발달과 함께 평균수명 증가로 인해 공공의료서비스는 고혈압, 당뇨, 퇴행성 뇌질환, 심장질환, 뇌졸중과 같은 중장년이나 노년에서 주로 발생하는 질환의 예방과 관리 쪽으로 넘어가고 있다.

이러한 측면과 함께 인생을 신체적으로 건강하고 오랫동안 장수하는 것만으로는 충분하지 못하다는 인식들이 높아져 가고 있다. 평균수명은 늘어나지만 힘들고 고통스럽게 장수한다면 그것이 무슨 의미가 있냐는 인식들이 높아가고 있는 것이다. 단지 몸이 튼튼한 것이 중요한 것이 아니라 정신적인 안정과 행복을 느끼면서 사는 것이 중요하다는 것이다. 공공 정신보건서비스도 초기에는 중증의 정신질환자의 관리에 초점이 맞춰져 진행되었다. 하지만 정신건강의 문제는 중증의 정신질환자만이 아닌 다수의 국민에게 중요한 문제라는 인식들이 확산되고 있고 국민의 행복도를 높여야 한다는 생각들이 서서히 증가하고 있다.

인문치료는 국민의 정신건강과 행복도를 높이는데 기여할 수 있으며 기여할 수 있는 방안을 모색하는 것이 필요하다. 개인의 행복을 좌우하는 것은 다양한 요소들에 의해 좌우되지만 일정한 사회경제적 조건이 갖춰주고 난 후에는 더 이상 경제적인 조건이 행복에 큰 영향을 미치지 못하게 된다. 자신, 타인, 세상, 인생에 대한 인문학적인 소양이 행복을 만드는데 큰 영향을 주게 된다. 현재 일반적인 국민의 일상생활도 중세시대의 귀족보다 낫다는 주장도 있다. 어느 정도의 경제적 성취를 이루고 있는 한국의 경우 이제는 보다 많은 국민의 정신건강 증진을 위해서 인문치료가 역할을 담당할 수 있는 방안이 모색되어야 할 것이다.

- 스트레스 관리

거의 모든 사람이 스트레스를 경험하면서 생활한다. 몸과 마음에 좋지 않은 경우도 있고 몸과 마음에 중장기적으로 이로운 스트레스도 있다. 그러나 정도 이상의 스트레스가 장기적으로 지속되면 대개 몸과 마음에 이상이 생기기 시작한다. 머리가 아프고 가슴이 뜨겁고 심장이 두근거리며 뱃속이 조이는 증상으로부터 잠이 오지 않고 불안하고 초조하며 안절부절하는 증상까지 매우 다양한 신체적, 정신적 이상이 발생할 수 있다. 술, 담배, 비만 등이 건강에 큰 걸림돌이지만 스트레스가 이들보다 건강에 더 나쁜 영향을 줄 수 있으며 스트레스로 인해 술과 담배의 사용량이 증가하고 비만이 증가하는 결과가 초래될 수도 있기 때문에 건강한 삶을 유지하기 위해서는 스트레스를 제대로 관리하는 것이 매우 중요한 실정이다.

많은 사람들이 이러한 스트레스를 완화시키기 위하여 다양한 방법을 사용한다. 잠을 자기도 하고 운동을 하기도 하고 사우나를 하기도 한다. 독서, 영화, 음악듣기 등도 자주 사용되는 방법 중의 하나이다. 스트레스를 푸는 방법으로 자기최면, 복식호흡, 요가, 명상 등도 도움이 된다고 한다. 이러한 방법은 누군가 초기에 체계적으로 도움을 준다면 적당한 시점에 혼자서 활용하는 것이 가능하다. 인문치료는 개개인이 살아가면서 경험하는 스트레스와 어려움을 스스로 혼자서 감당하고 헤쳐 나갈 수 있는 방법과 마음가짐을 소개해주고 연습과 반복을 통해 체화할 수 있도록 도움을 줄 수 있을 것이다. 살아간다는 것에 대한 이해, 스트레스와 고통에 대한 이해, 역경을 통해 얻을 수 있는 행복에 대한 이해, 함께 나누고 경험하는 것을 통해 얻을 수 있는 기쁨에 대한 이해 등을 인문학에 대한 성찰, 독서, 대화, 토론, 경험, 공유화 등을 통해 얻어갈 수 있도록 도움을 준다면 늘 우리의 삶과 함께 이어져 가는 스트레스에 보다 효과적으로 대처하고 스트레스로 인해 신체적, 정신적 질환이 발생하는 것을 예방하며 질환이 악화되는 것을 억제하는데 기여할 수 있을 것이다.

○ 암

한국에서도 사망률 1위를 기록하고 있는 암은 대다수 사람들에게 공포와 불안 등의 정신적인 문제를 일으키는 질환이다. 암은 신체적인 문제뿐만이 아니라 정신적인 문제를 동반하는 경우가 흔하며 가족 및 사회관계에도 큰 영향을 미칠 수 있다. 인문치료를 통해 근원적인 암 치료는 할 수는 없겠으나 암과 관련되어 초래될 수 있는 이러한 다양한 문제들을 해결하는데 도움을 줄 수 있을 것이다. 최근까지 미술치료나 음악치료 등의 보조적인 치료방법들이 암 환자들에게 적용되어져 왔고 효과가 있었다는 연구 결과들도 적지 않다. 암에 수반되는 불안이나 우울감이 감소한다는 연구들도 있고 암환자들의 정신적 어려움, 대인관계의 문제 등을 해결하는데 도움이 된다는 보고들도 있다. 암으로 고통 받는 환자들은 로스가 지적한 죽음의 5단계를 경험할 수 있다고 한다. 이러한 어려움들은 약물요법, 방사선치료, 수술 등으로만 해결하기에는 벅찬 부분이 많다. 자신의 살아온 인생을 돌아볼 수 있고 관조할 수 있는 방법을 교육하거나 조언해주고 상담해주는 것이 필요할 것이다.

최근 십년간 정신종양학 분야가 크게 성장하고 있는데 정신종양학과 관련된 예술치료 분야에 대한 관심도 증가하고 있으며 효과적인 치료일 수 있다는 지적들이 늘어나고 있어 보다 개선된 방법들을 시도하려는 노력들도 이어지고 있다. 예술치료와 관련된 다양한 이론과 개념, 방법론, 기법 등이 정신종양학 분야에서 대두되고 있는데 인문치료도 출판물, 영상물, 강좌 등을 이용한 다양하고 고유한 방법으로 암으로 인해 발생할 수 있는 많은 정서적, 사회적, 실존적, 영적 문제들에 대하여 적절하게 대응할 수 있는 방법을 찾아야 할 것이다. 정신종양학 분야에서 인문치료가 입지를 마련하고 적용에 대한 공감을 얻는 것이 필요하며 시대적 조류에 맞춰 요구에 제대로 부응하지 못하게 된다면 인문치료의 전망도 밝지 못할 수 있을 것이다. 다수의 환자들이 존재하며 효과를 기대할 수 있는 분야에 보다 적극적인 참여와 노력이 필요할 것으로 생각된다.

○ 생활습관병

중장년 이후로 본격적으로 발생하게 되는 고혈압, 당뇨 등의 질환은 생활습관과 연관성이 깊어 요즘은 성인병이라는 용어대신 생활습관병이라는 용어가 많이 회자되고 있다. 생활습관이 고착되거나 변화되는 데 에는 개인의 생각, 인생관, 철학 등도 상당한 영향을 미칠 수 있다.

물론 깊은 생각을 못하고 하루하루를 바쁘게 살다보면 삶을 뒤 돌아보지도 못하고 발등에 떨어진 일을 해결하는 것만으로도 벅찰 수는 있으나 건강을 돌보지 못하고 바쁘게 살아가는 것으로 인해 결과적으로 질병의 도래를 앞당기는 일들이 적지 않다. 이러한 사회적 환경과 개인의 습관이 생활습관병의 발병에 큰 영향을 미칠 수 있는데 예방과 악화방지에 인문치료가 관여할 수 있는 여지는 있을 것으로 생각된다. 건강을 유지하기 위해 지속해야 할 습관과 삶에 대한 올바른 이해를 교육하고 공감하게 만들기 위해서는 인생에 대한 이해와 관심의 폭을 넓힐 수 있도록 도와주는 것이 효과가 있을 수 있으며 인문치료가 그러한 역할을 담당할 수 있을 것으로 생각된다. 생활습관병에 걸린 환자들은 매우 많으며 심한 합병증으로 인해 장기적으로 고생을 하는 경우도 적지 않기 때문에 정신종양학 분야만큼 정신적인 도움이 필요한 분이 있을 것으로 판단된다. 정신종양학 분야와 함께 인문치료가 참여를 통해 입지를 개척할 수 있도록 노력하는 것이 필요할 것으로 판단된다.

○ 신경계 재활

뇌졸중, 두부 외상, 뇌성마비 등의 다양한 원인으로 두뇌 기능에 손상이 발생할 수 있다. 신속하고 꾸준한 재활치료가 증상 회복을 위해 중요한데 인문치료는 환자의 재활을 앞당기는데 있어 효과적인 도움을 줄 수도 있을 것이다. 두뇌 기능에 이상이 있는 환자들의 경우 인지기능 저하, 정서변화, 의욕저하 등의 증세가 동반되는 경우가 적지 않은데 재활치료에 읽고 쓰고 듣고 말하는 능력을 강화시킬 수 있는 인문치료의 기법이 더해진다면 환자가 좀 더 치료에 협조적으로 변화될 수도 있으며 두뇌 기능 저하로 인해 발생했던 기능 저하를 되돌리는데 있어 기여할 수도 있을 것이다.

인문치료는 많은 스트레스와 심적 부담 속에서 살아가고 있는 다수의 현대인들의 마음을 어루만지고 성장하게 하고 상처가 아물 수 있도록 도움을 줄 수 있을 것이다. 또한 질환에 맞서 싸워 나갈 수 있도록 용기를 북돋워주고 질환으로 발생하는 다양한 장애를 완화시키는 데에도 효과가 있을 수 있다. 최근 의과대학에 인문의학교실 또는 인문사회의학교실이 신설되고 있으며 인문학적 소양을 갖춘 의사를 양성하는 것이 점점 더 중요하게 여겨지고 있다. 인문학적 소양을 충분히 갖춘 의사에게 치료를 받게 된다면 일정한 부분적인 인문치료가 자연스럽게 수행된다고 볼 수 있는 여지도 있을 것이다. 환자에 대한 직접적인 인문치료적 접근과 함께 의료서비스를 제공하는 의사, 간호사, 기사, 행정요원 등에 대한 인문학적 소양을 강화시키는 노력들도 병행되는 것이 필요하다고 생각된다. 의학전문대학원 또는 의과대학의 교육과정에 인문치료를 전공하시는 분들이 참여할 수 있는 여지를 꾸준히 모색해 보는 것이 필요할 것으로 생각된다.

인문치료가 환자 및 의료진들을 위해 다양한 도움을 줄 수 있을 것으로 판단해 볼 수 있겠으나 인문치료가 의학 분야에 효과적으로 접목되기 위해서는 해결해 나가야 할 과제들도 산적하다. 적절한 의학연구방법을 통해 효과를 검증하려는 시도들이 있어야 한다. 일부의 사례들이 발표되고 있는데 사례보고와 함께 특정한 질환, 특정한 환자군을 대상으로 하는 대조군을 갖춘 연구를 진행하는 것이 필요하다. 치료방법을 표준화시키는 노력들도 병행되어야 한다. 표준화된 치료방법들이 개발되어야 효과를 객관적으로 검증해 나갈 수 있을 것이다. 특정한 질환에 대해서는 특정한 인문치료 방법이 보다 효과적일 수 있다는 것에 대한 시도와 검증이 필요할 것이다. 인문치료사를 배출하는 교육과정을 개발하고 교육과정을 공식화할 수 있는 노력도 병행되어야 할 것이다. 신뢰할 수 있는 교육과정이 개발되고 능력있는 치료사가 꾸준히 배출되지 않는다면 인문치료는 지속되기 어려울 것이다. 학회를 발전시켜 회원을 관리하고 자격증을 교부할 수 있는 능력과 신뢰성을 갖출 수 있도록 노력도 해야 할 것이다. 이러한 노력들이 기본적으로 이어지지 않는다면 많은 의료인들은 인문치료가 가진 장점에도 불구하고 인문치료를 백안시하게 될 수 있다. 또한 인문치료가 발전하기 위해서는 도움을 줄 수 있는 다른 영역의 동료들을 많이 확보하고 사회적 네트워크를 강화하려는 노력도 병행해야 할 것이다. 특히 의료 및 의학부분에 진출하기 위해서는 의료인들과 꾸준히 접촉하고 설득하고 효과를 보여주고 치료에 참여하고 고생을 함께 하는 헌신적인 자세가 필요할 수 있다. 질병의 고통에서 힘겨워하고 때론 절망하고 슬퍼하는 많은 환자분들에게 인문치료는 도움이 될 수 있을 것으로 생각된다. 하지만 진정으로 도움이 되기 위해서 인문치료가 가야할 길은 아직은 상당히 먼 것 또한 사실이다. 갈 길이 멀긴 하지만 질병으로 고통 받는 환자들이 인문치료를 통해 희망을 얻을 수 있고 질병을 극복하는 힘을 얻을 수 있다면 인문치료를 발전시키고 의학 분야에 접목시키려는 시도는 매우 큰 가치를 지닐 것이다.

21세기 인문학의 치료적 기능

이 대 범

강원대학교 국어국문학과

■

■

■

1. 들어가며

20세기의 가장 큰 특징은 기계의 발달로 인한 산업화였다. 그리고 산업화로 인해 20세기 인류는 그 어느 시대보다도 물질적인 풍요를 누렸다. 물론 인류 전체가 골고루 그 풍요를 나눌 수 있었던 것은 아니지만 평균적으로 볼 때 인류는 그 이전보다 분명히 물질적으로 풍족한 삶을 살았다. 20세기에 두 번에 걸친 세계대전과 수많은 국지전들에도 불구하고 폭발적으로 증가한 인구가 이를 단적으로 증명한다. 인구의 증가에는 기계화 영농을 통한 곡물 생산의 증가와 산업화를 통한 먹을거리의 대량생산이 큰 몫을 담당했으나 획기적으로 발달한 의료장비와 의료기술 덕에 길어진 수명도 그에 못지않은 역할을 했다.

언제나 모든 양적인 증가의 끝에는 질적인 발전이 요구된다. 인구의 증가와 수명의 연장은 양적인 차원의 변화였다. 배고픔을 이기기 위해 먹을 때는 음식의 양이 중요하지만 배고픔을 잊기 위해서가 아니라 먹는 즐거움을 추구하는 수준에서는 음식의 맛이 중요하다. 20세기에 인류가 추구했던 삶의 양적인 차원의 증가, 다시 말해 인구의 증가와 수명의 연장은 21세기에는 더 이상 이전과 같은 의미를 지니지 못한다. 21세기, 사람들은 '오래 살기'보다는 '잘 살기'를 원한다.

20세기 산업화를 그 어느 나라보다도 격렬하게 경험한 우리나라의 경우 이제 세계에서도 평균수명이 가장 긴 나라에 속한다. 그리고 우리나라의 의술은 명실공이 세계적인 수준이다. 또한 인간을 '오래 살게' 만들기 위해 의료에 투자되고 소비되는 비용 역시 세계적인 수준이다. 그러나 우리 사회는 인간을 잘 살게 하기 위해서 과연 합당한 비용을 지불하고 있는가? 잘 산다는 것이 무엇인가에 대한 질문에 대답하기 위한 노력은 과연 만족할만한 수준으로 진행되고 있는가? 대답은 부정적이다.

이전 삶에 비해 21세기의 삶의 가장 큰 변화는 사회 구성원 각 개인에게 타인이나 주변 정보에 대해 접근이 획기적으로 용이해졌다는 사실이다. 그리고 이러한 정보의 민주화는 개인의 자아인식을 강화하는데 결정적인 역할을 했다. 우리는 이제 다른 사람들의 삶과 자기의 삶을 쉽게 비교할 수 있다. 21세기 사람들은 이전에는 쉽게 접할 수 없었던 타인들의 삶에 대해 인터넷을 통해 실시간으로 정보를 얻을 수 있고 그 다양한 삶에 대한 정보는 자신의 삶과 비교되면서 자신의 상황을 객관적으로 볼 수 있는 기회를 제공한다. 일상의 비교에서 일반적으로 우리는 자신이 비교대상보다 오래 살 수 있는가를 묻기보다는 잘 살고 있는가를 묻는다. 잘 살고 있는가를 묻는 것은 내가 행복한가를 묻는 것이다. 이런 철학적 차원의 의문은 집단과 물질이 강조되던 산업화 사회에서는 흔히 무시되던 것이었다. 그 결과 산업화 사회가 정점을 경과하면서부터, 인문학 위기 담론이 제기되기도 했다. 그러나 이제 우리 사회는 산업화를 탈피하고 정보화 사회로 거듭나고 있다. 누구나 자유롭게 정보를 입수할 수 있는 환경, 즉 정보의 민주화는 지식의 민주화를 이끌어내며 지식의 민주화는 삶의 의미와 가치에 대한 숙고의 기회를 지속적으로 제공한다. 철학과 문학 그리고 역사의 중요성이 다시 대두되는 이유다. 요즘 문화계나 교육계의 분위기를 보면 '인문학의 부흥'이라는 표현이 어색하지 않을 만큼 인문학의 중요성이 강조되고 있다. 이 시점에서 우리는 '인문학의 위기'라는 표현이 더 이상 의미를 지닐 수 없는 건강한 사회, 구성원 모두가 행복한 삶을 영위할 수 있는 사회를 만들기 위해 보다 적극적으로 인문학적 가치의 현실적 활용에 관해 진솔한 논의를 진행할 필요가 있다.

2. 인문학과 치료[1]

동서고금을 막론하고 건강은 인간이 양질의 삶을 살기위해 무엇보다도 우선적으로 갖추어져야할 조건이다. 물론 이때 건강은 육체적으로 무병한 상태만을 의미하는 것은 아니다. 세계보건기구는 21세기를 몇 년 앞둔 시점에서 건강을 정의하면서 그것이 단지 "질병이 없거나 허약하지 않은 상태가 아니라 육체적, 정신적, 사회적으로 완벽하게 안녕한 상태"임을 천명한 바 있다. (Health is a state of complete physical, mental and social well-being and not merely the absence of disease or infirmity.)

깊은 논의를 거치지 않더라도 우리는 현재 우리나라의 병원에서 일상적으로 진행되고 있는 진료행위만으로는 세계보건기구가 제시한 수준의 건강을 확보할 수 없다는 사실은 쉽게 깨달을 수 있다. 우리가 병

---

1 이 글에서는 인문학은 무엇이며 치료는 무엇인가라는 원론적 논의는 생략하고 상식적으로 받아들여지고 있는 인문학의 개념과 치료의 개념을 바탕으로 이야기를 전개해나갈 것이다. 다만 인문학은 문·사·철이라는 말로 통칭되는 문학, 역사, 철학 이외에도 인간을 이해하기 위한 제반 학문들과 인간을 표현하기 위한 예술도 포함하는 개념이라는 점과, 치료라는 말도 현재 의료진들만이 사용하게 되어 있는 배타적 의미가 아니라 그리스어 테라페이아Therapeia가 지니는 어원적 의미인 "배려와 보살핌 그리고 돌봄"이라는 의미까지 포함하는 넓은 의미의 테라피therapy라는 개념으로 사용한다는 점을 밝힌다.

원에서 경험하는 현재의 의학은 건강한 상태를 이처럼 적극적으로 정의하고 있지 않기 때문이다. 현대의학에서 말하는 '정상'인 상태는 신체적 혹은 정신적으로 의학이 정한 질병에 노출되어 있지 않은 상태를 말한다. 그러나 우리는 의료진에 의해 아무 이상이 없다고 판단된 상황임에도 불구하고 고통을 호소하는 경우를 많이 본다.[2]

사실 세계보건기구의 건강에 대한 이러한 적극적인 정의는 어떻게 보면 행복에 대한 정의에 가깝다. 몸과 마음이 편안하고 자기가 속해있는 환경에서 안녕한 상태에 있는 사람은 행복한 사람이라고 할 수 있기 때문이다.

20세기의 심리치료 방법론들의 공통적인 특징은 '변화의 추구'이자

---

2 의료적 기준으로는 정상이어서 의사들의 치료 대상이 되지 않지만 본인이 고통을 느끼거나 혹은 그 고통의 실체마저 알고 있지 못한 채 살아가고 있는 사람들의 숫자는 적지 않다. 요즘 어린이나 청소년들에게서 흔히 볼 수 있는 증상인 ADHD(주의력 결핍 및 과다행동장애)의 경우를 예로 들어보자. OECD국가를 대상으로 한 조사에 따르면 전체 청소년의 3 % 내지 20 %가 ADHD로 고통을 받고 있다고 한다. 우리나라는 그 중 가장 많은 청소년들이 이 증상을 보이고 있는 나라에 속한다. ADHD는 가벼운 증상일 경우 개구쟁이의 행동 이상의 문제를 불러일으키지는 않지만 심각한 경우는 주의력 및 충동성이 조절되지 못해서 벌어질 수 있는 위험한 상황이 생겨날 수 있다. 심지어는 사이코패스와의 관련이 언급되기도 한다. 그러나 ADHD로 판정을 받거나 혹은 위험수위라고 판단이 된 경우에도 극단적인 상황이 되는 경우는 열에 한 둘 뿐이다. 그들은 정신과 치료를 받아야한다. 현재 우리나라에는 약 56만 명 정도의 ADHD 청소년 환자가 있는 것으로 추정되지만 그중 정신과 치료를 받는 환자의 비율은 약 10 %정도로 파악되고 있다. 정신과에서 ADHD를 치료하는 방법은 약물이다. 약물은 주로 리탈린이라는 이름의 메칠페니데이트제를 사용한다. 미국 FDA의 승인을 받은 약물이기는 하지만 모든 약물이 그렇듯이 부작용이 따른다. 식품의약품안전청은 향정신성의약품으로 분류된 이 약물을 만성적으로 남용하면 내성이 생기게 되고 또 정신적 의존성을 유발할 수 있으며 동시에 심혈관계의 문제를 일으켜 돌연사를 할 수도 있음을 경고하고 있다. 이러한 부작용의 위험에도 불구하고 증상이 심한 환자들의 경우는 현재로서는 약물복용 이외의 다른 대안이 없다. 증상이 심할 경우 본인은 물론 가족과 그 주변 사람들의 생활 자체가 불가능해질 수 있기 때문이다. 그러나 50만 명이 넘는 청소년들 모두에게 약물을 투여할 수는 없는 일이다. 더구나 ADHD에 근접해 있는 청소년의 수까지 포함하면 그 수는 더 늘어날 것인데 그들에게 약물투여는 최후의 방법이다. 그렇다고 약물 투여를 필요로 하는 극단적인 경우를 제외한 대상자들을 일반 교육의 틀에서 정상적인 청소년들과 동등하게 교육하며 방치해 두는 것도 문제가 될 수 있다. 의료적 차원에서는 정상이라고 판정된다고 할지라도 이 고위험군의 청소년들은 정상적인 청소년들과의 생활에서 상호 어려움을 겪을 수 있기 때문이다.

그 인간에 대한 '이성적(혹은 과학적) 접근'이었다. 과학적인 방법론을 적용하여 내담자의 의식의 변화, 행동의 변화, 인식의 변화 등을 꾀하는 것이다. 그 변화를 꾀하기 위해 이들이 활용하는 치료 도구는 절대적으로 이성적, 논리적, 사변적 가치에 뿌리를 둔 것들이다. 내담자를 변화시키기 위해서는 변화를 위한 목표를 제시해야 하는데 그 목표를 설정하는 데 있어 감성적 판단에 기초한 구성은 의미를 지니기 힘들기 때문이다. 또 변화를 위해서는 상대를 설득해야 할 때도 수사학적인 차원에서 파토스적 가치보다는 로고스적 가치가 더 확실한 효과를 가져올 수 있다는 점도 20세기의 심리치료에서 이성이 감성보다 더 중요한 위치를 차지하게 된 이유이기도 하다.

반면 21세기 심리치료 방법론들의 대표주자격으로 인식되고 있는 수용전념치료나 동기강화치료 혹은 변증법적 행동치료 등에서는 변화 위주의 치료 목표를 벗어나 보다 유연한 태도와 다양한 가능성을 추구하고 있다. 이들에 따르면 개인의 정서(emotion)뿐만이 아니라 주변과의 관계(relationship)는 물론이고 개인이 지니고 있는 부정 정서에 대해 그것을 극복하거나 떨쳐버리려는 노력에 모든 힘을 다 쏟는 것 보다는 그 상태를 수용(acceptance)하여 현재 이 시점에서 얻어낼 수 있는 실현 가능한 목표를 설정하는 일, 그리고 그 목표를 위해 정진하며 미래지향적 가치를 추구하도록 도와주는 역할이 정신건강을 담보할 수 있는 현실적인 방법이라는 것이다.

결국 이것은 인간의 전체성(wholeness)과 복잡성(complexity)에 대한 인식이고 인간이 의식이나 사고, 행동, 인식 등의 개별 요소로 분해될 수 없는 존재임을 인정하는 것이다. 이러한 모습은 인간학이어야 하는 심리학이 인문학으로부터 점점 멀어지며 사회과학을 거쳐 자연과학의 범주로 분류될 지경에 이른 시점에서, 어찌 보면 제자리를 찾기 위한 노력이라고 볼 수 있을 것이다. 그리고 그 중심에 행복을 핵심주제로 제기한 긍정심리학[3]이 있다.

그러나 사실 따지고 보면 심리학의 최신 흐름인 긍정심리학이 그 연구의 중심에 놓고 있는 행복은 본래 인문학이 추구하는 궁극적 목표다. 인간의 행복은 인문학의 궁극적 목표 중 하나다. 인문학은 인간의 삶이 어떻게 하면 더 의미를 지니게 되는가를 고민하는 학문이다. 우리의 삶이 의미를 지니게 되면 될수록 삶의 기쁨과 만족은 증대된다. 즉 행복해지는 것이다. 세계보건기구가 정의한 바를 그대로 따른다면 건강한 사람은 육체적, 정신적으로 문제가 없는 사람이 아니라 행복한 사람이어야 한다. 다시 말해 건강한 사람은 행복한 사람이고 행복한 사람은 건강한 사람이다.

인문학은 일찍이 마음의 건강과 삶의 행복을 중심에 놓고 시작되었다고 할 수 있다. 우리는 철학과 문학 등 인문학이 인간의 정신적, 정서적 건강에 중요한 역할을 해온 것을 잘 알고 있다. 의사로서 의료에 있어서 인문학의 중요성을 일찍부터 인식하고 있었던 황상익 교수가 지적하고 있듯이 고대 그리스에서 철학이 의학에 핵심적인 영향을 끼쳤고 고대 중국의 음양이론은 한의학이 바탕이 되었으며, 중세의 서양 의학은 기독교 교리에 뿌리를 두고 있다. 신화를 노래하며 인간의 고통을 신과의 소통으로 풀어 주려던 사제들이나, 신전 앞에서 분장을 한 채 시를 읊고 춤추며 연극하던 예술가들, 그리고 삶의 지혜를 찾아내어 사람들의 고통을 어루만져 주던 고대의 철학자들은 당시에 이미 우리 인간들의 마음을 치유하고 있었던 것이다.

소크라테스의 산파술이라고 일컬어지는 대화술은 자신이 무엇을 모르는가를 알게 하는, 다시 말해 "자기 자신을 알게" 하는 가장 효율적

---

3 1998년 미국심리학회의 회장으로 취임한 임상심리학자 마틴 셀리그먼은 정신건강의 질병모델에 대해 회의적인 입장을 취하고 있었다. 그는 심리학이 질병을 치료하거나 예방하는 차원에서 벗어나 인간의 긍정적 변화와 성장을 돕는 학문이 되어야 함을 주장하였고 이 주장은 주목할 만한 수준의 호응을 받고 있다. 긍정심리학에 관해서는 Martin Selligmann, 『긍정심리학』, 김인자 역, 물푸레, 2006 및 권석만, 『긍정심리학』, 학지사, 2008 참조

인 방법이었다. 인간의 실존적, 사회적 고뇌와 고통을 담당하던 이러한 철학적 전통은 데카르트와 헤겔, 니체를 지나 사르트르와 메를로퐁티로 이어지는 서양의 한 철학적 맥락을 형성했다. 또한 소포클레스의 비극이 빚어내는 카타르시스 그리고 아리스토파네스의 희극을 통해 생성되는 거리화 등, 인간의 정념의 불균형을 치유하려는 문학적 행위는 몽테뉴와 괴테를 거쳐 프루스트와 헤세로 이어져 사르트르와 카프카에 이르는 자기성찰과 인간의 실존에 대한 문학적 모험으로 이어져 왔다.

이러한 전통은 동양에도 있다. 유가와 도가를 비롯한 동양철학은 인간다운 삶 즉 건강하고 행복한 삶이 무엇인가에 대한 근원적인 질문으로부터 시작된 것이다. 한편 시내암(施耐庵), 나관중(羅貫中)의 역사 사회 소설에서 출발하여 우리와 동시대인인 뤼신(魯迅)의 계몽적 작품들에 이르기까지, 동양의 문학작품들에서도 인간의 정념과 그 정념이 빚어내는 인간군상의 아픔을 그려내고 그 원인을 밝혀 해결책을 찾아보려는 의도는 도처에서 찾아볼 수 있다.

우리나라의 경우도 예외는 아니다. 우리의 샤머니즘적 전통[4]을 시작으로 하여 고려의 불교와 조선의 유교 역시 종교를 비롯한 인문학의 가

---

4 치료사, 승려, 선생, 화가, 의사, 마법사, 점쟁이, 무용수, 시인, 배우, 간호원, 약사 등 현재 전혀 연관이 없는 듯이 보이는 직업들은 본래는 하나의 직업이었다. 위의 일들은 우리가 무당이라고 부르는 샤만의 일이었다. 사전적 정의에 따르면 샤머니즘은 중앙아시아를 축으로 하는 유라시아지역에서 분포하고 있지만 사실 전 세계의 어떤 문명에서도 우리는 샤만의 역할을 하던 존재들을 발견할 수 있다. 샤만은 현실세계와 정령들의 세계를 연결해 주는 존재다. 위험한 사냥에 나서기 전, 가뭄이 들거나 전염병이 나돌 때 이들은 의식을 행하여 부족민들의 불안을 해소하고 그들에게 희망과 믿음을 안겨준다. 샤만은 자신이 정령과 소통하는 것을 보여주기 위해 그 정령을 상징하는 조각이나 그림을 만들어 그것에 기도하고 제물을 바친다. 그들은 정령과 소통하며 미래를 예측하고 병을 치료하며 죽은 자를 떠나보내고 산 자를 맞는다. 그들은 병든 자의 아픔을 치료할 영험한 약초와 치료법을 알고 있다. 그들은 치료를 위해 춤추고 노래하며 북을 두드리고 제 3자의 영혼을 받아들이기도 한다. 거기에는 그림이나 조각상 또는 가면이 활용되기도 한다. 우리가 현재 예술이라 부르는 모든 것이 샤만의 행위에 녹아있었고 샤먼에게 예술은 치료의 도구였던 셈이다.

치를 통해 인간의 평안을 갈구하던 행위로 볼 수 있다. 또한 사회풍자소설의 형식을 빌어 자전적 아픔을 그려내고 있는 허균으로부터 시작하여 민초의 평범한 삶 속에서 치유적 웃음을 찾아내면서 자신의 우울증을 극복해낸 김유정에 이르기까지 우리의 문학적 전통에서도 인간의 정신적, 정서적 치료와 관련된 요소들을 자주 발견할 수 있다.

이렇듯 인문학은 인간의 마음의 병으로 인한 다양한 아픔에 대한 치유행위에 있어 중요한 역할을 해온 것이 사실이다. 이러한 전통은 20세기 후반부에 접어들어 우리나라에서도 매우 중요하게 인식되고 있으며 "마음의 병"인 정신적 혹은 정서적 차원의 문제점들을 해결하기 위해 인문학은 다양한 형태로 응용되고 있다.

한 가지 흥미로운 사실은 최근 치유에 있어 인문학적 가치의 중요성을 인식한 국내의 의과대학들에서 변화의 모습을 보여주고 있다는 사실이다. "국내 의과대학에서 의료인문학의 중요성이 점점 강조되고"(마종기, 이병훈 외, 2004: 7) 있으며 '의학인문학' 혹은 "인문주의 의학 르네상스"(최종덕, 2006: 12)가 일어나는 조짐도 보이고 있다. 하지만 '의료인문학'은 인문학을 의사들이 갖추어야할 교양의 차원에서 받아들이고 있을 뿐, 인문학이 지니고 있는 치유 능력 자체에 주목하고 있는 것은 아니다. 이에 많은 인문학자들이 인문학 고유의 가치를 통해 마음의 병을 다스려보고자 하는 다양한 실험적 연구 및 사회활동을 진행하고 있고 그 긍정적인 결과를 도처에서 이끌어내고 있다.

3. 철학치료, 문학치료, 예술치료의 현황

그렇다면 현재 인문학적 가치를 활용해 진행되고 있는 구체적이고 실제적인 치료적 적용은 어떻게 진행되고 있을까?

사실 심리학의 모태라고 볼 수 있는 철학은 심리학이 수치와 환원론에 지나친 무게를 두기 시작하던 시점부터 독자적인 치료의 방법론을 개발하고 실천해왔다. 인지철학, 생철학·현상학·실존주의철학 등의 학문적 성과를 바탕으로 하여 게슈탈트치료, 로고테라피 (Logotherapy)가 임상현장에서 활용되고 있다. 이미 우리나라에서도 철학상담치료학회가 창립되어 관련구성원들이 활발한 활동을 진행하고 있다.

문학의 치료적 활용의 예도 매우 다양하다. 문학치료라는 말은 우리나라에서 독서치료bibliothérapie나 글쓰기치료écriture thérapie등이 개별적으로 번역되어 쓰이거나 혹은 이 두 가지를 포함한 뜻으로 사용되기도 한다. 문학치료가 우리나라에서 본격적으로 논의된 것은 경북대학교 독어독문학과 변학수 교수[5]가 독일에서 훈련받은 문학치료기법을 우리나라에 소개하면서 부터다. 거의 같은 시기에 건국대학교 국문과의 정운채 교수[6]가 우리의 전통설화를 비롯한 고전 문학을 치료에 접목시키는 작업을 진행하면서 문학치료의 가능성에 대한 논의가 활발하게 진행되고 있다. 문학이 본질적으로 치료적 효능이 있다는 것은 아리스토텔레스의 『시학』부터 언급된 사실이다.[7] 고대의 테베도서관에는 "영혼을 치유하는 장소"라는 글귀가 새겨져있었고 문헌상 최초의 시치료사도 1세기 로마의 내과의사였던 소라누스Soranus까지 거슬러 올라간다. 그는 우울한 환자들에게는 코미디를 처방하고 조울증환자들에게는 비극문학을 처방했다고 한다.[8] 문학에 치료라는 말을 굳이 접목시키지 않더라도

5 변학수 교수는 2004년 독일의 프리츠펄스연구소에서 문학치료에 대한 연구와 훈련을 하는 동안 『문학치료』(2004, 학지사)를 출간한다. 자발적 책읽기와 창의적 글쓰기를 통한 마음의 치유라는 부제가 붙은 이 책에서 저자는 문학치료의 핵심은 잃어버린 언어의 발견 또는 재발견이며 말할 수 없었던 것, 말하지 못했던 것에 대한 언어를 재생하는 것이 문학치료라고 정의를 내리고 있다.
6 현재 '한국문학치료학회'에서는 학술지인 『문학치료연구』를 제 7집까지 발행된 상태다. 정운채 교수는 모든 이야기 즉 문학에는 서사가 존재하고(작품서사) 사람에게도 서사가 존재하며(자기서사) 다양한 문제로 인해 자기서사에 문제가 생긴 경우 건전한 작품서사를 통해 문제가 되는 자기서사를 변화시킴으로서 마음의 병을 치료한다는 이론을 바탕으로 고전문학 작품들의 작품서사들을 분석하는 작업을 진행하고 있다.
7 "비극은 드라마적 장식을 취하고 서술적 형식을 취하지 않으며, 연민과 공포를 환기시키는 사건에 의하여 바로 그러한 감정의 카타르시스를 행한다." 아리스토텔레스, 『시학』, 천병희 역, 문예출판사, 2000, p. 49.

문학의 한 주요 기능이 인간의 정서적 치유에 있다는 데는 이론의 여지가 별로 없어 보인다. 비극의 공포와 연민을 통한 카타르시스와 희극의 웃음을 통한 거리화 등은 자신의 정서 상태를 객관화함으로써 그 실체를 파악하는 행위라는 점에서 자기 진단이며 또 그로 인한 심리적 혼란을 극복할 수 있게끔 한다는 점에서 자기치료라는 말을 적용할 수 있다.

문학을 활용한 치료는 저널치료, 시치료, 글쓰기치료 등이 있다. 이러한 방법론들에 문헌정보학, 상담학, 사회복지학, 아동학, 교육학 등에서 관심을 보이고 있고 꾸준한 연구들이 진행되고 있다. 국내에는 문학치료학회와 통합문학치료학회 그리고 독서치료학회 등 관련학회들이 결성되어있으며 지난 8월 한국인문치료학회가 결성된 바 있다.

예술치료의 경우는 철학치료나 문학치료보다 더 일찍부터 임상현장에서 활용되어왔고 현재에도 병원을 비롯한 임상일선에서 기존의 의료진을 보좌하는 일부터 독립적인 치료행위에 이르기까지 다양한 층위의 치료를 진행하고 있다. 특히 미술치료나 음악치료는 이미 독립적인 치료분야로서의 위상을 정립하고 있는 상태다. 이밖에도 연극치료나 영상치료 등의 분야도 그 효능을 인정받고 있다.

상업성을 제외한 예술의 목적은 크게 두 가지로 볼 수 있다. 하나는 미(윤리까지 포함하는 넓은 의미)의 추구이며 또 다른 하나는 내면 자아의 인식과 표출이다. 예술에 치료라는 개념이 첨가되면 그 목적은 오히려 한 가지로 줄어든다. 아름다움의 추구라는 예술의 본질적 목적 하나가 사라지는 것이다. 예술치료에 있어 예술행위 즉 표현행위는 수단이지 목적이 아니다. 그래서 최종 산물의 미학적 가치는 의미를 지니지 않는다. 중요한 것은 행위자가 작업을 하는 과정이다. 그 과정 동안에 행위자는 자기내면의 세계를 표현하게 되고 그 표현과정에서 파편의 형태로 내재되어 있었던 과거 경험에 대한 기억이나 혹은 막연한 욕망들이

---

8 이영식, 『독서치료 어떻게 할 것인가?』, 학지사, 2006, p.17.

구체화되어 나타나게 된다. 창작은 개념을 구상화하는 작업이며 동시에 상상력과 본능을 자극하고 사고를 유도하며 감정을 일깨우는 작업이기도 하다. 환자와 치료자는 이 창작물을 통해 환자의 내면자아의 일부분 혹은 전부를 접하게 되면서 새로운 비전이나 행동동기를 찾아내어 정신적 혹은 정서적 치료효과를 느낄 수 있다.

이러한 예술치료에 대한 정의는 예술치료를 심리치료의 한 방법론으로 보느냐 아니면 심리치료를 넘어서는 더 큰 개념으로 보느냐에 따라 그 방향이 달라지기도 한다. 가장 최근에 출간된 예술치료 개론서들은 대체로 예술치료를 심리치료의 한 방법론으로 인정하고 있다.[9] 그러나 일각에는 조심스럽게 예술치료의 위상을 심리치료의 범주를 넘어서는 것으로 정의하고 있기도 하다. 대표적인 경우가 현재 투르 대학에 개설되어 있는 예술치료학과의 입장이다. 이 학과의 수장급 중 하나이고 예술치료의 이론적 기틀을 다져온 리샤르 포레스티에Richard Forestier는 이미 5판 인쇄를 찍어낸 그의 저서 『예술치료의 모든 것』에서 조심스럽게 예술치료의 개념이 고대 그리스시대부터 존재해왔다는 사실을 바탕으로 예술치료의 위상이 현대적 학문인 심리학의 한 방법론으로 머무르는 것에 대해 회의적인 입장을 취한다. 1999년 초판본이 나올 때만 하더라도 그는 서문에서 이러한 자신의 입장에 대해 무척 조심스러운 태도를 취했다. 그러나 2007년 제 5판 인쇄의 서문에서 그의 입장은 단호하다. 그에게 예술치료와 심리치료의 구별은 이미 완료된 것이다. 포레스티에에 따르면 예술치료와 심리치료의 가장 큰 차이점은 육체에 대한 입장이다. 심리치료에서는 내담자와 치료자 간에 소통이 심리적 방식을 통해 이루어진다면 예술치료에서는 육체가 포함된다는 사실이 가장 큰 차이점 중에 하나라는 것이다. 또한 예술을 활용한 심리치료와의 차이는 내담자가 만들어낸 창작물을 상담자가 해석하느냐 아니냐 하는 것이

---

9 이러한 관점을 지니고 있는 연구자는 Jean-Pierre Klein과 Annie Boyer-Labrouche를 들
  수 있다.

다. 예술치료의 목적은 대상자의 표현 능력을 키워주는 것이므로 그 표현된 결과에 대한 분석 작업은 필요없다고 그는 쓰고 있다. 심리치료와의 변별적 특성을 강조하는 것은 이 대학의 신입생 모집요강에도 명료하게 드러난다.[10]

한편 예술치료는 육체적 훈련을 통해 치료를 꾀하는 또 다른 치료법인 작업요법érgothérapie과도 차이를 갖는다. 작업요법이 환자로 하여금 일상생활이나 직업활동에 있어 독립적인 능력을 갖출 수 있도록 유도함을 목적으로 하는 데 반해 예술치료에서 무언가를 만들어내는 행위는 일상생활의 편리함을 추구하기 위한 것이 아니기 때문이다. 또한 예술치료는 지적활동이나 신체적 운동을 통해 신경체계의 발달을 꾀하는 정신운동학psychomotricité이나 혹은 병원에서 환자들을 위로하기 위하여 벌어지는 공연과도 구별된다.[11]

그런데 우리가 일반적으로 인문학을 활용한 치료에 관한 개론적 이야기가 진행되는 자리에서 빠지지 않고 등장하는 것이 있다. 바로 클레멘트 코스다. 미국의 작가 얼 쇼리스Earl Shorris가 1995년 노숙자를 상대로 시작한 인문학 강의는 의미 있는 숫자의 노숙자 및 사회 저소득층들에게 자활의지를 고양시키는 놀라운 효과를 창출해내었고 곧바로 전 세계적인 반향을 일으켜 2005년부터 우리나라에서도 진행되고 있다. 2006년 쇼리스의 방한 당시 열렸던 세미나 이후 이 한국형 클레멘트 코스 프로그램에 참여한 강사진들이 자신의 교육사례를 모아서 출판한『행복한 인문학』은 이 프로그램에 참여했던 작가들과 인문학관련 인사들이 자신들이 경험했던 인문교육이 불러온 작은 기적들에 대한 찬탄으로 지면이 채워져 있다.

---

10 투르대학 의과 대학의 예술치료과정 신입생 모집을 위한 요강에 다음과 같은 문구가 굵은 글씨로 명시되어 있다. "예술행위를 매개체로하는 심리치료와 예술치료를 혼동하지 말 것"
11 R. Forestier, op. cit., p. 197.

그러나 이 클레멘트 코스를 엄격한 의미에서 인문학을 활용한 치료 행위라고 부르기는 어렵다. 치료라는 말을 사용하기 위해서는 그 치료의 대상이 되는 증상(더 엄격하게는 병)이 정의되어 있어야 하며 그 증상에 대한 진단이 진행되어야 하고 그 진단에 따른 적절한 치료방법이 존재해야 한다. 또 마지막으로 치료행위를 통해 증상이 완화되었는지를 점검해볼 수 있는 사후진단체계도 필요하다. 그러나 클레멘트 코스에서 이와 같은 체계적인 치료의 매커니즘은 찾아볼 수 없다. 클레멘트 코스는 인문교육을 받을 수 없는 소외된 계층에게 인생의 의미를 설파함으로써 그들에게 삶의 의지를 고양시키는 인문학의 참된 실천이지만 이것은 인문교육의 한 형태일 뿐이었다. 틀에 박힌 인문교육과의 차이점은 교육의 현장이 상아탑을 벗어나 길거리로 나갔으며 교육의 목표가 지식의 전달이 아닌 깨달음이었다는 점, 그리고 그 대상이 평소라면 인문교육을 받을 수 없을 만큼 열악한 환경 속에 살고 있는 사람들이었다는 점이었다는 것이다. 우리는 클레멘트 코스의 결과를 이야기 할 때 수십 명 혹은 수백 명 중 일부 사람의 변화에 의미를 두곤 한다. 그 숫자가 의미를 지니기는 하지만 결국 그 수를 제외한 대다수의 사람들에게는 그 어떤 변화도 가져오지 못했다는 반증이 되기도 한다. 클레멘트 코스의 수용자들 중 의식의 전환이 이루어진 경우가 있다면 그것은 인문학의 정수를 깨닫고 실천한 한 유능한 작가 쇼리스의 개인적인 능력에 힘입은 바 클 것이다. 그러나 클레멘트 코스를 진행하는 담당자가 언제나 모두 쇼리스만큼 뛰어난 스승이 될 수는 없는 일이다.

인문학을 활용한 치료행위가 심리치료나 예술치료처럼 하나의 독립적이고 효율적인 치료체계가 되기 위해서는 그 치료행위가 치료자 개인의 능력에 의지하는 일보다는 자체의 치료방법론과 그 방법론의 원칙에 따라 적용될 수 있는 다양한 모듈의 조합을 통해 진행되는 시스템을 개발하는 것이 필요할 것이다. 이런 의식을 바탕으로 탄생한 것이 현재 강원대학교 인문과학연구소 인문한국사업단의 연구주제인 '인문치료'다.

4. 인문치료

강원대학교 인문과학연구소에서 수행하고 있는 인문치료연구는 위에서 언급한 인문학의 치료적 기능을 규합 정리하고 기존의 심리치료나 예술치료 등의 장점을 융합하여 인간의 마음의 병을 다스릴 수 있는 가장 효율적인 치료방법론을 모색하는 작업이다.

한국연구재단의 인문한국사업의 일환으로 2007년 11월부터 진행되고 있는 인문치료연구진이 내린 인문치료에 대한 정의는 다음과 같다.

> "인문치료란 인문학적 정신과 방법으로 마음의 건강과 행복한 삶을 위해 인문학 각 분야 및 연계 학문들의 치료적 내용과 기능을 학제적으로 새롭게 통합하여 사람들의 정신적·정서적·신체적 문제들을 예방하고 치유하는 이론적·실천적 활동이다."

정의에서 볼 수 있듯이 인문치료는 예방적, 발달적 단계에서의 개입을 포함한다. 그래서 인문치료는 특정 집단 혹은 사회 전반을 대상으로 하는 치료가 될 수도 있다. 재소자·노숙자 등 사회적인 문제로 마음의 고통을 안고 있는 개인은 물론 사회 집단 혹은 사회 전체를 대상으로 할 수 있는 것이다.

인문치료란, 한마디로 말하면 "인문학적 가치와 방법을 통해 현대인들의 마음의 병을 치유하는 행위"다.

인문치료의 첫 번째 특징은 치료도구의 차원에서 찾을 수 있다. 인문치료는 치료의 도구로 인문학을 사용한다. 음악치료나 미술치료의 경우 누구나 그 내용을 쉽게 짐작할 수 있는 것은 치료도구인 음악이나 미술이 누가 들어도 그 실체가 분명한 것이기 때문이다. 음악치료의 도구는 음악이며 미술치료의 도구는 미술이다. 마찬가지로 인문치료의 도구는 인문학이다. 인문치료라는 말이 음악치료나 미술치료에 비해 더 생소하게 느껴지는 것은 인문학에 대한 정의를 내리는 것이 음악이나 미술에 대한 정의를 내리는 것에 비해 어렵다는 것과 연관이 있다.

인문치료를 위해 활용되는 인문학적 도구는 고통에 노출되어 있거나 노출될 가능성이 있는 개인과 집단으로 하여금 '생각하게 하고' 또 '그 생각을 표출하게 하며' 필요에 따라서는 '생각의 전환을 유도하기' 위해 동원될 수 있는 제반 기법의 총체로, 전통 인문학에서 활용해 온 읽기·쓰기·말하기와 음악·영화·연극·미술 등 표현예술적 기법들을 유기적으로 결합시킨 통합적 커뮤니케이션 체계다.

두 번째 특징은 치료대상의 차원에서 찾아볼 수 있다. 심리치료에서 '심리'라는 말은 위에 언급된 음악치료나 미술치료에서의 '음악'이나 '미술'과 달리 도구의 개념이 아닌 치료대상을 지칭한다. 심리치료는 인간의 심리의 이상 상태를 치유하는 행위다. 심리치료의 기본적인 방법은 언어라고 할 수 있다. 심리치료는 방법론적으로 볼 때 말하기치료(talking cure)다. 인문치료는 그 대상이 심리치료에서보다 더 포괄적이다. 인문치료의 대상은 사람 그 자체다. 심리는 사람이 지니고 있는 요소들 중 하나일 뿐이다. 우리가 식물이나 동물의 서식 환경을 알지 못하면 그것들에 대해 아무것도 알지 못하는 것과 마찬가지로 사람도 환경과의 관계에서 바라보아야만 그 사람에 대한 완전한 상償을 얻을 수 있다. 철학적 사고, 역사적 인식, 문학적 상상력과 환유의 활용 등을 통한 인문치료는 심리뿐만이 아닌 사람을 그가 처한 환경과 더불어 총체적으로 이해하려는 노력이 바탕에 깔려있다.

인문치료가 주목한 것은 이 시대에 가장 심각한 문제 중 하나로 인식되고 있는 인간 소외의 문제다. 물론 정신 건강의 차원에서 소외의 문제를 다룬 것이 우리가 처음은 아니다. 헤겔의 철학에서 인간이 자기 본질을 잃은 채 비본질적 상태에 놓이는 것을 일컫는 소외[12]는 프로이

---

12 양승태,『우상과 이상 사이에서』, 이화여자대학교출판부, 2007, p.229. 사실 소외의 문제는 인간의 불평등에 관한 개념과 밀접한 관계를 지니고 있다. 근대 들어 장자크 루소에

트학파에서 자신이 속해 있는 사회 및 문화 환경에 대한 개인의 적응장애의 하나로 인식되기도 했다.[13] 그러나 이러한 관점은 소외를 개인의 문제로 국한시키고 있다는 한계가 있다. 소외는 소외된 존재를 바라보는 타인의 입장에서 볼 때 인간성이 상실되어 인간다운 삶을 잃어버린 모습일 수 있지만 그 소외된 존재의 입장에서는 산업화, 정보화된 사회가 오히려 인간에 대하여 부정적인 작용을 하는 데서부터 생겨난 환경적 문제로 인식될 수도 있다. 결국 소외는 한 개인만의 문제도 아니고 그렇다고 그 개인과 대치되어 있는 또 다른 개인이나 집단만의 문제도 아니다. 소외는 존재와 그 존재를 둘러싸고 있는 환경(또 다른 존재나 집단 혹은 문자 그대로의 환경)간의 소통의 부재에서 오는 것이다. 소외는 인문치료가 추구하는 현대인들의 안녕(well-being)을 방해하는 가장 큰 위협 중에 하나다. 소외된 존재는 건강이나 부 등 다른 모든 여건이 갖추어져 있더라도 완전한 건강의 상태에 도달할 수 없으며 따라서 행복할 수 없다.

그래서 인간의 안녕과 행복을 그 궁극적 목적으로 삼는 인문치료의 가설의 중심에는 소통이라는 개념이 있다. 인간은 소통하고자 하는 욕망, 즉 '소통의 리비도libido'를 지닌 존재이며 그 소통의 궁극적인 목적은 행복의 추구라고 보는 것이다.

소통의 부재에서 오는 이러한 문제점들은 스스로가 문제를 자각하면서 해결되는 경우도 있겠지만 그렇지 못한 경우 누군가의 도움을 받을 필요가 있다. 그 도움이 인문치료사의 일이다. 인문치료사의 일은 크게

의해 제기된 인간의 불평등에 관한 근원적 질문(『사회 불평등 기원론』)은 헤겔에 의해 관념론적 정리를 거치게 된다. 이후 헤겔 좌파와 헤겔 우파간의 논쟁을 비롯하여 포이에르바하와 마르크스를 거쳐 현재에 이르기까지 소외의 문제는 여전히 논의가 진행중인 철학의 거대 담론 중 하나다. 이러한 소외의 개념을 본 논문에서 상세히 다룬다는 것은 불가능하고 또 필자의 능력 밖에 일이기도 하다. 소외에 대한 본격적인 논의는 인문치료연구진의 철학팀의 힘을 빌어 보다 진솔한 접근을 통해 그 이해의 폭을 넓히는 작업이 필요할 것이다.
13 『정신분석용어사전』(이재훈 옮김, 한국심리치료연구소, 2002)의 표제어 '소외'.

두 가지로 나뉜다. 첫째, 효율적인 소통 방법을 알려주고 소통이 가능한 환경을 조성해주는 일이다. 둘째, 소통을 위해 필요한 지식과 자아 및 환경에 대한 인식의 부족분을 채워줄 수 있도록 관련 지식과 스킬의 습득을 유도하는 일이다. 우리는 소통이란 인지, 공감, 표현이라는 세 가지 요소가 단계별로 혹은 동시에 작동하는 행위로 본다. 인문치료사는 아래 그림의 소통의 모델에 기초하여 그 각각의 구성요소별 문제점들을 파악하고 그 해결책을 모색한다.

소통의 3 요소(communication Triangle)

인문치료행위		
인지	자신	생각과 경험의 실체 파악
	남	남의 생각과 경험을 구상화하여 인식
공감		공감의 메커니즘의 이해 및 훈련
표현		태도/성향/성격/어투/ 어휘 등의 점검 및 보완

소통의 3요소

개인과 개인이 소통한다는 것은 결국 생각과 경험을 나누어 그 생각과 경험의 차이를 줄이고 서로의 공감도를 높이는 행위다. 개인과 집단이 소통한다는 것은 개인의 입장에서는 그 집단이 요구하는 가치와 규율을 준수하는 것이고 집단의 입장에서는 상대 개인이 지니고 있는 특수성을 감안하여 사회의 가치가 위협받지 않는 수준에서 그 특수성을 수용함으로써 공감도를 높일 수 있도록 노력하는 행위다. 그것은 집단과 집단의 경우도 마찬가지다. 따라서 치료사는 문제를 지닌 사람에게 소통의 본질을 인식시키고 소통의 조건과 그 조건의 수용 능력을 학습

시켜야 한다. 이렇게 그 해결 원리는 간단하지만 그것을 실행하기는 쉽지 않다. 생각과 경험의 차이를 줄이기 위해서는 먼저 대비되고 있는 생각들과 경험들의 실체를 정확히 파악해야 하는데 사실 남이 무슨 생각을 하고 어떤 경험이 있는지를 파악하는 일은 결코 쉽지 않다. 또한 자신의 생각과 경험을 타자적 시각에서 보는 것도 결코 의지만 가지고 될 수 있는 일이 아니다. 생각과 경험의 차이를 줄이기 위해서는 우선 내 생각과 나의 경험의 실체를 먼저 파악하는 것이 중요하다. 다음 단계는 상대방의 생각과 경험에 대해 알아야 하는데 이는 상대방의 이야기를 경청함으로써 가능할 수 있다. 그러나 이 역시 쉽게 실천할 수 있는 일이 아니다. 자기의 생각이 무엇인지 구체적으로 알려면 그 생각을 언어화하여 구체적 형태를 부여하는 작업이 필요하며 남의 이야기를 경청하려면 그 이야기가 전달하려는 주요 전언이 무엇인지 파악할 수 있어야 한다. 여기에 인문 예술적 방법론이 개입한다. 철학은 논리이며 문학은 이야기고 역사는 기록이며 예술은 감각이다. 인문치료방법은 문학의 환유를 통한 객관화와 허구를 통한 간접경험, 철학적 사유 체계와 논리화를 통한 관점의 변화, 시간적 변화의 기록 위에 자신을 위치시킴으로써 얻어지는 객관적 시각, 아름다움에 대한 미학적 본능을 활용한 의식의 자극 등을 활용하여 소통을 위한 두 객체의 실체를 파악할 수 있도록 돕는 것이다. 이것이 바로 인문치료의 도구에 철학과 문학 그리고 언어와 역사 이외에 예술이 포함되는 이유다. 인간은 생각(철학)하고 표현(문학/예술)하며 기억(역사)한다. 마음은 논리적이고 합리적인 차원은 물론 무의식적이고 직관적인 차원으로 구성되어 있다는 사실은 뇌신경과학적 연구에 의해서도 입증되었다. 따라서 마음의 병을 다루는 인문치료에는 이성적 논리뿐만이 아닌 감성의 개입이 필요한 것이며 이를 위해 인문적 요소는 물론 예술적 요소도 요구된다.

이렇게 인문과 예술적 가치를 통해 자신은 물론 타인의 생각과 느낌을 해석하고 그려냄으로써 혼란스럽고 설명할 수 없을 것 같았던 경험에 이름을 만들어 주는 일, 또 이런 과정을 통해서 소외된 개인으로 하여금 자신의 생각과 느낌을 구상화하고 남의 생각을 정확히 전달받으며 가능한 한 많은 공감을 할 수 있도록 돕는 일, 그리고 이를 통해 자기 제어력과 자기 효능감을 증진시켜 내면의 소통이나 타자와의 소통의 가능성을 높여주는 일, 이러한 일들이 인문치료사의 구체적인 치료 행위들이다.

5. 행복한 삶을 위한 인문학의 새로운 모색

인문학은 과연 치료적 능력을 가지고 있는가? 앞서 말씀드렸듯이 이 물음에 대한 긍정적인 답은 인문학의 역사가 제시해주고 있는 것 같다. 사실 현재 사회과학, 심지어는 자연과학으로 분류되기도 하는 심리학이 전담하고 있는 심리치료의 역사의 출발에는 인문학이 있었다. 그리고 여전히 인문학적 가치는 마음의 병을 치료하는 데 중요한 역할을 하고 있다.

예로부터 인문학은 사람들의 행복한 삶을 위해 노력해왔으며, 우리는 인문학을 통하여 삶의 지혜를 얻고 위안을 받으며 감동을 느낀다.

하지만 현재의 우리 인문학은 학문을 위한 학문의 형태로 고착되면서 이러한 현실적 효용가치를 잃어가고 있는 듯이 보인다. 문학과 철학은 여전히 개인과 집단의 아픔에 관심을 지니고 있는데 그 문학과 철학을 포함하는 상아탑의 인문학은 우리의 시대적 혹은 사회적 병리현상보다는 "문학과 철학을 비롯한 분야별 학문들에 대한 이론적 성찰"의 차원을 벗어나질 못하고 있다. 이렇게 현재 우리의 '인문학 하기'는 연구의 주체와 대상이 분리된 채 진행되는 경우가 대부분이다. 최근 들어 인문학의 위기라는 말이 자주 언급되는 이유다. 주체와 대상이 분리된 학문은 생명력을 보장받을 수 없다.

이렇듯 상아탑 내에서 인문학의 중요성, 심지어는 모든 학문에 대한 인문학의 우선성을 강조하며 고답적 자세를 견지하고 있던 인문학자들 대부분은 우리가 인문학을 통해 인간과 사회의 병리현상을 치유하기 위해 인문학의 가치를 실천하겠다고 나섰을 때 의구심 가득한 눈빛으로 우리를 바라보았다. 인문치료의 가능성에 대해 의구심을 제기하는 사람들이 가장 염려하던 것이 바로 아이러니컬하게도 임상적 경험의 부재였다. 그러나 위에서 살펴보았듯이 인문학은 이미 임상적 경험에 비교될 수 있는 많은 활동을 해왔다. 개인과 사회의 정신적, 정서적 병리현상에 대한 고민은 인문학의 여러 분야에서 이루어져왔던 갖가지 담론의 중심에 있었다. 다시 말씀드려 인문학의 본질을 잊지 않고 있었던 우리 인문학자들은 기존의 제 치료 분야에서 말하는 임상을 교육현장과 사회활동을 통해 이미 경험해오고 있었던 것이다.

더구나 이제 세계에서도 유래가 없는 "인문치료"의 연구는 총 3단계 10년의 연구 중 이미 1단계 3년의 연구를 마치고 2단계 1년차를 진행하고 있다. 연구는 여전히 진행형이지만 인문학의 치료적 효능에 대한 근거를 대기에는 충분할만한 성과를 거두고 있다. 행복을 가져다주는 인문학, 우울과 권태를 이겨낼 수 있도록 도와주는 인문학, 소외를 극복할 수 있도록 소통의 맥이 되어주는 치료의 인문학이 실천되고 있는 것이다.

| 참고문헌 |

인문한국사업단, 『인문치료』, 강원대학교출판부, 인문치료총서 1. 2009.
인문한국사업단, 『인문치료, 어떻게할것인가』, 강원대학교출판부, 인문치료총서 3. 2009.
인문한국사업단, 『인문치료』, 강원대학교출판부, 인문치료총서 4. 2009.
권석만, 『긍정심리학』, 학지사, 2008.
김대기 외, 『인문치료학의 모색』, 강원대학교출판부, 인문치료총서 2. 2009.
김익진, 「소통의 모델에 기초한 인문치료의 이론모형」, 인문과학연구 제 25집, 2010.6.
전세일, 『내몸이 의사다』, 넥서스 BOOKS, 2006.
탈 벤-샤하르, 『하버드대 행복학 강의 해피어』, 위즈덤하우스, 2007.
황상익, 『첨단의학시대에는 역사시계가 멈추는가』, 창작과비평사, 1999.

| 結 |

인문치료, 행복한 인간 삶을 논하며

이 대 범

강원대학교 국어국문학과

이 학술서는 문학, 사학, 철학, 언어학, 의학, 자연과학 등을 전공한 11명의 학자들이 '21세기 인문학의 새로운 도전, 치료를 논하다'라는 공통의 주제로 쓴 논문 형식의 글로 만들어졌다. 이런 방식의 작업이 공통적으로 안고 있는 문제인 관점과 논의의 밀도에서 편차가 있을 수 있겠으나 필자들은 각각 글을 통해 영역이 다른 '인문학'과 '치료'라는 두 가지 화두를 다루면서 인문치료의 개념과 대상, 그리고 방법과 과제 등에 대한 견해를 피력했다.

여러 학자들의 글을 읽고, 각 논문의 의도를 손상하지 않고 서로 관련지어 결론을 정리해내는 일은 매우 지난한 작업이다. 이런 경우 오독의 위험을 최소화하고 견강부회적인 결론 도출로 인한 갈등을 피하기 위해서, 결론 집필을 맡은 필자들은 각각의 논문 내용을 요약하고 간단한 코멘트를 첨언하는 방식을 선호한다. 필자 역시 이 방법을 취하고자 한다.

21세기 심리치료 방법론들의 대표주자격으로 인식되고 있는 수용전념치료나 동기강화치료 혹은 변증법적 행동치료 등에서는 변화 위주의 치료 목표를 벗어나 보다 유연한 태도와 다양한 가능성을 추구하고 있다.

이들에 따르면 개인의 정서(emotion)뿐만이 아니라 주변과의 관계(relationship)는 물론이고 개인이 지니고 있는 부정 정설에 대해 그것을 극복하거나 떨쳐버리려는 노력에 모든 힘을 다 쏟는 것 보다는 그 상태를 수용(acceptance)하여 현재 이 시점에서 얻어낼 수 있는 실현 가능한 목표를 설정하는 일, 그리고 그 목표를 위해 정진하며 미래지향적 가치를 추구하도록 도와주는 역할이 정신건강을 담보할 수 있는 현실적인 방법이라는 것이다.

결국 이것은 인간의 전체성(wholeness)과 복잡성(complexity)에 대한 인식이며 인간이 의식이나 사고, 행동, 인식 등의 개별 요소로 분해될 수 없는 존재임을 인정하는 것이다.

양해림의 「포스트휴먼 사회와 몸 그리고 치유윤리」, 송상용의 「생명에 관련된 몇 가지 문제들」, 김기윤의 「인문학의 눈으로 본 생태학」은 이러한 관점에서 '인문학'을 통해 '인간'이라는 존재적인 개념을 다시 고찰한 논문들이다.

양해림은 그의 논문 「포스트휴먼 사회와 몸 그리고 치유윤리」를 통해 현재와 미래 사회에서 인문치료가 다루어야 할 '인간'과 그에 따른 '치유'에 대한 논점을 제시하고 있다.

양 교수는 최근 인문학과 한국예술의 인접장르 등이 공유해야 할 동시대적인 화두는 디지털 미디어와 몸이라고 규정하면서, 현대인은 새로운 테크놀로지들을 원하지 않아도 받아들여야만 하는 상황을 맞이하고 있다고 진단했다. 필자는 현대의 포스트휴먼사회에서 초래하는 몸의 소외화 현상을 두 가지의 측면에서 접근할 필요성을 제기한다. 포스트휴먼 사회에 들어선 몸의 변형과 개조와 몸과 두뇌의 디지털화가 그것이다. 전자는 몸의 기계화를 초래하며, 후자는 몸의 가상화를 불러온다. 따라서 필자는 21세기 포스트휴먼사회에서 인간의 몸이 과학기술의 기계화로 인해 몸의 소외화를 낳으면서 몸의 고유한 정체성이 흔들리고 있다는 인식하에 치유윤리로서 그 해결책을 찾고자 한다.

새로운 새 천년의 사이버공간은 인간+기계의 가능성의 확대를 통해 새로운 포스트휴먼(Posthuman)을 출현시켰으며, 포스트휴먼사회의 등장과 함께 사이보그의 출현은 전통적 인문학이 추구하는 "인간다움"이란 것이 결코 단순하게 이해할 수 없는 가치임을 필자는 지적한다. 인문학의 본연의 과제는 인간다움의 추구이다. 21세기 들어 포스트휴먼시대의 인간의 기계화 혹은 인간/비인간의 구별 및 불가능성의 문제가 급속하게 수면위로 떠오르고 있지만, 그 핵심은 여전히 인간과 기계의 만남이다. 따라서 현대인의 인간과 기계의 만남에서 파생되는 부정적 징후군들은 치유윤리를 통해 포스트휴먼 사회를 어떻게 건전하게 정착시킬 것인지를 모색해나가야 하는 난제를 떠안고 있다.

　더불어, 21세기 포스트휴먼 사회에서 인간의 거주공간으로 개척되고 있는 사이버스페이스가 인간친화적인 인터넷 소통 문화공간으로 이미 깊숙이 침투하였다는 사실에 공감하고 치유윤리의 현실적 적용가능성을 다양한 시각에서 마련해야 한다. 따라서 인간과 기계의 만남은 인간이란 무엇인가라는 정체성을 더욱 요구하고 있으며 이에 대한 정체성의 규명작업을 통해 치유윤리의 현실적용 가능성을 다학제적 차원에서 개발해 나가야 하는 임무를 부여받고 있다.

　'치유윤리'는 윤리의 이론과 실천의 문제점 자체를 치유하기 위해 윤리를 치료의 대상으로 삼는다는 점에서 다른 치료학들과는 차이가 있을 수 있다. 특히 윤리에 대한 '치유하기'의 수단이나 매체로 주목하는 대상은 행위관계들이나 상황적 요소들로서, 이것들은 그 이전의 윤리이론들에서 주관적인 '이성이나 감성, 의무감이나 법칙 혹은 보상물' 등과 같은 것들이 윤리구성의 중요한 요소들로 여겨졌지만 그다지 주목받지 못했다.

　따라서 인간작용들이 구체적인 요인들에 구현되어 있는 경우에 윤리작용 역시 현실의 다양한 인간 실존조건들에 기반하여 몸, 환경, 상황, 행위, 경험으로서의 몸-도식, 방법 등을 매개로 하여 구성해야 할 과제를 떠안고 있음을 필자는 지적하면서, 향후 '치유윤리'는 바로 이러한 착상에서 출발해야 할 것이라고 강조한다.

송상용은 「생명에 관련된 몇 가지 문제들」이란 글을 통해, '유물론 대 목적론', '진화론', '기계론과 생기론', '우생학, 인체실험, 원자폭탄', '생태위기', '생명윤리', '신비주의' 등 역사 속의 생명윤리, 생명에 대한 다원적인 접근을 시도하고 있다.

송 교수의 논문 내용을 요약하면 다음과 같다.

'생명이란 무엇인가?'

1) 유물론 대 목적론

원자들의 맹목적 운동에 의해 진행되는 우주는 완전히 역학적 계이며 자기 충족적이다. 여기서 우리는 철저한 기계론을 보게 된다. 이런 세계에는 신이 발붙일 곳이 없다. 반면, 사물을 재료 아닌 기능에 의해 파악하는 목적론은 소크라테스, 플라톤, 아리스토텔레스 이래 2천년 동안 과학을 지배해 왔다. 과학혁명의 결과 목적론은 물리세계에서 사라졌지만 생물계에서는 끈질기게 남아 있었다.

2) 진화는 목적론인가?

다윈의 자연선택설은 요지부동이던 철학에 결정타를 날렸다. 생물계에 남아 있던 목적론이 설 자리가 없어진 것이다. 듀이에 따르면 모든 생물의 적응이 단순히 계속적인 변이와 과잉생식에 의해 일어나는 생존 투쟁에서 유해한 변이의 제거 때문이라면 이전의 예지적인 인과적 힘이 그것을 설계하고 예정할 필요가 없어진 것이다.

3) 기계론과 생기론

16, 17세기 과학혁명을 이끈 과학자들은 거의 예외 없이 물질과 운동으로 모든 것을 설명하려 한 기계적 철학을 신봉했다. 이러한 경향은 인간도 기계라는 유물론적이고 무신론적주장을 편 라 메트리에 이르러 절정을 이룬다.

19세기 후반 독일에서는 형이상학적인 유물론이 확산되었고, 그 결과 생물학이 위축되었다. 이러한 변화에 대한 반동으로 20세기 초에는 신생기론이 일어났다.

4) 우생학, 인체실험, 원자폭탄

우생학은 '좋은 출생'이라는 뜻으로 유전적 수단을 활용하여 인류를 개량하려는 과학이다. 우생학의 효시라고 할 수 있는 피어슨 교수는 가난한 사람들의 높은 출생률이 문명에 대한 위협이며 우월한 인종이 열등한 인종을 대치해야 한다고 주장함으로써 우생학을 부정적 학문으로 인식하게 하는 빌미를 제공했다.

인체실험은 인류의 복지를 위해 공헌한 면이 있지만 그 역사는 인간 남용의 두드러진 보기이다.

5) 생태위기

1968년 반문화, 반과학 운동이 프랑스·독일·미국·일본 등 선진국들을 강타했다. 과학에 대한 공격은 학계 안팎으로부터 동시에 불거졌다. 특히 과학의 발달과 함께 문명의 이름으로 파괴된 환경문제를 둘러싼 인간중심주의 입장에 선 학자들과 생태중심주의적 시각을 견지한 학자들 사이의 논쟁은 매우 치열했다. 이 논쟁은 환경오염의 심각성에 대한 깨달음을 통해 환경의 중요함을 인식한 데서 그 의의를 찾을 수 있다.

6) 생명윤리

생명윤리란 용어는 1970년 미국의 종양학자 포터가 처음 사용했다. 포터는 생명윤리를 "생물학 지식과 인간의 가치체계에 관한 지식을 결합하는 새 학문 분야"라고 정의했다. 그에게 생명윤리는 진화론적·생리학적·문화적 측면에서 인간이 환경에 적응할 수 있는 생물권을 유지하기 위한 '생존의 학문'이었다. 오늘날 생명윤리는 고전적 의료윤리와 환경윤리, 그리고 현대의 생명과학기술이 제기한 윤리를 포괄하는 넓은 뜻의 용어가 되었다. 생명윤리학은 일종의 응용윤리학으로서 우리가 다 같이 인정하고 있는 윤리적 원칙을 생명의 영역에서 발생하는 특수한 상황에 어떻게 적용해야 하는가 하는 기술적 문제를 검토하는 새롭게 등장한 학문 분야이다.

7) 신비주의의 문제

신비주의는 분명히 근대과학의 형성에 긍정적으로 작용한 면이 있다. 그러나 그밖에 더 많고 다양한 요소들이 근대과학의 형성 과정에 작용하고, 근대과학의 성립에 기여한 사실을 잊어서는 안 될 것이다. 따라서 오늘날 과학적 현상을 규명하고 이해하는 과정에서 무분별하게 신비주의를 끌어들이는 시도는 경계해야 한다.

김기윤은 「인문학의 눈으로 본 생태학」에서, 생태학의 변화 과정을 통시적으로 비교 고찰하면서 생태학에서 인간의 위상 변화를 고찰하는 과정을 통해 인문학의 가치를 규명하는 의미 있는 작업을 진행했다.

김 교수의 글을 요약하면 대강 다음과 같다.

생태학은 자연현상을 다루는 자연과학을 표방하는 분야이지만, 오히려 인간이 그 중심에 선 학문처럼 인식되기도 한다. 특히 생태계라는 용어가 만들어지고 정립되고 소비되며 변화하는 모습에서는, 생태학자들이 자연을 그려내는 모습이 그들 자신이 만들어 내는 사회적 삶과 닮아 있음을 확인할 수 있다.

20세기 후반, 인간의 개입에 의한 지구환경의 변화에 대해 어떤 의견을 밝혀야 할 의무가 없다고 생각하는 진화생태학자들로부터는 어떤 지적 능력과 심성 또는 태도를 읽을 수 있는가. 자연과학자들뿐 아니라 많은 인문학자들 역시 인간의 시각과 역할을 배제하고 자연을 있는 그대로 읽는 자연과학이 필요하다고 생각한다. 하지만 그 자연과학 지식이 만들어지는 과정을 살피는 인문학은 인간의 시각과 역할이 배제된 자연과학이라는 생각 자체가 인간의 삶과 역사 속에서 만들어지고 있음을 보여준다. 인간의 삶과 가치가 중심에 있는 생태학 또는 자연과학이란 이미 자연과학이 아니라고 감히 말할 수 있을까.

그리고 보면 인문학은 인간이 지닐 수 있는 무한한 자원들을 만들어 나가는 자원인 셈이다. 인간이 살아가야 할 지도를 백지에 그리고 구획을 나누는 거친 도구에서 멈추지 않는 사회과학을 구상하는 데, 또는 인간이 배제되지 않는 자연을 이해하는 자연과학을 만드는 데 필요한 인간 내면의 자원인 것이다.

건강은 육체적으로 무병한 상태만을 의미하는 것은 아니다. 세계보건기구는 21세기를 몇 년 앞둔 시점에서 건강을 정의하면서 그것이 단지 "질병이 없거나 허약하지 않은 상태가 아니라 육체적, 정신적, 사회적으로 완벽하게 안녕한 상태"임을 천명한 바 있다. (Health is a state of complete physical, mental and social well-being and not merely the absence of disease or infirmity.)

이와 관련하여 인문치료의 개념과 대상에 대해 시사점을 주는 논문으로 강신익의 두 논문과 이광래의 논문을 들 수 있다.

강 교수는 「질병·건강·치유의 문화사」, 「의(醫), 몸의 문제풀이」 등 두 논문에서 인문치료의 개념과 대상을 명확하게 함에 있어 전제되어야 할 '질병-건강-치유'의 개념을 인류의 경험사를 통해 계보학적으로 보여주고 있다. 이러한 작업을 통해 강 교수는 인문치료가 목표로 하고 있는 '인간의 건강한 상태'의 의미를 명료하게 제시하고, 아울러 인문치료의 당위성을 확보해 주고 있다.

강 교수의 논문을 요약하면 다음과 같다.

「질병·건강·치유의 문화사」: 물질적 몸의 평균적 기능이라는 의미의 건강이 현실적이고 실증주의적인 개념이라면 세계보건기구의 건강은 생물학적 한계를 넘어 인간의 보편적 존재조건을 포괄하는 실존적 당위의 표현이다.

위의 두 견해는 각각 다른 철학적 체계에 근거를 두고 있다. 세계보건기구의 정의는 건강을 계층화된 다양한 시스템의 조직으로 보는 체계이론(systems theory)에 근거한 것이며, 건강을 신체 구조와 기능의 생물학적 완성으로 보는 견해는 인체의 생물학적 메커니즘을 기준으로 삼는 기계적이고 분석적인 철학에 토대를 두고 있다. 세계보건기구의 건강 개념을 우리는 생물-심리-사회 모델(bio-psycho-social model)이라고 하며, 생물학적 정상상태로 보는 견해를 생물의학적 모델(biomedical model)이라 한다. 전자는 다원적 '안녕(wellbeing)'의 상태를 강조하며eo자는 일원적 '정상(normality)'의 상태를 중시하보는 두 입장 모두 삼는 이상적이고 안정적인 상태를 상정한다는 점에서 공통점을 가진다.

건강에 대한 세 번째 견해는 건강 생성 패러다임(salutogenic paradigm)으로, 이상적이고 안정적인 상태의 존재 자체를 부정한다. 이 견해에 따르면 건강은 고정된 이상적 '상태'가 아니라 역동적 변화의 '과정'이며 따라서 완벽한 건강이란 존재하지도 않는다. 요약하자면, 생물의학 모델은 인체의 생물학적 정상 상태를 건강으로 보고 생물-심리-사회 모델은 물질적 신체를 심리와 사회현상에 확장해 삶의 전반적 안녕 상태를 건강으로 보는 반면, 건강 생성 패러다임은 완전한 상태나 현상을 인정치 않고 삶의 질적 전환 과정을 건강으로 본다고 할 수 있다.

치유의 측면에서, 생물의학 모델과 생물-심리-사회 모델에 따를 경우 병을 일으키는 요인들이 다스림의 대상이 된다. 그것은 세균, 바이러스, 발암물질, 음식과 같은 생물학적 존재일 수도 있으며 불안이나 빈곤과 같은 심리-사회적 요인일 수도 있다. 그 요인은 성격에 따라 실체와 현상으로 구분할 수 있다. 세균과 바이러스는 객관적으로 인식할 수 있는 생물학적 '실체'이지만 불안과 빈곤은 명확히 규정하기 어려운 심리-사회적 '현상'이다. 다스림의 방식 또한 대상의 성격에 따라 달라진다. 생물의학 모델에서처럼 그 대상이 명확한 경우에는 그것을 제거하는 것이 목표가 되지만 생물-심리-사회 모델에서처럼 명확히 규정되지 않는 현상일 경우에는 그 대상을 없애기보다는 그런 현상을 경험하는 환자를 보살펴 스스로 극복할 수 있도록 도와주는 것이 목표가 된다. 따라서 치유는 병을 물리치거나 다스리고(cure) 환자를 보살피는(care) 행위로 구성된다. 건강생성 패러다임에 따를 경우에는 다스림의 대상이 특정되지 않는다. 병을 앓는 환자 자신이 다스림의 대상인 동시에 주체가 된다. 여기서는 환자가 일방적인 보살핌의 대상이 되지도 않는다. 병은 환자 스스로 극복해 나가야 할 본래적 존재조건이며, 그 극복 과정에서 우리는 새로운 삶으로의 질적 전환을 경험한다. 이렇게 병을 극복하고 삶을 개척하는 과정이 바로 치유이며 그 속에서 우리는 내적 성장을 하게 된다.

정리하자면 치유는 생물의학 모델에서는 '다스림'이고 생물-심리-사회 모델에서는 '보살핌'이지만 건강생성 패러다임에서는 '병흥는' 과정이며 '병 앓음'이다. 여기서 병흥고 앓는 것은 병을 주체적으로 극복하거나 적응함으로써 새로운 삶을 개척하는 것을 의미한다. 병을 '앓음'은 삶의 뜻을 '알아감'이다.

개념으로서의 건강은 질병에 대한 현실적 경험에서 유래한 것일 수밖에 없다. 따라서 어떤 시기의 주요 질병이 무엇이었고 그 질병의 경험을 조직하는 문화의 형태가 어떠하였는지에 따라 추상적 건강의 개념도 크게 달랐을 것이다.

질병이 인간의 자연적 존재조건이며 건강이 그것에 대한 문화적 해석이라면 치유는 그 자연적 존재조건과 문화적 해석을 이용 또는 변형하여 총체적 인간존재의 개선을 도모하는 사회적 행위체계이다. 따라서 특정 시기와 장소의 자연적·문화적 조건인 질병과 건강의 해석에 크게 의존한다.

인간의 건강은 자연현상으로서의 질병의 존재뿐 아니라 그 질병의 문화적 의미구조와 사회적 관계망에 따라 크게 달라진다. 질병-건강-치유의 관계와 의미구조는 역사적으로 다양하게 해석되어왔지만 지금처럼 생물학적 의미의 질병 자체에 큰 비중이 두어졌던 적은 없었다. 세계보건기구가 정한 건강의 정의처럼 육체적-심리적-사회적 안녕을 추구하거나 안토노프스키처럼 건강의 생성을 추구하지는 않더라도 적어도 환자가 원하는 것이 무엇인지를 정확히 이해하지 못한다면 질병을 제거할 수 있을지는 몰라도 환자를 치유하지는 못할 것이다. 하지만 현대의학은 이 점에 큰 관심을 두지 않았다. 이것이 바로 우리가 현대의학의 건강을 염려하는 이유다. 건강을 올바로 이해하는 것이 건강을 회복하는 최고의 처방이다. 조상들이 경험한 질병과 치유의 역사는 우리 의학이 건강을 회복하는 과정에서 무척 중요한 방향타가 될 것이다.

「의(醫), 몸의 문제풀이」: 동아시아의 전통의학에서 과학과 인문학은 서로 분리 가능한 것이 아니다. 이 둘이 의(醫)라는 한 글자 속에 뒤섞여 있는데 이것은 몸의 문제를 바라보고 그 문제를 해결해 나가는 문제풀이의 방식이다.

몸은 자연의 구현체이며 그 속에서 생물학적인 것과 문화적인 것은 서로 분리할 수 없을 만큼 긴밀히 연결되어 있다. 그런 의미에서 의(醫)는 생물-문화적 실재인 '자연으로서의 몸'에 생기는 문제를 앓는 그리고 그 문제를 해결해 나가는 방식이라고 할 수 있다.

흔히 의학은 불확실성의 학문이라고 한다. 몸의 상태는 생물학적으로만 다양한 것이 아니다. 내가 처해있는 심리적·사회적·영적 상태에 따라서 의학적 개입에 대한 반응은 크게 달라진다. 따라서 의학을 과학의 한 분야라고 단정 짓는 것은 좀 지나친 비약이다. 현대의 의학이 주로 과학적 방법론에 의지하기는 하지만 궁극적으로 치유에 이르는 것은 생물학적 기계가 아닌 인간으로서의 환자이며 그 인간의 내면을 탐구하는 것은 예술과 인문학이다.

몸은 우리 조상들이 의(醫)를 발명하기 훨씬 전에 이미 본능적으로 의(醫)를 행하고 있었던 것이다. 몸은 의(醫)의 바탕이며 출발점이다.

의(醫) 또한 몸에 관한 모든 지식을 캐내어 그것을 지배하는 담론이 아니라 몸의 삶에 참여하는 몸-살림의 활동이며 몸의 문제풀이다. 현대 서양의학은 눈부신 성과에도 불구하고 그 기계적 방법론으로 인해 이러한 본질적 성찰에 취약성을 드러냈다. 이제 몸을 기계가 아니라 수백만

년의 시간이 담긴 인류의 기억창고라고 생각한다면 전통적 사유와 맞닿는 새로운 의(醫)의 패러다임이 창출될 수도 있을 것이다.

　이광래는「인문치료를 생각한다 - 의료 권력의 임계압력 하에서」라는 글을 통해, 전반부에서 의료 권력의 역사를 통해 질병과 치유의 관계와 여기서 파생된 병원병의 실체를 규명하였으며, 이를 바탕으로 후반부에서는 이러한 의료 권력을 대체할 수 있는 대안으로서 인문치료의 개념을 설명한다.

　이 교수의 주장을 요약하면 대략 다음과 같다.

　병원병(病院病)은 오늘날 새로운 유행병의 대명사가 된지 오래다. 특정한 전문가만이 의료를 통제함에 따른 파괴적 영향이 이미 유행병과 같이 되었기 때문이다. 현대인은 누구나 몸뿐만 아니라 마음(정신)마저도 잠재적 병원병 환자가 되어버린 것이다. 대다수의 건강한 사람도 심리적으로 병원병에 시달리지 않는 사람이 없을 정도다. 의료관료제가 건강관리를 치료의 계획과 기술의 한 형태로 취급하기 때문에 민중을 의료관료제에 더욱 의존하게 만든 결과다. 그 때문에 오늘날 의료보험이나 건강보험이라는 공제(共濟)제도가 유혹하는 죽음—오늘날 의사와 병원에게 죽음은 침묵의 사업이고 주검은 말 못하는 고객이기 때문이다—으로부터의 역설적 제안에 시달리지 않는 사람은 아무도 없다. 누구도 그 유혹에서 자유로울 수 없게 된 것이다.

　그러나 따지고 보면 오늘날과 같은 질병구조의 변화는 의료전제주의가 전개해 온 패권주의적 속령화(屬領化) 전략에 의한 것은 아니다. 그것은 순치의 정당화나 지속적 강화를 위한 허위의식의 선전이거나 오도된 선입견의 주입과 다름없다. 질병의 역사나 의료사회사에서 보면 생활여건의 변화가 건강상태의 변화를 초래하여 질병의 구조를 긍정적으로 바꿔놓았다고 해도 과언이 아니다. 질병구조의 변화는 의학의 진보나 의학적 치료의 향상과는 직접적인 관계가 없기 때문이다.

치료대상으로서 인간(homo patiens)은 본래적 환자(patient)다. 인간은 누구나 신체적 고통과 정신적 고뇌를 피할 수 없는 존재이기 때문이다. 따라서 신체적 고통에 대한 치료방법이 물리적, 화학적 수단에 의한 의학치료, 즉 cure라면 정신적 고뇌에 대한 치료방법은 정신에 의해 정신에 영향을 주는 마음치료, 즉 care다. 이렇듯 마음치료의 기본은 정신적 care에 있다.

마음치료로서 인문치료는 '전인치료'(therapy for whole man)다. '온전한 인간정신'을 지향하는 학문(인문학)에 의해 인간의 불온전한 마음이나 실조(失調)된 정신상태가 온전하고 조화롭게 되도록, 건실하게 마음 챙김하도록 도와주는 인격적 돌봄이고 정신적 보살핌이 필요하다.

재생이나 부활(renaissance)은 본질적으로 통시적이다. 치료의 목적은 건강하게 다시 태어나는 것, 다시 말해 재생이고 부활이다.

인성(human nature)은 대체로 무의식중에 형성(形成)되지만 인격(personality)은 의도적인 노력으로 성형(成形)된다. 인성의 무의식적 형성이 통시적이라면 인격의 의식적 성형은 공시적이다. 그 공시적 성형은 주로 '여기에' '지금'(hic et nunc) 살고 있는 타자와의 공존관계 속에서 이루어지기 때문이다. 실패나 상실에서 오는 절망에 대한 마음앓이의 원인도 마찬가지다. 대개의 경우 그것은 실존적 관계감정(Beziehungsgefühl)이나 자존감의 훼손에서 비롯되기 쉽다. 그러므로 그것의 치유와 회복을 위해서는 공존재로서 주체의 품격을 정형화(整形化)하려는 당사자의 각오와 결심이 우선되어야 한다. 뿐만 아니라 인문정신과 인문치료의 도움과 역할이 일차적으로 요구되는 것도 이 경우에서다.

인문학을 활용한 치료행위가 심리치료나 예술치료처럼 하나의 독립적이고 효율적인 치료체계가 되기 위해서는 그 치료행위가 치료자 개인의 능력에 의지하는 일 보다는 자체의 치료방법론과 그 방법론의 원칙에 따라 적용될 수 있는 다양한 모듈의 조합을 통해 진행되는 시스템을 개발하는 것이 필요할 것이다.

강신익 · 이광래 두 교수의 글이 현대 의학의 특징과 문제점을 극복하기 위한 대안을 모색하는 과정에서 기존의 의학적 사고를 넘어선 새로운 패러다임 마련을 목표로 인문학을 포함한 다른 학문과의 소통 가능성을 타진하기 위한 것이었다면, 김경열 · 주진형 · 김호연 · 유재춘 교수의 글은 구체적인 인문치료의 방법과 과제에 대한 제언을 담고 있다.

김경열 교수의 「언어의 사용과 인문치료」는 인문치료와 언어의 상관성과 인문치료에 있어 언어사용에 관한 제언을 담고 있다.

김 교수의 글을 요약하면 다음과 같다.

인간이 된다는 것은 언어를 사용하는 사람이 되는 것이다. 우리 인간이 상호작용을 만들어낼 때 사용되는 언어를 고려하지 않고 우리는 인간의 조직이나 접촉을 생각할 수 없다. 결국 인간사회는 언어로 작동되고 있다고 말할 수 있다. 또한 인간은 언어를 사용할 때 이루어지는 언어선택들에 의해 자신의 정체성을 보여 준다.

언어는 유일하게 인간에게만 주어진 도구로서, 그 언어를 어떻게 사용하는가에 따라, 즉 화자의 언어사용의 선택에 따라 청자와의 의사소통의 모습이 달라진다고 할 수 있다. 화자와 청자의 관계를 중시해야하는 인문치료에서 또한 고민해봐야 할 문제이다.

인문치료의 궁극적인 목적은 타인이 겪고 있는 다양한 형태의 정신적 고통을 치유하여 타인과의 긍정적인 관계 형성을 통해 서로 행복하고 건강한 삶을 영위하는 데 있다. 상대방을 긍정적으로 이해하고 타인의 고통과 부족함을 공감하며 치유의 통로를 제공하는 가장 근본적인 수단은 바로 의사소통이다.

인문치료에서는 보편적인 대화의 원리를 최대한 준수하는 것이 필요하다. 이러한 준수로부터 타인의 언어표출 방식을 이해하는 공감의 능력이 생기기 때문이다. 또한 인문치료에서는 타인에게 조심스럽게 접근하기 위해 잠시 한 걸음 뒤로 물어나는 일보후퇴의 언어습관도 필요하다. 일보후퇴의 언어는 상대방을 존중하고 배려하는 공감의 능력을 향상시키기 때문이다. 소통을 위한 언어, 치유를 위한 언어는 인문치료의 언어사용의 틀에서 생성되고 진화한다. 언어의 쓰임과 의사소통에 대한 연구는 인문치료의 근간을 이루고 있기 때문이다.

주진형 교수의「인문치료와 의학」이라는 글은 의학자의 시선으로 인문치료의 현실적인 활용방안을 탐색한 시도이다. 주 교수는 이 소론에서 특히, 정신질환에 대한 비약물치료의 한 분야로 인문치료의 가능성을 찾고 있다. 또한 '인문치료'가 의학으로 인정받고 일반 환자에 대한 구체적인 임상으로 나아가기 위해 필요한 사항을 제시하고 있다.

주 교수의 논문을 요약하면 대략 다음과 같다.

의학의 발달과 고령화로 인해 급성질환에 비해 수년 또는 수십 년씩 지속되는 만성질환이 증가하고 있으며 질병 발생 후에 대처하는 것보다는 질병의 위험을 가진 사람들을 선별하고 일찍 예방과 관리를 하는 것의 중요성이 강조되는 쪽으로 의학의 흐름이 변화하고 있어 인간의 생로병사에 대한 전인적인 이해와 인생에 대한 진지한 성찰을 기초로 질환에 대한 이해와 치료에 접근하고자 하는 인문치료의 영역이 확대될수 있는 여지가 존재하고 있다.

○ 정신질환(우울증, 자살, 외상 후 스트레스 장애, 아동 정신장애, 치매, 정신분열증, 공공 정신보건서비스, 스트레스 관리) : 정신과 영역에서는 현재에도 미술치료, 음악치료, 명상, 최면 등의 다양한 비약물적 치료들이 시도되고 있어 인문치료가 개입될 수 있는 영역이 그 만큼 많을 수 있다.

○ 암 : 인문치료를 통해 근원적인 암 치료는 할 수 없겠으나 암과 관련되어 초래될 수 있는 다양한 정신적, 정서적 문제들을 해결하는데 도움을 줄 수 있을 것이다. 이를 위해 암으로 인해 발생할 수 있는 많은 정서적, 사회적, 실존적, 영적 문제들에 대하여 적절하게 대응할 수 있는 방법을 찾아야 할 것이다.

인문치료가 과학적인 학문으로 인정받기 위해서는 적절한 의학연구 방법을 통해 효과를 검증하려는 시도들이 있어야 한다. 일부의 사례들이 발표되고 있는데 사례보고와 함께 특정한 질환, 특정한 환자군을 대상으로 하는 대조군을 갖춘 연구를 진행하는 것이 필요하다. 치료 방법을 표준화시키는 노력들도 병행되어야 한다. 표준화된 치료방법들이 개발되어야 효과를 객관적으로 검증해 나갈 수 있을 것이다. 특정한 질환에 대해서는 특정한 인문치료 방법이 보다 효과적일 수 있다는 것에 대한 시도와 검증이 필요할 것이다. 인문치료사를 배출하는 교육과정을 개발하고 교육과정을 공식화할 수 있는 노력도 병행되어야 할 것이다.

김호연 교수는 「인문학과 복지의 관계 맺기와 소통」이라는 글을 통해, 복지 영역에서의 인문학의 활용가능성을 탐색하고 있다. "인간 삶의 가치를 다루고, 이를 통해 인간 삶의 질 향상을 돕는 학문"이라는 목적에 인문학과 사회복지 모두 부응하고 있다는 점을 들어 사회서비스와 인문학의 접목 가능성을 제시하였다. 김 교수는 논문을 통해 광의 인문복지 개념을 설정하고 구체적인 활용방안으로서 하위의 '인문복지', '인문교육', '인문치료'의 영역을 설명하고 있다.

김 교수 주장을 요약하면 다음과 같다.

복지가 인간 행복이나 건강의 문제와 직결되어 있는 것이라면, 인간과 행복을 주된 화두로 삼는 인문학이야말로 가장 실용적일 수 있는 학문영역이며, 사회적 위험을 미연에 방지할 수 있는 사회적 자본(Social capital)의 하나일 수 있다는 논리가 성립할 수 있을 것이다. 사회정의의 구현과 인간 삶의 질 고양을 도울 수 있는 인문학은 사회서비스로서 제공될만한 가치가 있고, 사회서비스는 그 자체로 인문학 정신을 구현하는 실천의 한 방식이 될 수 있을 것이다.

사회서비스와 인문학은 어떻게 접목될 수 있을까?

방식은 크게 두 가지 차원에서 가능하다. 하나는 인문학을 활용한 자체 사회서비스를 개발하는 것이고, 다른 하나는 기존의 사회서비스 영역에 인문학적 콘텐츠와 방법을 접목하여 이를 제공하는 것이다. 두 가지 방식을 선택적으로 활용하여 인문학은 지역을 단위로 삼는 사회서비스 영역 가운데, 특히 복지, 교육, 보건 분야에서 중요한 역할을 할 수 있다. 이런 점에서 인문학도 복지와 접점을 찾을 수 있는 측면이 충분히 있다고 할 것인데, 이를 크게 인문복지 / 인문교육 / 인문치유의 범주로 나누어 볼 수 있다. 세 영역은 독립적이면서도 유기적으로 연결되어 있다.

복지영역에서 인문학은 개개인이 인간 존재로서의 기본적 욕구를 실현할 기회를 제공받을 권리가 있고, 이를 국가나 사회가 지원해야 할 필요성이 있다는 인식을 사회서비스 수혜가 필요한 이들에게 제시해주는 역할을 할 수 있다. 이는 다양한 사회서비스의 창출에 기여할 것이다. 인문복지는 그 자체로 하나의 실천 범주이면서, 인문학을 활용한 다양한 사회서비스 범주를 포괄하는 개념이다. 교육 영역에서도 인문학은 좁게는 인성교육이나 인문학적 방법의 훈련을 통한 아동 및 청소년들의 논리력, 창의력, 사고력 증진 등 역량을 갖춘 자기 주도적 존재로 성장하는 것을 도울 수 있다. 넓게는 인간과 세계에 대한 이해를 돕는 지식과 정보 제공을 통해 민주적 시민 양성이나 사회통합에 기여하는 활동을 수행할 수 있다. 인문학은 정신 건강 분야에서도 인간학적 함의를 지니면서도 일시적 고통 해소가 아닌 지속가능한 정신 건강, 특히 예방적 치료 영역에서 중요한 기여를 할 수 있다. 인문학은 자기성찰과 존재에 대한 이해를 도움으로써 인간 행복 달성에 긍정적인 역할을 할 수 있기 때문이다. 나아가 인문학은 지역갈등 · 계층갈등 · 다문화 문제 · 고통스런 역사적 유산 등 사회통합을 저해하는 문제들을 해결하는 데 의미 있는 방안도 제시할 수 있다.

유재춘 교수는 「역사인식의 갈등과 인문학적 치유」를 통해, 인문치료의 대상으로 개인뿐만 아니라 집단을 설정할 수 있다고 지적하면서, 이에 대한 구체적인 사례를 여러 역사 갈등에서 찾아내 밝히고 있다. 이 과정에서 역사학의 인문치료적 효능의 가능성을 제시하였다.

유 교수의 논문 내용을 요약하면 다음과 같다.

개인 또는 집단의 트라우마 치료나 '역사'에 말미암은 사회적 병인에 대한 치유를 위해서는 적절한 역사학의 역할이 필요하다. 우리의 현실에서 '역사' 문제는 단순히 지나간 역사의 문제가 아니고 현실과 깊이 연관된 현실문제인 것이다. 따라서 이러한 역사로 인한 갈등의 문제 해결을 모색하기 위해 단순히 정치나 연구에 매달리지 않고 인문치료라고 하는 새로운 관점으로 진단하여 해결을 모색하는 것이 필요하다. 내적, 혹은 외적 역사인식의 갈등은 단순히 정치가의 타협이나 연구자의 학술적 고찰만으로 해결될 수 있는 것이 아니다. 거기에는 반드시 소통이라는 것이 필요하고, 원만한 소통이 이루어지기 위해서는 진정성이 담긴 상호 이해가 요구된다. 인식의 관점이 문제인 사안을 놓고 객관성만을 요구하는 그런 방식으로는 절대 소통이 이루어질 수 없다.

니체에 의하면 역사학은 치료의 구체적인 기술이 아니라 치료법 자체에 대한 이론이다. 니체의 역사에 대한 인식을 종합하면 삶에 봉사하는 역사가 필요하다는 것과 역사의 과잉은 인간에게 심각한 해를 끼친다는 것으로 요약될 수 있을 것이다. 니체의 이러한 생각은 인간이 진정으로 인간답게 살아가는데 의미가 있는 역사를 필요로 한다는 것을 뜻하며, 또 역사에 대한 다양한 인식을 저해하는 획일주의, 그야말로 열병같이 퍼지는 강요된 역사인식 등 균형적 감각을 해치는 것을 매우 경계하였다. 그는 역사에 대한 인식이 균형적 감각으로 조율이 될 때 인간은 건강한 삶을 영위할 수 있다고 강조하였다.

역사의 효용성에 대해 언급한 또 다른 학자로 20세기 프랑스의 저명한 역사학자 마르크 블로흐를 주목할 필요가 있다. 마르크 블로흐는 의미 있는 현재의 삶을 살아가기 위해서는 현재에 대한 이해를 높여줄 수 있는 과거를 알아야 한다고 강조하면서, 효용성이라는 것도 결국 그 연장선상에서 평가될 수 있다고 주장했다.

한편 인문치료학에 있어서 역사(학)의 효능을 논함에 있어서 구술사의 중요성을 빼놓을 수 없을 것이다. 구술사는 역사라는 학문분야에서 기록물의 한계와 결점을 보완하는 데 매우 중요한 의미를 가지고 있다. 트라우마를 현재에 재현하고 이에 대한 공감(empathy)-치유-역사화 하는 과정에서 구술사는 매우 유용한 부분이 있을 것이다. 구술 자료는 채록자와 구술자의 상호작용에 의해서 만들어지고, 구술은 단순히 구술자가 채록자의 질문에 따라 수동적으로 만들어지는 것이 아니라 구술자가 구술 내용과 관련하여 능동적으로 자신의 과거 경험을 해석해내는 작업이라는 점에 주목할 필요가 있다. 구술 내용이 구술자 본인의 과거 상흔과 관련된 것이라면 이는 구술자와 채록자의 상호작용을 통해 구술자의 상흔을 치유할 수 있는 가능성이 열리게 되는 것이다.

역사적 트라우마는 사회적 지병이 되어 사회적 불신이나 정체성의 분열을 초래할 수 있으며, 당장 눈에 보이는 증상이 없다고 하더라도 잠복기를 거치는 동안 심각한 질병으로 발전할 수 있다. 잘못된 역사인식은 비극적인 폭력과 전쟁을 일으키고 나라를 분열시키기도 하는 파괴적인 위험성을 안고 있기 때문이다. 한편 역사화 되지 않은 '기억의 역사' 문제도 중요한 과제이다. 과거의 상처를 은폐하려고 하면 할수록 상처는 골이 깊어지고 적절한 시기에 적절한 치료를 받지 못할 경우 역사적 트라우마는 회복할 수 없는 사회의 지병으로 악화될 수 있다. 과거의 상처를 여실히 드러내고 그 아픔을 함께 나눌 수 있는 여건이 마련되지 않는 한 우리 사회의 내적 통합은 기대할 수 없다. 과거의 '진상'을 공론화하는 일은 한 사회가 건실한 집단정체성을 공유하여 더 나은 미래로 나아가기 위한 필수적인 전제 조건이다. 이러한 맥락에서 전진성은 과거의 상처 문제를 섣불리 '역사화'하는 것을 비판한다.

역사 인식을 둘러싼 현실에서의 갈등 문제 해결은 용이한 것이 아니지만 인문치료의 시각에서 극복을 모색해 볼 수 있다. 이 경우 무엇이 병인가 하는 진단의 문제, 또 스스로 성찰을 통해 그것을 병으로 인식하고 수용하는 문제가 중요하다. 병을 진단해 내고 환자 스스로가 지병을 인정하고 스스로 치료를 받을 준비가 되어 있을 때 치료가 지금보다 훨씬 수월하고 효과적일 수 있다. 당장 그 역사 또는 역사 인식을 고치자는 것이 아니라 진정으로 그러한 인식이 우리 사회의 병이 되는가 아닌가를 진단하고 진정 병적인 요소가 있다고 판단될 때 그를 제거할 방안이 마련될 수 있는 것이다.

'인문학을 활용해 현대인의 정서적 · 정신적 문제를 치료'한다는 측면에서 그 치료의 대상은 한 개인, 혹은 집단, 또는 불특정 다수의 사회가 될 수도 있다.

인문치료(Humanities Therapy)가 기존의 의학적 치료로 개선되기 어려운 정서적 · 정신적 질환을 치유하는데 도움이 될 수 있지만, 더 중요한 것은 의학적 치료 대상의 범주에서 벗어나 있는 한 개인, 집단, 사회에서 정서적 · 정신적 병인을 치유하여 더 건강한 사회를 만들어 나가는데 기여하는 것이다. 특히 개인 또는 집단의 트라우마 치료나 '역사'에(또는 역사로) 말미암은 사회적 병인에 대한 치유를 위해서는 적절한 역사학의 역할이 필요하다.

이미 서론에서 언급한 것처럼 문학, 언어학, 철학, 사학, 의학, 자연과학 등 전공 분야가 다른 학자들이 한 주제에 대해 글을 써서 책을 만드는 일은 분명 매우 고단하고 지난한 일이다. 의욕과 달리 목표를 이루기도 쉽지 않은 작업이다. 이런 작업의 경우 글의 형식은 물론, 각각의 논문들이 공통의 주제와 맺고 있는 연관성의 밀도도 제각각인 경우가 많다. 이 기획이 이질적인 학문들끼리의 단순한 조합이 아닌, 인문치료(학)이라는 새로운 학문영역을 정립해 가는 과정에서 융합적이고 통합적인 이론 및 방법론 탐색을 목표한 것이어서 더욱 난감한 것이기도 하다. 소통과 통섭이, 그것도 학문 간의 소통과 통섭이 쉬울 리가 없다. 첫술에 배부를 수 없다고 스스로 위안을 삼고자 해도, 기대에 훨씬 미치지 못하는 결과물을 내놓게 되어 기꺼이 옥고를 주신 필자들께 송구스러울 따름이다. 다만 논의 가능성을 확인하고, 또 판을 마련한데서 보람을 찾고자 한다. 독자 제현의 질정을 바란다.

21세기 인문학의 새로운 도전,
치료를 논하다

저　자 : 강신익, 김경열, 김기윤, 김호연, 송상용
　　　　양해림, 유재춘, 이광래, 이대범, 주진형
펴낸곳 : 도서출판 산책
　　　　강원도 춘천시 옥천동 39-8
　　　　☎ (033)254-8912 / FAX (033)255-8912
등　록 : 춘천 제80호
발행일 : 2011년 8월 24일 초판

ISBN 978-89-7864-024-4 93890　　　정가 13,000원